풋내기들

BEGINNERS
by Raymond Carver

이 도서의 국립중앙도서관 출판예정도서목록(CIP)은
서지정보유통지원시스템 홈페이지(http://seoji.nl.go.kr)와
국가자료공동목록시스템(http://www.nl.go.kr/kolisnet)에서 이용하실 수 있습니다.
(CIP제어번호: CIP2015003520)

B e g i n n e r s

풋내기들

레이먼드 카버 소설 | 김우열 옮김

문학동네

편집자 서문

하지만 그 얘기가 전부는 아니야.

레이먼드 카버, 「뚱보」

『풋내기들』은 레이먼드 카버가 쓴 단편 열일곱 편의 원본으로, 1981년 4월에 앨프리드 A. 크노프 사에서 '사랑을 말할 때 우리가 이야기하는 것'이라는 제목으로 편집되고 변형된 상태로 출간된 바 있다.

이 판의 출처, 그러니까 원천 텍스트는 1980년 봄에 카버가 당시 크노프 사 편집자인 고든 리시에게 넘긴 원고다. 리시는 이 원고를 두 차례에 걸쳐 세밀하게 편집하여 오십 퍼센트 이상 덜어냈다. 그 원고는 인디애나 대학교 릴리 도서관에 보존되어 있다. 우리는 리시가 손으로 쓴 수정 사항과 삭제 표시 밑에 쓰인, 타자로 친 카버의 글을 되살려 원고를 복원했다.

비교하기 쉽도록, 그리고 카버가 따로 목차를 적어놓지 않았기에, 『풋내기들』에 실린 단편들도 『사랑을 말할 때 우리가 이야기하는 것』과 같은 순서를 따랐다. 두 작품집 모두 끝에서 두번째에 해당하는 단편(서로 형태는 무척 다르지만)에서 작품집의 제목이 나왔다. 카버의 원고에서는 그 단편의 제목이 '풋내기들'이다("여하간 내가 보기에 우린 사랑에 순전히 풋내기들이야"). 리시는 「풋내기들」을 절반으로 줄이면서, 같은 작품의 다른 곳에서 '사랑을 말할 때 우리가 이야기하는 것'이라는 제목을 따서 그 단편과 작품집 전체의 제목으로 삼았다.

뉴욕으로 원고를 가지고 오기 석 달 전인 1980년 5월, 카버는 자기 수중에 이런저런 단편들 세 묶음이 있다고 리시에게 편지를 보냈다. 한 묶음은 동인지나 소규모 출판사의 책에는 실린 적이 있지만 주요 출판사에서는 한 번도 출간된 적이 없는 작품들이었다. 또다른 묶음은 문예지에 실린 적이 있거나 곧 실릴 예정인 작품들이었다. 마지막 묶음은 분량이 가장 적었는데, 타자로 친 원고 상태의 새로운 단편들이었다. 이 세 묶음의 작품들이 『풋내기들』을 구성한다.

리시에게 편집자로서 검토해달라고 보낼 원고를 준비하면서, 카버는 예전에 소규모 출판사에서 출간되었거나 잡지에 실린 적이 있는 단편들을 소소하게 수정해서 보냈다. 이런 손으로 쓴 교정 사항을 포함한 저자 수정 사항은 『풋내기들』에도 그대로 반영되어 있다. 명백한 단어 누락, 오타, 문장부호 불일치는 조용히 수정했다. 각 단편의 출판 기록은 노트에 간략히 기록해두었다.

『풋내기들』을 복원하는 작업은 긴 세월이 필요한 일이었다. 노엘 영이 대표로 있는 캐프라 프레스의 기록과 고든 리시의 문서를 제공해준 인디애나 대학교 릴리 도서관 직원에게 감사의 뜻을 전한다. 오하이오 주립대학교 도서관 직원, 특히 '희귀 도서와 원고' 책임자인 제프리 D. 스미스에게도 따뜻한 감사의 마음을 전한다. 그는 '윌리엄 차뱃의 미국소설 수집'*에서 레이먼드 카버 아카이브를 만드는 일을 감독한 바 있다. 카버의 작품을 되살릴 수 있도록 허락해준, 시인이자 에세이스트이며 단편소설 작가인 테스 갤러거에게도 감사하다.

레이먼드 카버는 1981년에 『사랑을 말할 때 우리가 이야기하는 것』을 테스 갤러거에게 바치면서, 언젠가는 자신의 단편들을 온전한 형태로 재출간하겠다고 약속했다. 그러나 그가 1988년 오십 세라는 나이로 사망하면서 그 계획은 무산되었다. 그후로 우리는 갤러거 여사의 흔들림 없는 격려에 힘입어 『풋내기들』을 복원하기 위해 노력했다. 그 노력의 결과를 갤러거 여사에게 바

* 오하이오 주립대학교 교수 윌리엄 차뱃이 시작한 프로젝트로, 18세기부터 현재에 이르는 미국소설을 상당수 수집했다.

치는 바이다.

윌리엄 L. 스틸

모린 P. 캐럴

2009년 5월 18일

코네티컷 주 웨스트 하트퍼드

하트퍼드 대학교에서

차례

일러두기

1. 주석은 모두 옮긴이주이다.
2. 본문 중 고딕체는 원서에서 이탤릭체로 강조한 부분이다.
3. 『풋내기들』은 편집자가 수정하기 전 레이먼드 카버가 쓴 오리지널 원고를 책으로 출판한 것이다. 일부 단편은 『사랑을 말할 때 우리가 이야기하는 것』(문학동네, 2005)과 원제가 같으나, 이 책에서는 다르게 번역된 경우도 있다.

풋내기들

『사랑을 말할 때 우리가 이야기하는 것』의 원본

춤추지 않을래?

부엌에서 남자는 술을 한 잔 더 따르고 앞마당에 놓인 침실 가구 세트를 바라보았다. 매트리스는 시트가 벗겨져 있었고, 빨간 줄무늬 시트는 베개 한 쌍과 함께 서랍장 위에 놓여 있었다. 그것만 빼면 나머지는 침실에 있었을 때와 거의 같았다. 침대를 중심으로 그의 편에 놓인 침실용 탁자와 독서등, 그녀 편에 놓인 침실용 탁자와 독서등. 그의 편, 그녀 편. 남자는 위스키를 홀짝이며 이것을 곰곰 생각했다. 서랍장은 침대 발치에서 몇 발자국 떨어진 곳에 있었다. 그는 그날 아침 서랍을 비워 물건들을 상자 몇 개에 담아 거실에 두었다. 서랍장 옆에는 이동식 히터가 있었다. 침대 발치에는 장식용 쿠션이 놓인 등나무 의자가 있었다. 광을 낸 알루미늄 부엌 가구가 진입로 일부를 차지하고 있었다.

선물로 받은 지나치게 큰 노란 모슬린 식탁보가 식탁을 덮고 양옆으로 자락을 늘어뜨리고 있었다. 식탁 위에는 양치식물 화분이 놓여 있고, 그 옆으로 역시 선물로 받은 은식기 세트가 있었다. 커다란 콘솔형 TV*가 커피 테이블 위에 놓여 있고, 거기서 몇 발자국 떨어진 곳에 소파 하나와 스탠드가 있었다. 그는 연장 코드를 이용해 집에서 전기를 끌어다 댔고, 모든 것이 전원에 연결되어 작동했다. 책상은 차고 문 쪽으로 밀어놓았다. 책상 위에는 가재도구 몇 개가 있고, 그 옆으로 액자에 넣은 그림 두 점과 벽시계가 있었다. 진입로에는 이 외에도 상자가 하나 있었는데, 그 안에는 컵, 잔, 접시 들을 신문에 싸서 담아두었다. 그날 아침 그는 옷장도 비웠고 거실에 있는 상자 세 개를 제외하곤 모두 집 밖에 내놓았다. 때때로 지나가던 차가 속도를 늦추고 쳐다봤다. 하지만 멈추는 이는 없었다. 그는 자기라도 그러겠다는 생각이 들었다.

"어머나, 마당 세일인가봐." 여자애가 남자애한테 말했다.

여자애와 남자애는 작은 아파트에 놓을 가구를 구하고 있었다.

"침대 얼마나 하는지 보자." 여자애가 말했다.

"TV도 궁금한걸." 남자애가 말했다.

---

* 나무로 만든 장 안에 TV가 들어 있는 형태.

남자애는 차를 진입로로 몰아 식탁 앞에 세웠다.

둘은 차에서 내려 물건을 살펴보기 시작했다. 여자애는 모슬린 식탁보를 만져보았다. 남자애는 믹서 플러그를 꽂고 다이얼을 '다지기'에 놓았다. 여자애는 채핑 디시*를 집었다. 남자애는 TV를 켜고 세심하게 조정했다. 그러고는 TV를 보려고 소파에 앉았다. 담배에 불을 붙이고 주변을 둘러보더니, 성냥을 풀밭으로 튕겼다. 여자애는 침대에 앉았다. 신발을 벗고 뒤로 누웠다. 금성이 보였다.

"이리 와봐, 잭. 침대에 올라와봐. 저 베개 하나 가지고." 여자애가 말했다.

"어때?" 남자애가 말했다.

"와보라니까." 여자애가 말했다.

남자애가 주변을 둘러보았다. 집안은 어두웠다.

"기분이 이상해. 집에 누구 없나 보는 게 좋겠어." 남자애가 말했다.

여자애가 침대 위에서 뛰었다.

"일단 좀 와봐." 여자애가 말했다.

남자애가 침대에 눕더니 베개를 베었다.

---

* 풍로가 달린 냄비. 보통 뷔페에서 음식을 따뜻하게 유지하기 위해 사용된다.

"느낌이 어때?" 여자애가 물었다.

"단단하네." 남자애가 대답했다.

여자애가 모로 누워 남자애 목에 팔을 둘렀다.

"키스해줘."

"일어나자."

"키스해줘. 키스해달라구, 자기야."

여자애가 눈을 감았다. 남자애를 안았다. 남자애가 여자애의 손가락을 비틀어 풀었다.

남자애는 "집에 누구 없나 좀 볼게" 하고 말했지만, 그냥 일어나 앉기만 했다.

TV는 아직도 켜져 있었다. 거리 위아래로 늘어선 집들에 어느새 불이 들어와 있었다. 남자애가 침대 모서리에 앉았다.

"웃기지 않을까, 만약." 여자애가 싱긋 웃더니 말을 멈췄다.

남자애가 소리 내어 웃었다. 그러더니 독서등을 켰다.

여자애가 모기를 쫓았다.

남자애가 일어나더니 셔츠를 바지에 쑤셔넣었다.

"가서 집에 누가 있나 보고 올게." 남자애가 말했다. "아무도 없을 것 같기는 해. 혹시 누가 있으면, 얼마에 파는지 물어볼게."

"얼마를 달라고 하든 십 달러를 깎아. 그 사람들 분명 절망적이거나 뭐 그럴 거야."

여자애는 침대에 앉아 TV를 보았다.

"소리도 좀 키워줘." 여자애가 말하고는 킬킬거렸다.

"꽤 괜찮은 TV야."

"얼만지 물어봐."

맥스는 가게에서 가져온 봉지를 들고 인도를 걷고 있었다. 봉지에는 샌드위치와 맥주와 위스키가 들어 있었다. 오후 내내 술을 마시다보니 마실수록 정신이 말짱해지는 기분이 들었다. 하지만 중간중간 기억이 나지 않았다. 맥스는 가게 옆에 있는 바에 들어가 그곳 주크박스에서 노래를 한 곡 들었고, 어쩌다보니 어두워지고 나서야 마당에 내놓은 물건이 생각났다.

맥스는 진입로에 있는 차와 침대에 앉아 있는 여자애를 보았다. TV가 켜져 있었다. 그러고는 현관에 있는 남자애를 보았다. 맥스는 마당을 가로지르기 시작했다.

"안녕, 침대 봤구나. 잘됐네." 맥스가 여자애에게 말했다.

"안녕하세요." 여자애가 말하며 일어났다. "그냥 앉아봤어요." 여자애는 침대를 가볍게 두드렸다. "아주 좋은 침대예요."

"좋은 침대지. 근데 이제 무슨 말을 해야 하지?"

맥스는 뭔가 말해야 한다는 걸 알았다. 그는 봉지를 내려놓고 맥주와 위스키를 꺼냈다.

"저흰 아무도 없는 줄 알았어요." 남자애가 말했다. "침대에 관심이 있는데요, 어쩌면 TV도요. 어쩌면 책상도. 침대는 얼마나 드리면 될까요?"

"침대는 오십 달러 생각하고 있어." 맥스가 말했다.

"사십 달러에 해주시면 안 돼요?" 여자애가 말했다.

"좋아, 사십 달러로 하지." 맥스가 말했다.

맥스는 상자에서 잔을 하나 꺼내 신문지를 벗겨내고 위스키 뚜껑을 열었다.

"TV는요?" 남자애가 물었다.

"이십오 달러."

"이십 달러는 안 될까요?" 여자애가 말했다.

"이십 달러 괜찮아. 이십 달러도 돼." 맥스가 말했다.

여자애가 남자애를 보았다.

"너희들, 한잔할래?" 맥스가 말했다. "잔은 그 상자에 있어. 난 좀 앉을게. 소파에 앉아야겠다."

맥스는 소파에 앉아 뒤로 기대고 두 사람을 응시했다.

남자애가 잔을 두 개 찾아 위스키를 따랐다.

"얼마나 마실 거야?" 남자애가 여자애한테 물었다. 두 사람은, 남자애와 여자애는 고작 스무 살에, 생일도 한 달 정도 차이였다.

"그만 됐어. 내 거엔 물 타줘."

여자애가 의자를 하나 끌고 와서 식탁 앞에 앉았다.

"저기 수도꼭지에 물 나와. 틀어봐." 맥스가 말했다.

남자애는 위스키에, 자기 잔과 여자애 잔에 물을 탔다. 헛기침을 하고는 자기도 식탁 앞에 앉았다. 그러고는 씩 웃었다. 머리 위로 새들이 벌레를 잡으러 휙휙 날아다녔다.

맥스는 TV를 응시했다. 술잔을 비웠다. 스탠드를 켜다가 담배를 쿠션 사이로 떨어뜨렸다. 여자애가 일어나 맥스가 담배 찾는 걸 거들었다.

"또 사고 싶은 거 없어, 자기?" 남자애가 물었다.

남자애는 수표첩을 꺼냈다. 자기 잔과 여자애 잔에 위스키를 더 따랐다.

"응, 책상도 살래. 책상은 얼마예요?" 여자애가 물었다.

맥스는 이 가당찮은 질문에 손을 흔들었다.

"값을 불러봐." 맥스가 말했다.

맥스는 식탁에 앉아 있는 두 사람을 바라보았다. 스탠드 불빛 아래서, 두 사람의 표정에 뭔가가 어렸다. 그 표정은 잠시 뭔가 공모하는 듯한 분위기더니, 이내 부드러워졌다. 그밖에 달리 표현할 말이 없었다. 남자애가 여자애의 손을 만졌다.

"TV 끄고 음악이나 틀어야겠군." 맥스가 말했다. "이 전축도 파는 거야. 싸. 값을 불러봐."

맥스는 위스키를 더 따르고 맥주를 땄다.

"전부 파는 거야."

여자애가 잔을 내밀자 맥스는 위스키를 더 따랐다.

"고마워요." 여자애가 말했다.

"이거 제법 어질어질하네. 취하는걸." 남자애가 말했다.

남자애는 잔을 비우고 잠시 그대로 있더니 한 잔 더 따랐다. 남자애가 수표를 쓰고 있을 때 맥스가 레코드판을 찾았다.

"맘에 드는 걸로 골라봐." 맥스가 여자애한테 말하며 레코드판들을 내밀었다.

남자애는 계속 수표를 썼다.

"이거요." 여자애가 손가락으로 가리키며 말했다. 여자애는 레코드판에 적힌 이름을 몰랐지만, 아무래도 좋았다. 모험이었으니까. 여자애는 식탁에서 일어났다가 도로 앉았다. 가만히 앉아 있고 싶지 않았다.

"바로 현금으로 바꿀 수 있게 할게요." 남자애가 아직도 수표를 쓰면서 말했다.

"좋지." 맥스가 말했다. 그는 위스키를 비우고 맥주를 더 따랐다. 소파에 앉아 다리를 꼬았다.

그들은 마셨다. 그들은 레코드판이 끝날 때까지 들었다. 그러고 나서 맥스가 다른 레코드판을 틀었다.

"너희들 춤추지 않을래?" 맥스가 말했다. "좋은 생각인 거 같은데. 한번 춰보지그래?"

"아뇨, 생각 없는데요. 춤추고 싶어, 칼라?" 남자애가 말했다.

"춰봐. 여긴 우리집 진입로라고. 춤춰도 괜찮아." 맥스가 말했다.

서로 팔을 두르고 몸을 밀착한 채, 남자애와 여자애는 진입로 위아래로 몸을 움직였다. 그들은 춤을 추었다.

음악이 끝나자, 여자애가 맥스에게 춤추자고 말했다. 여자애는 여전히 신발을 벗은 채였다.

"나 취했는데." 맥스가 말했다.

"안 취하셨는데요." 여자애가 말했다.

"음, 난 취했어." 남자애가 말했다.

맥스가 레코드판을 다시 틀자, 여자애가 맥스에게 다가갔다. 둘은 춤을 추기 시작했다.

여자애가 길 건너편 창문에 모여 있는 사람들을 보았다.

"저쪽에 있는 사람들이요. 쳐다보네요. 괜찮은 건가요?" 여자애가 물었다.

"괜찮아." 맥스가 말했다. "여긴 내 집이야. 춤춰도 돼. 저치들은 여기서 볼 거 다 봤다고 생각했을 테지만, 이런 건 못 봤을걸."

잠시 후, 맥스는 목에서 여자애의 따뜻한 숨결을 느끼고, 이렇게 말했다. "침대가 마음에 들면 좋겠군."

"그럴 거예요."

"둘 다 맘에 들면 좋겠어." 맥스가 말했다.

"잭! 일어나!" 여자애가 말했다.

잭은 턱을 괴고 졸린 눈으로 두 사람을 보았다.

"잭." 여자애가 말했다.

여자애는 눈을 감았다 떴다. 얼굴을 맥스의 어깨에 기댔다. 그러고는 맥스를 더 바짝 끌어당겼다.

"잭." 여자애가 중얼거렸다.

여자애는 침대를 바라보았다. 그게 왜 마당에 나와 있는지 이해할 수가 없었다. 여자애는 맥스의 어깨 너머로 하늘을 보았다. 그리고 맥스에게 매달렸다. 참을 수 없는 행복에 젖었다.

나중에 여자애가 말했다. "중년쯤 된 아저씨였어. 물건을 죄 앞마당에 내다놨더라. 진짜라니까. 우린 취해서 춤도 췄어. 진입로에서. 하느님 맙소사. 웃지 마. 그 남자가 레코드판을 틀더라구. 이 전축 좀 봐. 그 남자가 우리한테 준 거야. 이 낡은 레코드판들도. 잭이랑 나 그 남자 침대에서 자버렸다니까. 잭이 취하는 바람에 아침에 트레일러를 빌려야 했어. 그 남자 물건 다 옮기려구 말야. 나 자다가 중간에 한 번 깼거든. 근데 우리한테 담요를 덮어주고 있는 거야, 그 남자가 말이야. 이 담요야. 만져봐."

여자애는 계속 이야기했다. 모두에게 이야기했다. 뭔가 더 있었다는 건 여자애도 알았지만, 그건 말로 표현할 수 없었다. 얼마 후 여자애는 이에 대해 더는 이야기하지 않게 되었다.

뷰파인더

양손이 없는 남자가 문으로 다가와 내게 우리집 사진을 팔려고 했다. 크롬 갈고리를 제외하면 그는 오십쯤 먹은, 평범하게 생긴 남자였다.

"어쩌다가 손이 그렇게 되셨어요?" 그가 원하는 것이 뭔지 듣고 나서 내가 물었다.

"그건 또 다른 얘긴데요." 그가 말했다. "사진 사실 건가요, 안 사실 건가요?"

"들어오시죠." 내가 말했다. "커피도 막 끓여놓은 참이니."

난 젤로*도 만들었지만 그건 말하지 않았다.

---

* 과일의 맛과 향과 빛깔을 낸 디저트용 젤리.

"화장실 좀 썼으면 싶은데." 손이 없는 남자가 말했다.

난 그가 그 갈고리로 어떻게 커피잔을 드는지 보고 싶었다. 그가 어떻게 사진을 찍는지는 알았다. 사진기는 구형 폴라로이드 카메라로, 검은색에 커다랬다. 어깨와 등에 둘러멘 가죽끈에 매달려 가슴 앞에 고정되어 있었다. 그는 집 앞 보도에 서서 뷰파인더에 집이 들어오게 한 다음, 한쪽 갈고리로 레버를 누른다. 그러면 일이 분 후에 사진이 나온다. 나는 창문으로 그 모습을 지켜보고 있었다.

"화장실이 어디라고 하셨죠?"

"저쪽이요, 오른쪽으로 도세요."

이때쯤 그는 몸을 숙이고 등을 구부리며 가죽끈을 벗었다. 소파에 카메라를 놓아두고 재킷을 똑바로 폈다. "저 없는 동안 이거나 보고 계시든지요."

나는 그가 내민 사진을 받았다. 작고 네모난 잔디, 진입로, 간이차고, 현관으로 올라가는 계단, 바깥으로 돌출된 창문, 부엌 창문이 보였다. 이런 비극이 담긴 사진을 내가 뭣하러 사겠는가? 자세히 보니 부엌 창문 안쪽으로 싱크대에서 몇 걸음 떨어진 곳에 내 머리, 내 머리의 윤곽이 보였다. 잠시 사진을 들여다보고 있으니 화장실 물 내리는 소리가 들렸다. 그는 지퍼를 잠그고 웃음을 머금은 얼굴로 복도를 걸어오며, 한쪽 갈고리로 벨트를 잡고 다른 갈고리로 셔츠를 쑤셔넣고 있었다.

"마음에 드세요?" 그가 말했다. "괜찮죠? 제 생각엔 잘 나온 것 같은데, 제가 또 이 일을 잘 아니까 드리는 말씀인데요, 사실 집을 찍는 건 별로 어려울 게 없거든요. 날씨만 궂지 않으면요. 어차피 날이 궂으면 실내에서만 일하지만요. 이를테면 특별 작업이랄까요." 그는 가랑이 부분을 잡아당겼다.

"여기 커피요."

"혼자이신 거 맞죠?" 그는 거실을 쳐다보다 고개를 가로저었다. "힘드시겠네요, 힘들고말고요." 그는 카메라 옆에 앉아 한숨을 내쉬며 몸을 뒤로 기대고는 눈을 감았다.

"커피 드세요." 내가 말했다. 나는 그의 맞은편 의자에 앉았다. 일주일 전에 야구 모자를 쓴 아이 셋이 우리집에 찾아왔었다. 한 아이가 말했다. "이 집 주소를 요 앞 갓돌에다가 페인트로 써드릴까요? 동네 사람들도 다 하고 있어요. 일 달러면 되는데." 나머지 두 아이는 보도에서 기다렸는데, 한 아이는 발 앞에 흰색 페인트통을 놓아두었고 다른 아이는 붓을 들고 있었다. 세 아이 모두 팔을 걷어붙인 상태였다.

"얼마 전에 아이 셋이 이 집 주소를 갓돌에 써주겠다고 찾아왔더군요. 일 달러를 달라면서요. 거기에 관해 뭐 아는 거 없으시죠?" 승산 없는 내기였다. 그래도 난 그를 주시했다.

그는 의미심장하게 몸을 앞으로 기울였다. 커피잔은 두 갈고리 사이에서 균형을 유지했다. 그는 잔을 조심스레 작은 탁자에 내려놓았다. 그리고 나를 보았다. "나 원, 무슨 말씀을. 전 혼자 일하거든요. 언제나 그랬고 앞으로도 그럴 겁니다. 무슨 말씀을 하시는 거죠?"

"혹시나 연관이 있나 해서요." 내가 말했다. 머리가 아팠다. 커피는 두통에 도움이 안 되지만, 젤로는 가끔 도움이 된다. 나는 사진을 들었다. "전 부엌에 있었어요." 내가 말했다.

"압니다. 길에서 봤어요."

"이런 경우가 얼마나 되죠? 그러니까 집과 사람이 같이 찍히는 경우요. 전 보통 더 안쪽에 있거든요."

"매번 그러는걸요. 그럼 확실히 팔리죠. 가끔은 제가 사진 찍는 걸 보고 집에서 나와서는 자기도 사진에 들어가게 찍어달라는 사람도 있어요. 어떤 경우는 부인이 남편 세차하는 모습을 찍어달라고도 하구요. 아니면 아이가 잔디 깎고 있는 걸 부인이 보고 찍으세요, 찍으시라구요 하고 말하면, 그걸 찍기도 하죠. 아니면 가족이 오붓하게 테라스에서 간단하게 점심을 먹고 있을 때 제가 가서 찍어도 되느냐고 물어보기도 합니다." 그의 오른쪽 다리가 까불거리기 시작했다. "그러니까 식구들이 그냥 훌쩍 나가버린 거군요, 맞나요? 짐 싸서 가버린 거예요. 가슴 아프죠. 애들은 저도 모르겠네요. 더이상은요. 전 애들을 좋아하지 않아요. 심지어 제 자식들도요. 말씀드렸듯이 전 혼자 일합니다. 사진은요?"

"살게요." 내가 대답했다. 나는 잔을 챙기려고 일어섰다. "이 동네 살진 않으시죠. 어디 사세요?"

"지금은 시내에 방을 하나 잡아뒀죠. 괜찮은 곳이에요. 버스 타고 나와서, 뭐냐, 근방을 다 돌고 나면 다른 데로 가죠. 더 좋은 방법도 있지만 그럭저럭 살 만해요."

"아이들은 어떻게 하시구요?" 나는 잔을 들고 기다리며 그가 소파에서 일어나느라 애쓰는 것을 지켜보았다.

"망할 것들. 애들 엄마도 똑같다니까요! 그것들 때문에 이렇게 됐단 말입니다." 그는 양손을 내 얼굴 앞에 들이밀었다. 그러고는 뒤로 돌더니 카메라 끈을 몸에 걸기 시작했다. "용서하고 잊어버리고 싶긴 한데, 글쎄 그게 잘 안 돼요. 아직도 가슴이 아파요. 그게 문제죠. 용서할 수도 잊을 수도 없네요."

나는 다시 그가 갈고리로 가죽끈을 조절하는 모습을 바라보았다. 그가 갈고리로 어떤 일을 할 수 있는지 지켜보는 것은 멋진 일이었다.

"커피랑 화장실 고맙습니다. 선생님은 지금 시련을 겪고 있는 거예요. 유감입니다." 그는 양쪽 갈고리를 들었다가 내렸다. "제가 해드릴 일이라도?"

"사진이나 더 찍어주세요. 저랑 집이 같이 나오도록요."

"그래도 안 될 텐데요." 그가 말했다. "사모님은 돌아오지 않으실 텐데."

"아내가 돌아오길 바라는 게 아닙니다." 내가 말했다.

그는 콧방귀를 뀌었다. 나를 바라보았다. "싸게 해드리죠. 세 장에 일 달러 어때요? 그 이하로는 제가 밑져서 안 돼요."

우리는 바깥으로 나갔다. 그는 셔터를 조정했다. 그가 나더러 어디에 서야 하는지 일러주었고, 우리는 사진을 찍기 시작했다. 우리는 집을 빙 돌았다. 아주 체계적으로 했다. 난 때때로 옆을 보았다. 또 가끔은 카메라를 정면으로 보았다. 집밖으로 나오는 것만으로도 도움이 됐다.

"좋아요." 그가 말했다. "이거 좋은데요. 이번 거 아주 잘 나왔어요. 가만있자." 우리가 집을 한 바퀴 돌아 다시 진입로로 돌아왔을 때 그가 말했다. "스무 장이군요. 더 찍으시겠어요?"

"두세 장 더 찍죠." 내가 대답했다. "지붕 위에서요. 제가 올라갈 테니 여기 아래에서 찍어주시면 됩니다."

"거참." 그는 길을 위아래로 쳐다보았다. "뭐, 좋아요, 그럽시다. 하지만 조심하셔야 됩니다."

"말씀하신 게 맞아요." 내가 말했다. "그냥 훌쩍 가버렸죠. 아무도 남지 않고 전부요. 제대로 짚으셨어요."

손이 없는 남자가 말했다. "말씀하시지 않아도 됩니다. 문 여시는 거 보고 딱 알았거든요." 그는 두 갈고리를 내게 흔들었다. "여자 때문에 모든 게 다 무너져내렸다는 생각이 들죠! 그것도 모자라서 다리까지 잃고. 이것 좀 보세요! 이런 꼴을 만들어놓는다니까요. 망할." 그가 말했다. "지붕에는 올라가실 건가요, 마실 건가요? 제가 가야 해서요."

나는 의자를 가지고 나와서 간이차고 끄트머리에 놓았다. 그래도 손이 닿지 않았다. 그는 진입로에 서서 날 지켜봤다. 나는 나무상자를 찾아 의자 위에 올려놓았다. 먼저 의자에 올라간 다음 상자 위로 올라갔다. 간이차고로 올라간 뒤 지붕으로 걸어가서, 무릎을 꿇고 지붕널을 기어서 굴뚝 근처의 조금 평평한 곳에 다다랐다. 나는 일어서서 주위를 둘러보았다. 산들바람이 불었다. 나는 손을 흔들었고, 그도 두 갈고리를 모두 흔들었다. 그때 돌멩이들이 보였다. 굴뚝 구멍을 막아놓은 철망에 작은 돌멩이 둥지 같은 게 있었다. 아이들이 굴뚝에 넣겠다고 돌멩이를 던진 모양이었다.

나는 돌멩이 하나를 집어들었다. "준비되셨나요?" 내가 외쳤다.

그는 나를 뷰파인더에 담았다.

"됐습니다." 그가 대답했다.

나는 몸을 돌려 팔을 뒤로 젖혔다. “지금이에요!” 내가 외쳤다. 나는 돌멩이를 최대한 멀리, 갈고리를 휘두르듯 남쪽으로 던졌다.

“어떨지 모르겠는데요.” 그가 말했다. “움직이셨어요. 잠시 후면 알겠죠.” 잠시 후 그가 말했다. “이런, 괜찮군요.” 그는 사진을 보고는 들어 보였다. “아 그러니까 잘 나왔다구요.”

“한번 더요.” 내가 외쳤다. 나는 돌멩이를 하나 더 들었다. 그리고 싱긋 웃었다. 떠오를 수 있을 것 같았다. 날 수도 있을 것 같았다.

“지금요!” 내가 외쳤다.

·
·

다들 어디 있지?

·
·
·

나는 볼 만큼 봤다. 며칠 묵으려고 어머니 집에 갔는데, 계단을 다 올랐을 때 보니 어머니가 소파에서 웬 남자와 키스하고 있었다. 때는 여름에, 문이 열려 있고 컬러 TV가 켜져 있었다.

어머니는 예순다섯이고 외롭다. 독신자 클럽에 다닌다. 하지만 그래도, 이런 걸 다 알면서도 난 괴로웠다. 나는 난간을 잡고 계단참에 서서 남자가 어머니에게 더 진하게 키스하는 모습을 지켜보았다. 어머니도 키스에 응하고 있었고, 거실 반대쪽에는 TV가 켜져 있었다. 일요일, 오후 다섯시쯤이었다. 그곳 아파트 주민들은 아래층에 있는 수영장에 있었다. 나는 계단을 도로 내려가 내 차에 탔다.

그날 오후 이후로 많은 일이 일어났고, 이제 전체적으로 그때

보다 상황이 나아졌다. 하지만 그 나날들, 어머니가 막 만난 남자들과 같이 자던 그 시기에 나는 실직한 상태였고, 술을 마셔댔고, 미쳤었다. 내 아이들도 미쳤었고, 아내는 미쳤을 뿐 아니라 알코올중독자 모임에서 만난 실직한 항공우주공학자와 그 짓도 했다. 그 남자도 미쳤었다. 그 남자는 이름이 로스였는데 애가 다섯인가 여섯인가 그랬다. 그는 첫 아내에게 입은 총상 때문에 다리를 절었다. 당시 그는 아내가 없었고, 내 아내를 원했다. 그때는 다들 무슨 생각으로 살았는지 모르겠다. 두번째 아내도 생겼다가 없어졌지만, 몇 년 전에 그의 넓적다리에 총을 쏴서 다리를 절게 한 것은, 그리고 부양비를 대지 않았다는 이유로 한 여섯 달마다 그를 법정에 혹은 감방에 보냈다가 꺼냈다가 하는 것은 그의 첫 아내였다. 이제는 나도 그가 잘 지내길 바란다. 하지만 그때는 달랐다. 당시에 나는 여러 차례 무기라는 말을 입에 올렸다. 난 아내에게 말했다, 소리쳤다. "그 자식 죽여버릴 거야!" 하지만 아무 일도 일어나지 않았다. 상황은 비틀거리며 앞으로 나아갔다. 나는 그와 전화로는 몇 번 이야기했지만, 그를 만난 적은 한 번도 없다. 아내의 지갑을 뒤지다가 그의 사진을 두 장 발견하기는 했다. 한 사진에서 그는 몸집이 작은, 그렇다고 아주 작지는 않은 남자였고 콧수염이 있었는데, 줄무늬 스웨터를 입고서 아이가 미끄럼틀에서 내려오기를 기다리고 있었다.

다른 사진에서는 어떤 집—내 집인가? 모르겠다—앞에 서서 양복 차림에 타이를 맨 채 팔짱을 끼고 있었다. 로스, 이 개자식아, 이제 잘 지내기 바란다. 너도 좀 나아졌기를 바란다고.

그가 마지막으로 감방에 갔을 때, 그러니까 그 일요일 한 달 전이었는데, 나는 딸아이한테서 아내가 그의 보석 보증인이 되어주었다는 얘기를 들었다. 열다섯이던 딸 케이트는 나만큼이나 그 일을 마음에 들어하지 않았다. 그렇다고 딸아이가 내게 의리를 지키느라 그런 건 아니었다—딸아이는 내게든 엄마에게든 어떤 면으로도 의리 따위는 없었고 언제라도 나든 엄마든 배반할 준비가 돼 있었다. 그렇다, 그건 집에 돈 문제가 심각해서 로스에게 돈이 들어가면 자기에게 그만큼 덜 돌아오기 때문이었다. 그렇게 해서 로스도 딸아이의 명부에 올라가게 되었다. 게다가 딸아이는 그의 애들을 좋아하지 않는다고 말하기도 했지만, 언젠가는 내게 로스가 전반적으로 괜찮다고, 심지어 술을 마시지 않을 때는 웃기고 재미있다고 말한 적도 있다. 점도 봐줬다나.

그는 항공우주공학 분야에서 더이상 일을 못하게 되자 물건을 수리하며 지냈다. 나는 그의 집을 밖에서 본 적이 있는데, 그곳은 꼭 쓰레기 매립장처럼, 다시는 세탁하거나 요리하거나 연주하지 못할 것 같은 온갖 가전제품과 장비 등으로 너저분했다—이 모든 게 개방된 차고에, 진입로에, 앞마당에 널려 있었다. 그는 고장난 자동차 몇 대도 만지작거리려고 모아두었다. 두 사람 관계가 아직 초기일 때 아내는 나더러 그가 "골동품 자동차를 수집한다"고 말했다. 그게 그녀의 말이었다. 나는 뭔가 알아낼 수 있을까 해서 그의 집에 차를 몰고 갔다가, 집 앞에 세워둔 차를 몇 대 보았다. 낡은 50년대와 60년대 차, 좌석 커버가 찢기고 찌그러진 차들. 그건 그냥 고물차에 불과했다. 나는 알았다. 내겐 그의 전화번호가 있었다. 우리에겐 공통점이 있었지만, 둘 다 오래된 차를 몰고 둘 다 똑같은 여자에게 죽어라 매달리려고 하는 게 다는 아니었다. 하지만 수리공이든 아니든, 그는 아내의 차를 제대로 정비하지 못했고 우리집 TV가 고장나서 화면이 나오지 않을 때 TV를 고치지도 못했다. TV는 소리만 들리고 화면이 나오지 않았다. 우리는 뉴스를 듣고 싶으면 밤에 TV 앞에 둘러앉아 귀를 기울여야 했다. 그럴 때면 난 술을 마시며 '해결사씨'에 관해 아이들에게 입방정을 떨었다. 나는 지금도 아내가 그런 것들, 골동품 자동차 따위의 얘기들을 믿었었는지 잘 모르겠다. 하지만 아내는 그를 좋아했고, 심지어 사랑하기까지 했다. 그건 이제 아주 명백하다.

두 사람이 만난 건 아내 신시아가 멀쩡한 정신으로 지내려고 일주일에 서너 차례 모임에 나가던 때였다. 나는 알코올중독자 모임에 몇 달간 다니다 말다 했지만, 신시아가 로스와 만나던 때는 모임을 관두고 술이라면 뭐든 손에 잡히는 대로 하루에 0.2갤런*씩 마셨다. 하지만 신시아가 전화로 누군가에게 내 얘기를 하는 걸 들었을 땐 이미 모임 사람들과 안면을 튼 터라 정말 도움이 필요하면 누구를 찾아가야 하는지는 알고 있었다. 로스는 모임에 다니다가 다시 술을 마시기 시작했다. 내 생각에 신시아는 나보다는 그가 더 가망이 있다고 느껴서 그를 도우려 했고, 그래서 본인이 술을 마시지 않으려고 모임에 나갔다가 그의 집에 찾아가서 음식을 해주거나 청소를 해주었던 것 같다. 로스의 아이들은 이런 면에서 아무런 도움이 되지 않았다. 신시아가 그 집에 있을 때는 신시아를 제외한 누구도 집안일에 손 하나 까딱하지 않았다. 하지만 아이들이 비협조적일수록 그는 아이들을 더 사랑했다. 이상했다. 나는 정반대였는데. 이때 난 애들이 미웠다. 내가 보드카와 그레이프프루트주스를 섞은 잔을 들고 소파에 앉아 있으면 아이들 중 하나가 학교에서 돌아와 문을 쾅하고 닫았다. 어느 오후 나는 소리를 지르며 아들과 실랑이를 벌였다. 내가 두드려 패겠다고 윽박지르자 신시아가 말렸다. 나는 아들에게 죽여버리겠다고 했다. 나는 말했다. "내가 준 생명이니까 가져갈 수도 있어."

---

* 약 750밀리리터.

광기.

우리 애들 케이티와 마이크는 위태위태한 이 상황을 이용할 수 있다는 걸 마냥 기뻐할 뿐이었다. 서로를 혹은 우리를 협박하고 괴롭히는 것, 그 폭력과 실망, 난리법석이 즐거운 듯싶었다. 바로 지금, 이렇게 오랜 시간이 지난 지금 떠올려봐도 녀석들에게 정나미가 떨어진다. 오래전, 술에 완전히 찌들기 전에 이탈로 스베보라는 이탈리아 작가의 소설에서 범상치 않은 장면을 본 기억이 난다. 화자의 아버지가 죽어가고 있어서 가족들이 침대에 모여 아버지의 임종을 기다리며 울고 있는데, 아버지가 눈을 뜨더니 마지막으로 가족을 한 명씩 바라본다. 시선이 화자를 향하자, 아버지는 갑자기 동요하고 그의 눈에 뭔가가 어린다. 그리고 마지막 힘을 쥐어짜 몸을 일으키더니 몸을 내던지듯 침대를 가로질러, 있는 힘껏 아들의 뺨을 후려친다. 그러고는 침대에 쓰러져 죽는다. 나는 그 당시에 종종 내 임종을 상상하며 나도 똑같이 하는 것을 상상해보았는데, 다만 두 녀석 다 갈겨줄 힘이 있기를 바라며, 아이들에게 남기는 마지막 말로 오직 죽어가는 사람만이 감히 내뱉을 수 있는 얘기를 해줬으면 싶었다.

하지만 우리 아이들은 어디서나 광기를 보았고, 확신하건대 그것은 녀석들이 바라는 바였다. 애들은 거기서 양분을 얻었다. 우리가 사태를 엉망으로 만들며 녀석들에게 우리 죄책감을 이용해

먹을 빌미를 주는 동안, 아이들은 상황을 지배하게 되어, 우위를 점할 수 있게 되어 즐거워했다. 때때로 불편한 적도 있었겠지만 녀석들은 자기들 방식으로 처리해나갔다. 집에서 어떤 일이 일어나도 당황하거나 화내지 않았다. 오히려 반대였다. 덕분에 녀석들은 친구들과 이야기할 거리가 생겼다. 내가 들은 바로는 녀석들은 최대한 끔찍한 얘기로 친구들을 즐겁게 해주며, 나와 저희 엄마한테 일어난 충격적인 일들을 시시콜콜 떠벌리면서 웃음을 터뜨렸다. 어째서인지 아직 교사직을 유지하면서 매달 급여를 받아오던 신시아에게 재정적으로 의지하던 것만 빼면, 아이들은 완전히 쇼를 장악하고 있었다. 그리고 그것은 말 그대로 쇼였다.

한번은 아내가 로스의 집에서 밤을 보내고 집에 돌아왔는데 마이크가 문을 잠가버린 적이 있었다…… 그날 내가 어디 있었는지는 모르겠다. 아마 어머니 댁에 있었을 것이다. 가끔 그곳에 자러 갔으니까. 나는 어머니와 함께 저녁을 먹었고 어머니는 자기가 우리 모두를 얼마나 걱정하는지 이야기했다. 그런 뒤에 우리는 TV를 보며 다른 얘기, 내 가족사가 아닌 다른 일에 관해 평범한 얘기를 하려고 했다. 어머니는 소파에 내 잠자리를 만들어 주었다—아마도 남자와 사랑을 나누던 바로 그 소파였겠지만, 어쨌거나 난 감사하며 거기서 잤다. 신시아는 아침 일곱시에 옷을 갈아입고 출근하려고 집에 갔다가, 마이크가 문이란 문과 창문은 모조리 잠가놓고 자기를 집에 들여보내지 않으려고 한다는 걸 알게 되었다. 신시아는 마이크 방 창가에 서서 집에 들어가게 해달라고 빌었다—제발, 제발, 옷 갈아입고 학교 갈 수 있게 해달라고, 만약 직장을 잃으면 어떻게 되겠느냐고, 마이크 너는 어디로 가겠느냐고, 가족들 모두 어디로 가겠느냐고 물었다. 마이크가 말했다. "엄만 이제 여기 안 살잖아. 왜 들어오게 해줘야 하는데?" 이것이 마이크가 한 말이다, 창문 앞에 서서, 얼굴이 분노로 완전히 일그러진 채로. (아내는 나중에 술을 마시고서 이 얘기를 해주었고, 정신이 말짱하던 나는 아내의 손을 잡고 이야기를 들었다.) "엄마 여기 안 살잖아." 마이크가 말했다.

"제발, 제발, 제발, 마이크." 아내가 간청했다. "들여보내줘."

마이크는 아내를 들여보냈고, 아내는 욕을 했다. 주저 없이, 마이크는 아내의 어깨에 여러 차례 주먹질했고—퍽, 퍽, 퍽—그러고는 머리 위쪽을 때리고 여기저기를 두드려 팼다. 아내는 마침내 옷을 갈아입고, 화장을 고치고, 학교로 달려갔다.

이 모든 게 그리 오래지 않은, 한 삼 년 전에 일어난 일이다. 당시에는 특별한 일이었다.

나는 어머니를 그 남자와 함께 소파에 내버려두고 잠시 차를 몰았다. 집에 가고 싶지도, 바에 앉아 있고 싶지도 않았다.

때때로 나와 신시아는 대화를 나누었다. 우리는 그걸 '상황 검토하기'라고 했다. 하지만 아주 가끔은 상황과 아무 관계 없는 일들도 이야기했다. 어느 날 오후 아내와 내가 거실에 앉아 있는데 아내가 말했다. "내가 마이크 임신했을 때, 너무 아픈데 임신한 상태여서 침대에서 내려오지도 못했을 때, 당신이 화장실까지 날 안고 갔어. 날 안고 갔다구. 그 누구도 그렇게 해주지 못할 거야, 누구도 그런 식으로, 그렇게까지 날 사랑하지 못할 거야. 우린 적어도 그건 있어. 우린 어느 누구도 다시는 사랑하지 못할 만큼 서로 사랑했어."

우리는 서로 바라보았다. 어쩌면 손을 잡았을지도 모르겠지만, 기억나지 않는다. 그 순간 나는 우리가 앉아 있던 바로 그 소파 쿠션 아래 반 파인트들이 위스키인지 보드카인지 진인지 스카치인지 테킬라인지를 예전에 숨겨놓은 걸 기억해내고 (아 행복한 날들이여!) 아내가 곧 일어나서 부엌으로, 화장실로, 차고 청소하러 바깥으로 갔으면 좋겠다고 생각하기 시작했다.

"커피 좀 타주면 안 될까. 커피 한잔 하면 좋겠는데." 내가 말했다.

"뭐 좀 먹을래? 수프라면 해줄 수 있어."

"먹는 것도 괜찮겠지, 근데 커피는 확실히 마실 거야."

아내가 부엌으로 갔다. 나는 아내가 물을 트는 소리가 들릴 때까지 기다렸다. 그러고는 쿠션 아래로 손을 쑤셔넣어 술병을 꺼낸 뒤, 뚜껑을 열고 술을 마셨다.

나는 이런 일을 알코올중독자 모임에서 한 번도 말한 적이 없다. 나는 모임에서 말을 많이 하는 편이 아니었다. 흔히 하는 말로 '통과'였다. 얘기할 차례가 돌아오면 "오늘은 통과할게요, 고마워요" 하고만 말하는 것이다. 하지만 그 끔찍한 이야기들에 귀를 기울이고 고개를 젓고 소리 내어 웃었다. 모임에 나가던 초기에는 대개 취해 있었다. 겁이 나면 쿠키와 인스턴트커피로는 부족한 법이다.

하지만 우리가 그렇게 사랑이나 과거를 얘기하는 경우는 드물었다. 우리가 얘기하는 주제는 대체로 일, 생존, 현실적인 것들이었다. 돈. 어디서 돈을 구하지? 전화는 이미 끊기게 생겼고, 전기와 가스도 위험하다는 얘기. 케이티는 어떻게 하지? 케이티에게 옷이 필요하다는 얘기. 그애 성적 얘기. 그애 남자친구가 오토바이를 탄다는 얘기. 마이크 얘기. 마이크는 어떻게 될까? 우리 모두는 어떻게 될까? "오 하느님." 그럴 때면 아내는 말했다. 하지만 신은 전혀 무신경했다. 신은 우리에게서 손을 털어버렸다.

나는 마이크가 육군이든 해군이든 해안경비대든 들어가길 바랐다. 마이크는 대책이 없었다. 위험한 아이였다. 신시아 말로는 로스조차 그게 마이크에게 좋을 거라고 했고, 그 말에 신시아는 마음이 좀 상했다. 하지만 나는 그 말을 듣고 로스와 내가 그 일에 동의한다는 게 기뻤다. 로스가 내게 점수를 딴 셈이다. 하지만 신시아는 화를 냈다, 마이크와 같이 지내는 게 비참하기는 했지만, 그애가 과격하기는 했지만, 그것이 일시적이라 곧 지나가리라고 여긴 탓이었다. 신시아는 마이크가 입대하는 걸 바라지 않았다. 하지만 로스는 신시아에게 마이크가 군대에 어울리고, 그곳에 가면 사람을 존중하고 예의바르게 행동하는 법을 배울거라고 말했다. 그날 이른 아침에 로스의 집 진입로에서 그가 마이크와 서로 마구 밀치다가 바닥에 내동댕이쳐진 후에 한 말이었다.

로스는 신시아를 사랑했지만, 자기 애를 임신한 스물두 살 먹은 베벌리라는 여자와도 관계를 맺고 있었는데, 신시아한테는 베벌리가 아니라 신시아를 사랑한다고 안심시켰다. 더이상 그 여자랑은 자지도 않지만, 자기 아기를 임신한데다 자기는 자식을 모두, 아직 태어나지 않은 아이까지도 사랑하니까, 그 여자를 그냥 차버릴 수는 없지 않겠느냐고 했다. 로스는 울면서 이런 얘기를 신시아에게 죄 늘어놓았다. 취한 상태였다. (그때는 꼭 누군가는 취해 있었다.) 그 장면이 상상이 간다.

로스는 캘리포니아 공과대학을 졸업하고 곧바로 마운틴뷰에 있는 나사 지부에서 일했다. 그곳에서 십 년간 일하다가, 어느 날 모든 게 무너져내렸다. 이미 말했듯 나는 그와 만난 적은 없지만 몇 차례 전화로 이런저런 얘기를 했다. 한번은 내가 취해서 신시아와 뭔가 우울한 일로 말다툼을 하다가 그에게 전화를 했다. 그의 아이가 전화를 받아서 로스를 바꿔주자, 나는 내가 비켜준다면(물론 난 비켜줄 의도가 전혀 없었고 그저 장난일 뿐이었는데) 신시아와 우리 아이들을 부양하겠느냐고 물었다. 로스는 구운 고기를 자르고 있었다고, 정말 그렇게 말하더니, 이제 막 앉아서 아이들과 함께 저녁을 먹으려던 참이라고 했다. 그는 다시 전화해도 되겠느냐고 물었다. 나는 전화를 끊었다. 한 시간쯤 후 그에게서 전화가 왔을 때 난 이전의 통화를 잊고 있었다. 신시아가 전화를 받더니 "그래요"라고 말하고는 다시 "그래요" 했고, 난 로스가 전화해서 내가 취했느냐고 물어보고 있다는 걸 알았다. 나는 전화기를 잡아챘다. "그래서, 부양할 거요, 말 거요?" 로스는 그런 모든 상황이 미안하기는 하지만, 그건 어렵겠다고, 부양은 어려울 것 같다고 대답했다. "그러니까, 못한다, 부양할 수 없다는 거로군." 나는 그걸로 다 정리된 게 아니냐는 듯 신시아를 쳐다보았다. 로스는 말했다. "그렇소, 못한다는 거요." 하지만 신시아는 눈도 깜짝하지 않았다. 나는 나중에 두 사람이 이 일을 이미 충분히 논의했다고, 그래서 놀랄 게 없었던 거라고 추측했다. 신시아는 이미 알고 있었다.

로스는 망했을 때 삼십대 중반이었다. 나는 기회가 있을 때마다 그를 조롱했다. 그의 사진을 보고서는 그를 "족제비"라고 불렀다. "너희 엄마 남자친구가 그렇게 생겼다니까." 나는 아이들이 집에 있어서 같이 이야기할 때면 말했다. "족제비같이." 우리는 웃었다. 아니면 "해결사씨"라고 했다. 그게 내가 좋아하는 호칭이었다. 신이 축복하고 보살피길 바란다, 로스. 난 이젠 너한테 아무 감정도 없어. 하지만 내가 그를 족제비나 해결사씨라고 부르며 죽이겠다고 위협하던 무렵, 그는 내 아이들에게 그리고 신시아에게도 일종의 몰락한 영웅 같은 것이었는데, 짐작건대 인류가 달에 가도록 도왔기 때문이었던 것 같다. 반복해 들은 바로는 그는 달 착륙 프로젝트에 참여했고 버즈 올드린이나 닐 암스트롱과 가까운 친구였다. 그가 신시아에게 이야기했고, 신시아가 아이들에게 이야기했으며, 아이들이 내게 이야기한 바로는, 우주비행사들이 그 동네에 오면 로스가 그들을 소개해주겠다고 했단다. 하지만 그들은 그 동네에 온 적이 없거나, 아니면 왔더라도 로스에게 연락하는 것을 잊어버린 듯했다. 달 탐사가 끝나고 얼마 후, 운명은 그를 등졌고 로스는 술이 늘었다. 그는 결근하기 시작했다. 그즈음부터 첫 아내와 다투게 됐다. 막바지로 접어들면서는 보온병에 술을 담아서 출근하기 시작했다. 그곳은 현대식으로 꾸며져 있었는데, 나도 본 적이 있었다—카페테리아, 간부 식당, 기타 등등, 사무실마다 놓인 미스터 커피. 하지만 그는 사무실에 자기 보온병을 가지고 갔고 얼마 후 사람들이 그걸 알고 떠들어대기 시작했다. 그는 잘렸다, 어쩌면 관뒀을지도. 물어봐도 누구 하나 솔직하게 대답해주지 않았다. 그는 당연히 계속 술을 마셨다. 그렇게 된다. 그러고는 폐물이 된 가전제품을 만지고, TV 수리와 자동차 정비를 시작했다. 그는 점성술, 오라, 역경—그런 것에 관심이 있었다. 나는 그가 우리 옛 친구들처럼 충분히 총명하고 재미있고 유별난 사람이라는 걸 의심하지 않았다. 나는 그가 기본적으로 좋은 남자가 아니었다면 신시아가 그를 좋아하지도(아직은 그 관계를 두고 '사랑한다'고 말하지는 못했다) 않았으리라 확신한다고, 신시아에게 말했다. "우리랑 다를 바 없다"고 표현하면서, 나는 대범하게 굴려고 했다. 그는, 로스는 나쁘거나 악한 사람이 아니었다. "악한 사람은 없어." 언젠가 나는 신시아와 내 불륜에 대해 이야기하다가 말했다.

아버지는 팔 년 전에, 술에 취해 자다가 죽었다. 금요일 밤이었고 아버지 나이는 쉰넷이었다. 아버지는 제재소에서 퇴근해서 냉장고를 열고 다음날 아침에 먹을 소시지를 좀 꺼내놓은 뒤, 식탁에 앉아 1쿼트짜리 포 로지즈를 땄다. 당시에 아버지는 제법 활력이 있었는데, 패혈증을 앓고 난 후 무엇 때문인지 충격치료를 받아야 하는 바람에 삼사 년간 일을 하지 못하다가 다시 일하게 된 것에 기뻐하던 때였다. (그때 나는 결혼해서 다른 도시에서 살았다. 애들도 있고 직장도 있고 나 스스로도 사는 게 쉽지 않아서 아버지 일을 소상히 챙기지 못했다.) 그날 밤 아버지는 술병과 얼음통과 잔을 들고 거실로 가서, 어머니가 커피숍 일을 마치고 돌아올 때까지 술을 마시며 TV를 봤다.

어머니와 아버지는 언제나처럼 위스키 때문에 몇 마디를 주고받았다. 어머니는 술을 별로 하지 않았다. 내가 다 크고 나서 어머니가 술 마시는 걸 본 건 추수감사절, 크리스마스, 새해 첫날 정도가 다였는데, 에그노그*나 버터 넣은 럼주를 마셨고 그것도 많이는 절대 마시지 않았다. 오래전에 딱 한 번 어머니가 술을 너무 많이 마신 적이 있는데 (아버지에게 들은 얘기인데, 아버지는 이 얘기를 하면서 웃었다) 두 분이 유리카 외곽의 작은 술집에 갔을 때 어머니가 위스키 사워를 엄청나게 마셔댔다고 한다. 출발하려고 차에 막 탔는데 어머니 속이 울렁거리기 시작해서 차문을 열어야 했다. 그러다 어떻게 해서인지 어머니 의치가 떨어졌고 차가 앞으로 조금 움직이는 바람에 틀니가 바퀴에 깔렸다. 그후로 어머니는 명절에만 마셨고 그것도 절대 과하게 마시지 않았다.

* 달걀, 우유, 설탕에 술을 탄 것.

그 금요일 밤 아버지는 계속 술을 마시면서 어머니를 무시하려고 했고, 어머니는 부엌에 앉아서 담배를 피우며 리틀록에 있는 여동생에게 편지를 쓰려고 했다. 이윽고 아버지가 일어나서 자러 갔다. 잠시 후, 어머니도 아버지가 확실히 잠들었다고 여기고는 자러 갔다. 나중에 어머니는 아버지에게 이상한 점이라고는 아무것도 느끼지 못했고, 단지 아버지가 코를 더 심하게 고는 것 같아서 옆으로 돌아눕게 하려고 했지만 그렇게 하지 못했다고만 말했다. 어머니는 그냥 잤다. 아버지의 괄약근이 느슨해지고 방광이 열리는 바람에 어머니는 깨어났다. 동틀 무렵이었다. 새들이 울고 있었다. 아버지는 그대로 반듯하게 누워, 눈은 감고 입은 벌리고 있었다. 어머니는 아버지를 보고 이름을 외쳤다.

나는 계속 차를 몰고 돌아다녔다. 이제 날이 저물었다. 차로 내 집을 지나쳐가는데, 집에는 온통 불이 켜져 있었지만 신시아의 차는 진입로에 없었다. 나는 가끔 술을 마시던 바에 가서 집에 전화했다. 케이티가 전화를 받더니 엄마 집에 없다고 하면서 나더러 어디냐고 물었다. 오 달러가 필요하단다. 나는 뭐라고 고함을 치고 전화를 끊었다. 그러고는 600마일 떨어진 곳에 있는 한 여자, 몇 달간 보지 않았지만 좋은 사람이고 마지막으로 만났을 때 날 위해 기도하겠다고 했던 여자에게 수신자 부담으로 전화를 걸었다.

그 여자는 요금을 부담했다. 나더러 어디서 전화하는 거냐고 물었다. 어떻게 지내느냐고도 물었다. "괜찮은 거예요?" 그녀가 물었다.

우리는 이야기했다. 나는 그녀의 남편에 관해 물었다. 그는 한때 내 친구였는데, 이제 그녀와도 아이들과도 떨어져 지냈다.

"그이는 아직도 리칠랜드에 있어요." 그녀가 말했다. "우리가 어쩌다가 이렇게 된 걸까요? 우리도 처음엔 좋은 사람들이었는데." 우리는 좀더 이야기했고, 그러다가 그녀가 아직도 날 사랑한다고, 계속 날 위해서 기도하겠다고 말했다.

"날 위해 기도해줘요." 내가 말했다. "그래줘요." 그런 뒤 우리는 작별인사를 하고 전화를 끊었다.

나는 나중에 다시 집에 전화했지만 이번에는 아무도 받지 않았다. 나는 어머니 집에 전화했다. 어머니는 벨이 울리자마자 전화를 받았지만, 뭔가 소동을 기대하기라도 한 듯 조심스러운 목소리였다.

"나예요." 내가 말했다. "전화해서 죄송해요."

"아니다, 아니야, 얘. 깨어 있었어." 어머니가 말했다. "어디니? 무슨 일 있니? 오늘 오는 줄 알았는데. 기다렸다. 집에서 전화하는 거니?"

"집 아니에요." 내가 대답했다. "다들 어디 있는지 모르겠어요. 방금 집에 전화했는데."

"켄 씨가 오늘 여기 왔었다." 어머니가 이야기했다. "그 늙다리 놈. 오늘 오후에 왔었어. 한 달 동안 못 봤는데 불쑥 찾아왔지 뭐니, 그 늙다리가. 난 그 노인네 맘에 안 든다. 하고 싶은 거라곤 자기 얘기랑 자기 자랑이랑 자기가 괌에서 어떻게 살았고 동시에 여자친구가 세 명이 있었고 이곳저곳으로 여행 다녔다는 그런 것뿐이야. 허풍쟁이 늙은이일 뿐이라니까, 정말. 너한테 말해줬던 그 무도회에서 만났는데, 여하간 맘에 안 들어."

"나 지금 가도 돼요?" 내가 물었다.

"얘, 오지 그러니? 먹을 거 좀 만들어주마. 나도 배가 고프구나. 오후부터 아무것도 못 먹었거든. 켄 씨가 오후에 치킨을 좀 가져왔더라. 오렴, 스크램블드에그 해 먹게. 내가 데리러 가랴? 얘, 괜찮은 거냐?"

나는 차를 몰고 갔다. 내가 집에 들어가자 어머니가 내게 키스했다. 나는 얼굴을 돌렸다. 난 어머니가 보드카 냄새를 풍기는 게 싫었다. TV가 켜져 있었다.

"손 씻으렴." 어머니가 날 살피며 말했다. "준비됐다."

나중에 어머니는 소파에 잠자리를 마련해줬다. 나는 화장실로 들어갔다. 어머니는 거기에 아버지의 파자마를 보관해두었다. 나는 서랍에서 파자마를 꺼내 한번 쳐다보고서, 옷을 벗기 시작했다. 화장실에서 나갔더니 어머니는 부엌에 있었다. 나는 베개를 매만지고 자리에 누웠다. 어머니는 하던 일을 멈추고 부엌 불을 끄더니 소파 끄트머리에 앉았다.

"얘, 이 얘길 내 입으로 하고 싶지는 않다만, 나도 얘기하려니 마음 아프다만, 이젠 너희 애들도 알고 나한테 얘기를 하더라. 애들이랑 얘기했다. 신시아가 다른 남자를 만난다는구나." 어머니가 말했다.

"괜찮아요. 알고 있어요." 나는 대답하며 TV를 봤다. "로스라는 남자인데 알코올중독이에요. 나랑 비슷하죠."

"얘, 어떻게든 해봐야지." 어머니가 말했다.

"나도 알아요." 나는 대답했다. 그리고 계속 TV를 봤다.

어머니가 몸을 숙여 나를 안았다. 잠시 그대로 안고 있었다. 그러더니 나를 놓고는 눈을 훔쳤다. "아침에 깨워주마." 어머니가 말했다.

"내일 별로 할 거 없어요. 어머니 나가고 더 잘지도 몰라요." 나는 생각했다. 어머니가 일어나서 화장실에 가서 옷을 갈아입고 나면, 어머니 침대에 가서 거기 누워서 졸다가 부엌 라디오에서 흘러나오는 뉴스와 날씨를 들을 거라고.

"얘, 네가 정말 걱정이다."

"걱정 마세요." 나는 대답하고 고개를 저었다.

"이제 좀 쉬어라." 어머니가 말했다. "넌 자야 돼."

"잘게요. 무지 졸려요."

"TV 보고 싶을 때까지 보렴." 어머니가 말했다.

나는 고개를 끄덕였다.

어머니는 몸을 숙여 내게 키스했다. 어머니 입술이 멍들고 부풀어 있는 느낌이었다. 어머니는 내게 담요를 덮어주었다. 그러더니 침실로 갔다. 어머니는 문을 열어두었고, 얼마 후 코 고는 소리가 들려왔다.

나는 그곳에 누워 TV를 응시했다. 제복 차림의 남자들 영상, 낮은 웅얼거림, 그리고 탱크들, 화염방사기를 든 한 남자가 나왔다. 소리가 잘 안 들렸지만 일어나기가 싫었다. 나는 눈이 감길 때까지 계속 응시했다. 하지만 깜짝 놀라서 깨보니, 파자마가 땀으로 축축했다. 눈처럼 흰 빛이 방안을 가득 채웠다. 굉음이 들려왔다. 방이 요란했다. 나는 누워 있었다. 움직이지 않았다.

정자

그날 아침 그녀는 티처스 스카치를 내 배에 붓고서 혀로 핥는다. 오후에는 창문으로 뛰어내리려 한다. 나는 더이상 견딜 수가 없어서 그녀에게 이야기한다. 내가 말한다. "홀리, 계속 이럴 순 없어. 이건 미친 짓이야. 이제 그만하자."

우리는 위층 스위트룸의 소파에 앉아 있다. 고를 만한 빈방은 많았지만 우리는 스위트룸이, 돌아다니고 대화할 수 있는 공간이 필요했다. 그래서 그날 오전에 모텔 사무실 문을 닫고 위층의 스위트룸으로 올라왔다.

그녀가 말한다. "두에인, 이러다 죽겠어."

우리는 티처스에 얼음과 물을 타서 마시고 있다. 우리는 점심때쯤 잠깐 눈을 붙였다. 그런데 그녀가 침대에서 일어나더니 속옷 차림으로 창문에 올라가서 협박했다. 난 그녀를 붙잡아야 했다. 고작 2층이기는 했지만 그래도.

"신물이 나." 그녀가 말한다. "더는 못 참겠다구." 그녀는 손등을 뺨에 대고 눈을 감는다. 머리를 앞뒤로 흔들며 그 흥얼거리는 소리를 낸다. 이런 모습을 보고 있으면 죽을 것 같다.

"뭘 못 참아?" 나는 이렇게 묻지만, 뭔지는 당연히 알고 있다. "홀리?"

"그걸 내 입으로 또 말해야겠어?" 그녀가 말한다. "난 자제력이 바닥났어. 자신감도 사라졌고. 예전엔 자신만만한 여자였는데."

그녀는 서른을 갓 넘긴 매력적인 여자다. 키가 크고 검은 머리가 길고 눈이 초록색이다. 내가 아는 여자 중 유일하게 눈이 초록색이다. 예전에 나는 그 초록색 눈에 관해 종종 이야기했고, 그러면 그녀는 자기가 뭔가 특별한 운명을 타고났다는 걸 안다고 말했다. 나라고 그걸 몰랐겠는가. 이런저런 일로 정말이지 끔찍한 기분이다.

아래층 사무실에서 또 전화벨 소리가 들린다. 전화벨은 하루 종일 울렸다. 아까 잠깐 졸 때도 전화벨 소리가 들렸다. 나는 눈을 떠 천장을 보고 전화벨 소리를 들으며 우리에게 무슨 일이 벌어지는 건지 생각했다.

"내 마음은 무너졌어." 그녀가 말한다. "돌덩이가 되어버렸다구. 난 이제 책임감도 못 느껴. 최악의 사태야, 내가 더이상 책임감을 못 느낀다는 거. 아침에 일어나기조차 싫단 말이야. 두에인, 결정하기까지 정말 오래 걸렸지만, 우린 갈라서야 해. 끝났어, 두에인. 인정해야 된다구."

"홀리." 나는 그녀의 손을 잡으려 하지만, 그녀는 손을 뒤로 뺀다.

처음 이곳으로 이사해서 모텔 매니저가 되었을 때, 우리는 위기에서 벗어났다고 생각했다. 집세와 수도 전기 요금도 없고 한 달 수입이 삼백 달러였으니, 이보다 좋을 수 없었다. 홀리는 장부를 맡았는데, 계산에 밝았고 숙박 건도 거의 혼자 처리했다. 홀리는 사람들을 좋아했고 사람들도 홀리를 좋아했다. 나는 모텔 주변을 맡아서, 잔디를 깎고 잡초를 베어내고 수영장을 깨끗하게 하고 간단한 수리를 했다. 첫해에는 모든 게 순조로웠다. 나는 밤에 다른 일을 하나 더 하면서 야간 근무를 했고, 우리는 잘나가고 있었고 계획도 하나 가득이었다. 그러던 어느 날 아침, 잘 모르겠는데, 내가 막 어떤 객실의 화장실 타일을 깔았을 때 이 자그마한 멕시코 청소부가 청소하러 들어온다. 홀리가 고용한 여자다. 내가 그전에 그 여자를 의식했는지는 정확히 기억나지 않는다. 보면 인사는 했지만 말이다. 그 여자는 나를 선생님이라고 불렀다. 여하간 우리는 이런저런 얘기를 나누었다. 그 여자는 멍청하지 않았고, 귀엽고 괜찮은 구석이 있었다. 잘 웃었고, 누군가 무슨 말을 하면 아주 집중해서 들었으며, 말을 할 때는 눈을 똑바로 쳐다보았다. 그날 아침 이후로 그 여자를 볼 때면 나는 주의를 기울이기 시작했다. 그 여자는 깔끔하고 다부졌고, 치아가 하얗고 예뻤다. 그 여자가 웃을 때면 나는 입을 바라보았다. 그 여자는 나를 이름으로 부르기 시작했다. 어느 아침 나는 어느 객실 화장실 수도꼭지의 와셔를 교체하고 있었다. 그 여자는 내가 거기 있는지 몰랐다. 그 여자는 객실로 들어오더니, 청소부들이 청소할 때 늘 그러듯 TV를 켰다. 난 하던 일을 멈추고 화장실에서 나갔다. 그 여자는 날 보고 깜짝 놀랐다. 그러고는 웃으며 내 이름을 불렀다. 우리는 서로 바라보았다. 나는 가서 그 여자 뒤로 방문을 닫았다. 그 여자를 안았다. 그런 뒤 우리는 침대에 누웠다.

"홀리, 당신은 아직도 자신만만한 여자야." 내가 말한다. "아직도 최고라구. 그러지 마, 홀리."

그녀는 고개를 흔든다. "내 안에서 뭔가가 죽어버렸어. 죽기까지 오래 걸렸지만, 이젠 죽었다구. 당신이 죽인 거야, 도끼로 잘라내듯이. 이제 남은 거라곤 쓰레기뿐이야." 홀리는 술잔을 비운다. 그러고는 울기 시작한다. 나는 그녀를 안으려 해보지만, 그녀는 일어나서 화장실로 가버린다.

나는 잔을 도로 채우고 창밖을 내다본다. 다른 주의 번호판이 달린 자동차 두 대가 사무실 앞에 주차돼 있다. 운전자인 두 남자가 사무실 앞에 서서 얘기중이다. 둘 중 하나가 상대에게 뭔가 말을 마치고, 객실들을 둘러보고는 턱을 당긴다. 한 여자가 유리창에 얼굴을 가까이 대고 손으로 눈 위를 가리더니 안을 들여다본다. 그러고는 문을 열려고 해본다. 사무실 전화기가 울리기 시작한다.

"얼마 전 사랑을 나눌 때조차 당신은 그 여자를 생각했어." 홀리가 화장실에서 돌아오며 말한다. "두에인, 가슴이 너무 아파." 홀리는 내가 준 잔을 받는다.

"홀리." 내가 말한다.

"아냐, 사실이야, 두에인." 그녀는 팬티와 브라 차림으로 술잔을 들고 방을 왔다갔다한다. "당신은 결혼 생활에서 넘어서는 안 되는 선을 넘었어. 당신이 무너뜨린 건 신뢰야. 당신한테는 구닥다리처럼 들릴지도 모르지. 상관없어. 지금 난 꼭, 뭐라고 해야 할지 모르겠네, 꼭 쓰레기가 된 거 같아. 그런 느낌이라구. 혼란스러워. 더이상 왜 사는지도 모르겠어. 당신이 내 삶의 목적이었는데."

이번에는 홀리도 내가 손을 잡게 내버려둔다. 나는 카펫에 무릎을 꿇고 그녀의 손가락을 내 관자놀이에 가져다 댔다. 난 홀리를 사랑한다, 망할, 그래, 홀리를 사랑한다. 하지만 바로 그 순간에도 나는 후아니타를, 그 손가락이 내 목을 문지르던 걸 생각하고 있다. 끔찍하다. 어떻게 되려는 건지 모르겠다.

내가 말한다. "홀리, 여보, 나 당신 사랑해." 하지만 이런 상황에서 더 무슨 말을 해야 좋을지, 무엇을 약속할 수 있을지 모르겠다. 그녀는 내 얼굴을 묘사해보라는 요청을 받은 맹인처럼 손가락으로 내 이마를 매만진다.

주차장에서 누가 경적을 울리다가 멈추고, 다시 울린다. 홀리는 내게서 손을 떼더니 자기 눈을 훔친다. 그녀가 말한다. "한잔 줘. 이건 너무 약해. 빵빵거리려면 그러라지, 누가 상관한대. 나 네바다로 이사할까봐."

"말도 안 되는 소리 마." 내가 말한다.

"말 안 되는 소리 아냐." 그녀가 말한다. "난 그냥 네바다로 이사할까 생각중이라고 말한 거라고. 그게 뭐가 말이 안 돼. 거기 가면 날 사랑해줄 사람을 찾을지도 모르지. 당신은 멕시코 청소부랑 여기 있어도 돼. 난 네바다로 갈까봐. 아니면 죽어버리든지."

"홀리!"

"뭐 어때서." 이렇게 말하고 그녀는 소파에 앉아 무릎을 턱 아래로 당긴다. 바깥도, 안도 어두워진다. 나는 커튼을 치고 탁자

램프를 켠다.

"한잔 달라고 했잖아, 개자식아." 그녀가 말한다. "빵빵대는 놈들 나가 뒈지라고 해. 트래블로지로나 가버리라지. 당신의 그 멕시코 여자친구가 요즘 일하는 데가 거기지? 트래블로지? 보나마나 그 여자 밤마다 슬리피베어*가 파자마 갈아입는 거 거들어 줄걸. 자, 한잔 줘봐, 이번에는 스카치도 좀 넣고." 그녀는 입술을 다물고 나를 사납게 노려본다.

음주라는 게 웃기다. 뒤돌아보면 우리는 중요한 일들을 언제나 술을 마시면서 결정했다. 술을 줄여야 한다는 얘기를 할 때도, 식탁이나 피크닉 테이블에 앉아 여섯 개들이 맥주나 위스키 한 병을 앞에 두고 있었다. 이곳으로 이사해서 모텔 일을 맡아, 예전 동네와 친구들과 인간관계와 기타 모든 것을 떠나기로 결정했을 때도 우린 밤새 마시며 장단점을 따져보며 취했다. 하지만 예전에는 통제할 수 있었다. 그리고 오늘 아침 홀리가 우리 삶에 대해 진지하게 이야기 좀 해야겠다고 말했을 때, 내가 사무실 문을 닫고 위층으로 올라오기 전에 처음으로 한 일도 주류 판매점으로 달려가 티처스를 사온 것이다.

나는 남은 술을 잔에 다 따르고 얼음과 물을 조금 더 탄다.

---

* 모텔 체인 트래블로지의 마스코트.

홀리는 소파에서 일어나 침대에 누워 기지개를 켠다. 그녀가 말한다. “이 침대에서도 그 여자랑 했어?”

“안 했어.”

“뭐 아무러면 어때.” 그녀가 말한다. “이젠 별로 상관도 없는 걸. 하지만 나 자신을 되찾아야 한다는 것만은 확실해.”

나는 대답하지 않는다. 기진맥진한 느낌이다. 나는 홀리에게 잔을 건네고 커다란 의자에 앉는다. 술을 홀짝이며 생각한다, 이제 어쩐다?

“두에인?” 그녀가 말한다.

“홀리?” 나는 손가락으로 잔을 감싸쥔다. 심장이 느려졌다. 나는 기다린다. 홀리는 나의 진정한 사랑이었다.

후아니타와의 일은 일주일에 닷새 열시에서 열한시 사이에 여섯 주간 지속되었다. 처음에 우리는 후아니타가 청소하는 도중에 이 객실 저 객실에서 만나기로 공모했다. 난 그냥 그 여자가 일하는 곳으로 들어가서 문을 닫아버렸다. 하지만 얼마 후 그게 위험한 듯해서, 그 여자가 일정을 조정하여 동쪽을 향한 객실, 그러니까 산을 마주하고 있는 모텔의 끝 객실인 22호실에서 만나기로 했다. 그 객실의 문은 사무실 창문에서 보이지 않았다. 우리는 서로 다정하게 굴었지만, 신속하게 했다. 우린 신속하면서 동시에 다정했다. 하지만 괜찮았다. 그건 완전히 새롭고 예기치 못한 일이었고, 그런 만큼 더 즐거웠다. 그러던 어느 화창한 아침, 다른 청소부인 보비가 방에 들어와 우리를 보았다. 두 여자는 함께 일했지만 친구는 아니었다. 그 여자는 곧장 사무실로 가서 홀리에게 말해버렸다. 왜 그런 짓을 했는지, 나는 그때도 이해할 수 없었고 지금도 마찬가지다. 후아니타는 겁먹고 수치스러워했다. 그 여자는 옷을 입고 차를 몰고 집으로 갔다. 나는 잠시 후 바깥에서 보비를 보고, 보비도 집으로 보냈다. 그날 나는 직접 모텔 객실을 정돈했다. 홀리는 사무실에 틀어박혀서, 아마도 술을 마신 모양이었다. 나는 떨어져 있었다. 하지만 내가 일하러 가기 전에 아파트에 들어갔을 때, 홀리는 문을 닫고 침실에 있었다. 난 귀를 기울였다. 그녀가 직업소개소에 다른 청소부를 요청하는 소리가 들렸다. 전화를 끊는 소리도 들렸다. 그때 그녀가 그 흥얼거림을 시작했다. 나는 끝장났다. 다시 일하러 갔지만, 대가를 치러야 한다는 걸 알고 있었다.

홀리랑 나는 어쩌면 그 일을 이겨낼 수도 있었을 것 같다. 그날 밤 내가 일을 마치고 들어갔을 때 홀리가 내게 술잔을 던지고 우리 둘 다 결코 잊을 수 없는 끔찍한 말을 하기는 했지만. 나는 그날 밤 처음으로 홀리의 뺨을 때렸고 그러고 나서 때린 것을, 그리고 바람피운 것을 용서해달라고 빌었다. 나는 용서해달라고 빌었다. 우리는 펑펑 울며 속을 털어놓았고 술을 더 마셨다. 거의 밤새도록. 그런 뒤 기진맥진해 침대에 올라가 사랑을 나눴다. 그 일은 다시는 더이상 언급되지 않았다, 후아니타와의 일 말이다. 감정을 터뜨린 뒤, 우리는 그 일이 일어나지 않은 것처럼 행동했다. 어쩌면 홀리는 그 일을 잊지는 못하더라도 날 용서하려는 듯했고, 그대로 인생이 굴러갈 수도 있었다. 우리가 예상하지 못한 건 내가 후아니타를 그리워하고 때때로 그 여자를 생각하느라 밤잠을 설칠 것이라는 점이었다. 나는 홀리가 잠들고 나면 침대에 누워 후아니타의 하얀 치아를 떠올렸고, 그러고 나서 가슴을 떠올렸다. 후아니타의 유두는 검고 따뜻했고 그 바로 아래 짧은 털이 좀 있었다. 겨드랑이에도 털이 나 있었다. 난 미친 게 분명했다. 이런 식으로 두어 주 흐른 뒤 나는 그 여자를 다시 만나야 한다는 걸 깨달았다, 하느님 맙소사. 어느 저녁 나는 일터에서 전화를 걸었고, 그 여자네 집에 들르기로 했다. 그날 밤 나는 일을 마치고 그 여자 집으로 갔다. 그 여자는 남편과 별거중이었고 두 아이와 함께 작은 집에서 살고 있었다. 나는 자정이 막 지난 시각에 갔다. 난 마음이 불편했지만 후아니타는 그걸 알고 나를 곧바로 편하게 해주었다. 우리는 식탁에서 맥주를 마셨다. 후아니타는 일어나서 내 의자 뒤로 오더니 내 목을 문지르며 긴장을 풀라고, 긴장을 풀고 마음을 편히 먹으라고 말했다. 목욕가운 차림으로, 그 여자는 내 발치에 앉아서 내 손을 잡고 작은 손톱 줄로 내 손톱 밑을 정리하기 시작했다. 나는 그 여자에게 키스하고서 그 여자를 일으켰고, 우리는 침실로 들어갔다. 한 시간쯤 후 나는 옷을 입고, 그 여자에게 잘 자라고 입을 맞춘 뒤 모텔로 돌아갔다.

홀리는 알았다. 그토록 가까이 지낸 사이에서는 그런 일을 오랫동안 비밀로 할 수 없다. 그러고 싶지도 않을 테고. 그런 일이 끝도 없이 계속될 수는 없다. 뭔가 바뀌어야 한다. 더욱이 자기가 끝없는 기만에 빠져 있다는 것도 느낀다. 그런 걸 삶이라고 할 수는 없다. 나는 여전히 밤에도 일했지만, 그야 원숭이라도 할 수 있는 일이었다. 모텔은 급속도로 나빠지고 있었다. 우리는 모텔에서 마음이 떠나버렸다. 나는 수영장 청소를 그만두었고, 그러자 수영장에 조류가 가득해져서 투숙객들이 이용할 수 없게 됐다. 나는 수도꼭지를 고치지도, 타일을 깔거나 페인트를 칠하지도 않았다. 그럴 마음이 들었다 해도 이런저런 일로 늘 시간이 부족했다. 특히 술 때문이었다. 음주는 거기에 전념하기로 하면 막대한 시간과 정력을 갉아먹는 일이다. 홀리는 이때 즈음 심각할 정도로 술을 마시기 시작했다. 내가 일을 마치고 돌아가면, 후아니타네 집에 갔건 가지 않았건, 홀리는 위스키 냄새를 풍기는 침실에서 코를 골며 자고 있거나, 아니면 식탁에서 술잔을 앞에 놓고 벌건 눈으로 나를 빤히 보며 담배를 태웠다. 홀리는 손님도 제대로 받지 않아서, 방값을 비싸게 받기도 했고 대부분은 적게 받았다. 때로는 더블 침대 하나뿐인 객실에 손님 세 사람을 받거나, 아니면 덜렁 한 명을 킹사이즈 침대와 소파가 있는 스위트룸에 배정하고는 일인용 객실 값을 청구하거나 하는 식이었다. 투숙객은 불평했고 때로는 말다툼도 있었다. 사람들은 짐을 싣고 환불을 요구하고는 다른 데로 가버렸다. 모텔을 경영하는 사람들이 협박 편지를 보내왔다. 그런 뒤에 또다시 편지가 등기우편으로 왔다. 전화도 왔다. 시 당국에서 상황을 살펴보러 나오기도 했다. 하지만 우리는 더이상 신경쓰지 않았고, 그것만은 분명하다. 우리는 뭔가 바뀌어야 한다는 걸 알았고, 모텔에서 쫓겨날 날이 멀지 않았다는 것도, 새로운 바람이 불고 있다는 것도 알았다—우리 인생은 악취가 났고 변혁이 필요했다. 홀리는 똑똑한 여자니 나보다 먼저 이 사실을, 바닥이 무너져내렸다는 것을 알았을 것이다.

그러던 그 토요일 아침, 우리는 밤새 아무 결론도 나지 않는 얘기를 되풀이한 후 숙취와 함께 일어났다. 우리는 눈을 뜨고서, 돌아누워 서로를 바라보았다. 우리는 동시에, 우리가 뭔가의 마지막에 다다랐다는 것을 알았다. 우리는 일어나서 옷을 입고 평소처럼 커피를 마셨고, 바로 그때 홀리가 얘기해야겠다고, 방해받지 않고 전화도 투숙객도 없이 얘기해야겠다고 말했다. 그러고서 내가 주류 판매점에 다녀온 것이다. 나는 모텔로 돌아가서 홀리와 함께 사무실을 닫고, 얼음과 잔과 티처스를 가지고 위층으로 올라왔다. 우리는 베개를 등에 받치고 침대에 기대어 술을 마시며 아무 이야기도 하지 않았다. 컬러 TV를 보며 즐겁게 놀았고 아래층에서 전화가 울려도 내버려두었다. 스카치를 마시고 아래층 홀의 자동판매기에서 가져온 치즈 크리스프를 먹었다. 전부 잃어버렸다는 걸 깨닫자 무슨 일이든 일어날 수 있다는 우스운 느낌이 들었다. 말하지 않아도 우리는 뭔가가 끝났다는 걸 알았지만, 곧 어떤 일이 일어나서 그 자리를 대신할지는 그녀도 나도 아직 알지 못했다. 우리는 졸았고, 얼마 후에 홀리가 내 팔에서 몸을 일으켰다. 그 바람에 나도 눈을 떴다. 그녀는 침대에 일어나 앉았다. 그러더니 비명을 지르며 창문으로 달려들었다.

"우리가 결혼하기 전 아직 어렸을 때 기억나?" 홀리가 물었다. "매일 밤 차 몰고 돌아다니면서 한시도 떨어지지 않고 둘이서 얘기하고 부푼 꿈과 희망으로 가득했던 때? 기억해?" 홀리는 침대 가운데 앉아서 무릎을 감싸고 술잔을 쥐고 있었다.

"기억해, 홀리."

"당신은 내 첫 남자친구는 아니었어, 첫 남자친구는 이름이 와이엇이었고 우리 가족도 별로 좋게 생각하지 않았지. 내 첫사랑은 당신이었어. 당신은 그때 내 첫사랑이었고 그후로도 내 유일

한 사랑이었어. 상상해봐. 그때 난 별로 손해라는 생각은 하지 않았어. 근데 이제, 그동안 내가 잃어버린 게 뭔지 누가 알까? 하지만 난 행복했어. 그래, 행복했어. 당신은 내 전부였어, 노래 가사처럼. 하지만 오직 당신만, 당신만을 사랑한 그 시간들이 뭐가 문제였는지 이젠 나도 모르겠어. 맙소사, 나한테도 기회는 있었다구."

"나도 알아." 내가 말한다. "당신은 매력적인 여자니까. 나도 당신한테 기회가 있었다는 거 알아."

"하지만 난 그걸 이용하지 않았어, 그게 중요한 거잖아. 난 그러지 않았다고. 선을 넘어가버릴 수는 없었어. 그건 생각도, 상상도 할 수 없었단 말이야."

"홀리, 제발." 내가 말한다. "이제 그만해, 여보. 더이상 우리 자신을 괴롭히지 말자. 이제 우린 어떻게 해야 할까?"

"들어봐." 그녀가 말한다. "우리가 차 몰고 야키마 외곽에 나갔다가 테라스 하이츠 지나 어딘가에서 웬 오래된 농가에 갔던 거 기억해? 우린 그냥 드라이브중이었고, 오늘처럼 토요일이었어. 그 과수원들을 지나고 나니까 좁은 흙길이 나왔는데, 무지 뜨겁고 흙먼지투성이였지. 우린 계속 달리다가 그 오래된 농가랑 마주쳤어. 차를 세우고 집으로 가서 문을 두드린 다음 시원한 물 한 잔 마실 수 있겠느냐고 물었지. 지금 그렇게 낯선 집에 가서 물 좀 달라고 하는 게 상상이 가?"

"그러다 총 맞겠지."

"지금 그 노부부는 죽었을 거야." 그녀가 말한다. "테라스 하이츠 공동묘지에 나란히 누워 있겠지. 하지만 그날 그 늙은 농부와 부인은 우리한테 물만 준 게 아니라 들어와서 케이크도 먹으라고 했어. 우리는 부엌에서 이야기하며 케이크를 먹었고, 나중에 두 사람은 우리한테 집을 구경시켜줘도 괜찮겠느냐고 했지. 정말이지 친절했어. 아직도 생생해. 난 그런 친절이 중요하다고 생각하거든. 두 사람은 집안 구석구석을 보여줬지. 두 사람 정말 사이좋더라. 아직도 그 집이 생각나. 가끔 꿈도 꿔어, 그 집하고 그 방들 꿈 말이야, 당신한테는 이야기한 적 없지만. 누구나 비밀 몇 개쯤은 있어야 하는 거 아냐? 여하간 두 사람은 집안까지, 널찍하고 좋은 방들과 가구까지 보여줬지. 그러고는 우릴 다시 데리고 나왔어. 주위를 걸어다니는데 두 사람이 그 작은, 그걸 뭐라고 하더라? 정자. 그걸 가리켰지. 정자는 난생처음 봤어. 나무 몇 그루가 서 있는 들판에 있었지. 지붕은 작고 뾰족했어. 하지만 페인트도 벗겨졌고 계단 위로 잡초가 자라고 있었어. 부인은 오래전, 우리가 태어나기도 더 전에 음악가들이 일요일마다 그곳에 와서 연주했다고 했어. 부인과 남편 그리고 두 사람 친구와 이웃 들이 나들이 차림으로 그곳에 둘러앉아 음악을 들으며 레모네이드를 마셨다고 말이야. 그때 번쩍하고 스치더라, 달리 뭐라고 표현해야 좋을지 모르겠어. 그 부인과 남편을 보고, 난 언젠가 우리도 저렇게 늙겠지 하고 생각했어. 늙었지만 기품 있게, 그러니까, 그 두 사람처럼 말이야. 서로 더욱더 사랑하고, 서로 아끼고, 손자들이 찾아오고. 그런 것들 말이야. 당신 그날 청반바지를 입고 있었던 게 기억나. 그리고 내가 거기 서서 정자를 바라보며 그 음악가들을 생각하는데, 때마침 당신 맨다리가 눈에 들어왔던 것도. 난 생각했지, 늙고 메마르고 털이 하얗게 세더라도 그 다리를 사랑할 거라고. 그때도 여전히 사랑할 거라고, 그때도 그 다리가 내 것일 거라고. 내 말 알아듣겠어? 두에인? 그런 뒤에 그 두 사람은 우릴 차로 데려다주고 우리와 악수했어. 우리더러 좋은 젊은이들이라고 했지. 두 사람은 우리더러 또 오라고 했지만, 당연히 우린 가지 않았어. 그 사람들 이제 죽었어, 틀림없이 죽었을 거야. 하지만 우린 여기 있어. 이제 난 그때는 모르던 걸 알게 됐지. 알고말고! 사람이 미래를 모른다는 건 정말이지 좋은 일이야, 안 그래? 지금 우린 이 끔찍한 동네에서, 술에 찌들어서, 낡고 지저분한 수영장이 딸린 모텔을 운영하고 있어. 당신은 다른 사람을 사랑하고 있고. 두에인, 난 세상 그 누구보다 당신과 가까웠다구. 십자가에 못박힌 기분이야."

나는 잠시 아무 말도 할 수 없다. 그러다가 말한다. "홀리, 이 일들. 언젠가 우리가 늙으면, 우린 늙어서도 함께할 거야. 두고봐. 그때 이 일을 뒤돌아보며 '그 더러운 수영장 딸린 모텔 기억해?' 하고 말하면서 우리가 했던 얼토당토않은 일들에 웃음을 터뜨릴 거야. 두고보라구. 괜찮아질 거라니까. 홀리?"

하지만 홀리는 빈 잔을 들고 침대에 앉아서 그저 날 바라볼 뿐이다. 그러더니 고개를 흔든다. 홀리는 알고 있다.

나는 창문으로 가서 커튼 뒤에서 바깥을 본다. 누군가 아래에서 뭐라고 말하며 사무실 문을 덜거덕거린다. 나는 기다린다. 잔을 쥔 손에 힘을 준다. 홀리에게서 뭔가 신호가 오기를 기도한다. 눈을 뜬 채로 기도한다. 자동차 시동 거는 소리가 들린다. 또 한 대가 시동을 건다. 차들이 건물을 향해 라이트를 켜고, 나란히 건물에서 멀어지더니 다른 차량들 속으로 사라진다.

"두에인." 홀리가 말한다.

다른 일에서도 대부분 그랬듯이, 이때도 그녀는 옳았다.

뭐 좀 볼래?

침대에 누워 있는데 뒷대문 걸쇠 풀리는 소리가 들렸다. 나는 가만히 귀를 기울였다. 다른 소리는 들리지 않았다. 하지만 그 소리는 분명 들렸다. 난 클리프를 깨우려 했지만 그는 곯아떨어져 있었다. 그래서 나는 일어나서 창문으로 다가갔다. 도시를 둘러싼 산맥 위에 커다란 달이 걸려 있었다. 하얗고 상처투성이인 달, 사람 얼굴을 쉽사리 떠올릴 수 있었다—눈구멍, 코, 입술까지. 빛이 밝아서 뒤뜰이 훤히 보였다. 야외용 의자, 버드나무, 작대기에 걸어놓은 빨랫줄, 내 피튜니아들, 뜰을 감싸고 있는 울타리, 열려 있는 뒷대문.

하지만 바깥에선 아무도 움직이지 않았다. 검은 그림자는 없었다. 모든 것이 밝은 달빛 아래 놓여 있었고, 지극히 작은 것까지도 내 의식에 들어왔다. 이를테면 빨랫줄에 나란히 걸린 빨래집게. 그리고 비어 있는 야외용 의자 두 개. 나는 시원한 유리창에 양손을 대어 달을 가리고, 좀더 내다봤다. 귀를 기울였다. 그러고는 잠자리로 돌아갔다. 하지만 잠이 오지 않았다. 계속 뒤척였다. 나는 초대장처럼 열려 있는 뒷대문을 생각했다. 클리프는 호흡이 거칠었다. 입은 쩍 벌어지고 양팔은 벌거벗은 창백한 가슴을 끌어안고 있었다. 그는 자기 자리뿐 아니라 내 자리도 상당부분 차지하고 있었다. 나는 그를 밀고 또 밀었다. 하지만 그는 끙하는 소리만 낼 뿐이었다. 난 침대에 좀더 누워 있다가 마침내 부질없는 일이라고 생각하기에 이르렀다. 일어나서 슬리퍼를 찾았다. 부엌으로 가서 차를 한 잔 탄 다음 식탁에 앉았다. 클리프의 필터 없는 담배를 한 대 피웠다. 늦은 시각이었다. 시계를 보고 싶지 않았다. 몇 시간 뒤면 일 때문에 일어나야 했다. 클리프도 일어나야 했지만, 몇 시간 전에 잠들었으니 알람이 울릴 때쯤이면 괜찮을 터였다. 클리프는 어쩌면 머리가 아플지도 모른다. 하지만 커피를 엄청 마실 거고 화장실에서도 느긋하게 일을 볼 거다. 아스피린 네 알이면 괜찮아지겠지. 나는 차를 마시고 담배를 한 대 더 태웠다. 잠시 후 나는 밖으로 나가서 뒷대문을 잠그기로 했다. 그래서 목욕가운을 찾았다. 그러고는 뒷문으로 갔다. 내다보니 별이 보였지만, 내 주의를 끌며 주위를—집과 나무, 전

신주와 전깃줄, 동네 전체를—온통 비추는 것은 달이었다. 나는 뒤뜰을 살펴보다 현관을 나섰다. 산들바람이 살짝 불어와서 목욕가운을 여몄다. 나는 열린 뒷대문을 향해 움직였다.

우리집과 샘 로턴의 집을 가르는 울타리에서 무슨 소리가 났다. 난 얼른 그곳을 봤다. 샘이 울타리에 두 팔을 기댄 채 나를 응시하고 있었다. 그는 입에 주먹을 가져다 대고는 마른기침을 뱉었다.

"안녕, 낸시." 샘이 말했다.

"샘, 깜짝 놀랐잖아요. 안 자고 뭐 하는 거예요, 샘? 무슨 소리 못 들었어요? 우리집 문 열리는 소리가 들렸는데."

"여기 나온 지 좀 됐는데 아무것도 못 들었는데요." 그가 말했다. "아무것도 못 봤구요. 바람 소리인지도 모르죠. 그럴 거예요. 근데 걸쇠를 걸어뒀으면 문이 열릴 리가 없을 텐데요." 그는 뭔가를 씹고 있었다. 열린 문을 보았다가 다시 나를 보고 어깨를 으쓱했다. 머리카락이 달빛을 받아 은빛이 되었고 위로 솟아 있었다. 밖이 어찌나 밝은지 그의 긴 코와, 얼굴에 난 깊은 주름까지 보였다.

"안 자고 뭐 해요, 샘?" 내가 물었다. 그리고 울타리로 다가섰다.

"사냥이요." 그가 말했다. "사냥하는 중이에요. 뭐 좀 볼래요? 이리 와봐요, 낸시. 내가 뭐 보여줄게요."

"그쪽으로 갈게요." 그렇게 말하고 나는 우리집 옆면을 따라 대문으로 갔다. 문밖으로 나가서 보도를 따라 걸었다. 이상한 느낌이었다, 나이트가운에 목욕가운 차림으로 바깥을 돌아다니다니. 난 기억해야 한다고, 이렇게 나이트가운 차림으로 바깥을 돌아다닌 것을 꼭 기억해야 한다고 생각했다. 샘이 자기집 옆쪽에 목욕가운 차림으로 서 있는데, 파자마가 흰색과 황갈색 옥스퍼드 신발 바로 윗부분까지 내려와 있는 게 보였다. 샘은 한 손에는 커다란 손전등을, 다른 손에는 무슨 깡통을 들고 있었다. 그는 손전등을 움직이며 내게 오라고 했다. 나는 대문을 열었다.

샘과 클리프는 한때 친구였다. 그러던 어느 날 밤 둘이 같이 술을 마셨다. 둘은 다투었다. 어느 틈엔가 샘이 집 주위에 울타리를 쳤다. 그러자 클리프도 울타리를 치기로 했다. 그것은 샘이 밀리를 잃고 재혼해서 다시 아버지가 된 지 얼마 되지 않았을 때의 일이다. 모두 일 년 남짓한 사이에 일어났다. 샘의 첫 아내 밀리는 죽을 때까지 나의 좋은 친구였다. 고작 마흔다섯이었는데 심장마비가 왔다. 밀리가 차를 몰고 진입로로 들어가던 찰나에 마비가 일어난 모양이었다. 밀리는 운전대 위로 푹 쓰러졌고, 자동차는 계속 달려서 간이차고를 뚫고 지나가버렸다. 샘이 집에서 달려나와서 보니, 밀리가 죽어 있었다. 밤이면 이따금 그쪽에서 울부짖는 소리가 들렸는데, 샘이 내는 소리가 틀림없었다. 그 소리를 들을 때면 우리는 서로 쳐다보며 아무 말도 할 수 없었다. 난 몸을 떨었다. 클리프는 술을 한 잔 더 했다.

샘과 밀리는 딸이 하나 있었는데 그 아이는 열여섯에 집을 나가 샌프란시스코로 가더니 히피가 됐다. 그후 몇 년간 그 아이는 때때로 카드를 보냈다. 하지만 집에는 한 번도 오지 않았다. 밀리가 죽었을 때 샘은 딸을 찾으려 해보았지만 허사였다. 그는 울면서 처음엔 딸이 가버리더니 다음엔 애엄마냐고 했다. 밀리는 묻혔고 샘은 울부짖었다. 샘은 얼마 지나지 않아 로리 어쩌고 하는 좀 젊은 여자와 사귀기 시작했는데 그 여자는 교사로 일하면서 부업으로 소득세 신고를 도왔다. 연애는 짧았다. 두 사람 다 외롭고 버거웠다. 그래서 둘은 결혼했고, 그후 아기를 낳았다. 하지만 거기서 슬픈 일이 발생했다. 아기가 알비노였던 것이다. 난 두 사람이 병원에서 아기를 데려온 지 며칠 뒤에 그애를 보았다. 아기는 의심할 여지 없는 알비노로, 딱하게도 작은 손가락 끝까지 모조리 하얬다. 눈은 홍채 주변이 희지 않고 분홍빛을 띠었고, 머리카락은 노인의 머리카락처럼 백발이었다. 머리도 지나치게 큰 것 같았다. 하지만 내가 아기들을 그리 많이 본 것도 아니었으니 그건 그저 상상일 뿐이었는지도 모른다. 내가 처음 아기를 봤을 때, 로리는 아기 침대 반대편에 팔짱을 끼고 서 있었는데 손등에는 뭐가 잔뜩 났고 근심 때문에 입술이 씰룩였다.

분명 내가 아기 침대를 들여다보고 놀라서 숨이 막히기라도 할까봐 두려웠던 것이다. 하지만 나는 준비가 되어 있었다. 클리프가 이미 잔뜩 얘기해준 덕분이었다. 어쨌건 나는 감정을 감추는 데 능한 편이다. 그래서 손을 뻗어 아기의 자그마한 흰 뺨을 이쪽저쪽 다 만지고서 웃으려고 했다. 나는 아기의 이름을 불렀다. "새미." 하지만 이름을 부르면서 울 것만 같았다. 준비가 되어 있었는데도, 여전히 긴긴 시간 로리의 눈을 마주할 수가 없었다. 로리가 가만히 서서 기다리는 동안 나는 그 아기가 로리의 애라는 걸 속으로 감사했다. 그래, 난 죽어도 그런 아기는 원치 않았다. 클리프와 내가 오래전에 아기를 낳지 않기로 결심한 게 새삼 고마웠다. 하지만 클리프 얘기에 따르면, 클리프라고 별로 아는 건 없지만, 아기가 태어난 후 샘은 달라졌다. 성미도 급해지고 인내심도 약해졌고, 온 세상에 노여워하게 되었단다. 그러다가 샘과 클리프가 다투었고, 샘이 울타리를 친 것이다. 우리는 오랫동안 말을 섞지 않았다, 그 누구도.

"이것 좀 봐요." 샘이 말하며 파자마를 훽 끌어올리고 목욕가운을 무릎 위에 걸치더니 쭈그려 앉았다. 그는 손전등으로 땅을 가리켰다.

아래를 보니 두툼하고 하얀 민달팽이들이 흙더미에서 몸을 말고 있었다.

"방금 이걸 좀 먹였죠." 샘이 말하며 에이잭스 세제처럼 보이는 깡통을 들었다. 하지만 그건 에이잭스보다 더 크고 무거웠고 라벨에 해골과 뼈다귀 모양이 그려져 있었다. "온 사방에 달팽이들이 득실거린다니까요." 샘은 말하며 입으로 뭔가를 씹었다. 고개를 옆으로 돌리더니 담배 같아 보이는 뭔가를 뱉었다. "밤마다 이 짓을 해줘야 겨우 늘지 않을 정도예요." 그는 뭔가가 가득 찬 유리 단지에 손전등을 비췄다. "밤에 녀석들한테 미끼를 놓고 기회가 있을 때마다 이걸 가지고 나와서 잡아내죠. 망할 놈들 없는 데가 없어요. 그 집 뒤뜰에도 있을걸요, 내 장담하죠. 이 집에 나오면 그 집도 뻔하지 뭐. 녀석들 마당에 해놓는 짓 보면 범죄나 다를 게 없다니까요. 그 집 꽃들도 마찬가지예요. 이거 좀 봐봐요." 샘은 그렇게 말하고 일어났다. 내 팔을 붙잡고 나를 장미 덤불로 데려갔다. 그는 잎에 난 작은 구멍들을 보여주었다. "달팽이 놈들. 밤에 나와서 둘러보면 달팽이 천지예요. 먼저 미끼를 풀어놓고, 내가 차려준 만찬을 먹지 않은 놈들은 나와서 잡는 거예요." 그가 말을 이었다. "끔찍한 물건이죠, 달팽이란 놈들. 하지만 난 저 단지에 녀석들을 넣어서 살려뒀다가, 단지가 그득해지고 녀석들도 잘 무르익으면 장미나무 아래 뿌려줘요. 녀석들, 비료로는 그만이거든요." 그는 손전등을 장미 덤불 위로 천천히 움직였다. 잠시 후 샘이 말했다. "거참 대단한 삶 아니에요?" 그리고 고개를 가로저었다.

비행기 한 대가 머리 위로 지나갔다. 눈을 들었더니 깜빡이는 비행기 불빛이 보였고, 그 뒤로 길고 하얀 비행기구름이 밤하늘에 아주 선명했다. 나는 비행기 탑승객들이 안전벨트를 매고 자리에 앉아서, 어떤 이는 뭔가를 읽고 어떤 이는 그저 창밖을 내다보는 모습을 그려보았다.

나는 샘을 돌아보았다. 그리고 물었다. "로리와 샘 주니어는 어때요?"

"잘 지내죠, 뭐." 샘은 대답하며 어깨를 으쓱했다. 씹고 있던 것을 계속 씹었다. "로리는 좋은 여자예요. 최고죠. 좋은 여자라니까요." 그는 다시 말했다. "로리가 없었다면 어떻게 됐을지 모르겠어요. 로리가 아니었다면 밀리랑, 밀리가 있는 곳에 같이 있고 싶었을 거예요. 거기가 어디든 간에요. 아마 그런 데는 없을 거예요, 내가 아는 한. 내 생각은 그래요. 아무 데도 없다." 그가 말했다. "죽음은, 아무 데도 없는 거예요, 낸시. 원한다면 인용해도 돼요." 그는 다시 침을 뱉었다. "새미는 아파요. 그애 감기 잘 걸리는 거 알죠. 떼어내기가 힘들어요. 내일 다시 로리가 새미를 병원에 데려갈 거예요. 그쪽은 어때요? 클리퍼드는요?"

"그인 잘 있어요. 늘 똑같죠. 어제나 오늘이나." 나는 달리 무슨 말을 해야 좋을지 몰랐다. 장미 덤불을 한번 더 쳐다보았다.

"지금은 자요." 내가 말했다.

"가끔 이 망할 놈의 달팽이들 쫓으러 나왔다가 울타리 너머로 그 집 쪽을 슬쩍 보기도 해요." 샘이 말했다. "한번은……" 샘은 말을 멈추고 조용히 웃었다. "미안해요, 낸시, 하지만 왠지 웃음이 나서. 근데 한번은 울타리 너머로 쳐다보다가, 클리프가 뒤뜰에 나와서 피튜니아에 오줌 누는 걸 봤지 뭐예요. 난 뭔가 얘기하려고, 농담이라도 한마디 건넬까 했어요. 하지만 관뒀죠. 보아하니 그 친구 술 마신 것 같던데, 내가 무슨 말을 하면 어떻게 받아들일지 모르겠더군요. 그 친구야 날 못 봤죠. 그래서 그냥 입 다물고 있었어요. 클리프랑 사이가 틀어져서 유감이에요." 그가 말했다.

나는 천천히 고개를 끄덕였다. "그이도 그런 것 같아요, 샘." 그러고는 잠시 후 말했다. "당신하고 그이는 친구였죠." 하지만 클리프가 바지 지퍼를 내리고 피튜니아 앞에 서 있는 모습이 머리를 떠나지 않았다. 나는 눈을 감고 그것을 지워버리려 애썼다.

"맞아요, 우린 좋은 친구였죠." 샘이 말했다. 그러고는 얘기를 계속했다. "난 밤에 로리랑 아이가 잠들고 나면 여기 나와요. 뭔가 할 일이 생긴다는 게 한 가지죠. 당신네도 자고 있고. 다들 자고 있죠. 난 이제 잘 못 자요. 또하나는 내가 하는 일이 괜찮은 일이라는 거, 난 그렇게 믿어요. 저기 좀 봐요." 샘이 말하며 숨을 날카롭게 들이쉬었다. "저기 한 녀석 있죠. 보여요? 저기 손전등 비치는 곳에." 그는 장미 덤불 아래의 흙에 불빛을 비췄다. 그때 달팽이가 움직이는 게 보였다. "잘 봐요." 샘이 말했다.

나는 가슴 아래에 팔짱을 끼고 샘이 불을 비추는 곳 위로 몸을 숙였다. 달팽이는 움직임을 멈추고 눈먼 머리를 좌우로 꿈틀거렸다. 그때 샘이 깡통을 들고 그 위로 다가가 뿌리고 또 뿌렸다. "빌어먹을 미끌미끌한 놈들." 샘이 말했다. "혐오스러워." 달팽이는 몸을 비틀며 이리저리 흔들었다. 그러더니 몸을 웅크렸다가 똑바로 폈다. 다시 몸을 웅크리더니 그대로 멈췄다. 샘은 장난감 삽을 집어들었다. 그걸로 달팽이를 펐다. 유리 단지를 몸에서 멀리 떨어뜨린 채 뚜껑을 열더니, 달팽이를 그 안에 넣었다. 그는 도로 뚜껑을 닫고 단지를 바닥에 내려놓았다.

"나 술 끊었어요." 샘이 말했다. "정확히는 끊은 게 아니라 엄청 줄인 거지만. 도리가 없더군요. 얼마 동안은 앞뒤도 구분 못 할 정도였으니까요. 아직 집에 술이 있긴 하지만, 더는 별로 입에 대지 않죠."

나는 고개를 끄덕였다. 그가 날 보더니, 계속 쳐다봤다. 내가 뭔가 말하기를 그가 기다린다는 느낌을 받았다. 하지만 난 아무 말도 하지 않았다. 거기에다 무슨 말을 하겠는가? 없다. "이제 가봐야겠어요." 내가 말했다.

"그래야죠." 샘이 말했다. "자, 난 하던 일이나 좀더 하고 들어가야겠네요."

"잘 자요, 샘." 내가 말했다.

"잘 자요, 낸시." 그가 말했다. "저기." 그는 씹는 걸 멈추더니, 씹던 걸 혀로 아랫입술 뒤쪽에 밀어넣었다. "클리프더러 내가 안부 전하더라고 말해줘요."

"그럴게요. 당신이 안부 전하더라고 말할게요, 샘."

샘이 고개를 끄덕였다. 손으로 은빛 머리카락을 쓸어내리는 모양이 한 번만이라도 머리를 눕어보려는 것 같았다. "잘 자요, 낸시."

나는 그 집에서 나와 보도를 따라 걸었다. 우리집 대문에 손을 얹은 채 잠시 멈춰 서서 고요한 동네를 둘러보았다. 왜인지 모르겠지만, 불현듯 어린아이였을 때 내가 알고 사랑하던 모든 사람들에게서 아주 멀리 떨어져 있는 느낌이 들었다. 사람들이 그리웠다. 나는 잠시 그대로 서서 그 시절로 돌아갈 수 있었으면 했다. 다음 순간 난 그럴 수 없다는 걸 깨달았다. 안 되지. 하지만 그 순간, 앞일을 내다보던 젊은 시절에 상상하던 삶과 지금의 내 삶이 전혀 닮지 않았다는 생각이 들었다. 이제는 그 당시에 내가 어떻게 살고 싶어했는지 기억도 나지 않지만, 다른 사람들처럼 내게도 계획이 있었다. 클리프에게도 계획이 있었고, 우리가 만나서 함께 지내게 된 것도 그런 연유에서다.

나는 집으로 들어가서 불을 모두 껐다. 침실에 들어가 목욕가운을 벗어서 갠 뒤, 알람이 울리면 집을 수 있도록 가운을 손 닿는 데 놓았다. 나는 시간을 보지 않고 알람 단추가 나와 있는지 다시 확인했다. 그러고는 잠자리에 누워 이불을 덮고, 눈을 감았다. 클리프가 코를 골기 시작했다. 난 그를 쿡 찔렀지만, 아무 소용 없었다. 그는 계속 코를 골았다. 나는 코 고는 소리를 들었다. 그러다가 뒷대문 걸쇠를 잠그지 않았다는 게 떠올랐다. 결국 나는 눈을 뜨고 그대로 누워서, 눈을 돌리며 방에 있는 것들을 훑었다. 잠시 후 나는 옆으로 누워 클리프의 허리에 팔을 얹었다. 그리고 그를 조금 흔들었다. 그는 잠시 코 고는 걸 멈췄다. 그러더니 헛기침을 했다. 그는 침을 삼켰다. 뭔가 걸렸는지 가슴에서 그르렁거렸다. 그는 무겁게 한숨을 쉬더니, 다시 코를 골기 시작했다.

나는 "클리프" 하고서 그를 세게 흔들었다. "클리프, 내 말 좀 들어봐요." 그는 신음했다. 몸을 부르르 떨었다. 잠깐 동안 클리프는 숨을 멈춘 듯, 어딘가 바닥에 내려가 있는 듯했다. 내 손가락이 저절로 클리프의 부드러운 엉덩이 살로 파고들었다. 나는 숨을 참고, 그가 다시 숨 쉬기를 기다렸다. 시간이 조금 흘렀고 그가 다시 깊고 규칙적으로 숨을 쉬었다. 나는 그의 가슴으로 손을 옮겼다. 손가락을 벌린 채 가만히 그의 가슴에 손을 올려놓고 있다가 이제 뭘 할까 생각하듯 손가락으로 가슴을 두드렸다. "클리프?" 내가 다시 말했다. "클리프." 나는 손을 그의 목에 댔다. 맥박을 찾았다. 그러고는 짧은 수염이 난 턱을 감싸쥐고, 손등에 닿는 따뜻한 숨결을 느꼈다. 나는 그의 얼굴을 바짝 들여다보며 손가락 끝으로 이목구비를 더듬기 시작했다. 꼭 감은 눈꺼풀을 만졌다. 이마에 난 주름을 쓰다듬었다.

나는 말했다. "클리프, 내 말 좀 들어봐요, 여보." 나는 하고 싶은 말을 모조리 하려고 먼저 사랑한다고 말했다. 늘 사랑했고 앞으로도 늘 사랑할 거라고 했다. 그것이 다른 무엇보다도 먼저 얘기해야 할 것이었다. 그러고 나서 얘기하기 시작했다. 그가 다른 어딘가에 가 있어서 내 말을 하나도 듣지 못한다 해도 상관없었다. 게다가 말하는 도중에 내가 말하는 걸 그가 이미 다 알고 있고 어쩌면 나보다 더 잘 알고 있을지도 모른다는 생각이, 그것도 오래전부터 그랬을지도 모른다는 생각이 들었다. 그 생각이 들자, 난 잠시 말을 멈추고 그를 예전과 다른 눈으로 바라보았다. 그럼에도 나는 시작한 얘기를 끝내고 싶었다. 계속해서, 원망하거나 열을 내지도 않고 그저 마음에 있는 것을 모두 이야기했다. 이야기를 마무리하며 나는 마지막으로 가장 안 좋은 얘기를, 우리가 아무데도 다다르지 못하고 있다고 느낀다는 걸, 어쩌면 그걸 어떻게 할 방법이 없을지도 모르지만 이제 그걸 인정해야 할 때라는 걸 말했다.

말이 너무 많았다고, 당신은 그렇게 생각할지도 모르겠다. 하지만 나는 말하고 나니 기분이 나아졌다. 그래서 뺨에서 눈물을 닦아내고 누웠다. 클리프의 호흡은 정상인 듯했지만, 내 숨소리가 들리지 않을 정도로 크게 들렸다. 나는 잠시 집 바깥의 세상을 생각했고, 그후엔 어쩌면 잠들 수 있을 거라는 생각 외엔 아무것도 생각나지 않았다.

외도

지금은 10월, 바깥은 눅눅하다. 호텔방 창문으로 이 잿빛의 중서부 도시가 거의 눈에 들어온다. 바로 지금 몇몇 건물에서 군데군데 불이 켜지고, 시내 끝자락의 높은 굴뚝에서 자욱한 연기가 어둑어둑해지는 하늘로 느리게 올라간다. 이곳에는 한 대학교 분교의 교정을 제외하면—그나마도 그저 그런 학교였지만—권할 만한 게 별로 없다.

작년에 내가 잠시 새크라멘토에 들렀을 때 아버지가 들려준 이야기를 하고 싶다. 그것은 그보다 거의 이 년 전에, 그러니까 아버지가 어머니와 이혼하기 전에 아버지가 어떤 추잡한 사건에 연루된 이야기다. 그렇게 중요한 이야기라면—내 시간과 정력, 당신의 시간과 정력을 들일 만큼—왜 진작 하지 않았느냐고 물을 수도 있겠다. 그 물음에는 할말이 없다. 무엇보다 난 이게 그렇게 중요한 얘기인지 모르겠다—우리 아버지와, 그 일에 연관된 사람들을 제외하면 말이다. 둘째로, 이것이 아마도 더 핵심을 찌르는 질문일 텐데, 그게 나랑 무슨 상관인가, 하는 것이다. 그 질문은 대답하기가 더 어렵다. 인정하건대 그날 난 아버지에게 못되게 굴었던 것 같고, 어쩌면 아버지를 도울 수도 있었을 텐데 그러지 못했던 것 같다. 하지만 한편으로 나는 아버지가 도움받을 상황이 아니었다고, 내가 뭘 해줄 수 있는 상황도 아니었고 그 몇 시간 동안 우리 둘 사이에 일어난 일이라고는 아버지 때문에—강제로 그랬다는 표현이 더 적절하겠다—나 자신의 심연을 자세히 들여다보게 됐다는 점뿐이라고 느꼈다. 그리고 펄 베일리가 말하듯 무에서 유가 나오지는 않는 것이고, 그야 누구나 경험으로 아는 얘기다.

나는 중서부에 있는 한 유명 교과서 출판사의 책 판매원이다. 본거지는 시카고, 활동 영역은 일리노이 그리고 아이오와와 위스콘신 일부다. 난 로스앤젤레스에서 열리는 서부 출판사업자연합 대회에 참가했다가 순전히 충동적으로, 시카고로 돌아가는 길에 잠깐 아버지를 보러 가자는 생각이 들었다. 나는 주저했다. 부모님이 이혼한 뒤로 다시는 아버지를 보고 싶지 않은 마음이 매우 컸기 때문인데, 마음을 바꿀 겨를도 없이 지갑에서 아버지

주소를 찾아 아버지에게 전보를 보내고 말았다. 다음날 아침 나는 짐을 시카고로 보내놓고 새크라멘토행 비행기에 올랐다. 하늘이 살짝 흐린, 서늘하고 눅눅한 9월의 아침이었다.

아버지를 발견하는 데 조금 시간이 걸렸다. 아버지는 게이트에서 몇 발자국 떨어진 곳에 서 있었는데, 흰머리에 안경을 꼈고 주름이 가지 않는 갈색 면바지와 흰색 셔츠를 입고 회색 나일론 재킷을 걸치고 있었다. 아버지는 나를 응시하고 있었다. 나는 내가 비행기에서 내리자마자 아버지가 날 발견했다는 걸 알았다.

"아버지, 어떻게 지내세요?"

"레스."

우리는 재빨리 악수를 하고 터미널 쪽으로 움직이기 시작했다.

"메리랑 애들은 어떠냐?"

나는 아버지를 빤히 보다가 대답했다. 물론, 아버지는 우리가 거의 여섯 달 가까이 떨어져 지내고 있다는 사실을 몰랐다. "다들 잘 지내요." 내가 대답했다.

아버지가 흰색 과자 봉투를 열었다. "애들 주려고 좀 샀다. 갈 때 가져가거라. 별건 아니야. 메리에게 줄 아몬드 로카랑, 에드에게 줄 쿠티 게임, 그리고 바비 인형이다. 진이 좋아할 게야, 그렇지?"

"좋아하고말고요."

"잊어버리지 말고 가져가라."

나는 고개를 끄덕였다. 수녀 한 무리가 발그레한 얼굴로 흥분하여 떠들어대며 탑승 구역으로 이동하기에 우리는 길을 비켜섰다. 아버지는 더 늙었다. "음, 술을 한잔 할까요, 아니면 커피 마실까요?"

"뭐든 좋아. 그런데 내가 차가 없구나." 아버지가 사과했다. "여기선 사실 필요 없거든. 택시 타고 나왔다."

"어디 갈 필요도 없는걸요. 바에 가서 한잔해요. 아직 이르지만 한잔하고 싶네요."

우리는 라운지를 찾았고, 나는 아버지에게 부스에 앉아 있으라고 하고서 바로 다가갔다. 입이 말라서 기다리는 동안 오렌지주스를 한 잔 시켰다. 나는 아버지를 살펴보았다. 아버지는 탁자 위에 양손을 모아쥐고 앉아서 비행장이 내려다보이는 색유리창 밖을 내다보고 있었다. 커다란 비행기 한 대가 탑승객을 태우고 있었고 또다른 비행기가 더 먼 곳에서 착륙하고 있었다. 조금 떨어진 스툴에 흰 니트 정장을 입은 삼십대 후반의 빨강 머리 여자가 잘 차려입은 두 젊은 남자 사이에 앉아 있었다. 두 남자 중 하나가 여자의 귀에 바짝 대고 뭔가 말하고 있었다.

"자 여기요, 아버지. 건배." 아버지는 고개를 끄덕였고 우리는 각자 술을 쭉 들이켜고서 담배에 불을 붙였다. "근데 어떻게 지내세요?"

아버지는 어깨를 으쓱하며 양손을 폈다. "그저 그렇지."

나는 의자에 등을 기대고 긴 숨을 내쉬었다. 아버지는 슬픈 분위기를 풍겼는데 나도 모르게 그것이 약간 짜증스러웠다.

"시카고 공항은 여기보다 서너 배 클 테지." 아버지가 말했다.

"그보다 더 크죠."

"큰 것 같더구나."

"안경은 언제부터 끼셨어요?"

"얼마 안 됐다. 몇 달 됐어."

일이 분 후에 내가 말했다. "한 잔 더 하죠." 바텐더가 우리 쪽을 보자 나는 고개를 끄덕였다. 이번에는 날씬하고 유쾌한 여자가 빨강과 검정이 섞인 드레스 차림으로 주문을 받으러 왔다. 이제 바의 스툴은 자리가 다 찼고 부스에도 양복 차림의 남자들이 몇 앉아 있었다. 천장에는 그물이 매달려 있고 그 안에서 색색의 일본식 찌 몇 개가 흔들거렸다. 주크박스에서는 페툴라 클라크의 〈Downtown〉*이 흘러나오고 있었다. 나는 아버지가 홀로 지내면서 야간에 기계공장에서 선반旋盤 기사로 일한다는 사실이

* 1964~65년경 세계적인 인기를 끈 곡. 외롭고 괴로울 때면 다운타운으로 가서 털어버리라는 가사.

다시 떠올랐고, 그 모든 게 있을 수 없는 일인 듯 느껴졌다. 바에 있는 여자가 갑자기 큰 소리로 웃더니 스툴에서 몸을 뒤로 젖히며 양옆에 앉은 남자들의 소매를 붙잡았다. 여자 종업원이 술을 가지고 오자, 이번에 아버지와 나는 잔을 부딪쳤다.

"난 그때 죽었으면 싶었다." 아버지가 천천히 말했다. 술잔을 가운데 두고 양팔을 탁자 위에 무겁게 올려놓고 있었다. "넌 고등교육을 받았지, 레스. 어쩌면 넌 이해할 수도 있을 게다."

나는 살짝 고개를 끄덕였지만 아버지의 눈을 피하며 아버지가 계속 이야기하기를 기다렸다. 아버지는 낮고 단조로운 목소리로 말하기 시작했고 난 곧바로 짜증이 났다. 나는 재떨이를 뒤집어서 바닥에 쓰인 글을 읽었다. '하라 클럽 리노와 타호 호.' 재미 보기 좋은 곳들.

"그 여자는 스탠리 가정용품의 직원이었다. 자그마한 여자였지, 발도 작고 손도 작고. 머리는 칠흑같이 검었어. 썩 예쁘지는 않았지만, 좋은 면이 있었다. 나이는 서른이었고 아이들도 있었지만, 어쨌거나 정숙한 여자였어.

네 엄마는 항상 그 여자한테 빗자루나 걸레, 파이 속 같은 것들을 샀다. 너도 네 엄마 알잖니. 그날은 토요일이었는데, 난 집에 혼자 있었고 네 엄마는 어디 가고 없었다. 네 엄마가 어디 갔었는지는 모르겠구나. 당시엔 일을 한 것도 아니었고. 난 거실에 앉아서 신문을 읽고 커피를 마시며 쉬고 있었다. 그때 문 두드리는 소리가 나서 가보니 그 자그마한 여자, 샐리 웨인이 왔더구나. 그 여자는 네 엄마, 그러니까 파머 부인에게 가져다줄 물건을 갖고 왔다고 했어. '파머라고 합니다. 집사람이 지금 집에 없네요.' 내가 말했지. 난 그 여자에게 들어오라고 했어. 그러니까 물건값을 치를 생각이었지. 그 여자는 들어와야 할지 말아야 할지 몰라서 영수증과 그 작은 봉투를 들고 그대로 서 있더구나.

'자, 이리 주세요.' 내가 말했다. '들어와서 잠깐 앉아 계시면 제가 돈을 좀 찾아보겠습니다.'

'괜찮아요.' 그 여자가 말했지. '나중에 주셔도 돼요. 아무때나 받으면 되는걸요. 다른 분들도 그렇게 하세요. 괜찮습니다.' 그 여자는 살짝 웃으며 괜찮다는 걸 알리려고 했어.

'아뇨, 아뇨.' 내가 말했다. '돈 있습니다. 지금 드리는 게 낫죠. 또 오실 필요도 없고 저도 청구서 늘릴 필요 없으니까요. 들어오세요.' 난 다시 말하고서 방충문을 열었다. '그렇게 밖에 서 계시게 할 수야 없죠.' 오전 열한시나 열두시쯤이었을 게다."

아버지는 기침을 하고 탁자에 놓인 내 담뱃갑에서 담배를 하나 꺼냈다. 바에 앉아 있는 여자가 다시 웃었고, 나는 그 여자를 보고는 다시 아버지를 보았다.

"그러자 그 여자가 들어왔고 난 말했지. '잠깐만 기다리세요.'

그러고는 지갑을 찾으러 침실로 갔다. 서랍장 위를 봤지만 없더구나. 잔돈이나 성냥, 빗은 있었지만 지갑은 안 보였어. 네 엄마가 그날 아침에 청소를 했거든. 난 다시 거실로 나가서 말했다. '음, 곧 찾을 겁니다.'

'귀찮게 그러지 않으셔도 돼요.' 그 여자가 말했다.

'귀찮기는요. 어쨌든 지갑은 찾아야 하는데요. 편하게 계세요.' 내가 대답했지.

'근데요.' 내가 부엌문 근처에 멈춰 서서 말했다. '저 동부 지역에서 큰 강도 사건 난 거 들으셨나요?' 난 신문을 가리켰어. '지금 그 기사 읽고 있었거든요.'

'어젯밤에 텔레비전에서 봤어요.' 그 여자가 말했다. '사진이랑 경찰 인터뷰도 나오던데요.'

'깔끔하게 빠져나갔더군요.' 내가 말했지.

'아주 능란하던데요, 그렇죠?' 그 여자가 말했다.

'누구나 한 번쯤은 완전범죄를 꿈꾸잖아요, 왜.'

'하지만 잡히지 않는 사람은 별로 없죠.' 그 여자가 말했지. 그러고는 신문을 들었어. 1면에 현금수송용 장갑차 사진이 있고 표제에는 백만 달러짜리 강도라든가 하는 얘기가 쓰여 있었지. 너도 기억하냐, 레스? 그놈들 경찰로 위장했던 거?

나는 더 무슨 말을 해야 할지 몰랐고, 우린 그냥 서로 쳐다보며 서 있었다. 난 몸을 돌려 현관으로 나가 빨래 바구니를 살펴봤어. 네 엄마가 내 바지를 거기에 놔뒀을 거라고 생각한 거지. 바지 뒷주머니에 지갑이 있기에 다시 돌아가서 얼마를 내야 하느냐고 물었지.

'이제야 거래를 할 수 있게 됐군요.' 내가 말했다.

삼 달러인가 사 달러인가, 난 돈을 건네줬다. 그러고 나서 왜 그랬는지 모르겠지만, 그놈들이 훔쳐 달아난 그 돈이 수중에 있다면 뭘 하겠느냐고 그 여자한테 물었지.

그 여자는 이가 드러나도록 큰 소리로 웃더구나.

그때 내가 무슨 정신이었는지 모르겠다, 레스. 쉰다섯에. 애들도 다 컸고. 나도 그렇게 바보는 아니었거든. 이 여자는 나이도 거의 내 절반밖에 안 됐고 애들도 아직 학교에 다녔어. 애들이 학교 가 있는 시간에 그 스탠리 일을 하면서 시간을 때운 거지. 뭐 당연히 용돈도 좀 벌었겠지만 주로 시간 때우기였어. 일을 할 필요는 없었거든. 생활비가 부족하진 않았어. 그 여자의 남편, 그러니까 래리는 화물운송연합의 운전기사였다. 벌이가 좋았지. 트럭 운전사 알지. 그 여자가 일하지 않아도 살기 부족하지 않을 만큼은 벌었어. 꼭 일해야 하는 게 아니었단 말이다."

아버지는 말을 멈추고 얼굴을 닦았다. "널 이해시키고 싶구나."

"더 말씀하지 않으셔도 돼요." 내가 말했다. "저 아버지한테 바라는 거 없어요. 실수는 누구나 할 수 있잖아요. 이해해요."

아버지는 고개를 저었다. "누군가에게 말하지 않으면 안 될 것 같구나, 레스. 아직 아무에게도 말하지 않았지만 너한테만은 얘기하고 싶어. 네가 이해해줬으면 좋겠구나.

그 여자한테는 아들이 둘 있었어, 스탠과 프레디라고. 한 학년 정도 차이로 학교에 다녔지. 다행스럽게도 난 그애들을 만나지 않았지만, 나중에 그 여자가 애들 사진을 몇 장 보여주더구나. 그 여자는 내가 그 돈 얘기를 했을 때 웃으면서, 스탠리 물건 파는 걸 그만두고 샌디에이고로 이사해서 거기다 집을 살 것 같다고 했다. 샌디에이고에 친척이 있는데 그 정도 돈이 있으면 거기로 이사해서 운동용품점을 열 거라더구나. 돈이 넉넉해지면 운동용품점을 열자는 얘기를 곧잘 했다더라."

나는 담배에 또 불을 붙이고 시계를 흘끗거린 다음, 탁자 아래서 다리를 꼬았다가 다리를 바꿔서 꼬았다. 바텐더가 우리 쪽을 보기에 난 잔을 들었다. 바텐더는 다른 탁자에서 주문을 받고 있는 여자에게 손짓했다.

"그 여자는 소파에 앉아서 좀더 편하게 신문을 들춰보다가, 위를 올려다보며 나더러 담배 있느냐고 물었어. 자기 건 다른 가방에 두고 왔다면서 집에서 나온 후로 한 대도 못 피웠다고 했지. 집에 담배가 있는데 자동판매기에서 사긴 싫다나. 난 담배를 건

네주고 성냥을 갖다 대주었는데, 손가락이 떨리더라."

아버지는 다시 말을 멈추고 잠시 탁자를 쳐다보았다. 바에 있는 여자는 양옆에 있는 남자들 팔짱을 끼고 있었고, 셋은 주크박스에서 나오는 음악에 맞춰 노래하고 있었다. 여름 바람, 불어왔다네, 바다 건너서.* 나는 손가락으로 잔을 위아래로 매만지며 아버지가 계속하기를 구슬피 기다렸다.

"그뒤로는 기억이 희미해. 나는 그 여자한테 커피 좀 하겠느냐고 물었다. 방금 만들었다고 했고, 그 여자는 가봐야 한다면서도 한 잔 정도는 마실 수 있을 거라고 했어. 우린 그동안 한 번도 네 엄마 얘기는 하지 않았다. 둘 다 네 엄마가 언제라도 들어올 수 있다는 사실을 입에 담지 않은 거지. 난 부엌으로 가서 커피를 데웠는데, 그때쯤 엄청 긴장이 돼서 커피 가지고 나갈 때 잔이 달그락거리더구나…… 정말이지 레스, 신께 맹세코 난 결혼한 뒤로 단 한 번도 네 엄마를 배신한 적이 없었다. 단 한 번도. 그러고 싶었던 적이나 그럴 기회는 있었을지 모르지만…… 넌 나만큼 네 엄마를 모른다. 가끔 네 엄만, 그러니까……"

"그만하세요." 내가 말했다. "그 얘긴 그만하셔도 돼요."

* 1966년에 프랭크 시나트라가 불러서 유명해진 〈Summer Wind〉라는 곡. 스쳐 지나가는 로맨스를 그리워하는 가사.

"무슨 나쁜 소릴 하려는 게 아니야. 난 네 엄마를 사랑했어. 넌 몰라. 난 그냥 네가 이해하려고 해줬으면 싶었다…… 내가 커피를 가져갔더니 샐리는 코트를 벗고 앉아 있었어. 나는 소파의 다른 쪽 끝에 앉았고, 우린 좀더 사적인 얘기를 하기 시작했지. 그 여자가 그러더구나. 두 아이는 루스벨트 초등학교에 다니고, 남편 래리는 운전기사인데 때때로 한두 주 정도 집에 안 들어온다고. 위쪽으로는 시애틀까지 아래쪽으로는 로스앤젤레스까지 가거나, 아니면 애리조나의 피닉스까지 간다는 거야. 항상 어딘가에 가 있다나. 곧 우리는 대화하는 게 기분좋게 느껴지기 시작했어, 그러니까 그냥 앉아서 얘기하는 게 즐거웠다는 말이다. 그 여자는 부모님이 모두 돌아가셔서 레딩에 있는 고모집에서 자랐다고 했어. 래리나 자기나 둘 다 고등학생일 때 만나서 그때 결혼했는데, 그 여자는 졸업할 때까지 학교에 다녔다는 걸 자랑스러워하더구나. 그러다가 내가 무슨 얘기를 했는데 그게 두 가지로 해석될 수 있어서 그랬는지 그 여자가 금세 살짝 소리 내서 웃었어. 그러더니 그대로 계속 웃다가, 과부가 된 여자의 집에 들른 신발 판매원 얘기 들어본 적 있느냐고 물었어. 그 여자가 그 얘기를 들려준 뒤 우린 꽤나 신나게 웃었고, 그러고 나서 내가 그보다 좀 덜 웃긴 얘기를 했더니 그 여자는 킥킥거리다가 담배를 한 대 더 태웠지. 그렇게 꼬리에 꼬리를 물었고, 곧 난 그 여자 옆으로 천천히 다가갔다.

내 혈육인 너에게 이런 소릴 하자니 창피스럽지만, 그때 난 그 여자에게 키스했다. 아마 어설프고 서툴렀겠지. 나는 그 여자 머리를 소파에 대고서 키스했고, 그 여자 혀가 내 입술에 닿는 걸 느꼈다. 난, 어떻게 이야기해야 좋을지 잘 모르겠구나, 레스, 하지만 나는 그 여자를 강간했다. 그 여자가 싫다는데 강간했다는 건 아니야, 그런 건 아니지만, 그래도 강간은 강간이야. 난 열다섯 살짜리 애처럼 더듬거리고 허둥거렸어. 그 여자는 날 부추기진 않았지만, 무슨 말인지 알지, 그렇다고 날 그만두게 하지도 않았다…… 모르겠구나, 사람이 계속 순응하면서, 그렇게 이치에 맞게 살다가 어느 순간 난데없이……

하지만 그 일은 고작 일이 분 만에 끝났다. 그 여자가 일어나서 옷매무새를 바로잡는데, 당황스러워 보이더구나. 난 어떻게 해야 할지 몰라 부엌에 가서 커피를 더 끓여 왔어. 돌아와보니 그 여자는 코트를 입고 떠날 차비를 하고 있더구나. 나는 커피를 내려놓고 다가가서 그 여자를 꽉 끌어안았다.

그 여자가 그러더구나. '절 창녀 같은 걸로 생각하시나봐요.' 뭐 그런 소릴 하더니 자기 신발을 내려다보는 거야. 나는 다시 그 여자를 꽉 끌어안고 말했지. '그게 아니란 거 알잖아요.'

뭐 그러고서 그 여자는 갔다. 잘 가라거나 또 보자는 인사도 없었어. 그 여자는 그냥 돌아서서 미끄러지듯 문을 나섰고 나는 그 여자가 자기 차에 올라타 차를 몰고 가는 모습을 지켜봤다.

난 완전히 흥분하고 뒤죽박죽이었다. 소파 부근을 정돈하고 쿠션을 뒤집어놓고 신문도 모조리 접어두고 심지어 사용한 컵도 다 씻은 다음, 커피포트도 닦아놨지. 그러는 동안 계속 어떻게 네 엄마를 대해야 할지 생각했어. 밖에 나가 생각할 시간이 필요하다는 생각이 들더구나. 켈리네 가게에 가서 오후 내내 맥주를 마셨다.

시작은 그렇게 된 거다. 그후로 이 주가 삼 주 동안 아무 일도 일어나지 않았어. 네 엄마랑 나는 전과 다름없이 지냈고, 처음 이삼 일 후로는 나도 더이상 생각하지 않게 됐어. 아니, 그야 다 기억은 했지, 어떻게 잊어버릴 수 있겠냐, 단지 그에 관해 더 생각하지 않게 됐다는 소리다. 그러던 어느 토요일이었어. 내가 앞뜰에서 잔디 깎는 기계를 돌리고 있는데 그 여자가 길 건너편에 차를 세우는 게 보이더구나. 그 여자는 걸레랑 종이봉투 두어 개를 손에 들고 차에서 내렸어. 배달하는 중인 것 같더구나. 네 엄마가 우연히 창밖을 내다보기만 한다면 상황을 다 볼 수 있는 곳에 있었지만, 난 샐리에게 뭔가 얘기할 기회가 필요하다고 생각하던 참이었지. 난 지켜보다가, 그 여자가 건너편 집에서 나오자 되도록 일상적으로 보이도록 애쓰면서 느긋하게, 손에 십자드라이버랑 펜치도 하나 들고 꼭 그럴듯한 용건이라도 있는 사람처럼 다가갔다. 내가 차 옆으로 걸어갔을 때 그 여자는 이미 차에 타고 있었지. 그래서 몸을 한쪽으로 기울여 창문을 내려야 했어. 내가 말했다. '안녕, 샐리, 잘 지내죠?'

'네, 좋아요.' 그 여자가 대답했지.

'다시 만나고 싶은데요.' 내가 말했다.

그 여자는 그냥 날 쳐다보더구나. 성난 얼굴이거나 한 것도 아니고 그냥 똑바로 차분하게 쳐다보면서 운전대를 잡고 있었지.

'만나고 싶어요, 샐리.' 내가 또 말했어, 입이 뻣뻣했지.

그 여자는 입술을 깨물었다 놓고는 말했어. '오늘밤에 오실래요? 래리는 오리건 세일럼에 가고 없어요. 맥주나 하죠.'

난 고개를 끄덕이고서 차에서 한 걸음 물러섰어. '아홉시 이후에요.' 그 여자가 덧붙이더구나. '불 켜놓을게요.'

나는 다시 고개를 끄덕였고, 그 여자는 시동을 걸고 클러치를 떼며 움직이기 시작했지. 나는 다시 길을 건너왔는데 다리에 힘이 없더구나."

바 근처에서 마르고 거무튀튀한 남자가 빨강 셔츠 차림으로 아코디언을 연주하기 시작했다. 라틴 곡이었는데, 남자는 감정을 담아 커다란 악기를 팔에 안고 앞뒤로 몸을 흔들며, 때때로 다리를 들고 악기를 허벅지 위로 굴리기도 했다. 그 여자는 바를 등지고 앉아서 술잔을 들고 귀를 기울였다. 그 여자는 남자의 음악을 들으며 그가 연주하는 모습을 보다가 음악에 맞춰 스툴 위에서 몸을 앞뒤로 움직이기 시작했다.

"라이브 음악이네요." 내가 아버지 주의를 딴 데로 돌리려고 말했지만, 아버지는 그쪽을 흘끗 보더니 술잔을 비웠다.

느닷없이 여자가 스툴에서 미끄러져내려와 한가운데로 몇 발자국 가더니, 춤을 추기 시작했다. 여자는 고개를 양옆으로 흔들며 발꿈치로 바닥을 차는 것과 동시에 양손 손가락을 튕겼다. 안에 있는 사람들 모두 그 모습을 지켜보았다. 바텐더도 술을 섞다가 멈췄다. 바깥에 있던 사람들도 안을 들여다보기 시작했고 곧 문 앞에 사람들이 한 무리 모여들었다. 그런데도 여자는 계속 춤을 췄다. 내 생각에 사람들은 처음에는 매료되었지만, 좀 무섭기도 하고 당혹스럽기도 했던 것 같다. 여하간 난 그랬다. 도중에 여자의 긴 빨강 머리가 풀어져 등에 닿았지만, 여자는 그저 비명을 지르고는 발을 점점 빠르게 굴렀다. 여자는 양팔을 머리 위로 들고 손가락을 튕기며 한가운데에서 작은 원을 그리며 움직였다. 이제 여자는 몇몇 남자들에게 둘러싸여 있었지만, 아직도 남자들 머리 위로 여자의 손과 하얀 손가락이 튕기는 게 보였다. 그러더니 마지막으로 발꿈치를 스타카토로 구르며 최후의 비명을 지르고는, 춤을 끝냈다. 음악이 멈췄고, 여자가 머리를 앞으로 숙이자 머리카락이 얼굴로 쏟아져내렸다. 여자는 한쪽 무릎을 꿇었다. 아코디언 연주자가 박수를 치기 시작하자, 여자 가까이 있던 남자들이 길을 내주려고 뒤로 물러났다. 여자는 바닥에서 잠시 그렇게 고개를 숙이고 천천히 숨을 들이쉬며 있다가 일어났다. 어지러워 보였다. 여자는 입술에 붙은 머리카락을 핥고서 사람들 얼굴을 훑어보았다. 남자들은 계속 박수를 쳤다. 여자는 미소를 짓고 천천히 정중하게 고개를 끄덕이면서, 천천히 몸을 돌려 모두를 쳐다보았다. 그러더니 바로 돌아가 잔을 들었다.

"저거 보셨어요?" 내가 물었다.

"봤다."

아버지는 전혀 흥미가 없는 듯했다. 잠깐 동안 아버지가 너무나 경멸스럽게 느껴져서 나는 눈길을 돌려야 했다. 나는 내가 바보같이 굴고 있다는 걸, 어차피 한 시간 뒤면 떠난다는 걸 알고 있었다. 하지만 아버지의 추잡한 외도를 내가 어떻게 생각하는지 또 그 일 때문에 어머니가 어떻게 됐는지 말하지 않으려면 그 수밖에 없었다.

주크박스에서 어떤 음반이 중간 부분부터 흘러나오기 시작했다. 그 여자는 여전히 바에 앉아 있었는데, 다만 이제는 팔꿈치를 바에 기대고 거울에 비친 제 모습을 응시하고 있었다. 여자 앞에는 술잔이 세 개 있었고, 둘 중 한 남자, 아까 그 여자에게 얘기하던 남자는 자리를 옮겨 바의 구석으로 가 있었다. 다른 남자는 여자의 등허리 부근에 손바닥을 대고 있었다. 나는 숨을 깊이 들이쉬고 입꼬리를 올려 미소를 짓고서 아버지를 보았다.

"그런 식으로 얼마간 흘러갔지." 아버지가 이야기를 다시 시작했다. "래리는 상당히 규칙적으로 움직였고, 난 기회가 오는 날 밤마다 그 집에 가게 됐다. 네 엄마한테는 엘크스에 간다고 하거나, 아니면 가게에서 마저 할 일이 있다고 했어. 뭐든, 몇 시간 정도 늦게 들어갈 만한 핑계를 댄 거지.

첫날, 아까 말한 그날 밤에 난 서너 블록 떨어진 곳에 차를 대고 걸어서 그 여자 집을 그대로 지나쳤다. 코트에 손을 넣고 제법 빠르게 걷다가 그 여자 집을 지나치면서, 용기를 내려고 했지. 그 여자는 현관 불을 켜놓았고 창문 블라인드도 다 쳐놓았더구나. 난 블록 끝까지 걸어갔다가 다시, 좀더 천천히 보도를 걸어 돌아와서 그 여자 집 앞으로 갔다. 래리가 나와서 문을 연다면 그걸로 끝이라는 건 나도 알았다. 그럼 길을 찾고 있었다고 말하고 돌아갈 생각이었지. 그리고 다시는 가지 않을 작정이었어. 귀에서 심장 뛰는 소리가 들리더구나. 초인종을 누르기 직전에 난 손가락에서 결혼반지를 빼서 주머니에 넣었어. 아마, 아마 바로 그때, 그 여자가 문을 열기까지 현관 앞에 서 있을 때, 그때가 유일하게 네 엄마한테 무슨 짓을 하고 있는 건지 고민한, 그러니까 정말로 고민한 때였던 것 같다. 샐리가 문을 열 때까지의 그 순간에, 나는 내가 무슨 짓을 하고 있는지 알았고, 그게 완전히 잘못된 짓이라는 걸 알았지.

그런데도 그랬다니, 내가 미쳤지, 미쳤어! 줄곧 미쳐 있었던 거다, 레스. 그러면서도 몰랐던 거야, 그런 광기가 가만히 숨어 날 기다리고 있었다는 걸. 왜? 내가 왜 그런 거지? 나처럼 애도 다 큰 늙은 놈이. 그 여잔 왜 그런 거지? 그 망할 개잡년!" 아버지는 이를 악물더니 잠시 뭔가를 곱씹었다. "아니다, 그건 아니야. 내가 그 여자한테 미쳐 있었던 거지, 인정한다…… 어떤 땐 낮에도 찾아갔어. 래리가 집을 비운다는 걸 알면 오후에 가게에서 빠져나가 그 집엘 다녀왔지. 애들은 항상 학교에 있었어. 하느님 맙소사, 그애들하고 마주치지 않았길 천만다행이지. 안 그랬으면 지금 훨씬 힘들었을 거다…… 여하간 처음 갔을 때, 그때가 가장 힘들었어.

우린 둘 다 아주 긴장했다. 부엌에 앉아서 한참 맥주를 마셨는데, 그 여자가 자기 생각들을 비밀이라고 하면서 들려주기 시작하더구나. 나는 긴장이 풀리면서 좀더 편해지는 느낌이 들었고, 그래서 나도 이런저런 애기를 하게 됐지. 이를테면 네 얘기 말이다. 네가 일하면서 모은 돈으로 학교에 다니고 그러고는 시카고로 가서 살게 됐다는 애기 같은 거. 그 말을 듣더니 그 여자는 어릴 적에 기차 타고 시카고에 가본 적이 있다고 했다. 나는 뭘 하며 살았는지 얘기하면서, 그때까진 별로 해놓은 게 없다고 말했다. 그리고 아직도 하고 싶은 일들, 아직도 하려고 하는 일들을 이야기했지. 그 여자랑 같이 있을 때면 그런 느낌을, 내가 아직 끝난 게 아니라는 느낌을 받았어. 난 내가 계획도 못 세울 정도로 늙은 건 아니라고 했다. '누구나 계획이 필요하죠.' 그 여자가 말했지. '계획이 있어야 해요. 내가 너무 늙어서 계획도 못 세우고 아무것도 고대하지 못하게 될 때, 그땐 날 묻어버려도 되는 거죠.' 그 여잔 그렇게 말하더구나. 그리고 다른 얘기도 했지. 나는 그 여자를 사랑한다고 생각하기 시작했다. 얼마나 오랫동안인지 모르겠지만 둘이 그렇게 앉아서 세상만사에 관해 얘기하다가, 내가 그 여자를 안았다."

아버지는 안경을 벗고 잠시 눈을 감았다. "이 얘기는 아무한테도 하지 않았다. 좀 취하는 거 같기도 하고 더 마시고 싶은 생각도 없다만, 이건 누구에게든 얘길 좀 해야겠구나. 더이상 담아둘 수가 없어. 그러니까, 그러니까 내가 이 얘기로 널 귀찮게 하고 있다면 그냥, 부디 그냥 좀더 들어주려무나."

나는 대답하지 않았다. 바깥을 내다보고는 손목시계를 보았다.

"가만! 너 몇시 비행기지? 다음 거 타면 안 되겠냐? 내가 한 잔 더 사마, 레스. 두 잔 더 시켜라. 내 서두르마, 금방 끝내마. 내가 이걸 얼마나 털어내고 싶어하는지 넌 모를 거다. 들어주렴.

그 여자는 침대 바로 옆에 래리의 사진을 놔뒀었다…… 전부 얘기하고 싶구나, 레스…… 처음엔 마음이 불편했지. 둘이 침대로 올라가는데 래리의 사진이 보인다는 게, 그 여자가 불을 끄기 전에 내가 마지막으로 보는 게 래리의 사진이라는 게. 하지만 그것도 처음 몇 번뿐이었어. 얼마 지나니까 거기 사진이 있는 게 익숙해지더구나. 그게, 우리가 침대에 올라갈 때 그 친구가 우릴 보고 웃고 있는 게 좋더란 말이지. 기분좋고 조용하고. 나는 거의 그걸 고대하게 됐고. 사진이 거기 없으면 보고 싶을 지경이 됐다. 심지어 오후에 하는 걸 가장 좋아하게 되기까지 했지. 오후엔 늘 빛이 넉넉해서 내킬 때마다 사진을 볼 수 있었거든."

아버지는 고개를 저었다. 머리가 조금 떨리는 듯싶었다. "믿기 어렵지 않냐? 더이상 네 아비 같지도 않지, 응? ……아무튼 결말은 비참했다. 너도 알지. 네 엄마는 날 떠나더구나. 당연히 그럴 만하지. 너도 다 알 거다. 네 엄마는 차마 더는 날 볼 수가 없다고 하더라. 하지만 그것도 그렇게 중요한 건 아니다."

"무슨 말씀이세요, 그게 중요하지 않다니?" 내가 말했다.

"말해주마, 레스. 여기서 가장 중요한 게 뭔지 말해주마. 그게 말이다, 그보다 훨씬 중요한 것들이 있거든. 네 엄마가 떠난 것보다 더 중요한 일이다. 그건 멀리 보면 아무것도 아니야……

어느 날 밤 우린 침대에 있었다. 한 열한시쯤 됐을 게다. 난 항상 자정 전에는 집에 들어갔으니까. 애들은 자고 있었다. 우린, 그러니까 샐리랑 나는 그냥 침대에 누워서 얘기하고 있었어. 내가 팔로 그 여자 허리를 감싸고 있었지. 난 아마 얘기를 듣다가 졸았던 거 같다. 그냥 졸면서, 반쯤 얘기 들으면서 있는 게 즐거웠어. 한편으로는 의식이 또렷해서 이제 곧 일어나서 집에 가야 한다고 생각하고 있었지. 그런데 차 한 대가 진입로로 들어오더니 누군가 차에서 내려 차문을 쾅하고 닫는 거다.

'세상에, 래리예요!' 그 여자가 비명을 지르더구나. 나는 침대에서 벌떡 일어났지. 아직 옷도 다 입지 못한 채 통로에 있는데 그가 현관으로 올라와 문 여는 소리가 들리더구나. 난 제정신이 아니었을 거다. 뒷문으로 달아나면 그가 날 뒤뜰 울타리에 매달아 죽여버릴지도 모른다고 생각했던 거 같다. 샐리는 우스꽝스러운 소리를 냈어. 숨이 안 쉬어지는 것처럼 말이야. 그 여자는 목욕가운을 걸치기는 했지만 제대로 여미지도 않고서 부엌에서서 머리를 절레절레 흔들었지. 이 모든 게 순식간에 벌어진 거다. 난 손에 옷가지를 쥐고 반쯤 벌거벗은 상태였는데 래리가 문을 연 거야. 난 뛰었다. 커다란 거실 창문으로, 유리창을 깨고 뛰어내렸지. 나는 덤불에 떨어졌다가, 벌떡 일어나서 유리 조각을 떨어뜨리면서 거리를 달려가기 시작했다."

이 늙은 망나니, 당신 미쳐도 단단히 미쳤군. 고약했다. 처음부터 끝까지 미친 얘기였다. 어머니만 아니었더라면 그 모든 게 웃기지도 않은 일이었을 텐데. 난 잠시 아버지를 빤히 바라봤지만, 아버지는 나와 눈을 마주치지 않았다.

"그래도 도망은 치셨나봐요? 그 남자가 쫓아오거나 하지 않았어요?"

아버지는 대답 없이 앞에 놓인 빈 잔을 멍하니 응시했고, 나는 다시 손목시계를 보았다. 난 기지개를 켰다. 조금씩이지만 눈 안쪽이 끈덕지게 아팠다. "이제 곧 가봐야 할 것 같아요." 난 한 손으로 턱을 매만지고 옷깃을 정돈했다. "그게 전부인 거죠, 네? 아버지와 어머니가 그래서 헤어지게 됐고 그후에 아버지가 여기 새크라멘토로 이사 온 거요. 그 여잔 아직 레딩에 있고. 그 얘기 아니에요?"

"아니다, 꼭 그렇진 않아. 그러니까, 그래, 그래, 그야 맞는 말이지, 하지만……" 아버지는 목소리를 높였다. "넌 아무것도 모르는구나, 응? 정말은 아무것도 모르는 거야. 나이는 서른둘이지만 책 파는 거 말고는 아무것도 모르는 거야." 아버지는 날 쏘아보았다. 안경 너머로 아버지의 눈이 불그스름했고, 작고 멀어 보였다. 나는 그냥 그곳에 앉아 있을 뿐 아무 느낌도 들지 않았다. 이제 거의 떠날 시간이었다. "아니. 아니다, 그게 전부가 아니야…… 미안하구나. 무슨 일이 있었는지 이야기하마. 만약, 만약 그 친구가 그 여자를 두드려 팼다거나, 나를 쫓아왔다거나, 우리집으로 날 찾으러 왔다거나, 아니면 뭐가 됐든 말이다. 난 그 친구한테 무슨 짓을 당해도 쌌다…… 하지만 그 친구는 그러지 않았어. 그런 일은 아무것도 하지 않았단 말이다. 아마, 아마 그냥 와르르 무너져버린 것 같더라. 그냥…… 무너져버린 거야. 그 친구는 소파에 누워서 울었다. 그 여잔 그대로 부엌에서 무릎을 꿇고 울면서 신에게 큰 소리로 죄송하다고, 죄송하다고 기도했지. 잠시 후 문 닫히는 소리가 나기에 거실로 나갔더니 남편이 사라지고 없었다. 차도 가져가지 않았어. 차는 진입로에 그대로 세워져 있었거든. 그 친구는 걸었다. 시내로 걸어가서 3번가에 있는 제퍼슨에 방을 얻었지. 밤새 여는 드러그스토어에서 과도를 구해서는 방으로 돌아간 다음 그걸로, 그걸로 자기 배를 찌르기 시작했다. 자살하려고 한 거지…… 한 이틀 후 누가 방에 들어가봤는데 그 친구가 아직 살아 있었다더구나. 작은 자상이 삼십 군데인지 사십 군데 나 있었고 방도 온통 피투성이였지만 아직 숨이 붙어 있었지. 내장을 조각조각 찢어놨더라고 의사가 그러더라. 그 친구는 하룬가 이틀 후에 병원에서 죽었다. 의사들은 자기들이 해줄 수 있는 게 아무것도 없다고 했어. 그 친구는 그냥 죽었다. 입도 뻥긋하지 않고, 아무도 부르지 않고서. 내장이 온통 찢긴 상태로 그냥 죽은 거야.

난 말이다, 레스, 그때 죽은 느낌이다. 내 일부는 정말로 죽었어. 네 엄마가 날 떠난 건 잘한 거야. 아무렴 그랬어야지. 하지만 래리 웨인을 묻어서는 안 되는 거였어! 내가 죽고 싶다는 말은 아니다, 레스, 그건 아니야. 까놓고 말하자면 나도 내가 아니라 그 친구가 묻히는 쪽을 택할 거다. 선택을 해야만 한다면 말이야…… 나는 삶이니 죽음이니 하는 것들이 무슨 의미가 있는지 도무지 모르겠구나. 한번 죽으면 그걸로 끝이라고 생각한다. 하지만, 하지만 양심에 짐을 지고 살아가는 건 힘이 드는구나. 그러니까 그게, 자꾸 생각나고 내가 저지른 일 때문에 그 친구가 죽어야 했다는 사실이 머리에서 떠나지 않는단 말이다."

아버지는 또 뭔가 말하려다가 그냥 고개를 저었다. 그러고는 상체를 살짝 앞으로 숙이고, 여전히 입을 벌린 채로, 내 눈을 바라보려 했다. 아버지는 뭔가를 원했다. 아버지가 나를 어떻게든 그 얘기에 끌어들이려고 하는 건 괜찮았다. 하지만 그게 다가 아니었다. 아버지는 뭔가 다른 걸 원했다. 어쩌면 뭔가 해답을 바란 걸까, 그런 건 없는데도. 어쩌면 그냥 내가 무슨 몸짓이라도 해주기를, 아버지 팔에 손이라도 얹어주기를 바랐는지도 모른다. 어쩌면 그걸로 충분했을지도.

나는 옷깃을 느슨하게 하고 손목으로 이마를 닦았다. 헛기침을 해봤지만 아직도 아버지의 눈을 마주볼 수가 없었다. 불안정하고 비이성적인 두려움이 날 사로잡는 게 느껴졌고, 눈 안쪽의 통증이 더 심해졌다. 아버지가 계속 나를 응시하자 나는 몸을 꿈틀거리기 시작했다. 우리 둘 다 내가 아버지에게 줄 게 아무것도 없다는 것을, 아니 아버지뿐 아니라 누구에게도 줄 게 없다는 것을 깨달았다. 나는 표면은 매끄러웠지만 안은 텅 비어서 아무것도 없었다. 충격이었다. 나는 한 번인가 두 번 눈을 깜빡였다. 담배에 불을 붙이는데 손가락이 떨렸다. 아버지가 눈치채지 못하게 하려고 조심했다.

"넌 내가 이렇게 말하면 안 된다고 생각할지 모르겠지만, 그 친군 애초부터 뭔가 문제가 있었던 거 같다. 아내가 바람 좀 피웠다고 그런 일을 한다는 게 말이다. 내 말은 그러니까 그런 일을 한다는 거 자체가 애초부터 반쯤 미친 게 아니냐는 거지…… 하지만 넌 이해하지 못하겠지."

"끔찍하다는 건 알아요, 그걸 마음에 지고 다닌다는 게요. 하지만 영원히 자책할 수는 없잖아요."

"영원이라." 아버지는 주위를 둘러보았다. "그게 얼마나 오래냐?"

우리는 아무 말도 하지 않고 좀더 그곳에 앉아 있었다. 술잔은 비운 지 오래였고, 여자 종업원도 다시 오지 않았다.

"한 잔 더 하실래요? 제가 살게요." 내가 말했다.

"더 할 시간이 되겠냐?" 아버지는 나를 뜯어보며 물었다. 그러고는 말했다. "아니다. 아니야, 안 하는 게 낫겠어. 너 비행기 타야지."

우리는 부스에서 일어났다. 나는 아버지가 코트 입는 걸 거들고, 아버지의 팔꿈치를 부축해 함께 밖으로 나갔다. 바텐더가 우리를 보고 "고맙습니다" 하고 말했다. 나는 팔을 흔들었다. 팔이 뻣뻣했다.

"바람 좀 쐐요." 내가 말했다. 우리는 계단을 걸어내려가 바깥으로 나왔고, 밝은 오후 햇살에 눈을 찡그렸다. 태양이 막 구름 뒤로 사라졌고, 우리는 문밖에서 아무 말 없이 서 있었다. 사람들이 계속 우리를 스치고 지나갔다. 다들 바빠 보였다. 가죽 손가방을 들고 코피를 흘리며 우리 옆을 지나가던 청바지 차림의 남자를 빼면 말이다. 그 남자가 얼굴에 대고 있는 손수건은 피로 뻣뻣해 보였다. 그는 지나치면서 우리를 쳐다보았다. 한 검둥이 택시기사가 우리더러 타겠느냐고 물었다.

"택시 태워드릴게요, 아버지, 타고 집에 가세요. 주소가 어떻게 되죠?"

"아니다, 아니야." 아버지가 갓돌에서 비틀대며 뒤로 한 걸음 물러났다. "내가 바래다주마."

"괜찮아요. 그냥 이 앞에서 인사하는 편이 나을 거 같아요. 어차피 저 작별인사도 그다지 좋아하지 않구요. 작별인사라는 게 어떤지 아시잖아요." 내가 덧붙였다.

우리는 악수했다. "아무것도 걱정하지 마세요, 지금은 그게 중요해요. 세상 누구도, 그 누구도 완벽하지 않아요. 어서 기운 되찾으시고 걱정하지 마세요."

아버지가 내 얘기를 들었는지 모르겠다. 여하튼 아버지는 대답하지 않았다. 택시기사는 뒷문을 열고서 나를 보더니 말했다. "어디로 가세요?"

"안 취하셨어요. 직접 말씀하실 거예요."

택시기사는 어깨를 으쓱하고는 뒷문을 닫더니 앞문으로 갔다.

"마음 편히 먹고 편지하세요, 아버지?" 아버지는 고개를 끄덕였다. "건강 챙기시구요." 내가 마지막으로 말했다. 택시가 출발하자 아버지는 창문으로 고개를 내밀고 나를 쳐다보았다. 그게 아버지를 본 마지막이었다. 시카고로 가는 중간쯤에, 아버지가 준 선물 봉지를 라운지에 두고 왔다는 게 기억났다.

아버지는 편지하지 않았고, 나는 그후로 아버지 소식을 듣지 못했다. 아버지에게 편지를 써 어떻게 지내는지 물어보고 싶지만, 주소를 잃어버린 것 같다. 하지만 내게 말해줬으면 한다. 나 같은 사람에게 아버지는 뭘 기대한 걸까?

별것 아닌 것 같지만,
도움이 되는

토요일 오후 그녀는 차를 몰고 쇼핑센터에 있는 작은 빵집으로 향했다. 케이크 사진을 테이프로 붙여서 만든 바인더를 훑어본 뒤 그녀는 아들이 좋아하는 초콜릿 케이크를 주문했다. 그녀가 고른 케이크는 한쪽 끝에는 점점이 수놓은 하얀 별들이, 그 아래로 우주선과 발사대가 장식되어 있고, 다른 쪽 끝에는 빨간 프로스팅으로 만든 행성이 있었다. 아들의 이름 '스코티'는 행성 아래에 초록색 글씨로 장식될 터였다. 빵집 주인은 나이가 좀 있고 목이 두꺼운 남자였는데, 다음주 월요일이면 스코티가 여덟 살이 된다는 그녀의 말을 묵묵히 듣기만 했다. 빵집 주인은 작업복으로 보이는 흰색 앞치마를 걸치고 있었다. 앞치마 끈이 겨드랑이 아랫부분에서 몸통을 뒤로 한 바퀴 빙 돌아 두툼한 허리 아래 묶여 있었다. 그는 그녀의 얘기를 들으며 앞치마에 손을 닦았다. 케이크 사진에 시선을 고정하고서 그녀가 얘기하게 내버려두었다. 천천히 얘기하도록 내버려두었다. 이제 막 일하러 와서 밤새 빵을 구울 터였던지라 급할 게 없었다.

그녀는 우주선 케이크로 결정하고, 빵집 주인에게 앤 와이스라는 자기 이름과 전화번호를 알려주었다. 케이크는 월요일 오전에 갓 구워진 상태로 준비될 테니, 오후에 있을 스코티의 생일파티까지는 시간이 넉넉할 것이었다. 빵집 주인은 명랑하지는 않았다. 두 사람 사이엔 형식적인 대화 없이 그저 최소한의 말만, 필요한 정보만 오갔다. 빵집 주인은 그녀를 불편하게 했고, 그녀는 그게 맘에 들지 않았다. 빵집 주인이 손에 연필을 쥐고 카운터 위로 몸을 숙이고 있는 동안, 그녀는 그 거친 얼굴을 뜯어보며 그가 평생 빵 굽는 일 외에 다른 일을 해본 적이나 있을까 생각했다. 서른셋 먹은 아이 엄마인 그녀가 보기에는 누구에게나, 특히 빵집 주인 또래의 사람이라면—자기 아버지뻘 되는 남자였으니—틀림없이 아이가 있을 것이고 그 아이도 케이크와 생일파티라는 특별한 시기를 겪었을 것 같았다. 둘 사이에 그런 공통분모가 분명히 있을 거라고, 그녀는 생각했다. 하지만 빵집 주인은 퉁명스러웠다. 그렇다고 무례하지는 않았고 그저 퉁명스러웠다. 그녀는 그와 친해지려고 하기를 그만두었다. 빵집 안쪽을 보니, 한쪽에는 길고 육중한 나무 탁자에 알루미늄 재질의 파이용 팬이 쌓여 있고 탁자 옆에는 위아래로 빈 선반이 빼곡히 늘어선 철제 빵식힘대가 놓여 있었다. 커다란 오븐도 있었다. 라디오에서 컨트리음악이 흘러나왔다.

빵집 주인은 특별 주문 카드에 정보를 다 기입하고서 바인더를 덮었다. 그는 그녀를 보며 말했다. "월요일 아침입니다." 그녀는 고맙다고 말하고 차를 몰아 집으로 돌아왔다.

월요일 오후, 스코티가 학교를 마치고 친구와 집으로 걸어가고 있었다. 스코티는 친구랑 포테이토칩 봉지를 서로 주거니 받거니 하면서, 그날 오후에 친구가 자기 생일 선물로 뭘 주려는지 알아내려고 했다. 딴 데를 보던 스코티는 교차로에서 도로로 내려갔고, 그 자리에서 차에 치였다. 아이는 옆으로 넘어졌고, 머리는 배수로에 다리는 도로에 놓였다. 눈은 감겨 있었지만 다리는 어디론가 올라가려는 듯 앞뒤로 움직이기 시작했다. 친구는 포테이토칩을 떨어뜨리고 울기 시작했다. 스코티를 들이받은 차는 100피트쯤 더 가더니 길 중간에 멈춰 섰다. 운전석에 앉은 남자가 어깨 너머로 뒤를 돌아다보았다. 남자는 자기가 받은 소년이 불안정하게 일어설 때까지 기다렸다. 소년은 좀 비틀거렸다. 멍하기는 하지만 괜찮은 듯 보였다. 남자는 차에 기어를 넣고 가버렸다.

스코티는 울지는 않았지만, 전혀 아무 말도 하지 않았다. 친구가 차에 치이는 게 어떤 느낌이냐고 물어도 스코티는 대답하지 않았다. 스코티는 자기집 정문으로 곧장 걸어갔고, 친구는 거기서 스코티와 헤어져 자기집으로 달려갔다. 하지만 스코티가 집으로 들어가 소파에서 엄마한테 그 일을 이야기하는 동안, 엄마가 아이 옆에 앉아서 아이의 양손을 자기 무릎에 놓고 "스코티, 얘, 정말 괜찮은 거니, 응?" 하고 말하며 어쨌든 의사를 불러야겠다고 생각하고 있는데, 스코티가 뒤로 푹 쓰러지더니 눈을 감고는 축 늘어졌다. 그녀는 아이를 깨우려 해도 아이가 깨어나지 않자, 황급히 전화기 쪽으로 가서 직장에 있는 남편에게 전화했다. 하워드는 그녀에게 진정하라고, 마음을 가라앉히라고 한 뒤 구급차를 부르고 자신도 병원으로 향했다.

당연히 생일파티는 취소됐다. 스코티는 가벼운 뇌진탕과 쇼크로 병원에 입원했다. 구토도 했고, 폐에 물이 들어가서 오후에 빼내야 했다. 스코티는 그냥 아주 깊은 잠에 빠져든 것처럼 보였다—하지만 혼수상태는 아니라고, 프랜시스 선생은 강조했다. 혼수상태는 아니라고, 그는 아이 부모의 눈에 어린 불안을 보고 말했다. 그 월요일 밤 열한시, 수많은 엑스레이와 검사를 거친 뒤 아이는 편안하게 쉬는 듯했고 이제는 아이가 그저 깨어나서 정신을 차리기만 하면 되는 상황에 이르자, 하워드는 병원을 나섰다. 그날 오후부터 앤과 함께 스코티의 곁에 있었던 터라, 그는 잠시 집에 들러 목욕도 하고 옷도 갈아입을 참이었다. "한 시간 뒤에 올게." 그가 말했다. 앤은 고개를 끄덕였다. "걱정 마." 앤이 말했다. "내가 여기 있을게." 하워드는 앤의 이마에 입을 맞췄고, 둘은 손을 잡았다. 앤은 침대 옆 의자에 앉아 스코티를 바라보았다. 앤은 줄곧 아이가 일어나 괜찮아지기를 기다렸다. 그러면 안심할 수 있을 터였다.

하워드는 병원을 나와 집으로 차를 몰았다. 컴컴하고 젖은 거리를 다소 빠르게 달리다가 그러면 안 된다는 생각에 속도를 늦추었다. 이제까지 그의 삶은 순탄하고 만족스럽게 흘러왔다—대학을 나오고, 결혼하고, 경영학 학위를 따려고 일 년 더 대학을 다니고, 투자회사에 취업했다. 그리고 아버지가 됐다. 하워드는 행복했고, 지금까지는 운이 좋았다. 그건 그도 알았다. 부모님도 아직 살아 계시고, 두 형제와 여동생도 안정되게 살고 있었고, 대학 친구들도 각자 자기 자리를 잡아나갔다. 이제까지 하워드는 별다른 해를 입지 않고서, 운이 없어지고 상황이 급변하면 사람을 불구로 만들고 파멸시킬 수도 있는 힘에서, 그가 생각하기에 실재하는 그 힘에서 벗어나 있었다. 그는 진입로에 차를 세웠다. 왼쪽 다리가 아까부터 떨렸다. 하워드는 잠시 차에 앉아 지금 상황에 이성적으로 대처해보려고 했다. 스코티는 차에 치여 병원에 있기는 하지만 괜찮아질 것이었다. 그는 눈을 감고 한 손으로 얼굴을 쓸었다. 잠시 후 그는 차에서 내려 현관으로 올라갔다. 개가, 슬러그가 집안에서 짖고 있었다. 그가 문을 열고 전등 스위치를 더듬거리며 찾는 동안 전화벨이 계속 울렸다. 병원을 떠나는 게 아니었다고, 그러면 안 되는 거였다고, 하워드는 자신을 저주했다. 수화기를 들고 말했다. "방금 집에 들어왔어! 여보세요!"

"여기에 가져가지 않은 케이크가 있는데요." 수화기 너머에서 남자의 목소리가 들렸다.

"뭐라고요? 무슨 말씀이세요?" 하워드가 물었다.

"케이크요." 목소리가 말했다. "십육 달러짜리 케이크."

하워드는 수화기를 귀에 붙인 채 이해하려고 애를 썼다. "케이크라뇨, 전 모르겠는데요. 나 원, 무슨 말씀 하시는 겁니까?" 하워드가 말했다.

"그렇게 나오시면 안 되죠." 목소리가 말했다.

하워드는 전화를 끊었다. 부엌으로 가서 위스키를 좀 따랐다. 병원에 전화해봤지만 스코티는 그대로였다. 여전히 자고 있었고 아무것도 달라지지 않았다. 하워드는 욕조에 물을 채우는 동안 얼굴에 비누칠을 하고 면도를 했다. 욕조에 들어가 몸을 뻗고 눈을 감은 순간 다시 전화벨이 울리기 시작했다. 그는 힘겹게 욕조에서 나와 수건을 낚아챈 뒤 서둘러 걸어가며, 병원에서 나온 자신을 "바보야, 바보" 하고 나무랐다. 하지만 그가 수화기를 들고 "여보세요!" 하고 소리쳤지만 반대편에서는 아무 소리도 들리지 않았다. 그러더니 상대방이 전화를 끊었다.

하워드는 자정이 조금 지나 병원에 도착했다. 앤은 아직도 침대 옆 의자에 앉아 있었다. 앤은 고개를 들어 하워드를 보더니 다시 스코티를 보았다. 아이의 눈은 감겨 있었고, 머리엔 아직도 붕대가 감겨 있었다. 호흡은 조용하고 규칙적이었다. 침대 위로 설치된 장치에 포도당 병이 걸려 있고 거기서 나온 관이 아이의 오른팔에 연결되어 있었다.

"애는 어때? 이건 다 뭐야?" 하워드가 포도당 병과 관을 손으로 가리키며 물었다.

"프랜시스 선생님 지시야." 앤이 말했다. "영양을 섭취해야 한다면서. 선생님이, 기운이 떨어지지 않게 해줘야 한대. 왜 안 일어나는 걸까, 하워드? 이해를 못하겠어. 괜찮다는데."

하워드는 앤의 머리 뒤에 손을 대고 머리카락을 쓸었다. "스코티는 괜찮아질 거야, 여보. 조금 있으면 깨어날 거야. 프랜시스 선생님은 전문가라구."

잠시 후 하워드가 말했다. "당신도 집에 가서 잠깐 쉬는 게 좋겠어. 내가 여기 있을게. 그 병신자식 또 전화하거든 받아주지

마. 곧바로 끊어버려."

"누군데?" 앤이 물었다.

"나도 누군지 몰라, 장난전화 말고는 할 일 없는 인간이겠지. 갔다 와."

앤은 고개를 흔들었다. "아냐. 난 괜찮아."

"정말이야." 그가 말했다. "잠깐 집에 갔다가 아침에 돌아와서 나랑 교대해. 괜찮을 거야. 프랜시스 선생님이 뭐라고 했어? 스코티 괜찮아질 거라고 했잖아. 우린 걱정할 필요 없어. 스코티는 지금 그냥 자는 것뿐이라구."

간호사가 문을 열고 들어왔다. 그녀는 두 사람에게 고개를 까딱하면서 침대 곁으로 갔다. 이불 밑에서 아이의 왼쪽 팔을 빼내어 손목에 손가락을 대고 맥을 찾더니 시계를 보았다. 얼마 후 간호사는 아이 팔을 도로 이불 밑에 넣고서 침대 발치로 이동해 침대에 붙은 클립보드에 뭐라고 적었다.

"아이는 어떤가요?" 앤이 물었다. 하워드의 한 손이 그녀의 어깨를 누르고 있었다. 앤은 그 손가락에 힘이 들어가 있는 것을 느꼈다.

"안정적입니다." 간호사가 말했다. 그러더니 다시 말했다. "선생님께서 곧 다시 오실 거예요. 병원에 돌아오셨거든요. 지금 회진중이세요."

"이 사람더러 집에 가서 잠깐 쉬면 어떻겠냐고 하던 중이었어요." 하워드가 말했다. "선생님 오시고 나면요." 그가 덧붙였다.

"그러셔도 돼요." 간호사가 말했다. "원하신다면 두 분 다 그렇게 하셔도 돼요." 간호사는 체격이 큰 스칸디나비아 출신 여성으로 금발이었고, 가슴이 풍만해서 제복이 꽉 끼었다. 말할 때 그쪽 억양이 묻어났다.

"선생님이 뭐라고 하시는지 보구요." 앤이 말했다. "선생님한테 여쭤보고 싶어요. 아이가 계속 이렇게 자는 게 좀 걸려서요. 좋은 신호가 아닌 것 같아요." 앤은 한 손으로 두 눈을 가리고 고개를 앞으로 조금 숙였다. 하워드가 앤의 어깨를 잡은 손을 좀더 꽉 쥐더니, 목으로 이동하여 목 근육을 주무르기 시작했다.

"프랜시스 선생님은 잠시 후에 오실 거예요." 간호사가 말했다. 그러고는 병실에서 나갔다.

하워드는 얼마간 아들을 응시했다. 작은 가슴이 이불 아래에서 조용히 오르락내리락했다. 앤이 사무실로 전화한 끔찍한 순간 이후 처음으로, 하워드는 팔다리에서 정말로 두려움이 이는 것을 느꼈다. 그는 머리를 좌우로 흔들며 두려움을 떨쳐내려고 해보았다. 스코티는 괜찮다, 그냥 자기 침대에서 자는 대신 병원 침대에서 머리에 붕대를 감고 팔에 관을 연결한 채 자는 것뿐이다. 하지만 스코티에게 지금 필요한 건 바로 그거, 그렇게 도움을 받는 것이다.

프랜시스 선생이 들어오더니 고작 몇 시간 전에 만났으면서도 하워드와 악수했다. 앤이 의자에서 일어섰다. "선생님?"

"앤." 의사가 고개를 끄덕이며 말했다. "먼저 아이 상태를 보죠." 의사는 침대 옆으로 가서 아이의 맥을 짚었다. 한쪽 눈꺼풀을 젖히고, 다른 쪽도 젖혀보았다. 하워드와 앤은 의사 옆에 서서 지켜보았다. 앤은 스코티의 눈꺼풀이 젖혀지며 눈동자 없는 허연 눈이 드러나자 작게 소리를 냈다. 의사는 이불을 걷고서 스코티의 심장과 폐의 소리를 청진기로 들었다. 복부 이곳저곳을 손가락으로 눌러보았다. 다 마치자 의사는 침대 끝으로 가서 차트를 확인했다. 손목시계로 시간을 확인하고 차트에 뭔가 갈겨 쓴 뒤, 기다리고 있던 하워드와 앤을 보았다.

"선생님, 어떤가요?" 하워드가 말했다. "정확히 뭐가 문제죠?"

"왜 안 일어나는 건가요?" 앤이 말했다.

의사는 잘생기고 어깨가 넓은 남자로 얼굴이 햇볕에 그은 갈색이었다. 파란색 스리피스 정장에 줄무늬 타이, 아이보리 커프스단추 차림이었다. 잿빛 머리는 잘 빗어넘겼고, 마치 막 콘서트를 관람하고 온 듯했다. "아이는 괜찮습니다." 의사가 말했다. "대단히 좋은 건 아니죠, 이보다 나았을 수도 있었을 테니까요. 하지만 지금도 괜찮습니다. 그래도 깨어나면 좋겠군요. 조만간 깨어날 겁니다." 의사는 아이를 다시 쳐다보았다. "두어 시간 뒤에 몇 가지 검사 결과가 더 나오면 좀더 알게 될 겁니다. 하지만 아이는 괜찮습니다, 제 말을 믿으세요. 단지 두개골에 아주 가느다란 골절이 있을 뿐입니다. 그건 있습니다."

"저런, 안 돼." 앤이 말했다.

"그리고 말씀드렸듯이 가벼운 뇌진탕도 있고요. 쇼크상태라는 건 물론 아실 테죠." 의사가 말했다. "쇼크상태일 때 이런 일이 종종 일어납니다."

"하지만 진짜 위험하거나 한 건 아니죠?" 하워드가 물었다. "선생님께서 아까 혼수상태가 아니라고 하셨잖아요. 그럼 지금도 혼수상태는 아니라고 생각하시나요, 선생님?" 하워드는 기다리며 의사를 보았다.

"네, 혼수상태라고 부르고 싶진 않군요." 의사가 말하며 아이를 한번 더 흘끗 쳐다보았다. "아주 깊은 잠에 빠진 겁니다. 일종의 회복제, 몸이 스스로 투여한 약 같은 겁니다. 정말로 위험하진 않다는 거, 그건 제가 분명히 말씀드리죠. 맞습니다. 하지만 아이가 깨어나고 다른 검사도 하고 나면 더 자세히 알게 될 겁니다. 걱정하지 마세요." 의사가 말했다.

"일종의 혼수상태인 거죠." 앤이 말했다.

"아직 혼수상태는 아닙니다, 정확히 말하면요. 혼수상태라고 부르고 싶진 않습니다. 어차피 아직은 아니고요. 아이는 쇼크를 받았어요. 그런 경우에 이런 반응이 흔히 나타납니다. 신체적 외상에 일시적으로 일어나는 반응이죠. 혼수상태라, 음, 그건 며칠씩 심지어 몇 주씩 계속될 수도 있는 장기적인 의식불명인데요. 스코티는 그런 상태는 아닙니다. 지금 우리가 알 수 있는 바로는 아니에요. 아침이면 분명히 상태가 호전될 겁니다. 틀림없이 그럴 겁니다. 아이가 깨어나면 더 자세히 알 수 있을 테지만, 그것도 이제 그리 오래 걸리진 않을 겁니다. 물론 두 분은 여기에 계시든 잠시 댁에 다녀오시든 좋을 대로 하셔도 됩니다. 하지만 다녀오고 싶으시면 부디 마음 편히 다녀오세요. 쉬운 일이 아니란 거, 저도 압니다." 의사는 다시 아이를 응시하며 살펴보더니 앤에게 고개를 돌려 말했다. "걱정하지 않도록 해보세요, 어머니. 정말 저희로선 할 수 있는 일을 다 하고 있습니다. 시간만 좀 지나면 됩니다." 의사는 앤에게 고개를 끄덕이고, 하워드와 다시 악수한 뒤 병실에서 나갔다.

앤은 스코티의 이마에 손을 얹고 잠시 그대로 있었다. "그래도 열은 없네." 앤이 말했다. 그러더니 말했다. "맙소사, 근데 애가 너무 차가운걸. 하워드? 이렇게 차가운 게 정상인가? 머리 좀 만져봐."

하워드가 아이의 이마에 손을 올렸다. 그의 호흡이 느려졌다.

"지금은 이게 맞는 거 같아." 그가 말했다. "쇼크상태잖아, 알지? 선생님이 그랬잖아. 방금 이 자리에서. 스코티가 괜찮지 않으면 그렇게 말하지 않았겠지."

앤은 거기에 그대로 좀더 서서 이로 입술을 깨물었다. 그러다가 의자로 돌아가 앉았다.

하워드도 앤 옆에 앉았다. 둘은 서로 바라보았다. 하워드는 뭔가 얘기를 해서 앤을 안심시키고 싶었지만 그러기가 겁이 났다. 하워드는 앤의 손을 잡아서 자기 무릎에 놓았고, 그렇게 앤의 손을 무릎에 놓자 기분이 나아졌다. 그는 앤의 손을 들어서 꼭 쥐었다가 힘을 빼고 그렇게 그대로 잡고 있었다. 둘은 그렇게 잠시 앉아서 말없이 아이를 지켜보았다. 때때로 그가 앤의 손을 꼭 쥐었다. 이윽고 앤이 손을 빼서 관자놀이를 문질렀다.

"나 계속 기도했어." 앤이 말했다.

하워드가 고개를 끄덕였다.

"어떻게 하는지 잊어버렸다고 생각하는 순간 떠오르더라구. 그냥 눈감고, 신이시여, 부디 우리를 도와주세요, 스코티를 도와주세요, 하고 말하면 되는 거였어. 그러니까 나머진 쉽더라. 말이 저절로 나왔어. 당신도 기도했으면 좋겠어." 앤이 하워드에게 말했다.

"벌써 기도했어." 하워드가 말했다. "오늘 오후, 아니 어제 오후에, 그러니까 당신이 전화하고 나서 병원으로 운전해서 올 때 했어. 계속 기도했어."

"잘했어." 앤이 말했다. 거의 처음으로 앤은 둘이 함께라고, 이 곤경을 함께 견디고 있다고 느꼈다. 그 순간 앤은 그때까지 자신과 스코티만 그 일을 겪고 있었다는 걸 깨달았다. 자신이 하워드를 그 안으로 들여보내지 않았던 것이다. 줄곧 그가 필요했고 그가 거기 있었는데도. 앤은 하워드가 지쳤다는 걸 알 수 있었다. 고개가 무겁게 앞으로 꺾인 모습이 그랬다. 앤은 그에게 다정함을 느꼈다. 그의 아내라서 다행이라고 느꼈다.

얼마 후 예의 그 간호사가 들어와 아이의 맥을 다시 재고 침대 위에 걸린 병에서 포도당이 제대로 들어가고 있는지 점검했다.

한 시간 후에 또다른 의사가 들어왔다. 그는 자기 이름이 파슨스이고, 방사선과에서 왔다고 말했다. 콧수염이 무성한 의사였다. 그는 로퍼를 신고 카우보이 셔츠에 청바지를 입고 그 위에 흰 가운을 걸쳤다.

"좀더 촬영할 게 있어서 아래층으로 데려가겠습니다." 의사가 그들에게 말했다. "사진도 몇 장 더 찍어야 하고 스캔도 할 겁니다."

"그게 뭐죠? 스캔이요?" 앤이 말했다. 그녀는 의사와 침대 사이에 섰다. "엑스레이는 이미 다 찍은 줄 알았는데요."

"아무래도 좀더 필요할 것 같습니다." 의사가 말했다. "걱정하실 필요는 없습니다. 그저 사진이 더 필요한 것뿐이고 뇌스캔을 해보고 싶은 것뿐이니까요."

"하느님 맙소사." 앤이 말했다.

"이런 경우에는 지극히 정상적인 절차입니다." 새로운 의사가 말했다. "왜 아직까지 깨어나지 않는지 정확한 원인을 알아야 해서 하는 것뿐입니다. 정상적인 진료 절차니까 걱정하실 필요 없습니다. 잠시 후에 아래로 데려가겠습니다."

잠시 후 보조원 두 명이 이송용 침대를 밀고 들어왔다. 그들은 머리카락이 검고 얼굴색도 어두운 남자들로 흰 제복을 입고 있었는데, 아이에게서 관을 뽑고 아이를 침대에서 이송용 침대로 옮기는 동안 서로 외국어로 이야기했다. 그러더니 침대를 밀고 병실에서 나갔다. 하워드와 앤도 같은 엘리베이터에 탔다. 앤은 이송용 침대 옆에 서서, 꼼짝도 않고 누워 있는 아이를 응시했다. 엘리베이터가 내려가기 시작하자 앤은 눈을 감았다. 보조원들은 이송용 침대 양쪽 끝에 서 있을 뿐 아무 말도 없었다. 다만 중간에 한 남자가 자기들 말로 상대에게 뭐라고 말하자 상대가 천천히 고개를 끄덕이기는 했다.

아침이 되어 햇빛이 방사선과 바깥의 대기실 창문을 비추기 시작할 때, 보조원들이 아이를 데리고 나와 병실로 옮겼다. 하워드와 앤은 다시 아이와 함께 엘리베이터에 탔고, 다시 침대 옆에 자리를 잡고 앉았다.

두 사람은 종일 기다렸지만 여전히 아이는 깨어나지 않았다. 이따금 둘 중 하나가 병실에서 나가 아래층 카페테리아에 가서 커피나 과일주스를 마시다가, 문득 기억이 나서 죄책감을 느낀 듯 벌떡 일어나 서둘러 병실로 돌아왔다. 프랜시스 선생은 그날 오후에 다시 와서 한번 더 아이를 살펴보고는 아이가 나아지고 있다고, 이제 당장이라도 깨어날 수 있다고 말했다. 전날과 다른 간호사들이 때때로 들어왔다. 그러다가 연구실에서 온 한 젊은 여자가 문을 두드리더니 병실로 들어왔다. 그 여자는 흰색 바지와 블라우스 차림이었고 작은 쟁반에 담아온 물건들을 침대 옆 탁자에 놓았다. 여자는 둘에게 한마디 말도 없이 아이의 팔에서 피를 뽑았다. 여자가 아이의 팔에서 적절한 곳을 찾아 바늘을 꽂을 때 하워드는 눈을 감았다.

"이해를 못하겠네요." 앤이 여자에게 말했다.

"선생님 지시예요." 젊은 여자가 말했다. "전 지시받은 대로 하거든요. 의사들이 그 환자 혈액 뽑아와, 그러면 뽑는 거죠. 그나저나 아이는 뭐가 문제죠? 귀엽네요."

"차에 치였어요." 하워드가 말했다. "뺑소니였죠."

여자는 고개를 가로젓더니 다시 아이를 보았다. 그러고는 쟁반을 챙겨서 병실에서 나갔다.

"왜 안 일어날까?" 앤이 말했다. "하워드? 저 사람들이 말 좀 해주면 좋겠어."

하워드는 아무 말도 하지 않았다. 그는 다시 의자에 앉아서 다리를 꼬았다. 얼굴을 문질렀다. 그는 아들을 한번 보고 의자에 기대더니 눈을 감고 잠들었다.

앤은 창문으로 다가가 넓은 주차장을 내다보았다. 밤이었고, 자동차들이 라이트를 켜고 주차장으로 들어오거나 주차장에서 나가고 있었다. 그녀는 양손으로 창틀을 잡고 창가에 서서 자기들이 뭔가 곤경에 빠졌다는 걸 가슴 깊은 곳에서 느꼈다. 앤은 두려워서 이를 딱딱거리다가 턱을 앙다물었다. 커다란 자동차 한 대가 병원 앞에 멈추더니 긴 코트를 입은 어떤 여자가 차에 타는 게 보였다. 잠시 앤은 자기가 그 여자였으면 그리고 누군가가, 누구라도 좋으니 자기를 다른 곳으로 데려가주었으면, 차에서 내리면 스코티가 자기를 기다리다가 엄마 하고 외치며 자기 품에 안기는 곳으로 데려다주었으면 하고 바랐다.

얼마 후 하워드가 깨어났다. 그는 또다시 아이를 쳐다보고는 의자에서 일어나 기지개를 켜고 창가로 다가가 앤 옆에 섰다. 두 사람은 주차장을 응시하며 아무 말도 하지 않았다. 그들은 서로 상대의 마음을 느끼는 것 같았다. 마치 걱정 때문에 지극히 자연스럽게 속이 다 들여다보이게 된 것처럼.

문이 열리고 프랜시스 선생이 들어왔다. 이번에는 다른 정장과 타이 차림이었지만 머리는 똑같았고 이제 막 면도한 듯싶었다. 그는 곧장 침대로 가서 다시 한번 아이를 살펴보았다. "지금쯤이면 깨어났어야 하는데요. 이럴 만한 이유가 없거든요." 그가 말했다. "하지만 아이한테 별다른 문제가 생기지 않으리라 확신한다는 건 말씀드릴 수 있습니다. 다만 아이가 깨어난다면 한결 안심이 될 것 같군요. 정신을 차리지 않을 이유가 전혀, 절대 없으니 곧 깨어날 겁니다. 참, 깨어나면 머리가 엄청 아플 겁니다. 그건 확실합니다. 하지만 활력징후는 다 괜찮습니다. 이 이상 정상일 수가 없어요."

"그럼 혼수상태인 건가요?" 앤이 물었다.

의사는 매끈한 자기 뺨을 매만졌다. "당분간은, 깨어날 때까지는 그렇다고 해두죠. 하지만 두 분 다 탈진상태일 텐데. 기다리시기 힘들 겁니다. 나가서 뭐라도 드시고 오시죠." 그가 말했다. "그러는 게 좋을 겁니다. 가 계시는 동안 간호사 한 명을 보내놓겠습니다, 그래야 마음이 놓이신다면요. 가서 뭐 좀 드세요."

"먹히지가 않아요." 앤이 말했다. "배가 안 고파요."

"뭐, 편할 대로 하세요." 의사가 말했다. "여하간 징후도 다 좋고, 검사 결과도 긍정적이고, 부정적인 건 아무것도 없으니 아이가 깨어나면 고비는 넘기는 겁니다."

"고맙습니다, 선생님." 하워드가 말했다. 그는 다시 의사와 악수했고, 의사는 그의 어깨를 토닥이고서 나갔다.

"한 사람은 집에 가서 이것저것 좀 챙겨야 할 것 같아." 하워드가 말했다. "무엇보다 슬러그 밥도 줘야 하고."

"동네 사람한테 전화해." 앤이 말했다. "모건 씨한테 해봐. 누구라도 개 밥 주는 정도는 해줄 거야."

"좋아." 하워드가 말했다. 잠시 후 그가 말했다. "여보, 당신이 주면 어때? 당신이 집에 가서 챙길 것도 챙기고 돌아오면 어떨까? 그게 좋을 것 같아. 내가 아이 옆에 꼭 붙어 있을게. 정말로." 그가 말했다. "우리 힘 빠지면 안 된다구. 아이가 깨어난 뒤에도 얼마간 여기 있어야 할지도 몰라."

"당신이 가지그래?" 앤이 말했다. "슬러그 밥도 주고. 당신도 뭐 좀 먹고."

"난 벌써 다녀왔잖아." 하워드가 말했다. "정확히 한 시간 십오 분 갔다 왔어. 당신도 한 시간 정도 가서 기운도 회복하고 돌아와. 내가 여기 있을게."

앤은 생각해보려고 했지만 너무 피곤했다. 눈을 감고 다시 생각해보려고 했다. 잠시 후 말했다. "아무래도 잠깐 집에 다녀올까봐. 내가 여기 앉아서 쉴새없이 지켜보지 않으면 스코티가 깨어나서 괜찮아질지도 몰라. 알지? 내가 여기 없으면 애가 깨어날지도 모른다구. 집에 가서 목욕하고 깨끗한 옷으로 갈아입을게. 슬러그 밥도 주고. 그러고 돌아올게."

"내가 여기 있을게." 하워드가 말했다. "당신은 집에 갔다 와. 내가 꼼짝 않고 지켜볼 테니까." 하워드는 두 눈이 꼭 한참 술을 마신 사람처럼 핏발이 선데다 감길 듯했고, 옷도 헝클어져 있었다. 수염도 자랐다. 앤은 하워드의 얼굴을 만지다가, 손을 내렸다. 앤은 그가 잠시 혼자 있고 싶어한다는 것을, 잠깐이나마 걱정을 털어놓거나 얘기를 하거나 할 필요 없이 있고 싶어한다는 것을 이해했다. 앤은 침대 옆 탁자에서 가방을 집어들었고, 하워드는 앤이 코트 입는 걸 거들었다.

"금방 올게." 앤이 말했다.

"집에 가면 일단 잠시 앉아서 쉬어." 하워드가 말했다. "뭐 좀 먹고. 목욕하고 나면 일단 앉아서 잠시 쉬라구. 한결 나아질 거야, 분명히. 그러고 나서 와. 우리 너무 걱정하느라 병나지 않게 하자. 프랜시스 선생님 얘기 당신도 들었잖아."

앤은 코트를 걸친 채 잠시 서서 의사가 정확히 뭐라고 했는지 떠올리려고 하면서, 어떤 뉘앙스가 있지는 않았는지, 겉으로 하는 말 외에 뭔가 암시가 숨어 있지는 않았는지 더듬어보았다. 의사가 스코티를 살펴보려고 몸을 숙였을 때 표정이 조금이라도 달라지지는 않았는지 기억하려고 했다. 아이의 눈꺼풀을 젖혀보고 호흡 소리를 들어볼 때 의사가 어떤 표정을 지었는지 떠올렸다.

앤은 병실 문 앞에서 몸을 돌려 뒤를 보았다. 아이를 보았다가, 아이 아빠를 보았다. 하워드가 고개를 끄덕였다. 앤은 병실 밖으로 나가 문을 닫았다.

앤은 간호사실을 지나쳐 복도 끝으로 가며 엘리베이터를 찾았다. 복도 끝에서 오른쪽으로 꺾자 작은 대기실이 나왔고, 한 흑인 가족이 고리버들 의자에 앉아 있었다. 카키색 셔츠와 바지를 입고, 야구 모자를 뒤쪽으로 눌러쓴 중년 남자가 있었다. 실내용 드레스와 슬리퍼 차림의 덩치 큰 여자가 의자에 퍼져 있었다. 청바지를 입고 머리를 여남은 갈래로 딴 십대 소녀가 의자에 늘어져 앉아 발목을 꼰 채 담배를 태우고 있었다. 앤이 대기실에 들어서자 그 가족이 그녀에게 눈길을 돌렸다. 작은 탁자에는 햄버거 포장지와 스티로폼 컵이 어질러져 있었다.

덩치 큰 여자가 정신을 차리며 말했다. "넬슨, 넬슨 일인가요?" 여자의 두 눈이 커졌다. "말해주세요, 부인, 넬슨에 관한 건가요?" 여자는 의자에서 일어나려 했지만, 남자가 여자의 팔을 붙잡았다.

"자, 자, 에벌린." 남자가 말했다.

"미안합니다." 앤이 말했다. "전 엘리베이터를 찾고 있어요.

아들이 병원에 있어요. 그런데 엘리베이터가 안 보이네요."

"저쪽으로 가서 왼쪽으로 꺾으면 나옵니다." 중년 남자가 그렇게 말하며 다른 쪽 복도를 손가락으로 가리켰다.

소녀는 담배를 빨아들이며 앤을 응시했다. 눈이 실처럼 가늘어졌고, 두툼한 입술이 천천히 벌어지며 연기가 뿜어져나왔다. 덩치 큰 여자는 머리를 아래로 떨구고 더이상 관심 없다는 듯 앤에게서 고개를 돌렸다.

"제 아들은 차에 치였어요." 앤이 남자에게 말했다. 자기 상황을 설명해야 한다고 느끼는 듯했다. "뇌진탕도 있고 두개골이 약간 골절되긴 했지만, 괜찮아질 거예요. 지금은 쇼크상태지만 어쩌면 일종의 혼수상태인지도 몰라요. 바로 그 부분이 정말 걱정스러운 거죠, 혼수상태면 어쩌나 해서요. 저는 잠시 바깥에 나가지만 남편이 아이와 같이 있어요. 어쩌면 제가 없는 동안 아이가 깨어날지도 모르죠."

"정말 안됐군요." 남자가 말하며 의자에서 자세를 바꿨다. 그는 고개를 절레절레 저었다. 탁자를 내려다봤다가 다시 앤을 보았다. 앤은 여전히 그 자리에 서 있었다. 그가 말했다. "우리 넬슨, 그애는 수술실에 있습니다. 누가 찔렀어요. 죽이려고 했죠. 아이가 있던 곳에서 싸움이 벌어졌어요. 무슨 파티에서요. 듣자하니 우리 아이는 그냥 서서 지켜보기만 했다더군요. 아무도 괴롭히지 않고요. 근데 요즘엔 그런 건 아무 소용도 없나봅니다. 아이는 지금 수술중이에요. 우린 그냥 잘되길 바라고 기도할 뿐, 달리 할 수 있는 게 없네요." 그는 앤을 똑바로 바라보더니 모자챙을 끌어내렸다.

앤은 아직도 자기를 쳐다보고 있는 소녀를 다시 봤다가, 나이 든 여자를 바라보았다. 그녀는 여전히 고개를 한쪽으로 푹 숙이고 있었지만 이제 눈을 감고 있었다. 앤은 그녀의 입술이 조용히 움직이며 말을 하는 걸 보았다. 무슨 말을 하고 있는지 묻고 싶었다. 자기와 마찬가지로 뭔가를 기다리고 있는 이 사람들과 더 얘기하고 싶었다. 앤도 두려웠고, 그들도 두려웠다. 그들은 그런 공통점이 있었다. 앤은 사고에 관해 더 얘기하고 스코티에 관해, 그애 생일인 월요일에 사고가 발생했고 그애가 아직 의식불명이라는 걸 말하고 싶었다. 하지만 어떻게 시작해야 좋을지 몰라 더는 아무 말 없이 그 사람들을 바라보며 그저 그대로 서 있었다.

앤은 남자가 가리킨 복도로 가서 엘리베이터를 찾았다. 닫힌 엘리베이터 문 앞에 잠시 서서 자신이 지금 가는 게 옳은 일인지 다시금 생각했다. 그러다가 손을 들어 버튼을 눌렀다.

앤은 진입로로 들어가 시동을 껐다. 슬러그가 집 뒤쪽에서 달려나왔다. 슬러그는 흥분해서 차에 대고 짖기 시작하다가 빙빙 돌며 잔디밭을 뛰어다녔다. 앤은 눈을 감고 잠시 머리를 운전대에 기댔다. 엔진이 식으면서 나는 틱틱 소리에 귀를 기울였다. 그러다가 차에서 내렸다. 앤이 스코티의 자그마한 개 슬러그를 안고 문으로 다가갔는데, 문이 잠겨 있질 않았다. 앤은 불을 켜고 찻주전자에 물을 올렸다. 개 사료를 좀 꺼내서 뒷문 앞 베란다에 놓아주었다. 슬러그는 배가 고파서 쩝쩝 소리를 내며 먹다가, 앤이 집에 계속 있을 건지 보려고 앤 옆으로 왔다갔다했다. 앤이 차를 들고 소파에 앉는데 전화벨이 울렸다.

"네!" 앤이 전화를 받으며 말했다. "여보세요!"

"와이스 부인." 남자 목소리였다. 새벽 다섯시였고, 수화기 너머로 기계인지 장비인지 따위의 잡음이 깔려 있는 게 들리는 듯했다.

"네, 네, 무슨 일이시죠?" 앤은 조심스레 말했다. "제가 와이스입니다. 저예요. 무슨 일이신가요?" 앤은 뭔지 알 수 없지만 배경에서 들리는 소리에 귀를 기울였다. "아 정말, 스코티 일인가요?"

"스코티요." 남자 목소리가 말했다. "네, 스코티에 관한 거 맞습니다. 스코티와 관련이 있지요, 그 문제는. 스코티는 잊어버리신 건가요?" 남자가 말했다. 그러고는 전화를 끊었다.

앤은 병원에 전화해서 3층을 바꿔달라고 했다. 전화를 받은 간호사에게 자기 아들이 어떤지 알려달라고 다그쳤다. 그러고는 남편을 바꿔달라고 했다. 응급 상황이라고.

앤은 기다리면서 전화기 줄을 손가락으로 꼬았다. 눈을 감자 속이 울렁거렸다. 뭔가 먹어야 할 터였다. 슬러그가 뒤쪽 베란다에서 와 앤의 발치에 누웠다. 꼬리를 흔들었다. 앤이 슬러그의 귀를 만져주는 동안 슬러그가 그녀의 손가락을 핥았다. 하워드가 전화를 받았다.

"방금 누가 전화했어." 앤이 말했다. 앤이 전화기 줄을 꼬자 줄이 돌돌 말렸다. "그 남자 말이 스코티에 관한 일이랬어." 앤이 소리쳤다.

"스코티는 괜찮아." 하워드가 말했다. "아직도 자고 있다고. 아까 그대로야. 당신 가고 간호사가 두 번 왔었어. 한 삼십 분마다 오는 것 같아. 간호사든 의사든, 한 명씩. 스코티는 괜찮아, 앤."

"누가 전화했어, 스코티에 관한 거라고 했다니까." 앤이 말했다.

"여보, 잠깐 좀 쉬어. 당신 좀 쉬어야 돼. 그런 다음 다시 와. 아까 내가 전화했다고 한 녀석일 거야. 신경쓰지 마. 쉬다가 와. 오면 같이 아침 먹든지 하자."

"아침이라고." 앤이 말했다. "난 아무것도 못 먹겠는걸."

"무슨 뜻인지 알잖아." 하워드가 말했다. "주스든, 머핀이든, 뭐든, 모르겠다. 나도 모르겠다고, 앤. 젠장, 나도 배는 안 고프단 말이야. 앤, 지금은 얘기하기 좀 그래. 나 여기 데스크에 서 있는 거야. 프랜시스 선생님이 오늘 아침 여덟시에 다시 올 거야. 그때는 뭔가 좀더 구체적인 걸 얘기해주겠지. 간호사가 그랬어. 간호사도 그것밖에는 몰라. 앤? 자기야, 여덟시면 아마 더 자세히 알게 될 거야. 그전에 와. 그때까진 내가 여기 있을 거고 스코티도 괜찮아. 아까랑 똑같아." 하워드가 말했다.

"차 마시고 있는데, 전화벨이 울렸어. 스코티에 관한 일이라고 했어. 수화기 너머에서 무슨 잡음이 들렸는데. 당신 전화 받을 때도 들렸어, 하워드?" 앤이 말했다.

"솔직히 기억이 안 나." 하워드가 말했다. "술 취한 인간이거나 뭐 그렇겠지, 나로선 도저히 이해가 안 가는 노릇이지만. 어쩌면 그 차 운전자일지도 모르겠다. 그 운전자가 사이코인데 어떠해선지 스코티 일을 알아냈는지도 모르고. 여하간 내가 여기 스코티랑 같이 있잖아. 당신은 하려던 대로 좀 쉬어. 목욕하고 일곱시쯤 와서, 의사 오면 같이 얘기해. 괜찮을 거야, 여보. 내가 여기 있고 의사랑 간호사 들도 가까이 있잖아. 아이 상태는 안정적이래."

"겁나 죽겠어." 앤이 말했다.

앤은 물을 틀고 옷을 벗은 뒤 욕조에 들어갔다. 서둘러 몸만 씻고 말렸을 뿐 머리까지 감지는 않았다. 깨끗한 속옷을 입고 모직 바지와 스웨터를 입었다. 앤이 거실로 나가자 슬러그가 올려다보며 꼬리로 바닥을 쳤다. 앤이 차를 타러 나왔을 때 바깥은 이제 막 밝아지고 있었다. 눅눅하고 황량한 거리를 달려 병원으로 돌아가면서, 앤은 거의 이 년 전 어느 비 오는 일요일 오후 스코티가 행방불명되어, 아이가 익사한 건 아닌지 부부가 두려워하던 때를 회상했다.

그날 오후 하늘이 어두워지더니 비가 내리기 시작했다. 그런데 스코티는 아직 집에 오지 않았다. 부부는 스코티 친구들에게 모조리 전화해보았는데, 그 아이들은 모두 무사히 집에 있었다. 앤과 하워드는 고속도로 부근의 들판 끝에 있는 스코티의 '판자와 바위 요새'로 아이를 찾아 나섰지만, 그곳에도 아이는 없었다. 그러고 나서 하워드는 고속도로를 따라 한쪽으로 달려갔고, 앤은 다른 쪽으로 가다가 원래는 배수로로 쓰던 개울이었지만 지금은 양쪽 둑에까지 시커먼 급류가 흐르고 있는 장소에 이르렀다. 비가 내리기 시작했을 때 스코티는 한 친구와 함께 그곳에 있었다. 두 아이는 나무토막들과, 지나가던 차가 내던진 빈 맥주캔들로 배를 만들었다. 아이들은 맥주캔을 나무토막 위에 줄지어 늘어놓고 그것을 개울로 흘려보냈다. 개울이 고속도로 한쪽 면과 맞닿으며 끝나는 곳에는 지하배수로가 있었는데, 뭐든지 파이프 속으로 집어삼키기라도 할 것처럼 물이 부글거렸다.

스코티의 친구는 빗방울이 떨어지기 시작하자 스코티를 개울둑에 두고 떠났다. 스코티는 자긴 거기 더 있겠다고, 더 큰 배를 만들겠다고 했다. 앤은 개울둑에 서서 물이 지하배수로 입구로 쏟아져들어가 고속도로 아래로 사라지는 모습을 바라보았다. 앤이 보기에 무슨 일이 일어났는지는 명백했다. 아이는 그 안으로 떨어졌고 지금도 분명 지하배수로 안 어딘가에 끼여 있을 것이었다. 무시무시한 그 생각, 너무 말도 안 되고 압도적인 그 생각을 앤은 마음에 붙잡아둘 수가 없었다. 하지만 앤은 그렇게 된 거라고, 아이가 그 안에, 그 지하배수로 안에 빠진 거라고 생각했고, 이제부터는 스코티가 없는 삶을 견디며 살아내야 한다는 것도 알았다. 하지만 그런 사실 앞에서, 아이를 잃어버렸다는 사실 앞에서 어떻게 행동해야 하는지 앤은 도무지 알 수 없었다. 사람들이 장비를 이용해 밤새 지하배수로 입구에서 작업하는 그 끔찍한 상황을 자신이 이겨낼 수 있을지, 앤은 알지 못했다. 사람들이 강렬한 불빛 아래서 작업하는 동안 그 기다림을 자신이 견딜 수 있을는지. 앤은 어떻게든 그것을 통과해, 그 너머로 틀림없이 뻗어 있을 끝없는 공허함 속으로 들어가야 할 터였다. 부끄러운 일이지만, 앤은 그래도 살 수 있으리라 생각했다. 나중에, 한참 지나고 나면 그때는 그 공허함을 받아들일 수 있게 될지도 모른다고, 스코티의 그림자가 두 사람의 삶에서 사라지고 나면—그때는 어쩌면 그 상실을, 그 끔찍한 부재를 감당할 수 있게 될지도 모른다고—어쩔 수 없이 그래야 할 것이라고 생각했다. 하지만 그때는 어떻게 그 기다림을 통과하여 그 단계에 다다를 수 있을지 앤은 알지 못했다.

앤은 무릎을 꿇었다. 급류를 응시하며, 신이 허락해서 스코티가 돌아와준다면, 스코티가 기적적으로—앤은 소리 내어 이 말을 했다, "기적적으로"—물살에서, 지하배수로에서 벗어난다면, 그렇지 않으리라는 걸 알지만 그래도 혹시 그렇게 된다면, 그들 부부가 스코티를 되찾도록 신이 허락해준다면, 어떻게든 아이가 지하배수로에 끼이지 않게만 해준다면, 그러면 자신과 하워드가 인생도 바꾸고 모든 걸 바꾸고서 전에 살던 작은 도시로 돌아가겠노라고, 외동아들을 무자비하게 앗아갈지 모르는 이 대도시 근교에서 멀어지겠노라고 약속했다. 앤이 여전히 무릎을 꿇고 있는데 하워드가 자기를 부르는 소리가, 들판 건너편에서 비를 맞으며 자기를 부르는 소리가 들렸다. 앤은 눈을 들어 그들이 다가오는 것을 보았다. 두 사람, 하워드와 스코티가.

"이 녀석 숨어 있었어." 하워드가 웃으면서 동시에 울었다. "너무 기뻐서 혼낼 생각도 못했다니까. 피신할 곳을 만들어뒀지 뭐야. 고가도로 밑에 있는 그 덤불에 마련해뒀더라. 자기 둥지처럼 해놨더라니까." 하워드가 말했다. 두 사람이 아직 앤에게 다가오고 있는데 앤이 일어났다. 그리고 주먹을 쥐었다. "요새에 물이 샌다나 뭐라나, 이 녀석. 내가 발견했을 땐 비 한 방울 맞지 않았는지 뼛조각처럼 바짝 말라 있던걸. 망할 녀석 같으니." 하워드가 말했고, 눈물이 터져나왔다. 그때 앤이 스코티에게 달려들어 아이의 머리와 얼굴을 광분한 듯 철썩철썩 때렸다. "이 악마 녀석, 이 악마." 앤은 때리면서 소리쳤다. "앤, 그만해." 하워드가 앤의 손을 잡으려고 하면서 말했다. "애는 무사해, 그게 중요한 거잖아. 애는 괜찮다고." 앤은 울고 있는 아이를 들어올려 품에 안았다. 아이를 끌어안았다. 옷은 흠뻑 젖고 신발은 물이 철벅거리는 채로, 세 사람은 걸어서 집으로 가기 시작했다. 앤은 잠시 아이를 안아, 아이의 팔이 앤의 목을 감싸고 아이의 가슴이 앤의 가슴에 맞닿은 상태로 걸었다. 하워드는 옆에서 걸으며 말했다. "세상에, 어찌나 무섭던지. 하느님, 어찌나 겁나던지." 앤은 하워드가 아까는 두려워했지만 지금은 안심했다는 걸 알았다. 그러나 하워드는 앤이 어땠는지 감도 잡지 못했고 알 수도 없었다. 마음속에서 죽음과 그 이후의 일들이 얼마나 빠르게 스쳐갔는지 생각하니 앤은 자신이 의심스러웠다, 사랑이 부족했던 것은 아닌지. 충분히 사랑했다면 그렇게 금방 최악의 상황을 떠올리지는 않았을 텐데. 앤은 이런 미친 생각에 고개를 좌우로 저었다. 앤은 점점 힘이 빠져서 스코티를 내려놓아야 했다. 세 사람은 남은 길을 같이, 스코티를 가운데 세워 다 같이 손을 잡고 집으로 걸어갔다.

하지만 그들은 이사하지 않았고 그날 일을 다시 언급하지도 않았다. 앤은 때때로 자신의 약속을, 자신이 올린 기도를 생각했고 한동안은 모호하게나마 마음이 불편하기도 했지만, 그래도 그들은 살아온 대로 계속해서 살아갔다—편안할 정도로 바쁜 삶, 나쁘거나 부정不正하지 않은 삶, 사실 만족스러운 일도 많고 소소한 기쁨이 있는 삶이었다. 그날 오후의 일은 더이상 입에 올리지 않았고, 얼마 지나자 앤은 그 일을 생각하지 않게 되었다. 이 년이 지난 지금 그들이 여전히 같은 도시에 살고 있고 스코티가 다시 위험에, 끔찍한 위험에 처하자 앤은 사고가 나서 아이가 깨어나지 않는 이 상황을 벌이라고 생각하기 시작했다. 이 도시를 떠나 더 간소하고 조용하게 살 수 있는 곳으로 돌아가겠다고, 아직 울타리도 치지 않고 잔디도 심지 않은 그 새집도 잊어버리고 급여 인상도 잊어버리겠다고 다짐하지 않았던가? 앤은 세 사람이 다른 곳으로 이사해 매일 저녁 커다란 거실에 둘러앉아 하워드가 읽어주는 이야기에 귀기울이는 장면을 상상해보았다.

앤은 병원 주차장으로 들어가 정문 가까이에 있는 빈자리를 찾았다. 지금은 기도할 기분이 나지 않았다. 거짓말을 하고 들킨 사람처럼, 잘못을 저지른 것처럼, 어쩐지 자신이 지금 일어난 일에 책임이 있는 것처럼 느껴졌다. 앤은 뭔가 알 수 없는 이유로 자신에게 책임이 있다고 느꼈다. 앤은 생각의 꼬리를 틀어 흑인 가족을 떠올렸고, '넬슨'이라는 이름과 햄버거 포장지로 가득하던 탁자와, 담배를 빨아들이며 자신을 빤히 보던 십대 소녀를 기억했다. "아이 낳지 마." 앤은 병원 정문으로 들어서며 마음속으로 소녀에게 말했다. "제발 낳지 마."

앤은 엘리베이터를 타고, 지금 막 근무하러 가는 두 간호사와 함께 3층으로 올라갔다. 수요일 아침, 몇 분 있으면 일곱시였다. 엘리베이터 문이 3층에서 열릴 때 매디슨이라는 의사를 호출하는 소리가 들렸다. 앤은 간호사들을 뒤따라 내렸고, 간호사들은 다른 방향으로 걸어가며 앤이 엘리베이터에 타는 바람에 끊긴 대화를 이어나갔다. 앤은 복도를 따라 흑인 가족이 기다리던 작은 대기실로 갔다. 그들은 가고 없었지만, 의자가 흩어진 모양이 마치 방금 전에 의자를 박차고 나간 듯 보였다. 앤은 의자가 아직도 따뜻할지 모른다고 생각했다. 탁자 위는 아까와 똑같이 컵과 종이가 어질러져 있었고 재떨이는 꽁초로 가득했다.

앤은 복도를 지나 간호사실에서 멈췄다. 간호사 한 명이 카운터 뒤에 서서 머리를 빗으며 하품하고 있었다.

"어젯밤에 수술받은 흑인 남자가 있어요." 앤이 말했다. "이름이 넬슨인가 그런데요. 가족들이 대기실에 있었고요. 그 남자 상태가 어떤지 알고 싶어서요."

카운터 뒤의 책상에 앉아 있던 간호사가 차트를 보다가 고개를 들었다. 간호사는 전화벨이 울리자 수화기를 들면서도, 눈은 계속 앤에게 고정했다.

"돌아가셨어요." 카운터에 있는 간호사가 말했다. 간호사는 빗을 든 채 계속 앤을 보았다. "가족들이랑 친구신가요?"

"어젯밤에 만났어요." 앤이 대답했다. "우리 아들이 입원했거든요. 아이는 지금 쇼크상태인가봐요. 뭐가 문제인지 우리도 정확히 몰라요. 전 그냥 넬슨 씨가 어떻게 됐는지 궁금했을 뿐이에요. 고마워요." 앤은 복도를 따라 걸었다. 벽과 같은 색깔의 엘리베이터 문이 열리고, 수척하고 머리가 벗어진 남자가 하얀 바지와 하얀 캔버스화 차림으로 무거운 카트를 밀고 엘리베이터에서 내렸다. 어젯밤에 앤은 그 문을 알아채지 못했다. 남자는 카트를 밀고 복도로 나오더니 엘리베이터에서 가장 가까운 병실 앞에 멈춰 서서 클립보드를 확인했다. 그러고는 손을 아래로 뻗어 카트에서 쟁반을 하나 꺼낸 다음 문을 살짝 두드리고 안으로 들어갔다. 앤이 카트 옆을 지나가자 데워진 음식의 불쾌한 냄새가 끼쳤다. 앤은 다음 간호사실에 있는 간호사들을 쳐다보지도 않고 그곳을 서둘러 지나친 뒤 스코티의 병실 문을 밀었다.

하워드가 등뒤에 양손을 모으고 창가에 서 있었다. 앤이 들어가자 그가 뒤로 돌았다.

"좀 어때?" 앤이 물었다. 그녀는 침대로 다가갔다. 침대 옆에 놓인 탁자 옆 바닥에 가방을 내려놓았다. 오랫동안 나갔다 온 느낌이었다. 앤은 이불 위로 스코티의 목 주변을 매만졌다. "하워드?"

"프랜시스 선생님이 방금 다녀갔어." 하워드가 말했다. 앤은 그를 자세히 쳐다보고는 어깨가 좀 움츠러들어 있다고 생각했다.

"오늘 아침 여덟시나 돼야 온다더니." 앤이 빠르게 말했다.

"다른 의사가 같이 왔더라고. 신경과 의사였어."

"신경과라고?" 앤이 말했다.

하워드가 고개를 끄덕였다. 그의 어깨가 움츠러들어 있었다. 이제는 눈에 보였다. "의사들이 뭐라고 했는데, 하워드? 말 좀 해봐, 뭐라고 했느냐고? 왜 그래?"

"그게, 애를 아래층으로 데려가서 더 검사해봐야 한다고 했어, 앤. 수술하게 될 것 같대. 자기야, 수술할 거래. 애가 왜 깨어나지 않는지 의사들도 모르겠대. 그냥 쇼크나 뇌진탕 때문이 아니라는 거, 그것만 안대. 두개골에, 골절, 아마 그게 연관돼 있는 것 같대. 그래서 수술할 거래. 당신한테 전화하려고 했는데 벌써 집에서 나온 모양이더라구."

"아, 하느님." 앤이 말했다. "아아, 제발, 하워드, 제발." 그의 팔을 잡으며 앤이 말했다.

"앗!" 그때 하워드가 말했다. "스코티! 이거 봐, 앤!" 그는 앤의 몸을 침대 쪽으로 돌렸다.

아이가 눈을 떴다가, 감았다. 이제 다시 눈을 떴다. 두 눈이 잠시 앞을 똑바로 응시하더니, 천천히 움직이다가 하워드와 앤에게 멈췄다가, 다시 돌아다녔다.

"스코티." 아이 엄마가 침대로 다가서며 말했다.

"야아, 스콧." 아이 아빠가 말했다. "여, 아들."

그들은 침대 위로 몸을 숙였다. 하워드는 스코티의 왼손을 두 손으로 잡고 토닥이다 꼭 쥐었다. 앤은 몸을 숙여 아이 이마에 계속해서 입맞췄다. 그녀는 아이의 양쪽 뺨에 손을 댔다. "스코티, 아가, 엄마랑 아빠야." 그녀가 말했다. "스코티?"

아이는 다시 그들을 보았지만, 알아보거나 이해하는 기색은 없었다. 그러고는 두 눈이 꼭 감기면서 입이 벌어지더니 폐에서 공기가 다 빠질 때까지 악을 썼다. 그러고 나자 얼굴이 이완되며 편안해 보였다. 입술이 벌어지며 마지막 호흡이 목을 거쳐 앙다문 이 사이로 흘러나왔다.

의사들은 그것을 숨은 폐색이라고 하면서 백만 명 중 한 명꼴로 나타난다고 했다. 어떻게든 그것을 발견하여 즉시 수술했다면 아이가 살았을 수도 있었겠지만, 열에 아홉은 그러지 못했을 터였다. 어쨌거나 의사들이 뭘 찾아볼 수 있었겠는가? 검사 결과나 엑스레이에 아무것도 나오지 않았는데. 프랜시스 선생은 충격을 받았다. "제 마음이 얼마나 안 좋은지 모르겠습니다. 너무 죄송해서 뭐라 드릴 말씀이 없습니다." 그는 부부를 의사 휴게실로 데려가면서 말했다. 그곳에는 한 의사가 의자에 앉아 다른 의자 등받이에 두 다리를 올리고 이른 아침 TV 프로그램을 시청하고 있었다. 그는 초록색 분만실 복장, 그러니까 느슨한 초록색 바지와 초록색 상의를 입고 머리카락을 감싼 초록색 모자를 쓰고 있었다. 그는 하워드와 앤을 보고 프랜시스 선생을 보았다. 그러더니 일어나 TV를 끄고 휴게실에서 나갔다. 프랜시스 선생은 앤을 소파에 앉히고 자기도 그 옆에 앉아 위로하듯 낮은 목소리로 말하기 시작했다. 말하는 중간에 선생은 몸을 기울여 앤을 안기도 했다. 앤은 선생의 가슴이 고르게 오르락내리락하는 것을 어깨로 느낄 수 있었다. 앤은 계속 눈을 뜬 채 선생이 자기를 안고 있도록 내버려두었다. 하워드는 화장실에 갔지만 문은 닫지 않았다. 하워드는 격하게 한바탕 울고서, 물을 틀고 얼굴을 씻었다. 그러고는 화장실에서 나와 전화기가 있는 작은 탁자 앞에 앉았다. 무엇을 먼저 해야 할지 결정이라도 하듯 전화기를 쳐다보았다. 하워드는 몇 군데 전화했다. 얼마 후 프랜시스 선생이 전화기를 썼다.

"제가 더 도울 일이 있을까요?" 선생이 물었다.

하워드는 고개를 저었다. 앤은 프랜시스 선생의 말을 이해하지 못하는 것처럼 그를 멍하게 쳐다보았다.

선생은 부부를 병원 정문까지 바래다주었다. 사람들이 병원으로 들어오고 병원에서 나갔다. 오전 열한시였다. 앤은 자신이 매우 천천히, 거의 마지못해 발걸음을 뗀다는 걸 느꼈다. 왠지 원래는 그곳에 있어야 하는데, 그곳에 머무르는 것이 더 옳은 일인 것 같은데 프랜시스 선생이 그들을 떠미는 느낌이었다. 앤은 주차장을 응시하다가, 보도에 서서 병원 정문을 돌아다보았다. 고개를 가로젓기 시작했다. "안 돼, 안 돼." 앤이 말했다. "이럴 순 없어. 아일 여기 두고 갈 순 없다구, 안 돼." 앤은 자신이 내뱉는 말을 듣고, 고작 나온 말이라는 게 비명횡사나 돌연사 앞에서 멍해진 사람들이 TV 프로그램에 나와서 하는 말 같은 것뿐이라니 너무한다고 생각했다. 좀더 자기 안에서 우러난 말이었으면 싶었다. "안 돼." 앤은 무슨 이유에서인지 그 흑인 여자의 머리가 축 늘어져 있던 모습이 떠올랐다. "안 돼." 앤은 다시 말했다.

"이따가 다시 말씀 나누시죠." 프랜시스 선생이 하워드에게 말했다. "아직 해야 할 일이, 저희가 납득할 수 있도록 확인해야 할 게 있습니다. 설명이 필요한 부분이 있어요."

"부검이군요." 하워드가 말했다.

프랜시스 선생이 고개를 끄덕였다.

"이해합니다." 하워드가 말했다. "이런 세상에. 아니요, 이해 못합니다, 선생님. 전 이해 못해요, 못합니다. 못한다고요."

프랜시스 선생이 하워드의 어깨에 팔을 둘렀다. "죄송합니다. 정말, 너무 죄송합니다." 그러고는 팔을 내리고 손을 내밀었다. 하워드는 그 손을 보고는 자기 손을 내밀어 잡았다. 프랜시스 선생은 한번 더 앤을 안아주었다. 그는 앤으로서는 이해할 수 없는 선량함으로 가득해 보였다. 앤은 그의 어깨에 머리를 기댔지만, 눈은 뜨고 있었다. 계속 병원을 보고 있었다. 두 사람이 주차장에서 차를 몰고 나갈 때, 앤은 한번 더 병원을 돌아보았다.

집에 도착한 앤은 코트 주머니에 양손을 넣고 소파에 앉았다. 하워드는 스코티의 방문을 닫았다. 커피메이커를 켜고 나서 빈 상자를 하나 찾아냈다. 스코티의 물건들을 담을 생각이었다. 하지만 앤 옆에 앉더니 상자를 한쪽으로 밀어놓고, 상체를 앞으로 기울이고 양팔을 무릎 사이로 늘어뜨렸다. 그는 울기 시작했다. 앤은 그의 머리를 자기 무릎에 놓고 어깨를 토닥였다. "스코티는 떠났어." 앤이 말했다. 앤은 계속 하워드의 어깨를 토닥였다. 흐느낌 너머로 커피메이커가 부엌에서 쉭쉭대는 소리가 들려왔다.

"그래, 그래." 앤이 부드럽게 말했다. "하워드, 이제 스코티는 없어. 아이는 없고, 이제 우린 거기에 익숙해져야 해. 둘이 지내는 것에."

얼마 후 하워드가 일어나 상자를 들고 목적 없이 거실을 돌아다니며, 상자에 뭘 넣지는 않고 그저 소파 옆 바닥에 몇몇 물건을 쌓아놓기 시작했다. 앤은 여전히 양손을 주머니에 넣고 앉아 있었다. 하워드는 상자를 내려놓고 커피를 거실로 가지고 나왔다. 나중에, 앤이 친척들에게 전화했다. 전화를 걸어 상대가 받을 때마다, 앤은 몇 마디 불쑥 내뱉고는 잠시 울었다. 그러고는 침착한 목소리로 무슨 일이 일어났는지 설명하고 앞으로의 절차를 이야기했다. 하워드는 상자를 들고 차고로 나갔다가 스코티의 자전거를 보았다. 그는 상자를 내려놓고 자전거 옆 보도에 앉았다. 자전거를 어색하게, 가슴에 닿도록 안았다. 그가 자전거를 끌어안자, 고무 페달이 그의 가슴에 눌리며 바퀴가 그의 바지를 스쳐 돌아갔다.

앤은 여동생과 통화한 뒤 수화기를 내려놓았다. 앤이 다음에 걸 전화번호를 찾고 있는데, 전화벨이 울렸다. 앤은 벨이 울리자마자 전화를 받았다.

"여보세요." 앤이 말했고, 이번에도 수화기 너머로 웅웅대는 잡음이 들렸다. "여보세요! 여보세요!" 앤이 말했다. "아, 정말.

누구시죠? 왜 이러는 거예요? 말 좀 해봐요."

"스코티 말입니다, 준비 다 해놨는데요." 남자 목소리가 말했다. "스코티는 잊어버리셨나요?"

"이 악마 같은 자식!" 앤이 수화기에 대고 소리쳤다. "어떻게 이럴 수 있어, 이 사악한 새끼야!"

"스코티 말입니다." 남자가 말했다. "스코티 일은 잊으신 건가요?" 그러고는 전화를 끊었다.

하워드는 고함소리를 듣고 들어왔다가 앤이 탁자 위에 팔을 올려놓고 그 위에 머리를 파묻은 채 울고 있는 걸 보았다. 하워드는 수화기를 들고 발신음에 귀를 기울였다.

한참 후 자정 직전, 두 사람이 여러 가지 일을 처리한 뒤에 전화벨이 다시 울렸다.

"당신이 받아." 앤이 말했다. "하워드, 그놈이야, 뻔해." 그들은 식탁에 커피를 놓고 앉아 있었다. 하워드의 커피잔 옆에는 작은 위스키잔이 놓여 있었다. 하워드는 세번째 벨이 울릴 때 전화를 받았다.

"여보세요. 누구시죠? 여보세요! 여보세요!" 먹통이었다. "끊었어." 하워드가 말했다. "누군진 모르겠지만."

"그 자식이야." 앤이 말했다. "그 개자식. 죽여버리고 싶어. 총으로 쏴서 뒈져버리는 꼴을 보고 싶어."

"앤, 맙소사." 하워드가 말했다.

"무슨 소리 못 들었어?" 앤이 물었다. "수화기에서? 잡음인지 기계 소리인지, 뭔가 웅웅대는 소리?"

"딱히 못 들었는데. 그런 건 없었어." 하워드가 말했다. "시간도 얼마 없었고. 라디오 음악 같은 게 들린 것 같긴 해. 그래, 라디오 소리가 들렸어, 그 외엔 모르겠는걸. 도대체 무슨 일이 벌어지는 건지 모르겠네."

앤이 고개를 저었다. "내가 만약, 만약 그 자식을 잡을 수만 있다면." 그때 떠올랐다. 앤은 누군지 알아냈다. 스코티, 케이크, 전화번호. 앤은 의자를 밀치며 일어났다. "쇼핑센터로 데려다줘, 하워드." 앤이 말했다.

"무슨 소리야?"

"쇼핑센터 말이야. 이제 누가 전화하는 건지 알겠어. 누군지 알았다고. 빵집 주인이야, 그 개 같은 빵집 주인이라고, 하워드. 내가 스코티 생일 케이크를 주문했거든. 바로 그 자식이 전화하는 거야, 그 자식이 우리 전화번호를 알고 계속 전화하는 거라고. 케이크 건으로 우릴 괴롭히려고. 빵집 주인, 그 개자식."

둘은 차를 몰고 쇼핑센터로 갔다. 하늘은 맑고 별이 반짝였다. 날이 추워서 그들은 히터를 켰다. 그들은 빵집 앞에 주차했다. 가게란 가게는 모두 문을 닫았지만, 쌍둥이 같은 두 극장 앞 주차장 끝에는 아직도 차가 좀 있었다. 빵집 유리창은 어두웠지만 유리창 안을 들여다보니 안쪽에서 불빛이 보였고, 이따금 앞치마를 한 커다란 남자가 고르게 비치는 흰 불빛 아래에서 나타났다 사라졌다 했다. 앤은 유리창 너머로 진열장과 작은 탁자와 의자 들을 볼 수 있었다. 앤은 문을 열려고 해보았다. 유리창을 두드렸다. 하지만 빵집 주인이 그 소리를 들었다는 낌새는 보이지 않았다. 그는 두 사람 쪽을 쳐다보지 않았다.

그들은 빵집 뒤쪽으로 차를 몰아 다시 주차했다. 차에서 내렸다. 불 켜진 유리창이 있었지만 너무 높아서 안쪽이 보이지 않았다. 뒷문 가까이 있는 표지판에는 이렇게 쓰여 있었다. '팬트리 빵집, 특별 주문 받음.' 앤은 안에서 희미하게 들려오는 라디오 소리와 무언가가—오븐 문인가—삐걱하며 열리는 소리를 들었다. 앤은 문을 두드리고 기다렸다. 그러고는 다시, 더 크게 두드렸다. 라디오 소리가 줄어들더니 이번에는 뭘 긁는 소리, 뭔가가, 서랍이 열렸다가 닫히는 소리가 또렷이 들렸다.

자물쇠가 풀리고 문이 열렸다. 빵집 주인은 빛이 비추는 곳에 서서 그들을 살펴보았다. "영업 끝났습니다." 그가 말했다. "이 시간에 무슨 일이시죠? 열두신데요. 취한 건가요?"

열린 문에서 빛이 새어나오는 곳으로 앤이 발을 내딛자, 빵집 주인은 무거운 눈꺼풀을 깜빡이며 그녀를 알아보았다. "손님이

시로군요." 그가 말했다.

"접니다." 앤이 말했다. "스코티 엄마요. 이쪽은 스코티 아빠고요. 좀 들어가고 싶은데요."

빵집 주인이 말했다. "지금은 바쁜데요. 일을 해야 해서요."

앤은 어쨌거나 문안으로 들어갔다. 하워드가 그 뒤를 따라 들어갔다. 빵집 주인은 뒤로 물러났다. "빵집 냄새가 나는군요. 빵집 냄새 나지 않아, 하워드?"

"뭘 원하시죠?" 빵집 주인이 말했다. "케이크 찾으러 오셨나요? 그래, 케이크를 찾아가기로 하셨나보군요. 케이크 주문하셨잖아요, 그렇죠?"

"빵집 주인치고는 제법 똑똑하시군요." 앤이 말했다. "하워드, 이분이 우리한테 계속 전화한 사람이야. 빵집 주인이시라고." 앤은 주먹을 쥐었다. 빵집 주인을 매섭게 쏘아보았다. 안에서 거센 불길이, 분노가 일자 앤은 자신이 평소보다 더 커진 느낌이, 두 남자보다도 더 커진 느낌이 들었다.

"잠깐만요." 빵집 주인이 말했다. "사흘 지난 케이크를 가져가고 싶다는 건가요? 그런 건가요? 손님이랑 말싸움할 생각 없습니다. 케이크는 저기 있어요. 좀 상했죠. 원래 부른 가격의 절반에 드리죠. 아니지, 가져가고 싶으세요? 그럼 그냥 가져가세요. 이제 나한테도, 그 누구한테도 쓸모없는 거니까요. 그래도 시간과 돈을 들여서 만든 케이크입니다. 가져가겠다고 하셔도 좋고, 가져가지 않겠다고 하셔도 상관없습니다. 그냥 잊어버리고 가시지요. 난 일이나 해야겠으니." 빵집 주인은 두 사람을 쳐다보고 입안에서 혀를 굴렸다.

"케이크 더 줘요." 앤이 말했다. 앤은 그것을, 자신을 커지게 만들고 있는 그것을 통제하고 있다고 자신했다. 앤은 차분했다.

"아주머니, 난 여기서 하루 열여섯 시간을 일해야 먹고삽니다." 빵집 주인이 말했다. 그는 앞치마에 두 손을 닦았다. "여기서 밤낮없이 일하면서 아등바등하고 있다고요." 앤의 얼굴에 어떤 표정이 스치자, 빵집 주인이 뒤로 물러나며 말했다. "말썽은 사절입니다." 빵집 주인은 카운터로 가서 오른손으로 밀방망이를 집어들더니 왼손 손바닥에 툭툭 쳤다. "케이크 가져갈 겁니까, 말 겁니까? 일해야 한다고 했잖아요. 빵집 주인은 밤에 일한단 말입니다." 빵집 주인이 다시 말했다. 앤은 그의 작은 두 눈이 비열하게 보인다고, 뺨 주위의 꺼칠꺼칠한 살덩이에 눈이 거의 파묻혔다고 생각했다. 티셔츠 칼라 주위로 보이는 목은 지방 때문에 두꺼웠다.

"빵집 주인이 밤에 일한다는 건 우리도 알아요." 앤이 말했다. "빵집 주인은 밤에 전화질도 하지. 이 나쁜 자식." 앤이 말했다.

빵집 주인은 계속 밀방망이를 손에 두드렸다. 그는 하워드를 흘끗 보았다. "조심해요, 조심." 그가 그들에게 말했다.

"우리 아들이 죽었어." 앤이 냉정하고 차분하게, 단호하게 말했다. "월요일 오후에 차에 치였다고. 우린 아이가 죽을 때까지 옆에서 기다렸어. 하지만 당연히, 당신이 그걸 알 리는 없겠지, 안 그래? 빵집 주인이 모든 걸 알 수는 없으니까. 그렇지 않아요, 빵집 주인 나리? 하지만 우리 애는 죽었어. 죽었다고, 이 자식아." 분노는 차오르던 때만큼이나 돌연히 수그러들며 다른 뭔가로, 어지러운 메스꺼움으로 바뀌었다. 앤은 밀가루가 흩어져 있는 나무 탁자에 몸을 기대더니 양손으로 얼굴을 가리고 울기 시작했다. 어깨가 들썩거렸다. "이건 너무해." 앤이 말했다. "정말, 정말 너무한다고."

하워드는 앤의 작은 등에 손을 얹고 빵집 주인을 쳐다보았다. "창피한 줄 아세요, 창피한 줄을." 하워드가 빵집 주인에게 말했다.

빵집 주인은 밀방망이를 카운터에 도로 내려놓았다. 앞치마를 풀어 카운터에 던졌다. 잠시 멍하고 고통스러운 얼굴로 서서 두 사람을 바라보았다. 그러더니 종이와 영수증, 계산기, 전화번호부가 놓여 있던 접이식 사각 탁자 아래에서 의자를 하나 꺼냈다. "좀 앉으세요." 빵집 주인이 말했다. "손님도 의자 드리죠." 빵집 주인이 하워드에게 말했다. "좀 앉으세요." 빵집 주인은 가게 앞쪽으로 가더니 작은 철제 의자 두 개를 가지고 돌아왔다. "부디 여기 좀 앉으세요."

앤은 눈물을 닦고 빵집 주인을 보았다. "당신을 죽이고 싶었어요." 앤이 말했다. "당신이 죽었으면 했다구요."

빵집 주인은 두 사람을 위해 탁자에 자리를 마련했다. 메모지와 영수증 뭉치, 계산기를 한쪽으로 밀어놓았다. 그가 전화번호부를 밀어 바닥에 떨어뜨리자, 전화번호부가 쿵 하는 소리를 냈다. 하워드와 앤은 앉아서 탁자 쪽으로 의자를 끌어당겼다. 빵집 주인도 앉았다.

"그럴 만했겠군요." 빵집 주인이 양 팔꿈치를 탁자에 놓고 고개를 천천히 저으며 말했다. "먼저. 내가 얼마나 가슴 아픈지 얘기하고 싶군요. 신만이 아실 겁니다. 내 말 좀 들어보세요. 난 그냥 빵집 주인일 뿐입니다. 그걸 부정할 생각은 없습니다. 어쩌면 한때는, 오래전에는 지금과 달랐을지도 모르죠, 지금은 잊어버려서 확실치 않지만요. 하지만 그때 그랬다 하더라도 이젠 아닙니다. 지금은 그냥 빵집 주인이에요. 이게 변명이 되지 않는다는 거, 나도 압니다. 하지만 정말 죄송합니다. 아드님 일도 가슴 아프고, 내가 그런 짓을 했다는 것도 죄송합니다. 정말이지, 하느님." 빵집 주인이 말했다. 그는 양손 손가락을 펴더니 손을 돌려 손바닥을 보였다. "난 아이가 없어서, 두 분이 어떤 느낌일지 그저 상상만 할 수 있을 뿐이지요. 죄송하다는 말 외엔 드릴 말씀이 없군요. 날 용서해주세요, 그럴 수 있다면요. 난 사악한 사람은 아닙니다, 그렇진 않다고 생각합니다. 손님이 전화로 이야기한 것 같은 악마는 아닙니다. 한마디로 내가 더이상 뭘 어찌해야 좋을지 모르겠다는 걸, 그런 느낌이라는 걸 알아주세요." 그가 말했다. "부탁이니 두 분에게 날 좀 용서해줄 마음을 내달라고 해도 될까요?"

빵집 안이 따뜻해서 하워드는 일어나 코트를 벗었다. 하워드는 앤도 코트를 벗도록 거들었다. 빵집 주인은 잠시 두 사람을 바라보다가 고개를 끄덕이더니 자리에서 일어났다. 그는 오븐으로 가서 스위치를 몇 개 껐다. 컵을 좀 꺼내 전기 커피메이커에서 커피를 따랐다. 탁자에 크림통과 설탕그릇을 내놓았다.

"아무래도 뭘 좀 드셔야겠네요." 빵집 주인이 말했다. "갓 구운 롤빵이라도 좀 드셨으면 싶은데. 드시고 살아내셔야죠. 이럴 땐 먹는 게 별것 아닌 것 같지만, 도움이 되거든요." 빵집 주인이 말했다.

빵집 주인은 막 오븐에서 꺼내 아직 아이싱도 굳지 않은 따뜻한 시나몬 롤빵을 두 사람에게 주었다. 버터와 버터 바르는 데 쓸 칼을 탁자에 내놓았다. 그러고는 두 사람과 함께 탁자 앞에 앉았다. 빵집 주인은 기다렸다. 그는 두 사람이 접시에서 빵을 한 조각 들고 먹기 시작할 때까지 기다렸다. "먹는다는 건 좋은 일이죠." 그는 그들을 지켜보며 말했다. "더 있어요. 많이 드세요. 드시고 싶은 만큼. 롤빵이란 롤빵은 여기 다 있으니까요."

그들은 롤빵을 먹고 커피를 마셨다. 앤은 갑자기 허기를 느꼈고, 롤빵은 따뜻하고 달콤했다. 앤이 세 조각을 먹자 빵집 주인은 기뻤다. 그는 이야기를 하기 시작했다. 두 사람은 주의깊게 들었다. 피곤하고 괴로웠지만, 빵집 주인이 하는 말에 귀를 기울였다. 빵집 주인이 중년에 그를 찾아온 회의와 무력감에 관해, 그리고 외로움에 관해 이야기할 때 두 사람은 고개를 끄덕였다. 빵집 주인은 그 긴 세월을 아이 없이 지낸다는 게 어떤 것인지 말해주었다. 하루하루 오븐을 가득 채웠다가 다시 비워내기를 반복하는 나날들. 그가 만든 파티용, 행사용 음식들. 손이 잠길 정도의 아이싱. 서로를 끌어안은 신혼부부가 수백 쌍, 아니, 이제는 수천 쌍이었다. 생일들. 그 무수한 케이크에 꽂은 양초들이 한꺼번에 불타오르는 모습을 상상이나 할 수 있을까. 그의 일은 꼭 필요한 직업이었다. 그는 빵집 주인이었으니까. 꽃집을 하지 않아서 다행이라고 여겼다. 먹을 걸 파는 게 나았다. 잠시 곁에 두다가 내던져버리는 걸 파느니. 꽃보다 냄새도 좋았다.

"자, 냄새 좀 맡아보세요." 빵집 주인이 짙은 색 빵덩어리를 자르며 말했다. "빡빡하기는 해도 영양은 풍부하죠." 두 사람은 냄새를 맡았고, 빵집 주인은 그들에게 먹어보라고 했다. 당밀과

거친 곡물 맛이 났다. 그들은 빵집 주인의 말에 귀를 기울였다. 그들은 먹을 수 있는 만큼 먹었다. 짙은 색 빵을 삼켰다. 나란히 늘어선 형광등 불빛이 마치 햇빛 같았다. 계속 이야기하다보니 이른 아침이 되어, 희뿌연 빛이 창문에 높게 비쳤지만, 그들은 떠날 생각을 하지 않았다.

·
·

여자들한테
우리가 나간다고 해

·
·
·

빌 제이미슨은 항상 제리 로버츠와 가깝게 지냈다. 두 사람은 남부 지역의 오래된 박람회장 근처에서 자라면서 초등학교와 중학교를 같이 다니고, 그런 뒤 아이젠하워 고등학교에 들어가 최대한 같은 수업을 듣고, 발목 부위가 좁은 바지와 셔츠와 스웨터를 바꿔 입고, 같은 여자와 사귀거나 잤다—어느 것이든 자연스레 이어지는 쪽으로.

여름철이면 둘은 함께 일했다—복숭아를 힘겹게 나르고, 체리를 따고, 홉이 타고 올라갈 줄을 연결하는 등 가을까지 버틸 돈을 벌게 해주는 일이라면 무엇이든, 상사가 오 분마다 등뒤에서 감시할까봐 걱정하지 않아도 되는 일이라면 무엇이든 했다. 제리는 이래라저래라 하는 소리를 듣기 싫어했다. 빌은 상관하지 않았고, 오히려 제리가 대장 기질이 있어서 좋았다. 졸업반이 되기 직전 여름에, 그들은 쌈짓돈을 모아 삼백이십오 달러에 빨간색 54년형 플리머스를 샀다. 제리가 일주일간 몰고 나면 빌이 몰았다. 둘은 나눠 쓰는 데 익숙했고, 얼마간은 그렇게 잘 지냈다.

하지만 제리가 졸업반 첫 학기를 마치기 전에 결혼하면서, 차도 자기가 갖고 학교도 자퇴했다. 그러고는 '로비스 마켓'에서 일을 시작했다. 그때가 둘 사이에 유일하게 긴장감이 흐르던 시기였다. 빌은 캐럴 헨더슨을 좋아했다—알고 지낸 지 두어 해 되었으니, 제리가 알고 지낸 기간과 거의 비슷했다—하지만 제리가 캐럴과 결혼하고 나자, 두 친구 사이는 전과 완전히 달라졌다. 빌은 그 집에 자주 갔는데 특히 초기에는—결혼한 친구가 있다니, 나이가 든 느낌이었다—점심이나 저녁을 먹으러 가거나, 아니면 저녁 늦게 가서 엘비스 프레슬리나 '빌 헤일리 앤드 더 코미츠'를 듣기도 하고, 그가 좋아하던 패츠 도미노 음반도 두어 장 있어서 그걸 듣기도 했다. 하지만 빌은 캐럴과 제리가 자기 앞에서 키스하며 거의 그 짓까지 하려고 할 때면 늘 당혹스러웠다. 가끔은 그곳에서 나와 데존네 주유소까지 걸어가서 콜라를 마시기도 했는데, 아파트에 침대라고는 접이식 침대 하나뿐이었고 그것이 거실 한가운데를 차지하고 있었기 때문이다. 이따금 제리와 캐럴이 그냥 어설프게 서로 다리를 부비며 화장실로 사라지면, 빌은 부엌으로 옮겨 찬장이나 냉장고를 뒤지느라 바쁜 척하며 소리를 듣지 않으려고 했다.

그래서 빌은 그 집에 자주 들르지 않게 되었다. 그러다가 6월이 되자 빌은 학교를 졸업한 뒤 대리골드 우유공장에 취직했고 주방위군에도 자원했다. 일 년 뒤에는 우유 배달을 관리하는 담당 구역이 생겼고 린다 윌슨과도 꾸준히 만났다. 린다는 착하고 순수한 여자였다. 빌과 린다는 일주일에 한 번 정도 제리네 집에 들러서 맥주를 마시고 음악을 들었다. 캐럴과 린다는 잘 지냈다. 캐럴이 비밀이라면서 린다가 "진국"이라고 생각한다고 말했을 때 빌은 기분이 으쓱했다. 제리도 린다를 좋아했다. "정말 굉장한 여자지." 제리는 빌에게 말했다.

빌과 린다가 결혼하자, 당연히 제리가 들러리를 섰다. 그리고 나중에 도널리 호텔에서 열린 축하연에서 제리와 빌은 예전처럼 같이 익살맞은 짓을 하고 서로 팔짱을 끼고 알코올 섞은 펀치를 몇 잔 들이켰다. 하지만 한창 즐기던 중 빌은 제리를 보며 제리가 엄청 나이들어 보인다고, 스물둘이라기엔 한참 많아 보인다고 생각했다. 제리는 자기 아버지처럼 머리가 벗어지기 시작했고, 엉덩이 부위에 살집이 붙고 있었다. 제리와 캐럴은 아이가 둘이었는데 이번에 셋째가 생겼다. 제리는 직급은 부점장이었지만 여전히 '로비스 마켓'에서 일했다. 제리는 축하연에서 술에 취해 신부 들러리 두 사람에게 치근거렸고, 안내하는 사람과 싸움을 벌이려고 했다. 캐럴은 제리가 추태를 부리기 전에 그를 데리고 차를 몰아 집으로 가버렸다.

그들은 이삼 주마다 만났고, 날씨에 따라 더 자주 보기도 했다. 지금처럼 날이 좋으면 일요일에 제리네 집에 모여 바비큐 핫도그나 햄버거를 먹으며, 제리가 매장의 어떤 여자 계산원에게 거의 거저 얻은 어린이용 풀장에 애들을 모조리 풀어놓았다.

제리네 집은 쾌적했다. 제리는 나치스 강이 내려다보이는 시골의 언덕 위에 살았다. 주위에 집 대여섯 채가 드문드문 흩어져 있기는 했지만 시내와 비교하면 거의 혼자나 다름없었다. 그는 친구들이 자기집에 놀러오는 걸 좋아했다. 아이들을 전부 씻기고 옷을 입혀서 차(빨간색 68년형 하드톱 쉐보레)에 태우려면 여간 골치가 아니었던 것이다. 제리와 캐럴은 이제 아이가 넷이었는데 모두 딸이었고, 또 아이가 생겼다. 그들은 이제는 더 낳지 않을 생각이라고 했다.

캐럴과 린다는 부엌에서 설거지를 하고 정돈하고 있었다. 오후 세시쯤이었다. 제리의 네 딸과 빌의 두 아들은 집 아래쪽 울타리 한쪽 모퉁이에서 놀고 있었다. 아이들은 커다란 빨강 플라스틱 공을 어린이용 풀장에 집어던지며, 소리지르고 첨벙거렸다. 제리와 빌은 뒤로 기댈 수 있는 야외용 의자를 테라스에 펴고 앉아 맥주를 마셨다.

말하는 사람은 거의 빌이었다—둘이 같이 아는 사람들 이야기, 포틀랜드에 있는 대리골드 본부에서 벌어지는 권력 다툼 이야기, 그와 린다가 살까 생각중인 신형 4도어 폰티액 카탈리나 이야기.

제리는 이따금 고개를 끄덕였지만 대개는 빨랫줄이나 차고를 응시할 뿐이었다. 빌은 제리가 우울한 게 틀림없다고 생각했는데, 그러고 보니 제리가 지난 일이 년 사이 과묵해졌다는 게 떠올랐다. 빌은 자세를 고쳐 앉고 담배에 불을 붙인 뒤 마침내 물어보았다. "뭐 문제 있어?"

제리는 맥주를 비우더니 캔을 우그러뜨렸다. 그는 어깨를 으쓱했다. "잠깐 나가면 어떨까? 차 몰고 좀 돌아다니다가 맥주나 한잔 하자. 젠장, 남자가 일요일에 집에만 있다가는 썩어버린다고."

"난 좋아. 그러자. 여자들한테는 내가 얘기할게."

"우리끼리 가는 거야, 알겠지. 젠장, 가족 야유회는 됐다고. 우리끼리 맥주나 좀 하고 온다고 해. 차에서 기다릴게. 내 차로 가자."

둘이서 뭘 해본 지도 제법 오래되었다. 그들은 나치스 강 고속도로를 타고 글리드로 나갔다. 운전은 제리가 했다. 날은 따스하고 맑았고, 차를 스쳐가는 바람이 목과 팔에 기분좋게 느껴졌다. 제리는 씩 웃고 있었다.

"어디로 가?" 빌이 말했다. 제리가 밝아진 모습을 보는 것만으로도 기분이 한결 나아졌다.

"라일리네 가게에 가서 로테이션 게임이나 한판 할까?"

"난 좋아. 이봐, 근데 우리 이런 거 진짜 오랜만이야."

"남자들이란 가끔 나가 놀지 않으면 썩어버린다니까. 무슨 소린지 알아?" 제리가 빌을 보았다. "너무 일만 하면 안 된다고. 무슨 소린지 알지?"

빌은 잘 몰랐다. 빌은 금요일 저녁에 공장 남자들이랑 볼링 시합을 하는 것도 좋아했고, 일주일에 한두 번 일 끝나고 잭 브로더릭과 맥주 한잔 하는 것도 좋아했지만, 집에 있는 것도 좋았다. 그래, 그런다고 썩어버린다는 느낌이 들지는 않았다. 그는 손목시계를 봤다.

"여긴 여전하네." 제리가 글리드 오락장 앞 자갈밭으로 차를 몰며 말했다. "종종 지나가기는 했는데, 안에 들어간 건 일 년쯤 됐어. 시간이 나야 말이지." 제리는 침을 뱉었다.

둘은 안으로 들어갔다. 제리가 들어가도록 빌이 문을 잡아주었다. 제리는 들어가면서 빌의 배를 주먹으로 슬쩍 쳤다.

"이야, 거기! 너희들 어떻게 지내냐? 도대체 얼마 만인지 모르겠네. 어디 있었던 거야?" 라일리가 카운터 뒤에서 씩 웃으며 나오려 했다. 그는 대머리에 몸집이 큰 사내로, 반팔 프린트 셔츠를 청바지 위로 꺼내 입고 있었다.

"멍청아, 입다물고 올림피아나 좀 내와봐." 제리가 빌에게 윙크하며 말했다. "어떻게 지내?"

"좋지, 좋아, 잘 지내. 너희는 어때? 요즘 어디 있었어? 바람이라도 피우시나? 제리, 마지막으로 봤을 때 제수씨 임신 육 개월이었다고."

제리는 잠시 서서 눈을 깜빡거렸다. "그게 언제 적 얘기지, 라일리? 그렇게 오래됐나?"

"올림피아 안 줘?" 빌이 말했다. "라일리, 같이 한잔해."

그들은 유리창과 가까운 스툴에 앉았다. 제리가 말했다. "무슨 술집이 이래, 라일리, 일요일 오후인데 여자 하나 없다니?"

라일리가 웃었다. "아마 여자들 씨가 말랐나보지."

둘은 맥주를 다섯 캔씩 마시고 두 시간 동안 로테이션 게임을 세 판 하고 스누커를 두 판 했다. 라일리는 달리 할 일이 없어 카운터 뒤에서 나와 스툴에 앉더니 같이 떠들며 둘이 게임 하는 걸 지켜보았다.

빌은 계속 손목시계를 봤다가 제리를 봤다가 했다. 마침내 빌이 말했다. "이제 가야 할 것 같지 않아, 제리? 아니, 그러니까 어떻게 생각하느냐고?"

"그래, 좋아. 맥주 마저 마시고 가자." 잠시 후 제리는 캔을 비우고 우그러뜨린 뒤, 잠시 스툴에 앉아 손으로 캔을 돌렸다. "또 봐, 라일리."

"종종 들르라고, 알지? 잘들 지내고."

고속도로에서 제리는 조금 밟았지만—시속 85에서 90마일쯤—공원이나 산에서 놀다가 집으로 돌아가는 차들이 있어서 가끔 재빠르게 앞지르기만 할 뿐 그 외에는 다른 차량에 맞춰 50마일 정도로 달리는 데 만족해야 했다.

두 사람은 가구를 실은 낡은 픽업트럭을 막 지나치자마자 자전거를 탄 여자 둘을 발견했다.

"저것 좀 봐!" 제리가 속도를 늦추며 말했다. "따먹을 만하겠는데."

제리는 차를 계속 몰았지만, 둘 다 뒤를 돌아보았다. 여자들은 그들을 보고 웃으며, 갓길을 따라 페달을 밟았다.

제리는 1마일을 더 달린 다음 널찍한 곳에 차를 세웠다. "돌아가자. 해보자고."

"이런. 음, 잘 모르겠는데. 우리 이제 집에 가야지. 어차피 너무 어리잖아. 안 그래?"

"피 나올 때 되면 할 때도 된 거라잖아…… 그 말 너도 알지."

"그래, 하지만 잘 모르겠어."

"참 나. 그냥 걔들이랑 재미 좀 보자구, 괴롭혀주면서."

"그래. 좋아." 빌은 손목시계를 흘끗 보고서 하늘을 보았다. "말은 네가 해."

"내가! 난 운전하잖아. 네가 해. 게다가 네 쪽으로 올 거잖아."

"야, 모르겠다, 나도 예전 같지 않다구."

제리는 환호성을 울리며 차를 휙 꺾더니, 왔던 길로 돌아가기 시작했다.

여자들에게 거의 가까이 다가가자 제리는 속도를 늦추고 갓길에 차를 댔다. "여어, 어디로들 가요? 태워줄까요?"

여자들은 서로 쳐다보더니 웃음을 터뜨렸지만 그대로 자전거를 몰았다. 도로 가까운 쪽에 있던 여자는 열일곱이나 열여덟에 머리가 짙은 색이었고, 자전거에 앉은 모양새를 보니 키가 크고 호리호리했다. 다른 여자도 같은 또래였지만, 키가 작고 머리가 밝은색이었다. 둘 다 반바지에 홀터 톱 차림이었다.

"저년들." 제리가 말했다. "뭐 어차피 낚을 테니까." 제리는 유턴하기 위해 자동차들이 지나가기를 기다렸다. "내가 갈색 머리를 맡을 테니까 넌 작은 애로 해. 알겠냐?"

빌은 자세를 고쳐 앉으며 선글라스 코받침을 만졌다. "망할, 어차피 시간 낭비일 뿐이야. 걔들 아무것도 안 할걸."

"젠장, 자식하고는! 인마, 해보기도 전에 그러지 좀 마라."

빌은 담배에 불을 붙였다.

제리는 차를 돌렸고, 일이 분 뒤에 여자들 뒤로 따라붙었다. "자, 이제 해봐." 제리가 빌에게 말했다. "네 매력을 보여줘봐. 엮어보라고."

"안녕." 차가 여자들 옆으로 천천히 달리자 빌이 말했다. "난 빌이라고 해요."

"멋지네요." 갈색 머리가 말했다. 다른 여자가 웃음을 터뜨리자 갈색 머리도 웃었다.

"어디로들 가요?"

여자들은 대답하지 않았다. 작은 여자가 킥킥거렸다. 그들은 계속 자전거를 몰았고 제리는 그들 옆으로 차를 천천히 몰았다.

"에이, 그러지 말구요. 어디 가는데요?"

"아무데도 안 가요." 작은 여자가 대답했다.

"그게 어딘데요?"

"아무데도요."

"난 이름 말해줬는데. 그쪽은요? 이쪽은 제리예요."

두 여자는 서로 쳐다보더니 또 웃었다. 둘은 계속 페달을 밟았다.

뒤에서 차가 한 대 다가오더니 경적을 울려댔다.

"아 씨, 지랄하네!" 제리가 말했다. 하지만 갓길로 차를 더 붙이기는 했다. 그러자 잠시 후 기회라고 생각했는지 뒤차 운전자가 두 사람 차를 앞질렀다.

둘은 다시 여자들 옆으로 차를 몰았다.

"태워줄게요." 빌이 말했다. "어디든 데려다줄게요. 약속해요. 자전거 타기 힘들잖아요. 힘들어 보이네. 운동 너무 많이 하면 안 좋은 거 알죠."

여자들이 웃었다.

"그러지 말고 이름 좀 알려줘요."

"전 바버라고, 얘는 샤론이에요." 작은 여자가 말했다. 그러고는 또 웃었다.

"이제야 뭔가 되어가는군." 제리가 빌에게 말했다. "어디 가는지 다시 물어봐."

"어디 가요? 바버라, ……어디로 가느냐구요, 바브?"

바버라는 웃었다. "아무데도 안 가요." 그녀가 말했다. "그냥 달리는 거예요."

"달려서 어디로?"

"말해줄까?" 작은 여자가 다른 여자에게 말했다.

"상관없어. 달라질 거 없다구. 어차피 저 사람들하고 아무데도 안 갈 거니까."

"뭐, 그건 나도 그래." 작은 여자가 말했다. "그런 뜻은 아니었어."

"젠장." 제리가 말했다.

"어디 가는데요?" 빌이 또 물었다. "페인티드 록스* 가요?"

여자들이 다시 웃기 시작했다.

"거기 가는 거 맞네." 제리가 말했다. "페인티드 록스." 그는 속도를 조금 높이더니 여자들이 자기 쪽으로 지나가도록 여자들 앞에서 갓길로 차를 뺐다.

"그러지 말구요." 제리가 말했다. "에이, 타요. 다들 소개도 했겠다. 뭐가 문제예요?"

여자들은 자전거를 몰면서 웃었고, 제리가 "자자, 잡아먹지 않을 테니까" 하고 말하자 더 웃었다.

"그걸 어떻게 알아요?" 작은 여자가 어깨 너머로 외쳤다.

"믿어줘요, 아가씨." 제리가 속삭이듯 말했다.

갈색 머리 여자가 흘끗 뒤돌아보다 제리와 눈이 마주치더니, 눈살을 찌푸리며 고개를 앞으로 돌렸다.

제리가 고속도로로 다시 차를 몰자, 뒷바퀴에서 먼지가 일며 돌멩이가 튀어올랐다. "이따 봐요." 차가 속도를 높여 앞으로 달

* 워싱턴 주 야키마에 있는 작은 공원.

려갈 때 빌이 말했다.

"다 된 거나 다름없어." 제리가 말했다. "그넌 나 쳐다보는 거 봤지? 다 됐다니까."

"난 잘 모르겠는데." 빌이 말했다. "아무래도 집에 가는 게 나을 거 같아."

"아냐, 아냐, 다 됐다니까! 내 말 좀 믿어."

제리는 페인티드 록스에 도착하자 길에서 벗어나 나무 몇 그루 아래 차를 세웠다. 고속도로가 갈라져서, 한쪽은 야키마로 이어지고 주요 고속도로인 다른 쪽은 나치스, 이넘클로, 치누크 패스, 시애틀로 이어졌다. 도로에서 100야드쯤 벗어나면 높고 경사진 검은 바위 언덕이 있는데, 곳곳에 오솔길과 작은 동굴 들이 있는 구릉지의 일부였다. 몇몇 동굴의 벽에는 군데군데 인디언의 그림문자가 그려져 있었다. 고속도로를 바라보는 바위의 절벽 면에는 경고나 공고가 쓰여 있었는데—나치스 67마일—글리드 와일드캐츠—예수 구원하시네—야키마를 꺾자—주로 빨강이나 흰색 페인트로 삐뚤빼뚤하게 쓰여 있었다.

둘은 차에 앉아 담배를 태우며 고속도로를 바라보면서 뒤쪽 숲에서 간간이 들려오는 딱따구리 쪼는 소리에 귀기울였다. 모기 몇 마리가 차로 날아들어와 두 사람의 손과 팔 위로 날아다녔다.

제리는 라디오에서 들을 만한 게 없나 찾다가 계기판을 날카롭게 쳤다. "맥주 하나 더 있으면 좋을 텐데! 젠장, 하나 더 있으면 딱인데."

"그러게." 빌이 말했다. 빌은 시계를 보았다. "여섯시 다 됐어, 제리. 얼마나 더 기다리려고?"

"아 참, 당장이라도 올 거야. 지들이 목적지에 도착하면 멈춰야지 별수 있어? 이삼 분 뒤면 온다는 데 가진 거 삼 달러 다 건다." 제리는 빌에게 씩 웃어 보이고 무릎을 툭 부딪쳤다. 그러고는 기어의 윗부분을 두드리기 시작했다.

두 남자의 시야에 들어왔을 때, 여자들은 고속도로 반대편에서 차량을 마주보며 달리고 있었다.

제리와 빌은 차에서 내려 앞 펜더에 기대어 기다렸다.

여자들은 갓길에서 벗어나 숲으로 들어오더니, 두 남자를 보고는 페달을 더 빠르게 밟기 시작했다. 작은 여자는 엉덩이를 들고 페달을 더 세게 밟으며 웃고 있었다.

"명심해." 제리가 차에서 멀어지면서 말했다. "내가 갈색 머리고 네가 작은 애야."

빌이 걸음을 멈췄다. "어쩌려고 그래? 야, 조심하는 게 좋을걸."

"염병, 그냥 재미 좀 보는 거지 뭐. 붙잡아서 얘기나 좀 하자고. 아무러면 어때? 쟤들 아무 소리도 안 할걸. 자기들도 재미 보는 건데. 쟤들 관심 받는 거 좋아한다고."

두 남자는 절벽 위로 느긋하게 올라가기 시작했다. 두 여자는 자전거를 버려두고 언덕으로 난 여러 갈래의 길 중 하나를 따라 올라가기 시작했다. 여자들은 한 모퉁이에서 사라졌다가 좀더 높은 다른 모퉁이에서 다시 나타나더니, 멈춰 서서 아래를 내려다보았다.

"왜 우릴 따라오는 거죠?" 갈색 머리가 외쳤다. "네? 왜 이러는 거예요?"

제리는 대답하지 않고 그냥 길을 따라 올라가기 시작했다.

"도망치자." 바버라가 여전히 웃으면서, 약간 헐떡이며 말했다. "얼른."

여자들은 뒤로 돌아 종종걸음으로 올라가기 시작했다.

제리와 빌은 보통 걸음으로 올라갔다. 빌은 담배를 피우며 열 발자국마다 멈춰서 숨을 들이쉬었다. 집에나 있을걸 그랬다고 생각하기 시작했다. 아직도 날은 따뜻하고 맑았지만, 머리 위 바위와 나무의 그림자가 그들 앞으로 길게 늘어지기 시작했다. 길이 꺾이는 곳에서 빌은 뒤돌아 자기들 자동차를 마지막으로 슬쩍 보았다. 그렇게 높이 올라온 줄은 몰랐다.

"얼른 좀 와." 제리가 쏘아붙였다. "못 따라오겠냐?"

"간다 가." 빌이 말했다.

"넌 오른쪽으로 가. 난 똑바로 갈게. 저것들 앞지르자."

빌은 오른쪽으로 꺾었다. 그는 계속 올라갔다. 한번은 걸음을 멈추고 앉아서 호흡을 골랐다. 더이상 자동차도 고속도로도 보이지 않았다. 왼쪽으로는 리본 굵기만한 나치스 강줄기가 장난감처럼 자그마한 가문비나무숲을 끼고 반짝거리는 풍경이 보였다. 오른편으로는 계곡이 내려다보이는데, 산등성이에서부터 계곡 쪽으로 사과와 배 과수원이 깔끔하게 펼쳐져 있고 드문드문 집들이 서 있는 모습이 보이고, 작은 도로 위로 움직이는 자동차에 햇살이 반사되었다. 아주 고요하고 조용했다. 잠시 후 빌은 일어나서 양손을 바지에 훔치고, 길을 따라가기 시작했다.

더 높이 올라가자 내리막길이 나타나더니 계곡을 향해 길이 왼쪽으로 꺾어졌다. 길이 굽은 곳에 다다르니 두 여자가 바위의 돌출부 뒤에 쭈그리고 앉아 또다른 길을 내려다보는 모습이 보였다. 빌은 멈춰 서서 아무렇지 않게 담배에 불을 붙이려 했지만 놀랍게도 손가락이 떨리는 것을 보고, 되도록 태연하게 여자들 쪽으로 걸음을 떼었다.

빌의 발밑에서 돌멩이가 달그락대는 소리를 듣고 두 여자가 뒤를 홱 돌아보더니, 그를 발견하고서 벌떡 일어났다. 작은 여자가 꺅 하고 소리쳤다.

“이봐요, 잠깐만요! 앉아서 대화로 풀자구요. 지쳤단 말이에요. 이봐요!”

제리가 목소리를 듣고 뛰어와 모습을 드러냈다. "망할, 좀 기다리라고!" 제리가 둘을 앞지르려고 하자 둘은 다른 쪽으로 방향을 틀었다. 작은 여자는 여전히 깍깍대며 웃었고, 둘 다 빌 앞에서 맨발로 셰일과 흙을 가로지르며 달렸다.

빌은 두 여자가 신발을 어디에 놓아두었는지 궁금했다. 그는 오른쪽으로 이동했다.

작은 여자는 방향을 급하게 틀더니 언덕으로 올라갔고, 갈색 머리는 빙빙 돌더니 잠시 멈추고는 비탈을 따라 계곡으로 이어진 길로 내려가기 시작했다. 제리는 갈색 머리를 따라갔다.

빌은 손목시계를 보고는 바위에 앉아 선글라스를 벗고 다시 하늘을 올려다보았다.

갈색 머리는 계속 달리고 뛰다가 어떤 동굴에 다다랐는데, 거대한 오버행 바위 밑에 형성된 동굴로 안쪽은 그림자에 가려져 있었다. 여자는 안쪽으로 되도록 깊이 기어들어가 앉은 다음 거칠게 호흡하며 고개를 숙였다.

일이 분 뒤에 여자는 제리가 길을 따라 다가오는 소리를 들었다. 제리는 오버행에 다다르자 멈춰 섰다. 여자는 숨을 참았다. 제리는 셰일을 하나 집어들더니 어둠 속으로 던졌다. 돌이 여자 머리 바로 위의 벽에 퍽 하고 부딪혔다.

"이봐요, 대체 어쩌려는 거죠? 장님이라도 만들려고 이래요? 돌멩이 던지지 말라구요, 얼간이 같으니."

"여기 숨어 있을 것 같았지. 두 손 들고 나와, 안 그러면 내가 들어간다."

"잠깐만요." 여자가 말했다.

제리는 오버행 바위 아래쪽에 튀어나와 있는 작은 바위로 뛰어올라가서, 어둠 속을 들여다보았다.

"어쩌자는 거죠?" 여자가 말했다. "우릴 좀 가만두란 말이에요."

"글쎄." 제리가 여자를 보며, 천천히 몸을 훑어보며 말했다. "너희들이 달아나지 않으면 그럴 거야."

갈색 머리가 제리에게 바짝 다가오더니 쏜살같이 미끄러져 지나가려 했지만, 제리가 벽으로 손을 뻗어 길을 가로막았다. 제리는 씩 웃었다.

여자는 씩 웃더니 입술을 깨물고는 다른 쪽으로 지나가려 했다.

"너도 네가 웃을 때 귀엽다는 거 알잖아." 제리는 여자의 허리를 안으려 했지만, 여자는 빙그르 돌면서 달아났다.

"하지 마! 그만해! 보내달란 말이야."

제리는 다시 여자 앞으로 가더니, 손가락으로 가슴을 건드렸다. 여자가 제리의 손을 찰싹 치자, 제리는 여자의 가슴을 꽉 쥐었다.

"아." 여자가 말했다. "아파요. 제발, 제발, 아프다구요."

제리는 손을 느슨하게 풀었지만 놓아주지는 않았다. "알았어." 제리가 말했다. "해치지 않는다니까." 그러고는 손을 놓았다.

여자는 제리를 밀쳐서 기우뚱하게 만들고는 펄쩍 뛰어서 아래로 달려갔다.

"이런 망할." 제리가 고함쳤다. "이리 못 와!"

갈색 머리 여자는 다시 위쪽으로 이어지는 오른쪽 길로 접어들었다. 제리는 잡풀숲에서 미끄러져 넘어지더니, 후다닥 일어나 다시 달리기 시작했다. 그때 여자는 방향을 바꿔 길이가 100피트 정도 되는 좁은 골짜기로 접어들었는데, 골짜기가 끝나는 곳에 빛이 들어오며 계곡이 눈에 들어왔다. 여자는 맨발로 탁탁 소리를 내며 바위 위를 달렸고, 그 소리가 제리 자신의 거친 호흡 위로 메아리쳤다. 골짜기 끝에서 여자가 뒤를 보고 소리쳤다. "날 좀 내버려두라구!" 목소리가 갈라졌다.

제리는 잠자코 있었다. 여자는 몸을 돌려 시야에서 벗어났다. 제리가 골짜기 끝에 다다라 어깨 너머로 위를 올려다보자, 여자가 양손과 무릎으로 계속 위로 올라가는 모습이 보였다. 그들은 계곡 쪽에 있었고, 여자는 둔덕의 꼭대기를 향해 올라가고 있었다. 제리는 그녀가 거기까지 올라가면 아마도 놓칠 거라는 걸 알았다. 더는 따라가기 힘들었다. 제리는 온 힘을 쏟아 허우적대며 돌과 덤불을 붙잡고 올라갔다. 심장이 뛰고 숨이 턱까지 차올랐다.

여자가 꼭대기에 오르는 순간 제리가 여자의 발목을 붙잡았고, 둘은 동시에 작은 고원으로 기어올라갔다.

"망할 것." 제리가 흐느끼며 말했다. 제리가 아직 여자의 발목을 잡고 있는데 여자가 다른 발로 제리의 머리를 있는 힘껏 걷어찼다. 제리는 귀가 울리고 빛이 번쩍거렸다.

"개 같은, 이런 개 같은 년." 제리의 눈에서 눈물이 줄줄 흘렀다. 제리는 여자의 다리로 몸을 던지더니 여자의 팔을 붙잡았다.

여자는 계속 무릎을 끌어당기려고 애썼지만 제리는 슬쩍 방향을 바꿔서 그녀를 꼼짝 못하게 눌렀다.

그들은 잠시 그대로 누워서 헉헉댔다. 여자는 두려움으로 휘둥그레진 눈을 이리저리 굴렸다. 여자는 계속 머리를 이쪽저쪽으로 돌리며 입술을 깨물었다.

"잘 들어. 널 놔줄게. 놔주면 좋겠냐?"

여자가 재빨리 고개를 끄덕였다.

"좋아, 놔주지. 하지만 먼저 한번 해야겠다. 알겠어? 소란 피우지 말고. 알겠냐고?"

여자는 아무 말 없이 누워 있었다.

"알겠어? 알겠냐고 했잖아?" 제리가 여자를 흔들었다.

잠시 후 여자가 고개를 끄덕였다.

"좋아. 좋아."

제리는 여자의 팔을 놓아주고 몸을 일으키더니, 허둥거리며 여자의 바지 지퍼를 내리고 바지를 엉덩이 아래로 벗기려고 했다.

여자는 재빨리 움직여 제리의 귀를 주먹 쥔 손으로 치더니, 동시에 옆쪽으로 굴렀다. 제리는 득달같이 쫓았다. 여자는 이제 비명을 질렀다. 제리는 여자의 등에 달려들어 여자의 얼굴을 바닥에 문댔다. 그러고는 여자의 목덜미를 붙잡았다. 잠시 후 여자가 발버둥을 멈추자, 제리는 여자의 반바지를 벗기기 시작했다.

제리는 일어나서 여자에게 등을 돌리고 옷을 털기 시작했다. 그가 여자를 다시 돌아보았을 때 여자는 일어나 앉아 난장판이 된 땅바닥을 응시하며 머리카락 몇 가닥을 이마에 문지르고 있었다.

"누구한테 말하진 않겠지?"

여자는 말이 없었다.

제리는 입술을 적셨다. "그러지 않기를 바란다."

여자는 앞으로 몸을 숙이고 조용히, 손등을 얼굴에 대고 울기 시작했다.

제리는 담배에 불을 붙이려고 했지만 성냥을 떨어뜨리자 줍지 않고 그냥 가려고 했다. 그러다가 멈춰서 돌아보았다. 제리는 순간 자기가 거기서 뭘 하고 있는지, 그 여자가 누군지 이해할 수 없었다. 그가 거북하게 계곡 너머를 흘끗 쳐다보니, 태양이 언덕 아래로 가라앉기 시작했다. 제리는 얼굴에 불어오는 산들바람을 느꼈다. 산등성이와, 바위와, 나무 들의 짙은 그림자가 땅을 뒤덮으며 계곡을 칠하고 있었다. 제리는 다시 여자를 보았다.

"아무 얘기도 하지 않기를 바란다고 했지. 미…… 제길! 미안해, 정말이야."

"그냥…… 가요."

제리가 가까이 다가왔다. 여자가 일어나려고 했다. 그는 재빠르게 다가서더니 여자가 한쪽 무릎으로 일어나려는 순간 주먹으로 머리 옆쪽을 후려쳤다. 여자는 비명을 지르며 뒤로 넘어졌다. 여자가 다시 일어서려고 하자, 제리는 돌덩이를 집어서 여자의 얼굴에 내리쳤다. 치아와 뼈가 으스러지는 소리가 실제로 들렸고, 입술 사이로 피가 흘러나왔다. 그는 돌덩이를 떨어뜨렸다. 여자는 쿵 하고 주저앉았고, 제리는 여자 위로 몸을 웅크렸다. 여자가 움직이기 시작하자 그는 다시 돌덩이를 들어, 아까보다는 약하게 뒤통수를 쳤다. 그러고는 돌덩이를 내려놓고 여자의 어깨에 손을 댔다. 그는 여자를 흔들기 시작하더니, 잠시 후 그녀를 돌려 눕혔다.

여자는 눈을 뜨고 있기는 했지만 흐리멍덩했고, 머리를 천천히 왼쪽 오른쪽으로 돌리며 입속에서 힘겹게 혀를 굴려 부서진 이빨 조각과 피를 뱉어내려 했다. 여자가 고개를 조금씩 좌우로 움직이는 동안, 여자의 눈이 그에게 고정되는가 싶더니 옆으로 돌아가기를 반복했다. 제리는 일어서서 몇 걸음 걸어가다가 돌아왔다. 여자는 일어나 앉으려고 했다. 제리는 무릎을 꿇고, 여자의 어깨에 양손을 얹고서 그녀를 도로 눕히려고 했다. 하지만 손이 미끄러지듯 여자의 목으로 갔고, 그는 목을 조르기 시작했다. 하지만 그가 끝까지 버티지 못하고 손을 풀자, 여자 목에서 듣기 싫은 소리가 나며 공기가 발작적으로 숨통으로 들어갔다. 여자는 뒤로 쓰러졌고, 그는 일어섰다. 그는 몸을 숙여 땅에서 커다란 돌을 힘겹게 떼어냈다. 그가 돌을 눈높이까지, 그러고는 머리 위까지 들어올리는데 돌 바닥에서 흙이 떨어졌다. 그는 여자의 얼굴에 돌을 떨어뜨렸다. 탁 하는 소리 같은 것이 났다. 그는 돌을 다시 들어, 그녀를 보지 않으려 하면서 한번 더 떨어뜨렸다. 그러고는 한번 더 돌을 들었다.

빌은 골짜기를 통과했다. 이제 시간이 상당히 늦어져 거의 저녁이었다. 빌은 누군가 이미 언덕으로 올라간 길을 보더니 방향을 틀어 다른, 더 쉬운 길로 되짚어 갔다.

빌은 작은 여자 바버라를 따라잡았지만 그걸로 끝이었다. 그녀에게 키스하려고도 하지 않았고 다른 건 말할 것도 없었다. 솔직히 그럴 마음이 나질 않았다. 어쨌거나 빌은 겁이 났다. 어쩌면 그녀는 마음이 있었을지도 모르겠지만, 그로서는 위험을 감수할 수 없었다. 바버라는 이제 자전거로 돌아가, 친구를 기다리고 있었다. 안 된다, 그는 그저 제리를 찾아서 더 늦기 전에 돌아가고 싶을 뿐이었다. 보나 마나 린다한테 한바탕 잔소리를 들을 터였고, 더구나 린다가 몹시 걱정하고 있을 것이었다. 몇 시간 전에 돌아갔어야 하는 건데, 너무 늦었다. 빌은 무척 초조했다. 그는 마지막 몇 피트를 남겨두고는 질주하듯 언덕을 올라가 작은 고원에 도달했다.

빌은 두 사람을 동시에 보았다, 제리가 여자 옆에 서서 돌을 들고 서 있는 장면을.

빌은 자기가 작아지는 게, 여위어지고 무게가 없어지는 게 느껴졌다. 그와 동시에 귀를 올려붙이는 강한 바람을 마주보는 느낌이 들었다. 빌은 뛰어 달아나고 싶었지만, 뭔가가 자기 쪽으로 다가오고 있었다. 그 형상이 바위의 그림자들과 만나자 그림자들이 그 형상 아래에서, 그것과 함께 움직이는 듯싶었다. 바닥이 기이한 각도로 빛을 받아 뒤틀린 듯했다. 비이성적이게도 빌은 언덕 아래의 자동차 근처에 세워진 자전거 두 대를 떠올리며,

마치 둘 중 한 대를 없애버리면 이 모든 일이 바뀌어, 그가 언덕 꼭대기에 올랐을 때 여자가 더이상 나타나지 않게 될 것 같았다. 하지만 그때 제리가 빌 앞에, 온몸의 뼈가 사라진 듯 축 늘어진 채 서 있었다. 빌은 둘의 몸, 팔을 뻗으면 닿을 거리에 있는 두 몸이 끔찍할 만큼 가깝게 느껴졌다. 그때 빌의 어깨에 제리의 머리가 내려앉았다. 빌은 손을 들어, 둘 사이를 갈라놓는 거리가 적어도 이 정도 의미는 있다는 듯, 상대를 토닥이고 쓰다듬기 시작했고, 눈에서는 눈물이 솟았다.

당신 뜻에 부합한다면

이디스 패커가 카세트의 이어폰을 한쪽 귀에 꽂고 그의 담배를 태우고 있었다. TV가 소리 없이 켜져 있었고, 이디스는 다리를 접은 채 소파에 비스듬히 앉아 시사 잡지를 들춰보았다. 사무실로 꾸며놓은 응접실에서 제임스 패커가 나왔다. 제임스는 나일론 윈드브레이커를 입고 있었는데, 이디스를 보자 놀란 표정을 짓더니 이내 실망한 표정이 되었다. 이디스는 그를 보고 귀에서 이어폰을 뺐다. 그녀는 재떨이에 담배를 눌러 끄고, 스타킹 신은 한쪽 발을 그에게 향하고는 발가락을 꼼지락거렸다.

"빙고 말이야. 우리 오늘밤에 빙고 하러 가는 거야, 안 가는 거야? 이러다 늦겠어, 이디스." 그가 말했다.

"가야죠." 그녀가 말했다. "그럼. 내가 정신을 딴 데 두고 있었나봐요." 이디스는 클래식 음악을 좋아했지만 제임스는 그러지 않았다. 제임스는 회계사로 일하다 은퇴했지만 과거에 의뢰인이던 몇 사람의 납세 신고를 처리해주었고 오늘밤에도 그 일을 하고 있었다. 이디스는 음악을 소리 내어 틀어서 그를 방해하고 싶지 않았다.

"갈 거면 어서 가자구." 제임스가 말했다. 그는 TV를 쳐다보다가 다가가서 전원을 껐다.

"가요." 이디스가 말했다. "화장실만 좀 다녀와서요." 이디스는 잡지를 덮고 일어섰다. "너무 보채지 마요, 여보." 이디스는 그렇게 말하며 웃었다. 그러고는 거실에서 나갔다.

제임스는 뒷문이 잠겨 있는지, 현관 불이 켜져 있는지 점검하고 거실로 돌아와 서 있었다. 지역문화센터까지는 차로 십 분 거리였고, 제임스는 자기들이 첫 게임에 늦으리라는 것을 알 수 있었다. 제임스는 제시간에 가는 걸 좋아했다. 다시 말해서 몇 분 일찍 도착해 지난 금요일 밤 이후 보지 못한 사람들에게 인사라도 하고 싶어했다. 제임스는 스티로폼잔에 든 커피에 설탕을 넣고 휘저으며 프리다 파슨스와 농담하는 걸 좋아했다. 프리다는 금요일 밤에 클럽에서 빙고 게임을 진행하는 여자들 중 하나로, 평일에는 동네에 하나뿐인 약국에서 계산원으로 일했다. 제임스는 조금 여유 있게 도착해서 프리다에게 커피를 두 잔 받은 뒤, 벽을 따라 놓여 있는 탁자들 중 마지막 탁자에 앉는 걸 좋아했다. 제임스는 그 탁자가 좋았다. 두 사람은 벌써 몇 달째 금요일 밤마다 같은 탁자, 같은 자리를 차지했다. 처음으로 그곳에서 빙고를 하던 금요일 밤, 제임스는 사십 달러짜리 잭팟을 거머쥐었다. 나중에 제임스는 이디스에게 그때 완전히 낚여버렸다고 말했다. "심심풀이로 할 만한 게 없나 계속 찾고 있었거든." 제임스는 그렇게 말하며 싱긋 웃었다. 탁자마다 빙고 카드 수십 장이 쌓여 있고, 참가자는 그중에 마음에 드는 카드, 그날 밤 승리의 카드가 될 법한 카드를 골라낸다. 그런 다음 의자에 앉아 탁자에 놓인 그릇에서 흰콩을 한줌 쥐고서 게임이 진행되기를, 여성 클럽의 회장인 우아한 백발의 엘리너 벤더가 숫자 적힌 포커 칩 바구니를 돌리고 번호를 부르기 시작하기를 기다린다. 바로 그것이 일찍 도착하는 진짜 이유였다. 자리를 잡고 마음에 드는 카드를 고르는 것. 사람마다 자기가 좋아하는 카드가 있고, 다른 카드보다 숫자 배열이 좀더 솔깃한 카드를 알아볼 수 있을 것 같다는 느낌까지 든다. 행운의 카드라고 할까. 카드는 모두 오른쪽 상단 귀퉁이에 코드 번호가 적혀 있었는데, 과거에 특정 카드로 빙고를 완성한 적이 있거나, 아니면 빙고에 가까웠던 적이 있거나, 아니면 특정 카드에서 뭔가 느낌이라도 오면, 일찍 도착해 카드 더미에서 자기가 원하는 카드를 골라놓는 것이다. 그러고는 그걸 자기 카드라고 부르기 시작하고, 매주 그 카드를 찾게 된다.

마침내 이디스가 화장실에서 나왔다. 어리둥절한 표정이었다. 그들이 제때 도착할 리는 없었다.

"무슨 일이야?" 그가 물었다. "이디스?"

"아무것도 아니에요." 그녀가 대답했다. "아무것도. 근데 나 어때 보여요, 지미?"

"괜찮아 보여. 맙소사, 고작 빙고 게임 가는 건데 뭘." 그가 말했다. "어차피 거기 사람들 거의 알잖아."

"바로 그거죠." 그녀가 말했다. "근사해 보이고 싶다구요."

"근사해 보여." 그가 말했다. "항상 그런걸. 이제 가도 될까?"

문화센터 주위 거리에는 평소보다 주차된 차량이 많은 듯싶었다. 제임스가 평소에 주차하던 자리에는 사이키델릭풍으로 꾸민 낡은 밴이 서 있었다. 제임스는 블록 끝까지 가서 방향을 틀어야 했다.

"오늘 차가 많네." 이디스가 말했다.

"일찍 왔으면 이렇게 많지 않았겠지." 제임스가 말했다.

"그래도 똑같이 많았을걸요. 우리가 보지 못한다 뿐이지." 이디스가 장난치며 바로잡았다. 이디스는 제임스의 소매 부분을 꼬집었다.

"이디스, 빙고 게임을 하려면 제때 도착하려고 해야 돼." 제임스가 말했다. "삶의 첫째 규칙은 제때 도착하라는 거라고."

"쉿." 이디스가 말했다. "오늘밤에 뭔가 일이 터질 것 같아요. 두고보라구요. 밤새 잭팟이 터질 테니까. 싹쓸이해버리는 거예요."

"그거 듣기 좋은데." 제임스가 말했다. "자신감 있네." 제임스는 마침내 블록 끄트머리에서 주차할 곳을 발견하고 그리로 꺾었다. 그는 시동을 끄고 라이트를 껐다. "오늘밤에 운이 좋은 느낌인지 어떤지 모르겠어. 아까 저녁에 하워드 세금 문제 처리하다가 한 오 분 정도 운이 좋다고 느끼기는 했는데, 지금은 별로 운이 안 좋은 것 같아. 빙고 게임 하자고 반 마일이나 걸어야 하는 걸 행운이라고 할 순 없잖아."

"나한테 딱 붙어요." 이디스가 말했다. "잘될 테니까."

"운이 좋다는 느낌이 안 들어." 제임스가 말했다. "그쪽 문 잠가."

두 사람은 걷기 시작했다. 차가운 바람이 불자 제임스는 윈드브레이커의 지퍼를 목까지 올렸다. 이디스는 코트를 더 바짝 여몄다. 제임스는 문화센터 뒤편의 절벽 아래에서 파도가 바위에 부딪히는 소리를 들을 수 있었다.

이디스가 말했다. "지미, 나 담배 한 대 피우고 들어갈래요."

두 사람은 모퉁이에 있는 가로등 아래에서 멈췄다. 낡은 가로등을 지탱하는 지지대들이 바람에 흔들렸고, 빛이 보도 여기저기로 그림자를 흔들어댔다. 제임스는 블록 저쪽 끝에 있는 문화센터의 불빛을 볼 수 있었다. 그는 손을 모아 이디스에게 불을 가져다 댔다. 그러고는 자기도 담배에 불을 붙였다. "언제 끊을 거야?" 제임스가 말했다.

"당신 끊을 때요." 이디스가 말했다. "내가 준비됐을 때요. 당신 술 끊었을 때랑 똑같을지도 모르죠. 그냥 어느 날 아침에 일어나서 더이상 안 피우는 거예요. 그렇게요. 당신처럼. 그러고는 다른 취미를 찾는 거죠."

"뜨개질 가르쳐줄 수 있어." 제임스가 말했다.

"내가 그거 할 만큼 참을성이 있을 것 같지가 않아요." 이디스가 말했다. "게다가 뜨개질하는 사람은 집에 한 명이면 족하잖아요."

제임스는 웃었다. 제임스는 이디스의 팔짱을 꼈고, 그들은 계속 걸었다.

그들이 문화센터 앞 계단에 도착했을 때, 이디스는 담배를 바닥에 던지고 발로 비볐다. 두 사람은 계단을 올라 로비로 들어갔다. 로비에는 소파가 하나 있고, 흠집 난 나무 탁자와 접는 의자 몇 개가 있었다. 벽에는 제1차대전 이전에 호위함으로 쓰던 해군함선 한 척과 낚싯배 여러 척이 찍힌 낡은 사진들이 걸려 있었는데, 함선은 곳에서 전복되어 동네 아래쪽의 모래사장으로 떠밀려온 형상이었다. 항상 제임스의 흥미를 끄는 한 사진에는 썰물로 물이 빠져나간 바위들 위에 뒤집힌 배가 한 척 걸려 있고, 한 남자가 용골에 서서 카메라를 향해 손을 흔들고 있었다. 한 오크나무 액자에는 해도海圖가 있었고, 클럽 회원들이 그린 전원 풍경화도 몇 점 있었다. 연못 뒤로 보이는 바위투성이 산과 숲 그림, 해가 바다로 지는 그림. 두 사람은 로비를 가로질렀고, 홀로 들어갈 때 제임스가 다시 이디스의 팔짱을 꼈다. 클럽의 여자 회원 몇 명이 출입구 오른편에 있는 긴 테이블 뒤에 앉아 있었다. 서른 개쯤 되는 탁자와 그에 딸린 접이식 의자들이 홀에 놓여 있었다. 의자는 대부분 차 있었다. 홀 저쪽 끝에는 크리스마스 프로그램이 상영되거나 때때로 아마추어 연극이 올라가는 무대가 있었다. 빙고 게임은 이미 진행중이었다. 엘리너 벤더가 마이크를 쥐고서 번호를 부르고 있었다.

두 사람은 커피를 받지 않고 재빠르게 벽을 따라 뒤쪽으로, 자기들 자리가 있는 곳으로 걸어갔다. 사람들은 탁자에 고개를 숙이고 있었다. 아무도 고개를 들어 그들을 올려다보지 않았다. 사람들은 자신의 카드를 보며 다음 번호를 기다렸다. 제임스는 자기들 탁자로 갔지만, 오늘밤의 상황을 보아하니 누군가 자기들 자리를 차지하고 있을 거라는 생각이 들었고, 역시나 그랬다.

그들은 히피였는데—제임스는 이것을 알아차리고 깜짝 놀랐다—한 남자와 젊은 여자, 아니 소녀였다. 소녀는 낡고 빛바랜 청바지와 청재킷, 남성용 데님 셔츠를 입고 여러 개의 팔찌와 반지 그리고 길고 주렁주렁해서 움직이면 찰랑거리는 귀걸이를 하고 있었다. 소녀는 몸을 움직여 자기 옆에 앉은 염소가죽 재킷 차림의 장발 남자 쪽으로 몸을 돌리고는 그가 들고 있는 카드의 숫자를 가리키더니 그의 팔을 꼬집었다. 남자는 머리를 뒤로 묶었는데, 머리카락 몇 가닥이 지저분하게 얼굴로 내려와 있었다. 작은 철제 안경을 끼고 있었고 귀에는 작은 금귀걸이를 했다.

"우라질." 제임스가 말하며 멈췄다. 제임스는 이디스를 데리고 다른 탁자로 갔다. "여기 자리 있네. 여기 앉아서 하는 수밖에 없겠어. 우리 자리를 히피가 차지했어." 제임스는 그쪽을 노려보았다. 그는 윈드브레이커를 벗고 이디스가 코트 벗는 걸 도왔다. 그러고는 자리에 앉아 자기들 자리에 앉은 남녀를 다시 보았다. 소녀는 숫자가 불리는 동안 자기 카드를 훑어보았다. 그러더니 털북숭이 남자 쪽으로 몸을 숙이고서 그의 카드를 봤는데, 제임스가 느끼기엔 마치 그 남자가 자기 번호도 제대로 표시하지 못할까 염려하는 듯했다. 제임스는 탁자에서 빙고 카드 한 벌을 집어들고서 이디스에게 절반을 건넸다. "당신이 직접 승리의 카드를 골라봐." 그가 말했다. "난 그냥 맨 위의 석 장으로 하려고. 무슨 카드를 고르든 오늘은 상관없을 것 같아. 별로 운이 좋은 것 같지도 않고 그 느낌을 바꿀 방법도 없어. 저 녀석들 도대체 여기서 뭐 하는 거야? 말하자면 녀석들로서는 정도正道를 벗어난 거잖아."

"신경쓰지 마요, 지미." 이디스가 말했다. "누구한테 해 끼치는 것도 아닌데. 그냥 어린 것뿐이라고요."

"이건 매주 금요일에 이 지역 사람들을 위해 개최하는 빙고 게임이라고." 제임스가 말했다. "저 녀석들 여기서 뭘 원하는지 모르겠군."

"빙고 게임 하려는 거죠." 이디스가 말했다. "아니면 여기 뭐 하러 오겠어요. 지미, 여보, 여긴 자유국가라구요. 당신 빙고 게임 하고 싶다면서요. 게임이나 하자구요, 응? 자, 나 원하는 카드 찾았어요." 이디스는 제임스에게 카드들을 넘겼고, 제임스는 두 사람이 사용하지 않을 나머지 카드를 탁자 가운데에 놓았다. 그는 히피들 앞에 놓인 버리는 카드 더미에 눈이 갔다. 그래, 제임스는 빙고 게임을 하려고 이곳에 왔고 맹세코 게임을 할 것이다. 그는 그릇에서 콩을 한줌 꺼냈다.

카드는 한 장에 이십오 센트 혹은 세 장에 오십 센트였다. 이디스는 세 장을 골랐다. 제임스는 여기에 쓰려고 준비해둔 지폐 뭉치에서 일 달러를 꺼냈다. 그는 지폐를 카드 옆에 놓았다. 몇 분 후에 클럽 여자 중 한 명이, 푸르스름한 머리칼에 목에 점이 난 마른 여자—제임스는 앨리스라는 이름 외엔 몰랐다—가 커피 캔을 가지고 와서 이십오 센트 동전, 일 달러짜리 지폐, 십 센트 동전, 오 센트 동전을 집어 가기도 하고 필요하면 캔에서 잔돈을 꺼내서 바꿔주기도 했다. 돈을 걷어 가거나 잭팟이 터졌을 때 돈을 내주는 사람은 이 여자 아니면 베티라는 여자였다.

엘리너 벤더가 "I-25"를 부르자 홀 가운데 탁자에 있던 한 여자가 소리쳤다. "빙고!"

앨리스가 탁자들 사이를 비집고 그리로 갔다. 앨리스가 여자의 카드 위로 몸을 숙였고 엘리너 벤더가 당첨된 숫자를 말해주었다. "빙고예요." 앨리스가 말했다.

"신사숙녀 여러분, 이번 빙고는 십이 달러짜리입니다." 엘리너 벤더가 말했다. "축하합니다!" 앨리스는 지폐 몇 장을 세어 그 여자에게 넘기고 희미하게 웃더니 가버렸다.

"자 준비하세요." 엘리너 벤더가 말했다. "다음 게임은 이 분 후에 시작합니다. 지금 행운의 숫자를 돌리겠습니다." 엘리너는 포커 칩이 들어 있는 바구니를 돌리기 시작했다.

두 사람은 네다섯 게임을 했지만 헛수고였다. 한번은 제임스의 카드 중 하나가 거의 빙고가 다 되어서 숫자 하나만 더 맞으면 됐다. 하지만 엘리너 벤더가 숫자 다섯 개를 연달아 불렀는데 하나도 그의 카드와 맞지 않자, 홀에 있는 다른 누군가가 빙고라고 소리치기도 전에 제임스는 엘리너가 자기에게 필요한 숫자를 부르지 않으리란 걸 알았다. 제임스는 무슨 일이 있어도 그 여자가 자기 번호를 부르지 않았을 거라고 확신했다.

"좀 전엔 아까웠어요, 지미." 이디스가 말했다. "당신 번호 보고 있었거든요."

"아까워봤자지." 제임스가 말했다. "하나 모자라나 백 개 모자라나 다를 게 없는데. 저 여잔 날 놀린 거야, 그것뿐이라구." 제임스는 카드를 위로 들어 콩이 손바닥으로 굴러내려오게 했다. 손을 쥐어 주먹을 만들었다. 주먹 쥔 손을 흔들었다. 창밖으로 콩을 내던진 어떤 아이가 떠올랐다. 무슨 축제인지 박람회인지와 연관된 일이었다. 소도 한 마리 있었던 것 같았다. 그 기억은 아주 먼 곳에서 그에게 도달했고 어쩐지 마음을 심란하게 했다.

"계속해요." 이디스가 말했다. "뭔가 일어날 테니까. 카드 바꿔보면 어때요."

"이 카드나 다른 카드나 똑같아." 제임스가 말했다. "그냥 오늘은 날이 아니야, 이디스, 그것뿐이라구."

제임스는 또 히피들을 쳐다보았다. 남자가 뭐라고 하자 둘이 같이 웃었다. 소녀가 탁자 아래로 남자의 다리를 문지르는 게 보였다. 그들은 그곳에 있는 어느 누구에게도 신경쓰지 않는 듯 보였다. 앨리스가 그곳을 돌며 다음 게임의 돈을 거둬 갔다. 하지만 우연히도 엘리너 벤더가 첫 번호를 부르자마자, 제임스는 자기도 모르게 히피들 쪽을 흘끗 보았다. 제임스는 남자가 돈을 지불하지 않은 카드에 콩을 놓는 모습을, 버리는 카드들 자리에 놓아둬야 할 카드에 콩을 놓는 모습을 보았다. 히피 남자는 그 카드를 볼 수 있는 곳에, 다른 카드들과 함께 게임에 쓸 수 있는 곳에 놓아둔 것이다. 엘리너 벤더가 다른 번호를 부르자, 남자는 똑같은 카드에 또다시 콩을 놓았다. 그러더니 그 카드를 게임에 쓸 요량으로 자기 쪽으로 끌어당겼다. 제임스는 그 행동에 경악했다. 그다음으로는 화가 났다. 제임스는 자기 카드에 집중할 수가 없었다. 히피가 뭘 하는지 계속 고개를 들어 지켜보았다. 아무도 알아채지 못한 듯싶었다.

"제임스, 카드 봐요." 에디스가 말했다. "잘 봐야죠, 여보. 34번 놓쳤잖아요. 자요." 이디스는 그의 카드에 자기 콩을 하나 놓았다. "집중해요, 여보."

"우리 자리에 앉은 저 히피 녀석 속임수를 쓰고 있어. 너무 심한 거 아냐?" 제임스가 말했다. "내 눈을 믿을 수가 없군."

"속임수요?" 그녀가 말했다. "어떻게요? 빙고에서 어떻게 속임수를 써요, 지미?" 이디스는 다소 산만해져, 히피가 어디에 앉아 있는지 잊어버렸다는 듯 두리번거렸다.

"돈도 내지 않은 카드를 쓰고 있잖아." 그가 말했다. "난 보인다구. 맙소사, 도대체 못하는 짓이 없군. 빙고 게임에서조차! 누군가 신고해야 돼."

"당신은 아니에요, 여보. 우리에게 해를 끼치는 것도 아니잖아요." 이디스가 말했다. "빙고 하는 사람이 하나 가득인데 카드가 한 장 많든 적든 그게 그거죠. 여섯 장씩 거는 사람들도 있다구요." 이디스는 천천히 말하며 자기 카드에 시선을 고정하려 했다. 이디스는 숫자 하나에 표시했다.

"하지만 그 사람들은 돈을 냈잖아." 그가 말했다. "그건 상관없어. 그건 다르다구. 저 망할 녀석은 속이고 있단 말이야, 이디스."

"지미, 신경 꺼요, 여보." 이디스가 말했다. 그리고 손바닥에서 콩을 하나 집어 한 숫자에 놓았다. "그냥 둬요. 여보, 당신 카드나 봐요. 당신 때문에 헷갈려서 숫자 하나 지나갔잖아요. 당신 카드나 신경써요."

"저렇게 무슨 짓이든 해도 된다니, 젠장맞을 빙고 게임이로군." 그가 말했다. "열불나네. 정말."

제임스는 다시 자기 카드를 보았지만, 이번 게임은 졌다고 생각하는 편이 나을 터였다. 사실 그건 나머지 게임들도 마찬가지였다. 그의 카드에 놓인 콩은 고작 몇 개에 불과했다. 제임스는 자기가 숫자를 몇 개나 놓쳤는지, 얼마나 뒤처졌는지 알 수 없었다. 그는 손에 든 콩을 꽉 쥐었다. 아무 희망도 없이, 제임스는 콩 하나를 쥐어짜듯 손에서 꺼내 방금 불린 숫자 G-60에 놓았다. 누군가가 소리쳤다. "빙고!"

"망할." 그가 말했다.

엘리너 벤더는 참가자들이 잠시 일어나 움직일 수 있도록 십 분간 휴식하겠다고 말했다. 휴식 이후에 할 게임은 블랙아웃으로, 카드 한 장에 일 달러이고 승자독식이었다. 엘리너가 발표한 바에 따르면, 이번주 잭팟 금액은 구십팔 달러였다. 휘파람 소리와 박수 소리가 들렸다. 제임스는 히피들을 쳐다보았다. 남자는 귀걸이를 만지작거리면서 두리번거렸다. 소녀는 또다시 남자의 다리에 손을 올렸다.

"화장실에 가야겠어요." 이디스가 말했다. "담배 좀 줘요. 당신이 가서 그 맛난 건포도 쿠키랑 커피 좀 사오면 좋겠네요."

"그럴게." 그가 말했다. "그리고 젠장, 카드 좀 바꿔야겠어. 지금 카드는 도무지 가망이 없어."

"나 화장실 가요." 이디스가 말했다. 그리고 제임스의 담배를 자기 가방에 넣고 탁자에서 일어섰다.

제임스는 쿠키와 커피를 사려고 줄을 섰다. 프리다 파슨스가 가볍게 말을 걸자 제임스는 고개를 까딱이고서 돈을 지불한 뒤,

히피들이 앉아 있는 자리로 걸어갔다. 히피들은 이미 커피와 쿠키를 먹고 있었다. 보통 사람처럼 먹고 마시고 얘기하고 있었다. 제임스는 남자의 의자 뒤에서 멈췄다.

"당신 하는 거 보여." 제임스가 그에게 말했다.

남자가 몸을 돌렸다. 안경 뒤에서 그의 눈이 커졌다. "뭐라고요?" 남자가 말하고는 제임스를 응시했다. "내가 뭘 하는데요?"

"알잖아." 제임스가 말했다. 소녀는 겁먹은 듯했다. 쿠키를 손에 들고 제임스를 뚫어지게 바라보았다. "내가 일일이 설명해줄 필요는 없겠지." 제임스가 남자에게 말했다. "조언 한마디 하려는 것뿐이야. 당신 하는 거 다 보인다고."

제임스는 자기 자리로 돌아갔다. 그는 떨고 있었다. 히피란 것들은 다 빌어먹을 놈들이라니까, 그는 생각했다. 그 정도면 술이 당기기에 충분했다. 상상해보라, 빙고 게임에서 일어난 일 때문에 술을 마시고 싶어하다니. 제임스는 커피와 쿠키를 탁자에 내려놓았다. 그러고는 눈을 들어 히피를 보았는데, 히피도 그를 보고 있었다. 소녀도 그를 보고 있었다. 히피 남자는 씩 웃었다. 소녀는 쿠키를 한입 먹었다.

이디스가 돌아왔다. 이디스는 제임스에게 담배를 돌려주고 자리에 앉았다. 이디스는 조용했다. 아주 조용했다. 잠시 후 제임스가 정신을 차리고 말했다. "무슨 문제 있어, 이디스? 괜찮은 거야?" 제임스는 이디스를 자세히 보았다. "이디스, 무슨 일 있어?"

"난 괜찮아요." 이디스는 말하며 커피를 들었다. "아냐, 말하는 게 좋겠어요, 지미. 걱정시키고 싶지는 않지만." 이디스는 커피를 한 모금 마시고서 기다렸다. 그러고는 말했다. "나 또 피 나와요."

"피가 나?" 제임스가 말했다. "무슨 소리야, 이디스?" 하지만 제임스는 그것이 의미하는 바를, 이 나이에 이디스가 말했듯 통증이 수반되면서 그 일이 일어나면 가장 두려운 사태가 벌어질지 모른다는 것을 알았다. "피가 난다고." 제임스가 조용히 말했다.

"알잖아요." 이디스는 카드를 몇 장 집어서 정리하기 시작했다. "생리가 좀 나온다구요. 아 이런."

"집에 가야 할 것 같은데. 가는 게 좋겠어." 제임스가 말했다. "좋지 않은 거잖아, 그치?" 제임스는 통증이 시작되어도 이디스가 말하지 않을까봐 걱정스러웠다. 이디스의 상태를 잘 보고 미리 물어봤어야 하는 거였다. 이디스는 집에 가야 했다. 제임스는 알고 있었다.

이디스는 카드를 몇 장 더 정리하더니 다소 당혹스럽고 혼란스러운 듯 보였다. "아냐, 그냥 있어요." 이디스가 잠시 후 말했다. "걱정할 일 아닐지도 몰라. 걱정시키기 싫어요. 괜찮은 거 같아요, 지미." 그녀가 말했다.

"이디스."

"그냥 있어요." 그녀가 말했다. "커피 마셔요, 지미. 괜찮을 거예요, 확실해요. 우리 여기 빙고 하러 온 거잖아요." 이디스는 말하고서 살짝 웃었다.

"역사상 최악의 빙고 판이야." 그가 말했다. "난 언제 가도 좋다구. 지금 가야 될 것 같은데."

"블랙아웃 게임은 해요, 그게 사십오 분 정도 걸리니까. 그 시간에 무슨 일이 생기겠어요. 게임이나 해요." 이디스는 쾌활하게 보이려 애쓰며 말했다.

제임스는 커피를 삼켰다. "난 쿠키 안 먹을래." 그가 말했다. "당신 먹고 싶으면 먹어." 그는 자기가 쓰던 카드를 치우고 사용하지 않은 카드 무더기에서 두 장을 꺼냈다. 그는 상황이 이렇게 된 것이 어쩐지 히피들 탓이라도 되는 양 성내며 히피들을 건너다보았다. 하지만 히피 남자는 탁자에 없었고 소녀는 제임스를 등지고 있었다. 소녀는 자리에서 방향을 바꿔서 무대 쪽을 보고 있었다.

두 사람은 블랙아웃 게임을 했다. 한번은 제임스가 흘끗 고개를 들어 보니 히피 남자가 여전히 돈도 내지 않은 카드를 쓰고 있었다. 제임스는 여전히 그 일을 누군가에게 알려야 한다고 느꼈지만, 자기 카드를, 일 달러나 하는 카드들을 그냥 내버려둘 수는 없었다. 이디스는 입술을 꽉 다물고 있었다. 결의에 찬 것 같기도 하고 근심하는 것 같기도 한 표정이었다.

제임스의 카드 중 하나는 숫자 세 개만 채우면 되고 그가 이미 포기한 다른 카드도 다섯 개만 채우면 되는 상황이었는데, 그때 히피 소녀가 소리를 지르기 시작했다. "빙고! 빙고! 빙고! 빙고예요!"

남자도 함께 박수 치고 소리쳤다. "빙고가 났어요! 여기 빙고가 났다구요, 여러분! 빙고예요!" 남자는 계속 박수를 쳤다.

엘리너 벤더가 직접 소녀의 탁자로 가서 숫자가 맞게 되었는지 확인했다. 그러더니 말했다. "여기 젊은 여자분이 방금 구십팔 달러짜리 잭팟을 터뜨리셨군요. 다 같이 박수 칠까요. 여자분에게 박수."

이디스는 나머지 참가자들과 함께 박수 쳤지만, 제임스는 탁자에 손을 올려놓고 있었다. 히피 남자가 소녀를 끌어안았다. 엘리너 벤더가 소녀에게 봉투를 건넸다. "원하시면 세어보세요." 그녀는 웃으며 말했다. 소녀는 고개를 가로저었다.

"보나마나 마약 사는 데 써버릴걸." 제임스가 말했다.

"제임스, 그러지 마요." 이디스가 말했다. "운으로 하는 게임이잖아요. 저애는 공평하게 이겼다구요."

"저애는 그럴지도 모르지." 그가 말했다. "하지만 저애 애인은 아주 대놓고 다 따갈 심산이라고."

"여보, 또 똑같은 카드로 하려는 거예요? 곧 다음 게임 시작하잖아요."

두 사람은 게임이 끝날 때까지 머물렀다. 그들은 마지막 게임인 프로그레시브가 진행되는 동안에도 머물렀다. 프로그레시브는 지정된 숫자까지 빙고가 난 사람이 아무도 없으면 매주 잭팟이 커지는 빙고 게임이다. 마지막 번호가 불릴 때 빙고가 난 사람이 없으면, 게임 종료를 선언하고 오 달러를 기존의 잭팟에 더하며 부르는 숫자도 하나 늘어난다. 게임이 시작된 첫 주에는 잭팟이 칠십오 달러였고 숫자가 서른 개였다. 이번주에는 백이십오 달러에 숫자가 마흔 개였다. 숫자가 마흔 개를 넘어가기 전까지는 빙고가 잘 나오지 않지만, 마흔이 넘어가면 누가 언제 빙고를 외칠지 알 수 없다. 제임스는 돈을 내려놓고 이기려는 기대나 희망을 완전히 버리고서 게임을 했다. 거의 절망적인 느낌이었다. 히피 남자가 이 게임에 이겼다고 해도 놀라지 않을 터였다.

숫자 마흔 개가 다 나왔는데 아무도 빙고를 외치지 않자, 엘리너 벤더가 말했다. "오늘밤의 빙고는 여기까지입니다. 다들 와주셔서 감사합니다. 신의 가호를 빌며, 다음주 금요일에 다시 뵙기를 바랍니다. 안녕히 가시고 멋진 주말 보내세요."

제임스와 이디스는 나머지 참가자들과 함께 줄지어 홀에서 나왔지만, 어쩌다보니 히피 남녀 뒤에 서게 되었다. 이들은 여전히 웃으면서 대박이 났다고 떠들어댔다. 소녀는 자기 코트 주머니를 톡톡 치면서 다시 웃었다. 남자의 염소가죽 재킷 안쪽으로 허리에 팔을 둘렀는데, 손가락이 남자의 엉덩이에 살짝 닿았다.

"저 인간들 먼저 가게 하자, 젠장." 제임스가 이디스에게 말했다. "짜증나는 인간들."

이디스는 말은 없었지만, 제임스와 함께 뒤에 남아서 커플이 앞으로 가게 했다.

"잘 가요, 제임스. 잘 가요, 이디스." 헨리 쿨켄이 말했다. 쿨켄은 몇 년 전에 보트 사고로 아들을 잃은 남자로 머리가 희끗희끗하고 몸집이 육중했다. 사고 후 얼마 지나지 않아 아내가 다른 남자에게 가버렸다. 그는 얼마 후 술을 퍼마시기 시작했고 나중에는 알코올중독자 모임에 가입하여, 그곳에서 제임스를 처음 만나 자기 이야기를 털어놓았다. 요즘 그는 동네에 있는 주유소 두 개 중 하나를 경영하면서 때때로 두 사람의 자동차를 정비해 준다. "다음주에 봐요."

"잘 가요, 헨리." 제임스가 말했다. "그러죠. 근데 오늘밤은 완전히 빙고에 절어버린 느낌이에요."

쿨켄은 웃었다. "무슨 말씀인지 제대로 와 닿네요." 그렇게 말하고 그는 가던 길로 갔다.

바람이 강해졌고 제임스는 시동 거는 소리와 함께 파도 소리가 들리는 듯했다. 그는 히피 커플이 밴에서 멈추는 걸 보았다. 알아챌 수도 있었다. 예측했어야 했다. 히피 남자는 차문을 열고 반대편으로 몸을 뻗어 여자 쪽 문을 열었다. 남자가 시동을 거는 순간 두 사람은 갓길을 따라 밴 옆을 지나쳐갔다. 남자가 라이트를 켜자 제임스와 이디스의 그림자가 가까운 집들 벽에 드리워졌다.

"저 멍청이." 제임스가 말했다.

이디스는 대답하지 않았다. 그녀는 담배를 피우고 있었고 다른 손은 코트 주머니에 넣고 있었다. 두 사람은 갓길을 따라 계속 걸었다. 히피의 밴은 두 사람을 지나쳐가더니 모퉁이 부근에서 기어를 바꾸었다. 가로등이 바람에 흔들렸다. 두 사람은 걸어서 자기들 차로 갔다. 제임스가 이디스의 문을 열어주고 운전석으로 돌아갔다. 그런 뒤 둘은 안전벨트를 매고 집으로 갔다.

이디스는 화장실에 들어가서 문을 닫았다. 제임스는 윈드브레이커를 벗어 소파 등받이에 걸쳐놓았다. 그는 TV를 켜고 앉아서 기다렸다.

잠시 후 이디스가 화장실에서 나왔다. 그녀는 아무 말도 없었다. 제임스는 좀더 기다리며 TV를 보려고 했다. 이디스가 부엌으로 가서 물을 틀었다. 이디스가 수도꼭지를 잠그는 소리가 들렸다. 곧 이디스가 부엌문으로 와서 말했다. "내일 아침에 크로퍼드 선생한테 가봐야겠어요, 지미. 아래쪽에 뭔가 문제가 있는 것 같아요." 이디스는 제임스를 보았다. 그러고는 "이런 젠장, 젠장, 이 형편없는, 형편없는 재수 같으니" 하고 말하더니 울기 시작했다.

"이디스." 제임스가 말하며 그녀 쪽으로 다가갔다.

이디스는 고개를 저으며 서 있었다. 눈을 가리고, 제임스가 그녀에게 팔을 두르자 그에게 기댔다. 제임스가 그녀를 안았다.

"이디스, 사랑하는 이디스." 제임스가 말했다. "아아, 하느님." 제임스는 무력하고 두려웠다. 그는 그녀를 안고 서 있었다.

이디스가 살짝 고개를 저었다. "자러 가야겠어요, 지미. 나 완전히 기진맥진하고 정말이지 상태가 안 좋아요. 아침에 일어나자마자 크로퍼드 선생한테 갈래요. 괜찮을 거예요, 여보. 걱정하지 마요. 오늘밤 누군가 걱정해야 한다면, 내가 할게요. 당신은 걱정 마요. 지금도 충분히 걱정하고 있잖아요. 괜찮을 거예요." 이디스가 말하고서 그의 등을 쓸었다. "방금 커피 마실 물 올려놨는데 그냥 자러 가야겠어요. 탈진한 거 같아요. 그놈의 빙고 때문이야." 이디스는 그렇게 말하며 웃으려고 했다.

"다 끄고 나도 자러 갈게." 그가 말했다. "나도 오늘밤 늦게까지 있고 싶지 않아, 정말로."

"지미, 여보, 나 지금은 혼자 있는 게 낫겠어요, 당신만 괜찮다면요." 그녀가 말했다. "설명하기 어렵네. 그냥 지금은 혼자 있고 싶어요. 여보, 어쩌면 말이 안 될지도 모르지만. 당신 이해하죠, 그렇죠?"

"혼자 있고 싶다고." 제임스가 따라 말했다. 그는 이디스의 손목을 꽉 쥐었다.

이디스는 손을 뻗어 그의 얼굴을 잡고 잠시 들여다보았다. 그러고는 입술에 입을 맞췄다. 이디스는 침실로 들어가서 불을 켰다. 뒤돌아 그를 보고는 문을 닫았다.

제임스는 냉장고로 갔다. 열린 냉장고 문 앞에 서서 환한 냉장고 안을 살펴보며 토마토주스를 마셨다. 냉장고에서 찬 공기가 뿜어져나왔다. 선반에 놓인 작은 음식 포장과 상자, 랩으로 싸놓은 닭, 깔끔하게 포일로 싸둔 남은 음식물들, 이 모든 것이 별안간 역겨웠다. 제임스는 어째서인지 앨리스를, 그녀의 목에 난 점을 떠올리고는 몸을 떨었다. 그는 냉장고 문을 닫고 입안에 있던 토마토주스를 싱크대에 뱉었다. 그러고는 입을 헹구고 인스턴트커피를 한 잔 타서 거실로 가져갔다. 아직도 TV가 방영되고 있었다. 오래된 서부극이었다. 제임스는 자리에 앉아 담배에 불을 붙였다. 몇 분간 TV를 보고 있으니, 그 영화를 오래전에 본 적이 있다는 느낌이 들었다. 등장인물이 희미하게 기억나고 그들이 하는 대사가 익숙하게 들리는 게, 전에 봤다가 잊어버린 영화를 볼 때 흔히 드는 기분이었다. 그 순간 주인공이, 최근에 죽은 영화배우였는데, 무슨 말을 했다. 그 작은 마을로 지금 막 말을 타고 달려온 낯선 사람에게 주인공이 뭔가 어려운 질문을 던진 것이다. 그러자 제임스의 머릿속에서 돌연 아귀가 맞아떨어지더니 그 낯선 사람이 어떤 대답을 할지 정확히 떠올랐다. 제임스는 어떤 결말이 나올지 알면서도 불안한 마음이 고조되는 것을 느끼며 영화를 계속 보았다. 그 무엇도 이미 굴러가기 시작한 흐름을 멈출 수 없었다. 주인공과 보안관으로 변신한 주민들이 불굴의 의지와 용기를 보여주었지만, 그것으로는 충분하지 않았다. 고작 미치광이 하나와 불씨 하나가 모든 것을 무너뜨린 것이다. 제임스는 커피를 다 마시고 담배를 피우며, 파괴적이고 불가피한 결말에 다다를 때까지 영화를 보았다. 그러고는 TV를 껐다. 제임스는 침실 문 앞으로 가서 귀를 기울여보았지만, 이디스가 아직 깨어 있는지는 알 수 없었다. 적어도 문 아래로 불빛이 새어나오지는 않았다. 그는 이디스가 잠들었기를 바랐다. 제임스는 그대로 귀를 기울이고 있었다. 그는 자신이 연약하고 어쩐지 무가치하게 느껴졌다. 내일이면 이디스는 크로퍼드 선생을 만나러 갈 것이다. 선생이 뭘 발견할지 누가 알겠는가? 검사도 하겠지. 왜 하필 이디스인가? 그는 생각했다. 왜 우리지? 왜 다른 누군가가 아니고, 왜 오늘밤에 본 히피들이 아니고? 그들은 새처럼 자유로이, 미래를 의심하거나 뭔가 책임질 것도 없이 살아가고 있는데. 그렇다면 왜 그들, 아니면 그들과 비슷한 누군가가 되면 안 되지? 말이 되지 않았다. 제임스는 침실 문에서 물러났다. 밤에 가끔 그랬듯이 나가서 걸을까도 생각했지만, 바람이 거세어져서 집 뒤에 서 있는 자작나무 가지들이 꺾이는 듯한 소리가 들렸다. 어차피 너무 춥기도 할 터였고, 오늘밤에는 이 시간에 혼자서 걷는다고 생각하니 어쩐지 맥빠지는 느낌이었다.

제임스는 다시 TV 앞에 앉았지만 TV를 켜지는 않았다. 제임스는 담배를 피우며 히피 남자가 자기를 건너다보며 씩 웃던 모습을 생각했다. 히피 남자가 자기 밴이 주차된 곳으로, 소녀의 팔을 허리에 감고서 느릿느릿 오만하게 걸어가는 모습을. 제임스는 거센 파도 소리를 떠올렸고, 바로 이 순간 어둠 속에서 몰려와 해변에 부딪히고 있을 높은 파도를 생각했다. 제임스는 히피 남자의 귀걸이를 떠올리고는 자기 귀를 당겨보았다. 그 녀석이 걷듯이 느긋하게, 히피 소녀의 팔을 허리에 두르고 돌아다니고 싶다는 건 어떤 느낌일까? 제임스는 머리카락을 쓸고서 너무하다는 생각에 고개를 가로저었다. 제임스는 소녀가 빙고를 외칠 때 어떻게 보였는지, 젊고 흥분한 소녀를 다들 얼마나 질투하는 시선으로 바라보았는지 상기했다. 사람들이 알기만 했더라면, 소녀와 그 친구를. 그가 사람들에게 말해줄 수만 있었다면.

제임스는 침대에 누워 있는 이디스를, 이디스의 몸속에서 피가 서서히 흐르면서 빠져나갈 길을 찾는 것을 생각했다. 제임스는 눈을 감았다가 떴다. 아침에 일찍 일어나서 훌륭한 아침식사를 차릴 생각이었다. 그런 다음 병원이 문을 열면, 이디스는 크로퍼드 선생에게 전화해서 진찰 시간을 정할 것이고, 제임스는 이디스를 태워다준 다음 대기실에 앉아서 기다리며 잡지를 들춰볼 것이다. 이디스가 결과를 듣고 나올 때쯤이면 히피들이 밤새 사랑을 나누고는 맛있게 아침을 먹겠지 싶었다. 부당했다. 제임스는 인생의 정오를 지나는 두 히피가 지금 이곳 거실에 있었으면 했다. 그러면 앞으로 그들에게 어떤 일이 일어날 수 있는지 말해주고, 그들을 바로잡아줄 텐데. 한창 오만방자하고 웃음이 넘치는 시기에 있는 그들을 붙잡아 세우고 말해줄 텐데. 반지와 팔찌, 귀걸이와 장발, 애정 행위 이후에 무엇이 그들을 기다리는지 말해줄 텐데.

제임스는 일어서서 응접실로 들어가 침대맡에 있는 램프를 켰다. 그는 책상 위에 놓인 서류와 회계장부와 계산기를 흘끗 쳐다보고서 실망과 분노가 차오르는 걸 느꼈다. 제임스는 서랍에서 오래된 파자마를 꺼내고는 옷을 벗기 시작했다. 방 반대편 끝에 놓인 침대의 이불을 젖혀놓았다. 그러고는 집안을 다니면서 불을 끄고 문단속을 했다. 제임스는 사 년 만에 처음으로 집에 위스키가 좀 있었으면 했다. 그래, 오늘 같은 날이 아니면 언제 마시겠는가. 그는 그날 저녁에만 벌써 두 차례나 술을 마시고 싶어했다는 것을 깨닫고서 너무 낙담하여 어깨가 축 처졌다. 알코올중독자 모임에서는 결코 너무 피곤해지거나, 너무 갈증이 나거나, 너무 배고파지게 내버려두지 말라고 한다. 너무 우쭐해하지도 말아야 할지 몰라, 그는 생각했다. 제임스는 부엌에 서서 창밖으로 바람에 흔들리는 나무를 쳐다보았다. 창문 가장자리가 덜그럭거렸다. 그는 문화센터에 걸려 있던 사진들을, 곶에서 좌초된 배들을 떠올리고서 오늘밤에는 아무도 배를 띄우지 않았기를 바랐다. 현관 불은 켜놓았다. 응접실로 돌아가 책상 아래에서 자수 바구니를 꺼내어 가죽 의자에 자리를 잡았다. 바구니 뚜껑을 열고 둥근 금속 틀 안쪽에 팽팽하게 끼워넣은 흰색 리넨 천을 꺼냈다. 자그마한 바늘을 불빛에 가까이 가져간 다음, 그는 파란색 실크 실의 한쪽 끝을 바늘귀에 꿰었다. 그러고는 며칠 전에 하다가 그만둔 꽃무늬를 수놓기 시작했다.

술을 끊은 초기에, 제임스는 어느 날 밤 알코올중독자 모임에 나갔다가 한 중년 사업가가 바느질을 해보면 어떻겠느냐고 제안하자 웃어버렸다. 그 남자 말이, 이제 술 마시는 데 쓰던 시간이 좀 남을 텐데 바느질도 괜찮을지 모른다는 것이었다. 남자는 바느질이 낮이든 밤이든 시간을 보내기에 좋은 일이 될 테고, 만족감도 느낄 수 있으리라는 말도 넌지시 덧붙였다. "바느질에 매달려봐요." 남자는 윙크했다. 제임스는 소리 내어 웃으며 고개를 저었다. 하지만 몇 주간 말짱한 정신으로 지내고 보니 자신이 유익하게 쓸 수 있는 것보다 시간이 더 많다는 사실을 알게 되었고, 점차 뭔가 손과 마음을 바쁘게 해줄 일이 필요하다고 느껴서 이디스에게 필요한 책자와 재료를 사다줄 수 있겠느냐고 물었다. 제임스는 바느질에 소질이 전혀 없었고 손가락도 점점 느려지고 뻣뻣해졌지만, 베갯잇과 행주를 만든 뒤에 완성한 몇몇 물건에서는 만족을 느꼈다. 제임스는 코바늘 뜨개질도 시작해서, 손주들에게 모자와 목도리와 벙어리장갑도 만들어주었다. 아무리 사소한 물건이라도 하나를 마무리하여 앞에 놓으면 일종의 성취감이 느껴졌다. 그는 목도리와 벙어리장갑 다음으로 작은 러그를 만들어 방마다 바닥에 깔아두었다. 또 그와 이디스가 해변을 걸을 때 걸치는 울 판초도 두 벌 만들었다. 그리고 모포도 하나 떴는데, 이제까지 가장 야심찬 기획으로 지난 여섯 달간 상당한 시간을 들여 몰두한 작업이었다. 제임스는 매일 밤 열심히 뜨개질을 하면서 작은 네모 모양을 이어나갔고, 규칙적으로 일한다는 느낌에 행복했다. 이디스는 지금 바로 그 모포를 덮고 자고 있었다. 늦은 밤이면 제임스는 금속 테의 느낌을, 그것이 흰 천을 팽팽하게 잡아당기는 느낌을 좋아했다. 그는 계속해서 리넨 천 위아래로 바늘을 움직이며, 도안의 윤곽을 따라 손을 놀렸다. 필요할 때는 작은 매듭을 만들어 실 끄트머리를 잘라내기도 했다. 하지만 얼마 후 다시 히피가 생각나기 시작했고, 작업을 그만둬야 했다. 제임스는 다시금 화가 치밀었다. 당연히 그건 원칙의 문제였다. 그는 그렇게 카드 한 장에 속임수를 쓴다고 해서 히피가 이길 확률이 높아지지 않았으리라는 것을, 높아졌다고 해도 기껏해야 극히 일부였으리라는 것을 깨달았다. 그가 이기지 못했다는 것, 그것이 핵심이고, 명심할 점이었다. 이길 리가 없었다, 정말로 이길 수는 없었다, 중요한 부분에서는. 그가 보기엔 자기나 히피나 한배에 타고 있었는데 다만 히피가 아직 그걸 모를 뿐이었다.

제임스는 자수 도구를 바구니에 넣었다. 그러고는 잠시 두 손을 내려다보았다. 그런 다음 눈을 감고 기도하려고 했다. 적절한 말을 찾을 수만 있다면 오늘밤 기도하면서 조금은 만족을 느낄 수 있을 것이었다. 제임스는 술을 끊으려고 노력하던 때 이후로 기도하지 않았고, 그때도 기도가 무슨 도움이 되리라고는 상상도 하지 않고 그저 그런 상황에서 할 수 있는 몇 안 되는 일이라고 느낄 뿐이었다. 그는 그때 자신이 아무것도 믿지 않는다 해도, 특히 그가 술을 끊을 수 있으리라고 믿지 않는다 해도 기도해서 나쁠 것은 없다고 생각했다. 하지만 가끔은 기도하고 나면 기분이 나아졌고, 그는 그게 중요하다고 여겼다. 그 당시 그는 기도하는 걸 잊어버리지 않는 이상 매일 밤 기도했다. 특히 술에 취해 잠자리에 들 때 기억해낸 경우는 꼭 기도했다. 그리고 때로는 아침에 처음으로 술을 마시기 전에 술을 끊기 위한 힘을 끌어내려고 기도했다. 기도를 마치자마자 곧바로 술병에 손대는 자신을 보면 당연히 때로는 기분이 더 나빠졌고, 극도로 비뚤어지고 끔찍한 뭔가의 손아귀에 붙잡혀 있다는 느낌이 더 강해졌다. 제임스는 마침내 술을 끊었지만, 그것을 기도 덕분이라고 여기지도 않았고 그후로는 기도에 관해 생각 자체를 하지 않았다. 그는 지난 사 년간 기도하지 않았다. 술을 끊은 후로는 기도할 필요를 전혀 느끼지 않았다. 그후로 상황이 괜찮아진 것, 그가 술을 끊은 뒤로 상황이 좋아진 것이다. 사 년 전 어느 날 아침 제임스는 숙취를 느끼며 일어났지만 평소처럼 오렌지주스와 보드카를 섞어 마시는 대신, 마시지 않기로 마음먹었다. 그때 집에 아직 보드카가 있었다는 점도 놀랄 만한 일이었다. 제임스는 그날 아침에 술을 마시지 않았을 뿐 아니라, 그날 오후에도 저녁에도 마시지 않았다. 이디스는 당연히 눈치챘지만 아무 말도 하지 않았다. 그는 몸을 엄청 떨었다. 다음날에도 그다음날에도 똑같았다. 그는 술을 마시지 않고 멀쩡한 정신으로 지냈다. 나흘째 되던 날 저녁, 제임스는 자기가 며칠간 술을 마시지 않았다고 용기를 내어 이디스에게 말했다. 이디스는 그냥 간단히 말했다. "나도 알아요, 여보." 제임스는 기억했다. 그녀가 어떻게 자기를 바라보았고 어떻게 자기 얼굴을 만졌는지를. 오늘밤 자기 얼굴을 만진 것과 비슷했다는 것을. "당신이 자랑스러워요." 이디스는 그렇게 말했고 그게 전부였다. 제임스는 알코올중독자 모임에 나가기 시작했고, 얼마 지나지 않아 바느질을 하게 됐다.

음주가 제임스에게 나쁜 영향을 미치기 전에 그리고 그가 술을 끊기 위해 기도하기 전에, 그는 막내아들이 베트남에 가서 제트기 파일럿이 된 후로 이따금씩 기도했다. 그는 당시에 기도를 하다가 말다가 했는데, 때로는 낮에 그 끔찍한 곳과 관련된 기사를 신문에서 읽고 아들 생각이 나서 기도했고, 때로는 밤에 어둠 속에서 이디스 옆에 누워 그날 있었던 일들을 곰곰이 생각하다가 아들 생각이 나서 기도했다. 그때 그는 신앙심이 깊지 않은 대다수 사람들처럼 성의 없이 기도했다. 그럼에도 제임스는 아들이 살아남아 몸성히 돌아오기를 기도했다. 그리고 실제로 아들이 무사히 돌아왔지만, 제임스는 그것이 기도 덕분이라고는 한순간도 생각하지 않았다—당연히도. 제임스는 문득 한참 전에 있었던 일, 그가 가장 열심히 기도하던 때, 그가 스물한 살이었고 아직 기도의 힘을 믿었던 때가 떠올랐다. 그는 아버지를 위해 밤새도록 기도하며 자동차 사고로 다친 아버지가 회복되게 해달라고 빌었다. 하지만 결국 아버지는 죽었다. 아버지는 술에 취해 과속하다가 나무를 들이받았고, 그 무엇으로도 아버지의 목숨을 살릴 수 없었다. 하지만 지금도 제임스는 햇빛이 유리창으로 들어올 때까지 응급실 앞에 앉아서 아버지를 위해 기도하고 또 기도하며, 눈물 속에서 온갖 것을 다짐하면서 아버지가 나아지기만 한다면 하고 생각하던 때를 기억했다. 어머니는 그의 옆에 앉아 울면서, 사람들이 아버지를 구급차에 실어 병원으로 데려올 때 어찌된 영문인지 아버지 옆에 놓여 있던 신발을 붙들고 있었다.

제임스는 일어나서 자수 바구니를 치웠다. 그는 창문 앞에 섰다. 집 뒤쪽으로 뒷문 현관의 노란 등불이 비치는 작은 공간에 자작나무가 서 있었는데, 나무우듬지는 어둠에 가려 보이지 않았다. 잎사귀가 떨어진 지 몇 달이 지났는데도 벌거벗은 가지들이 돌풍에 휘청거렸다. 그곳에 서 있는데 두려운 마음이 들기 시작하더니, 그것이 그를 휘감아 그야말로 공포가 되어 가슴에 차올랐다. 뭔가 묵직하고 비열한 것이 오늘밤 저 바깥에서 돌아다니는 것 같았고 언제라도 돌격하거나 풀려나서 유리창을 뚫고 그에게 달려들 것 같았다. 제임스는 몇 걸음 뒤로 물러나 등불이 비치는 곳에 섰다. 입이 바짝 말랐다. 침을 삼킬 수가 없었다. 그는 양손을 유리창 쪽으로 들었다가 아래로 떨어뜨렸다. 난데없이 그는 거의 평생 동안 정말로 멈춰서 뭔가를 고민해본 적이 한 번도 없다는 생각이 들었고, 거기에 무시무시한 충격을 느끼며 자신이 더 무가치하게 느껴졌다.

제임스는 매우 피곤했고 사지에 힘이 거의 없었다. 그는 파자마 바지를 추켜올렸다. 겨우겨우 잠자리에 들었다. 제임스는 침대에서 몸을 일으켜 불을 껐다. 잠시 어둠 속에서 누워 있었다. 그러고는 다시 기도하려고 했다. 처음에는 천천히 입술만 움직이며 조용히 기도하다가, 소리 내어 중얼거리며 진지하게 기도하기 시작했다. 그는 이 일들에 관해 깨달음을 달라고 했다. 상황을 이해하게 해달라고 했다. 이디스를 위해서, 그녀가 괜찮기를, 의사가 심각한 문제를 발견하지 않게 되기를 기도했고, 제발, 제발 암이 아니기를 그 무엇보다 간절히 기도했다. 그런 뒤에는 아이들을 위해, 뿔뿔이 흩어져 사는 딸과 두 아들을 위해 기도했다. 손주들도 기도에 넣었다. 그러고는 다시 히피에게 생각이 미쳤다. 잠시 후 제임스는 침대 한쪽에 앉아 담배에 불을 붙였다. 그는 어둠 속에서 침대에 앉아 담배를 피웠다. 그 히피 여자, 그 여자는 고작 소녀에 불과하고 자기 딸보다 나이가 그다지 어리지도 않고 딸과 그리 다르게 보이지도 않았다. 하지만 그 남자, 작은 안경을 낀 그 남자는 달랐다. 제임스는 좀더 앉아서 곰곰이 생각했다. 그러더니 담배를 끄고서 이불을 덮고 누웠다. 그는 옆으로 누웠다. 다시 반대편으로 누웠다. 그는 계속 뒤척이다가 등을 대고 누워, 어두운 천장을 응시했다.

뒷문 현관 등불에서 나오는 노란 불빛이 유리창에 어렸다. 그는 두 눈을 뜨고 누워서 바람이 집을 뒤흔드는 소리에 귀기울였다. 다시 내면에서 뭔가가 일어나는 게 느껴졌지만, 이번에는 분노가 아니었다. 그는 움직이지 않고 좀더 누워 있었다. 기다리듯 누워 있었다. 그때 뭔가가 그를 떠나고 다른 뭔가가 그 자리를 차지했다. 눈가에 눈물이 맺혔다. 그는 다시 기도하기 시작했고, 단어들과 구절들이 급류처럼 마음에 차올랐다. 그는 천천히 기도했다. 단어를 하나하나 붙여나가며 기도했다. 이번에는 소녀와 히피 남자도 기도에 넣을 수 있었다. 그래, 하고 싶은 대로 하게 두자, 밴을 몰고 오만하게 굴고 웃음을 터뜨리고 반지를 끼고, 원한다면 속임수도 쓰라지. 한편, 기도도 필요했다. 두 사람도 기도를 써먹을 수 있을 것이고, 심지어 그의 기도, 아니 특히 그의 기도를 써먹을 수 있을 것이었다. 그는 모든 이를 위해, 살아 있는 이와 죽은 이 모두를 위해 다시 기도하며 말했다. "당신 뜻에 부합한다면."

·
·

집에서 이렇게 가까운 곳에
물이 이렇게 많은데

·
·
·

1

남편은 먹성 좋게 먹기는 하지만 피곤하고 초조해 보인다. 식탁에 팔을 올려놓고 천천히 씹으며 부엌 건너편에 있는 뭔가를 응시한다. 나를 보더니 다시 딴 데를 보고, 냅킨으로 입을 훔친다. 그는 어깨를 으쓱하고는 계속 먹는다. 뭔가가 우리 사이에 끼어들었다. 남편은 믿고 싶어하지 않지만.

"나를 그렇게 빤히 쳐다보는 이유가 뭐야?" 남편이 묻는다. "왜 그러는데?" 남편이 물으며 포크를 내려놓는다.

"내가 빤히 봤어요?" 내가 말하며 멍청하게, 멍청하게 고개를 젓는다.

전화벨이 울린다. "받지 마." 남편이 말한다.

"어머님이실지도 몰라요." 내가 말한다. "딘, 어쩌면 딘 얘기일지도 몰라요."

"맘대로 해보든지." 남편이 말한다.

나는 수화기를 들어 잠시 가만히 듣는다. 남편은 먹지 않고 있다. 나는 입술을 깨물며 수화기를 내려놓는다.

"그러게 내가 뭐랬어?" 남편이 말한다. 남편은 다시 먹기 시작하더니, 냅킨을 쟁반에 내던진다. "젠장, 도대체 왜들 그렇게 남의 일에 관심이 많아? 내가 뭘 잘못했는지 말해주면 나도 듣겠다고! 이건 말이 안 돼. 그 여자는 죽은 상태였어, 안 그래? 나 말고 다른 사람들도 있었고. 다 같이 이야기해서 결정한 거야. 막 도착한 참이었다고. 몇 시간이나 걸었고. 그길로 다시 돌아서서 5마일이나 떨어진 차로 돌아갈 순 없었단 말이야. 여행 첫날이었잖아. 나 원, 뭐가 문제인지 모르겠네. 그래, 난 모르겠어. 그리고 그런 식으로 쳐다보지 마, 알겠어? 당신한테까지 얘기 듣고 싶지는 않으니까. 당신만큼은 아니야."

"알잖아요." 나는 말하고 고개를 가로젓는다.

"알긴 뭘 알아, 클레어? 말해봐. 내가 뭘 아는지 말해보라고. 내가 아는 건 한 가지뿐이야. 당신이 애초에 이 일에 흥분하지 말았어야 한다는 거." 남편은 스스로 의미심장하다고 여기는 듯

한 표정을 짓는다. "그 여자는 죽어 있었어, 죽어 있었다고, 죽어 있었어, 알겠어?" 잠시 후 그가 말한다. "젠장, 유감스러운 일이란 건 동의해. 어린 여자였고 안타까운 일이니, 나도 다른 누구 못지않게 유감스럽다고. 하지만 그 여자는 죽은 상태였어, 클레어, 죽은 상태였다고. 이제 그만 내버려둬. 제발, 클레어. 이제 그만하자고."

"내 말이 그 말이에요." 내가 말한다. "그 여자는 죽은 상태였어요. 하지만 모르겠어요? 그 여자는 도움이 필요했다구요."

"내가 졌다." 남편은 말하며 양손을 든다. 그는 의자를 식탁에서 뒤로 밀치고 담배를 챙겨서 맥주 한 캔을 들고 테라스로 나간다. 잠시 왔다갔다하더니 야외용 의자에 앉아 다시 한번 신문을 펼쳐 든다. 남편의 이름이 1면에 실려 있다. "소름 돋는 발견"을 한 나머지 사람들, 남편 친구들의 이름과 함께.

나는 잠시 눈을 감고 식기 건조대를 붙잡는다. 더이상 이 일을 곱씹지 말아야 한다. 잊어버려야 한다. 눈에 보이지 않게 치우고, 마음에서 지우고, 기타 등등을 하고 "앞으로 나아가야 한다". 나는 눈을 뜬다. 그 모든 것에도 불구하고, 앞으로 닥칠 일을 다 알면서도, 건조대 위를 팔로 쓸어 그릇과 잔이 바닥에 부딪혀 박살나고 사방팔방 흩어지게 한다.

남편은 꿈쩍도 않는다. 분명히 소리를 들었는데도, 귀를 기울이듯 고개를 들면서도 더는 움직이지 않고 돌아보지 않는다. 그런 남편이, 가만히 있는 남편이 밉다. 남편은 잠시 가만히 있더니 담배를 빨아들이고 의자에 기댄다. 다 듣고서도 무심하게 있다가, 편히 기대서 담배나 빠는 남편이 딱하다. 바람이 불어와 남편 입에서 나오는 연기가 가늘게 날아간다. 난 그걸 왜 의식하는 걸까? 남편은 내가 그것 때문에, 가만히 앉아서 다 들으면서도 담배 연기를 내뿜는 것 때문에 그를 얼마나 딱하게 여기는지 절대 모를 것이다……

남편은 전몰장병 추모일* 일주일 전인 지난주 일요일에 산으로 낚시 여행을 가기로 계획했다. 일행은 남편과 고든 존슨, 멜 돈, 번 윌리엄스였다. 그들은 포커, 볼링, 낚시를 같이 한다. 매해 봄과 초여름에 낚시 시즌이 시작되면 그들은 처음 두세 달간 그러니까 가족 휴가와 리틀 야구와 친척 방문 등이 끼어들기 전에 함께 모여 낚시를 한다. 그들은 제대로 된 남자들이요, 가정적이고 일도 책임감 있게 한다. 다들 아들딸이 있고, 이 아이들은 우리 아들 딘과 같은 학교에 다닌다. 금요일 오후에 이 네 남자는 나치스 강으로 사흘간 낚시 여행을 떠났다. 그들은 산에 차를 세우고 몇 마일을 걸어 낚시하려는 곳까지 갔다. 침낭, 음식,

* 5월 마지막 주 월요일.

식기류, 카드, 위스키를 가지고 갔다. 강에 도착한 첫날 저녁, 텐트를 치기도 전인데, 웬 여자가 엎드린 자세로 강에 둥둥 떠 있는 모습을 멜 돈이 발견했다. 여자는 벌거벗고 있었고 나뭇가지 몇 개에 걸려 강기슭 근처에 떠 있었다. 멜 돈은 다른 남자들을 불렀고 그들은 다들 와서 여자를 보았다. 그들은 어떻게 해야 할지 이야기했다. 한 남자는—남편 스튜어트는 그게 누군지 말하지 않았다—어쩌면 번 윌리엄스였는지 모른다, 번은 거구의 태평한 남자로 잘 웃는다—한 남자는 당장 차로 돌아가야 한다고 생각했다. 다른 남자들은 신발로 모래를 휘저으며 그냥 그대로 있고 싶다고 말했다. 그들은 피곤하고 늦었다는 구실을, 여자가 "아무데도 가지 않을 거라는" 구실을 댔다. 결국 네 남자는 그대로 있기로 했다. 그들은 텐트를 치고 불을 지피고 위스키를 마셨다. 위스키를 아주 많이 마시고는, 달이 뜨자 여자에 대해 이야기했다. 누군가 시신이 떠내려가지 않게 하기 위해 뭔가 해야 한다고 생각했다. 어째서인지 그들은 그날 밤에 여자가 떠내려가버리면 그들에게 문제가 될지도 모른다고 생각했다. 그들은 손전등을 꺼내서 비척대며 강으로 내려갔다. 찬바람이 거세어졌고 물결이 강가의 모래에 찰랑였다. 한 남자가, 누군지는 모르겠지만 스튜어트일 수도 있는데, 그라면 그럴 수 있었을 텐데, 물을 헤치고 걸어가서 여자의 손가락을 잡고 여전히 엎드려 있던 여자를 물가로, 얕은 곳으로 끌어당긴 다음 나일론 줄을 하나 꺼내 여자의 손목에 묶은 뒤 줄을 나무뿌리에 잡아맸고, 그러는 내내 다른 남자들의 손전등 불빛이 여자의 시신 위로 움직였다. 그후 그들은 텐트로 돌아가 위스키를 더 마셨다. 그러고는 잠자리에 들었다. 다음날 아침인 토요일, 그들은 아침식사를 준비하고 커피를 잔뜩 마시고 위스키를 더 마신 뒤, 둘은 상류로 둘은 하류로 갈라져 낚시했다.

그날 밤, 그들은 물고기와 감자를 요리해서 커피와 위스키를 더 마신 뒤, 그릇을 강가로 가져가 여자가 떠 있던 위치에서 몇 야드 떨어진 곳에서 설거지를 했다. 그러고는 다시 술을 마시다가 카드를 꺼내 더이상 카드를 알아볼 수 없을 때까지 놀며 술을 마셨다. 번 윌리엄스는 자러 갔지만 나머지는 저속한 이야기를 하며 과거에 자기들이 한 천박하거나 부정한 모험 이야기를 꺼낼 뿐 아무도 여자를 입에 올리지 않았다. 고든 존슨이 잠시 깜빡하고는 그들이 잡은 연어가 얼마나 탱탱한지 그리고 강물이 얼마나 끔찍하게 차가운지 이야기했다. 그후로 그들은 이야기는 관뒀지만, 누군가가 손전등에 발이 걸려 넘어지면서 욕을 해댈 때까지 계속 술을 마시다가 침낭으로 기어들어갔다.

다음날 아침에 그들은 느지막이 일어나 위스키를 더 마시고, 계속 마시면서 낚시를 좀 하고는 일요일이던 그날 오후 한시가 되자 당초 계획보다 하루 일찍 떠나기로 했다. 텐트를 걷고 침낭을 말고 냄비와 솥과 물고기와 낚시도구를 챙겨서 걸어서 내려왔다. 그들은 떠나기 전에 여자를 다시 보지 않았다. 자동차에 도착하자 차를 몰고 말없이 고속도로를 달리다가 전화기가 있는 곳에 다다르자 차를 세웠다. 스튜어트가 보안관 사무실에 전화하는 동안 나머지는 땡볕을 맞으며 우두커니 서서 통화를 들었다. 스튜어트는 전화를 받은 사람에게 네 사람의 이름을 모두 말했고—그들은 숨길 게 없었고 아무것도 부끄럽지 않았다—누가 와서 상세한 길안내와 개인 진술을 받아갈 때까지 휴게소에서 기다리기로 했다.

남편은 그날 밤 열한시에 집에 왔다. 나는 자고 있었지만 남편이 부엌에서 내는 소리를 듣고 깼다. 나는 남편이 냉장고에 기대어 캔맥주를 마시고 있는 것을 보았다. 남편은 무거운 팔을 내게 두르고 양손으로 내 등을 위아래로 쓰다듬었고, 난 그 손이 이틀 전에 떠났을 때와 똑같은 손이라고 생각했다.

침대에서 남편은 내게 다시 손을 올리더니 그대로 잠시 가만히 있었는데, 꼭 다른 일을 생각하는 듯했다. 난 몸을 조금 돌리고 다리를 움직였다. 나중에 나는 남편이 늦게까지 깨어 있었다는 걸 알았다. 내가 잠들었을 때에도 깨어 있었기 때문이다. 그 후 내가 잠시 뒤척이다 작은 소리에, 시트가 부스럭대는 소리에 눈을 떴을 때 바깥은 거의 동틀 녘이었고 새가 노래하고 있었는데, 남편은 누운 채로 커튼 친 창문을 바라보며 담배를 태우고 있었다. 나는 비몽사몽간에 남편 이름을 불렀지만 남편은 대답하지 않았다. 나는 다시 잠들었다.

그날 아침 남편은 내가 일어나기 전에 일어나 있었다. 아마도 신문에 그 일에 관해 뭔가 실리지 않았나 보려고 한 듯싶다. 여덟시가 넘어가자 전화벨이 울리기 시작했다.

"집어치워." 나는 남편이 수화기에 대고 소리치는 걸 들었다. 일 분 후 전화벨이 다시 울렸고 난 서둘러 부엌으로 갔다. "보안관한테 설명한 것 외엔 더 할말 없어. 없다고!" 남편은 수화기를 쾅하고 내려놓았다.

"무슨 일이에요?" 나는 놀라서 물었다.

"앉아." 남편은 천천히 말했다. 손가락으로 짧은 구레나룻을 긁고 또 긁었다. "당신한테 할 얘기가 있어. 낚시하러 갔을 때 일이 좀 있었어." 우리는 식탁에 마주앉았고, 남편이 내게 이야기했다.

나는 남편이 말하는 동안 커피를 마시며 남편을 응시했다. 남편이 식탁에 아무렇게나 밀쳐놓은 신문에서 관련 기사를 읽었다 …… 신원불명의 여성, 열여덟에서 스물넷 사이로 …… 물속에 사흘 내지 닷새간 방치 …… 강간이 살인 동기였을 수도 ……

예비 조사 결과 교살 …… 가슴과 골반 부위에 자상과 멍 발견 …… 부검 …… 추후 조사가 있을 때까지 강간으로.

"좀 이해해주라." 남편이 말했다. "그런 눈으로 보지 말라고. 나 농담 아니야. 진정하라고, 클레어."

"왜 어젯밤에 말하지 않았어요?" 내가 물었다.

"그냥…… 안 했어. 무슨 뜻이야?" 남편이 말했다.

"무슨 뜻인지 알잖아요." 내가 말했다. 나는 남편의 손을, 두꺼운 손가락과 털로 뒤덮인 주먹이 움직이며 담배에 불을 붙이는 모습을, 어젯밤에 내 몸을 더듬던 손가락을, 내 안으로 들어오던 손가락을 보았다.

남편은 어깨를 으쓱했다. "무슨 차이가 있다고 그래, 어젯밤이나 지금이나? 당신이 졸린 것 같아서 오늘 아침까지 기다렸다가 말한 거잖아." 남편은 테라스를 내다보았다. 개똥지빠귀 한 마리가 잔디에서 피크닉 테이블로 날아올라가더니 깃털을 단장했다.

"말도 안 돼." 내가 말했다. "설마 그 여자를 거기 그렇게 내버려두고 왔다는 건 아니겠죠?"

남편은 재빨리 몸을 돌려 말했다. "내가 뭘 어쨌다고? 딱 한 번만 말할 테니까 잘 들어. 아무 일도 없었어. 난 미안해하거나 죄책감 느낄 일 한 적 없어. 내 말 알아들어?"

나는 식탁에서 일어나 딘의 방으로 갔다. 딘은 잠에서 깨 파자마 차림으로 퍼즐을 맞추고 있었다. 나는 딘이 옷을 찾는 걸 도와주고 부엌으로 돌아와 딘의 아침을 식탁에 차려놓았다. 전화벨이 두세 번 더 울렸는데 그때마다 스튜어트는 퉁명스럽게 전화를 받다가 성내며 끊었다. 남편은 멜 돈과 고든 존슨에게 전화해서 천천히, 진지하게 통화하더니 딘이 아침을 먹는 동안 맥주를 따서 담배를 태우며 학교생활과 친구들 이야기 등을 전혀 아무 일 없다는 듯이 물어보았다.

딘은 아빠가 거기 가서 뭘 했는지 알고 싶어했고, 스튜어트는 냉장고에서 물고기를 꺼내 보여주었다.

"딘은 오늘 당신 어머니 댁에 데려가려구요." 내가 말했다.

"좋지." 스튜어트는 말하고서 냉동된 송어를 붙잡고 있는 딘을 쳐다보았다. "당신이 원하고 애도 원한다면 좋지. 꼭 그럴 필요는 없어. 문제는 없으니까."

"어쨌거나 그러고 싶어요." 내가 말했다.

"거기서 수영해도 돼요?" 딘이 손가락을 바지에 닦으며 물었다.

"될 거야." 내가 말했다. "따뜻한 날이니까 수영복 가지고 가렴. 할머니가 분명히 괜찮다고 하실 거야."

스튜어트는 새 담배에 불을 붙이고 우리를 쳐다보았다.

딘과 나는 차를 몰고 시내를 가로질러 스튜어트의 어머니 댁으로 갔다. 어머니는 수영장과 사우나가 있는 아파트에 산다. 이름은 캐서린 케인이다. 케인이라는 이름은 내 이름과 같다. 어떻게 그럴 수 있나 싶지만. 오래전에 스튜어트가 말해줬는데, 어머니는 친구들에게 캔디라고 불렸단다. 어머니는 키가 크고 밝은 금발의 차가운 여자다. 항상 심판하고 또 심판한다는 느낌을 준다. 나는 낮은 목소리로 무슨 일이 일어났는지 설명하고 (어머니는 아직 신문을 보지 않았다) 저녁에 딘을 데리러 오겠다고 약속한다. "딘은 수영복을 가지고 왔어요." 내가 말한다. "그이랑 저는 얘기 좀 해야 해서요." 나는 모호하게 덧붙인다. 어머니는 안경 너머로 나를 가만히 응시한다. 그러더니 고개를 끄덕이고는 딘에게 고개를 돌려 말한다. "잘 지냈어, 우리 아기?" 어머니는 몸을 구부려 딘을 안는다. 내가 문을 열고 나가려고 하자 다시 나를 쳐다본다. 어머니는 그렇게 아무 말 없이 나를 쳐다볼 때가 있다.

내가 집에 돌아가자 스튜어트는 식탁에서 뭘 먹으며 맥주를 마시고 있었다……

잠시 후 나는 깨진 식기와 잔을 쓸어서 바깥으로 나간다. 스튜어트는 이제 잔디에 등을 대고 누워서, 신문과 맥주 한 캔을 손 닿는 곳에 두고 하늘을 바라보고 있다. 바람은 좀 불지만 따뜻한 날이고 새들이 지저귄다.

"스튜어트, 우리 드라이브 갈래요?" 내가 말한다. "어디든지."

남편은 몸을 돌려 나를 보고 고개를 끄덕인다. "맥주 좀 챙겨가자." 남편이 말한다. "당신 기분이 나아졌으면 좋겠어. 이해하려고 좀 해줘, 그거면 돼." 남편은 일어나 지나가면서 내 엉덩이에 손을 댄다. "잠깐만 기다려. 금방 준비할게."

우리는 아무 말 없이 시내로 차를 몬다. 교외로 나가기 전에 남편은 길가의 가게에 들러 맥주를 산다. 나는 가게 문 바로 안쪽에 신문이 엄청나게 쌓여 있는 걸 발견한다. 계단 맨 위에서 날염 원피스 차림의 뚱뚱한 여자가 작은 소녀에게 막대 감초를 내민다. 몇 분 후 우리는 에버슨크리크를 가로질러 물에서 몇 피트 떨어진 곳에 있는 야유회장으로 방향을 튼다. 다리 아래로 흐르는 개울은 몇백 야드 떨어진 커다란 연못으로 향한다. 연못가에 있는 버드나무 아래에서 소년과 남자 여남은 명이 여기저기 흩어져 낚시하고 있다.

집에서 이렇게 가까운 곳에 물이 이렇게 많은데, 왜 남편은 그 멀리까지 낚시하러 가야 했을까?

"왜 하고많은 곳 중에 거기로 갔어요?" 내가 묻는다.

"나치스 강? 항상 가는 곳인걸. 매년 적어도 한 번은 가지." 우리가 햇빛이 비치는 벤치에 앉자 남편이 맥주 두 캔을 따서 내게 하나를 건넨다. "그런 일이 벌어질지 내가 무슨 수로 알았겠어?" 남편은 고개를 흔들고 어깨를 으쓱한다. 마치 그 모든 일이 몇 년 전에, 혹은 다른 사람에게 일어난 것처럼. "이 시간을 즐기자, 클레어. 날씨 좀 봐."

"그 사람들도 자기가 무고하다고 했죠."

"누구? 무슨 소리 하는 거야?"

"매덕스 형제 말이에요. 그 사람들 내가 자란 동네 근처에서 알린 허블리란 소녀를 죽이고 머리를 자른 뒤에 클리엘럼 강에 내던졌어요. 그애랑 난 같은 고등학교에 다녔어요. 내가 어릴 때 일어난 일이에요."

"거참 뭐 그런 생각을 하는 거야?" 남편이 말한다. "좀 그만해. 조금만 더하면 짜증나겠어. 계속 그래보라고, 응? 클레어?"

나는 개울을 쳐다본다. 나는 연못을 향해 흘러간다, 눈을 뜨고, 엎드린 채, 개울 바닥에 있는 바위와 이끼를 응시하며 호수로 흘러들어가 바람에 떠밀린다. 달라질 건 아무것도 없다. 우리는 계속, 계속, 계속 살아갈 것이다. 심지어 지금도, 아무 일 없는 듯 지낼 것이다. 피크닉 테이블 맞은편에 있는 남편을 내가 얼마나 강렬하게 쳐다보았는지 남편 얼굴에 핏기가 가신다.

"난 당신 뭐가 문제인지 모르겠어." 남편이 말한다. "난 정말……"

나는 미처 깨닫기도 전에 남편의 뺨을 친다. 순식간에 손을 들어 뺨을 세게 친다. 미쳤나봐, 나는 남편을 때리면서 생각한다.

우리는 손을 맞잡아야 하는데. 서로 도와야 하는데. 미친 짓이야.

남편은 내가 다시 때리기 전에 내 손목을 붙잡고는 자기도 손을 든다. 나는 몸을 움츠리며, 기다리며, 남편의 눈에 뭔가가 어렸다가 순간 사라지는 것을 본다. 남편은 손을 내린다. 나는 더 빠르게 연못 이곳저곳을 떠다닌다.

"가자, 차에 타." 남편이 말한다. "집에나 가자."

"싫어요, 안 가." 나는 말하며 뒤로 물러난다.

"아 좀." 남편이 말한다. "젠장."

"당신 나한테 너무하는 거 아냐." 남편은 나중에 차에서 말한다. 들판과 나무와 농가 들이 차창 밖으로 날듯이 지나간다. "당신 좀 심해. 당신한테나 나한테나. 아니 딘에게도. 딘 생각 좀 해봐. 내 생각도 좀 해보고. 잠깐이라도 자기 외에 다른 사람 생각도 좀 해보라구."

지금 내가 남편에게 할 수 있는 말은 없다. 남편은 도로에 집중하려고 하면서도, 계속 백미러를 본다. 곁눈으로 내가 무릎 꿇듯 앉아 있는 자리를 건너다본다. 햇살이 내 팔과 옆얼굴에 이글거린다. 남편은 운전하면서 맥주를 하나 더 따서 마시고는, 빈 캔을 다리 사이에 집어던지고서 숨을 내쉰다. 남편은 안다. 내가 그의 얼굴에 대고 웃을 수도 있다는 것을. 내가 울 수도 있다는 것을.

2

스튜어트는 오늘 아침에 자기가 날 자게 내버려둔 거라고 생각한다. 하지만 나는 알람이 울리기 한참 전에 깨어나 침대 구석에, 털이 무성한 남편의 다리와 잠든 굵은 손가락에서 떨어진 곳에 누워서 생각하고 있었다. 남편은 딘을 학교에 보내고는 면도를 하고 옷을 입고 곧 자기도 일하러 나간다. 남편은 두 차례 침실을 들여다보고 헛기침을 하지만, 나는 계속 눈을 감고 있다.

나는 부엌에서 남편이 적어둔 쪽지를 발견한다. 끝에 "사랑해"라고 적혀 있다. 나는 햇살이 들어오는 간이식탁에 앉아 커피를 마시며 쪽지에 동그랗게 커피 자국을 남긴다. 전화는 더이상 울리지 않게 되었고, 그건 다행이다. 어젯밤 이후로 더이상 전화는 없다. 나는 식탁에서 신문을 보며 이쪽저쪽으로 돌려본다. 그러고는 신문을 가까이 당겨서 읽는다. 시신은 아직 신원이 밝혀지지 않았고, 거두겠다고 나선 이도 없었고, 아마 아무도 찾지 않는 모양이다. 하지만 지난 스물네 시간 동안 관련자들은 시신을 조사하고, 거기에 뭔가 집어넣고, 잘라보고, 무게를 달아보고, 측정해보고, 다시 되돌려서 꿰매며 정확한 사인과 사망 시각을 찾아내려 했다. 그리고 강간했다는 증거도 찾으려 했다. 그들은 분명히 강간이길 바랄 것이다. 강간이라면 이해하기가 쉬워질 테니. 신문에서는 그 여자가 키스 & 키스 장례식장으로 이송될 것인데 아직 대기중이라고 한다. 정보가 있으면 제보해달라는 등의 이야기도 있다.

두 가지는 확실하다. 1) 사람들은 더이상 타인에게 무슨 일이 일어나는지 신경쓰지 않는다, 2) 더이상 그 무엇도 사람들을 진정으로 바꾸지 못한다. 무슨 일이 일어났는지 좀 보라. 그런데도 스튜어트와 나에겐 아무것도 달라지지 않을 것이다. 정말로 달라지는 것 말이다. 우리는 둘 다 나이를 먹을 테고, 그건 이미 얼굴에도 표시가 난다. 이를테면 아침에 화장실을 같이 쓸 때 거울을 보면 알 수 있다. 그리고 우리 주변도, 더 편안해지든 어려워지든, 이렇게 저렇게 달라질 테지만 그 무엇도 정말로 달라지지는 않을 것이다. 나는 그렇게 생각한다. 우리는 이미 이런저런 결정을 내렸고, 우리 삶은 그 결정에 따라 굴러갈 것이며 멈출 때까지 그렇게 계속될 것이다. 하지만 정말 그렇다면, 어떻게 되는 거지? 그러니까 그렇게 생각하면서도 그 생각을 계속 덮어둔다면, 그러다가 어느 날 뭔가를 바꿀 만한 일이 일어나는데도 결국 아무것도 바뀌지 않을 것이라는 점을 알게 된다면? 그러면 어떻게 되지? 한편 주변 사람들은 계속 당신이 어제와 같은, 혹은 어젯밤과 같은, 혹은 오 분 전과 같은 사람인 양 말하고 행동하지만, 당신은 정말로 위기를 겪고 있고 상처받았다고 느낀다면……

과거는 불확실하다. 꼭 어린 시절에 얇은 막을 씌워둔 느낌이다. 나는 내게 일어났던 일이라고 기억하는 일들이 정말로 일어났었는지 확신할 수 없다. 부모와 함께 살던 한 여자애가 있었는데—아버지는 작은 카페를 운영했고 어머니는 거기서 웨이트리스와 계산원으로 일했다—꿈결처럼 초등학교와 고등학교를 거쳐 일이 년 후에 비서양성학교에 들어갔다. 나중에, 한참 뒤에—그사이의 시간은 어떻게 된 거지?—그 여자는 다른 도시에서 전자부품회사의 접수원으로 일하면서 자기에게 데이트를 신청한 어떤 기술자와 가까워지게 된다. 결국 여자는 남자의 목적이 뭔지 알고서, 유혹에 몸을 맡긴다. 당시에는 어떤 직감이, 그 유혹을 꿰뚫어보는 통찰이 있었지만 시간이 지나고 나니 아무리 노력해도 그것이 뭔지 떠올릴 수 없었다. 얼마 후 두 사람은 결혼하기로 결정했지만, 과거는, 여자의 과거는 이미 멀어지고 있었다. 미래는 여자가 상상할 수 있는 것이 아니다. 여자는 미래를 생각할 때면 마치 비밀이라도 있는 것처럼 웃는다. 한번은 특히 심하게 다투던 와중에, 이제는 무엇 때문에 다투었는지 기억나지 않지만 결혼하고 오 년쯤 지난 때였는데, 남자가 여자에게 언젠가 이 정사가(남자의 말이었다: "이 정사") 폭력으로 끝날 것이라고 말한다. 여자는 이것을 기억한다. 이것을 어딘가에 저장

해두고 시시때때로 큰 소리로 반복해 말하기 시작한다. 가끔은 오전 내내 차고 뒤에 있는 모래사장에서 무릎을 꿇고 딘과 딘의 친구 한두 명과 놀기도 한다. 하지만 날마다 오후 네시가 되면 머리가 아프기 시작한다. 여자는 이마에 손을 대고 고통으로 어지러워한다. 스튜어트는 여자에게 병원에 가보라고 하고, 여자는 병원에 가서 의사에게 세심하게 보살핌을 받는 것을 남몰래 즐긴다. 여자는 의사가 권해주는 곳으로 잠시 요양을 간다. 스튜어트의 어머니가 오하이오에서 서둘러 와서 아이들을 보살핀다. 하지만 그 여자, 클레어, 클레어는 다 망쳐버리고 몇 주 후에 집으로 돌아온다. 스튜어트의 어머니는 집에서 나가더니 시내 반대편에 아파트를 구해, 마치 무언가를 기다리듯 앉아 있는다. 어느 날 밤 둘 다 거의 잠들었을 때, 클레어가 디윗 카운티에서 몇몇 여자 환자들이 펠라티오에 관해 이야기하는 걸 들었다고 남편에게 말한다. 클레어는 남편이 이런 이야기를 좋아할 거라고 생각한다. 클레어는 어둠 속에서 웃는다. 스튜어트는 이 말을 듣고 기뻐한다. 클레어의 팔을 쓰다듬는다. 잘될 거야, 그가 말한다. 이제부터 모든 게 달라질 거고 나아질 거라고. 남편은 승진도 했고 급여도 상당히 올랐다. 두 사람은 차도 한 대 더 뽑았다. 스테이션왜건으로, 클레어의 것이었다. 둘은 현재에 집중하며 살 것이다. 스튜어트는 몇 년 만에 처음으로 마음을 느긋하게 먹을 수 있을 것 같다고 말한다. 어둠 속에서 그는 계속 클레어의 팔을 쓰다듬는다…… 그는 계속 볼링을 치고 카드놀이를 한다. 세 친구와 함께 낚시도 하러 간다.

그날 저녁 세 가지 일이 일어난다. 딘이 학교에서 애들한테 아빠가 강에서 시체를 발견했다는 이야기를 들었다고 말한다. 딘은 어떻게 된 일인지 알고 싶어한다.

스튜어트는 빠르게 설명하지만 이야기를 거의 다 빼먹고 그냥 자기랑 세 친구가 낚시하다가 시체를 발견한 것은 맞다고만 말한다.

"어떤 시체였어요?" 딘이 묻는다. "여자애였어요?"

"그래, 여자애였어. 여자였지. 그래서 우린 보안관을 불렀어." 스튜어트가 나를 본다.

"보안관이 뭐라고 했는데요?" 딘이 묻는다.

"자기가 알아서 하겠다고 했어."

"어떻게 생겼어요? 무서웠어요?"

"그 정도면 됐잖니." 내가 말한다. "접시 헹구렴, 딘. 헹구고 나면 가도 돼."

"그치만 어떻게 생겼는데요?" 딘이 고집스레 묻는다. "알고 싶어요."

"엄마 말 들었지." 내가 말한다. "엄마 말 들었냐고, 딘? 딘!"

나는 아이를 마구 흔들고 싶다. 아이가 울 때까지 흔들고 싶다.

"엄마 말 들어야지." 스튜어트가 조용히 말한다. "그건 그냥 시체였어. 더 얘기할 것도 없다고."

내가 식탁을 치우는데 스튜어트가 뒤로 와서 내 팔을 건드린다. 남편의 손가락이 타는 듯하다. 나는 깜짝 놀라서 거의 접시를 놓칠 뻔한다.

"왜 이러는 거야?" 남편이 손을 떼면서 말한다. "말해봐, 클레어. 왜 그래?"

"당신이 놀라게 했잖아요." 내가 말한다.

"내 말이 그거야. 내가 만진다고 그렇게 펄쩍 뛰어서야 되겠냐고." 남편은 내 앞에 서서 살짝 웃으며 내 눈을 마주보려 하다가, 내 허리에 팔을 두른다. 다른 손으로는 내 손을 잡아서 자기 바지 앞에 가져다 댄다.

"제발, 스튜어트." 난 손을 빼고, 남편은 뒤로 물러나며 손가락을 튕겨 딱 소리를 낸다.

"관두자." 남편이 말한다. "계속 그렇게 굴어봐. 하지만 잊지 마."

"뭘 잊지 말라는 거예요?" 내가 재빨리 말한다. 그리고 남편을 보며 숨을 참는다.

남편은 어깨를 으쓱한다. "아무것도 아냐. 아무것도." 남편은 손마디를 꺾어 뚝뚝 소리를 내며 말한다.

둘째 일은 우리가 그날 저녁 TV를 볼 때 일어난다. 남편은 가죽 안락의자에 앉아 있고 나는 소파에 앉아 담요를 덮고 잡지를 읽고 있고, TV 소리 외에는 집안이 조용한 가운데, 웬 목소리가 프로그램에 끼어들더니 살해된 여자의 신원이 밝혀졌다고 말한다. 열한시 뉴스에서 자세한 내용이 보도된다고 한다.

우리는 서로 쳐다본다. 몇 분 후 남편은 일어나더니 한잔하겠다고 말한다. 나도 한잔하겠느냐고 묻는다.

"아니요." 내가 말한다.

"혼자 마셔도 상관없어." 남편이 말한다. "그냥 물어본 거야."

나는 남편이 살짝 상처받은 걸 보고, 고개를 돌린다. 부끄럽고 동시에 화도 난다.

남편은 부엌에 오랫동안 있다가, 뉴스가 시작되자 술을 들고 돌아온다.

처음에는 아나운서가 지역 낚시꾼 네 명이 시신을 발견한 이야기를 반복하고, 다음으로는 그 여자의 고등학교 졸업사진을 보여주는데 짙은 색 머리카락에 둥근 얼굴과 도톰한 웃는 입술이 화면에 잡히고, 그다음으로 여자의 부모가 딸을 확인하려고 장례식장으로 들어서는 장면이 나온다. 당황스러워하며, 슬퍼하며, 그들은 느릿느릿 발을 끌면서 보도를 지나 현관 계단으로 올라선다. 검정색 양복 차림의 남자가 문을 열어놓은 채 기다리고 있다. 그다음 마치 고작 일 초가 지난 듯, 문안으로 들어가자마자 몸을 돌려 나온 듯 방금 그 두 사람이 영안실에서 나오는데, 여자는 눈물을 흘리며 손수건으로 얼굴을 가리고, 남자는 한참을 아무 말도 못하다가 기자에게 말한다. "그애입니다. 수전이에요. 지금은 아무 말도 할 수가 없군요. 다시 이런 일이 일어나기 전에 그 사람, 혹은 그 사람들을 잡으면 좋겠습니다. 다 이런 폭력 때문에……" 남자는 카메라를 향해 힘없이 몸짓한다. 그러고 나서 두 사람은 낡은 차에 타고 늦은 오후 차량들 사이로 차를 몰고 간다.

이어서 아나운서가 보도한 바에 따르면 그 여자, 수전 밀러는 서밋이라는, 이곳에서 북쪽으로 120마일 떨어진 곳에 있는 도시의 한 영화관에서 계산원으로 일하다가 퇴근했다. 초록색 신형 자동차 한 대가 영화관 앞에 섰고, 목격자들에 따르면 그 여자는 뭔가를 기다리는 듯하다가 차로 다가가 거기에 탔다. 이를 보고 관계 당국은 자동차 운전자가 그 여자의 친구였거나 적어도 지인이었으리라고 추정한다. 당국은 그 초록색 자동차 운전자와 이야기해보고 싶다고 한다.

스튜어트는 헛기침을 하고, 의자에 기대어 술을 홀짝인다.

셋째 일은 뉴스가 끝나고 스튜어트가 기지개를 켜며 하품을 한 뒤 나를 볼 때 일어난다. 나는 일어나서 소파에 잠자리를 만들기 시작한다.

"지금 뭐 하는 거야?" 남편이 어리둥절해하며 묻는다.

"잠이 안 와요." 나는 남편의 눈을 피하며 말한다. "좀더 있다가 잘 때까지 책이나 보려구요."

남편은 소파에 시트를 까는 나를 빤히 본다. 내가 베개를 가지러 가려고 하자 남편이 침실 문에 서서 길을 가로막는다.

"한번 더 물어보자." 그가 말한다. "당신 지금 도대체 뭘 하려고 이러는 거야?"

"오늘밤엔 혼자 있고 싶어요." 내가 말한다. "그냥 생각할 시간이 필요하다고요."

남편은 숨을 내쉰다. "난 당신이 지금 큰 실수를 저지르고 있다고 생각해. 자기가 뭘 하는지 다시 생각해보는 게 좋을 것 같은데. 클레어?"

난 대답할 수가 없다. 내가 무슨 말을 하고 싶은지 모르겠다. 나는 뒤로 돌아나와 담요 귀퉁이를 소파에 집어넣기 시작한다. 남편은 잠시 나를 빤히 바라보더니 어깨를 으쓱하는 게 보인다. "좋을 대로 하라고 그럼. 당신이 무슨 짓을 하든 상관 안 해 씨발." 남편은 이렇게 말하고 몸을 돌리더니 목을 긁으며 통로를 따라 걸어간다.

오늘 아침 신문에서 나는 수전 밀러의 장례식이 다음날 오후 두시에 서밋의 소나무숲 예배당에서 열린다는 기사를 읽는다. 또 그 여자가 초록색 쉐보레에 타는 모습을 목격한 세 사람에게 경찰이 진술을 받기는 했지만 아직 차량 번호는 알아내지 못했다는 내용도 있다. 하지만 경찰은 사건의 핵심에 다가가고 있고 계속 조사하고 있다고 한다. 나는 오랫동안 신문을 들고 앉아서 생각하다가, 미용실에 전화해서 예약을 잡는다.

나는 무릎에 잡지를 올려놓고 건조기 아래에 앉아서 밀리에게 손톱 손질을 받는다.

"나 내일 장례식에 가요." 지금은 미용실에서 일하지 않는 어떤 아가씨 이야기를 둘이서 잠시 하고 난 후 내가 말한다.

밀리는 고개를 들어 나를 보고는 다시 손가락으로 시선을 옮긴다. "유감이군요, 케인 부인. 정말로요."

"어린 아가씨의 장례식이죠." 내가 말한다.

"최악이네요. 제 여동생도 제가 어렸을 때 죽었는데, 전 아직도 그 일을 극복하지 못했어요. 누가 죽었나요?" 잠시 후 밀리가 묻는다.

"어떤 아가씨예요. 그렇게 가까운 사이는 아니었어요, 하지만 그래도요."

"너무 안타깝네요. 정말 안됐어요. 장례식에 어울리게 해드릴 테니 그건 걱정하지 마세요. 어때 보이세요?"

"음…… 괜찮네요. 밀리, 혹시 다른 누군가가 되고 싶다고 생각해본 적 없어요? 아니면 아무것도 아닌 사람은요, 아무것도 아니게 되는 건요?"

밀리는 나를 본다. "그렇게 느낀 적은 없다고 해야겠는데요. 네, 없어요. 제가 다른 누군가였다면 저 자신을 좋아하지 않을지도 모르겠네요." 밀리는 내 손가락을 붙잡고 잠시 뭔가 생각하는 듯 보인다. "모르겠어요, 정말 모르겠어요…… 이제 반대쪽 손 해드릴게요, 케인 부인."

그날 밤 열한시에 나는 또 소파에 잠자리를 만들고, 이번에 스튜어트는 그저 나를 쳐다보며 입안에서 혀를 이리저리 움직이다가 통로를 지나 침실로 간다. 나는 밤중에 깨어나서 대문이 바람에 흔들려 울타리에 부딪히는 소리를 듣는다. 나는 깨어 있고 싶지 않아서 오랫동안 눈을 감고 누워 있는다. 마침내 일어나 베개를 들고 통로를 지나간다. 침실에 불이 환하게 켜져 있고 스튜어트는 입을 벌린 채 누워서, 거칠게 숨을 쉰다. 나는 딘의 방으로 들어가 아이 옆에 눕는다. 딘은 자면서 내게 자리를 만들어주려고 움직인다. 나는 그대로 잠시 누워 있다가 아이 머리카락에 얼굴을 대며 아이를 안는다.

"왜 그래, 엄마?" 딘이 말한다.

"아무것도 아니야, 딘. 계속 자. 아무 일도 아니야, 괜찮아."

나는 남편의 알람 소리를 듣고 일어나서 남편이 면도하는 동안 커피 물을 올리고 아침을 차린다.

남편은 맨어깨에 수건을 두르고 부엌문에 나타나, 살피듯 바라본다.

"여기 커피요." 내가 말한다. "달걀은 곧 돼요."

남편은 고개를 끄덕인다.

나는 딘을 깨우고, 우리 셋은 아침을 먹는다. 스튜어트가 한두 차례 무언가 말하고 싶은 듯 나를 쳐다보지만, 그때마다 나는 딘에게 우유나 토스트나 기타 등등을 더 먹고 싶은지 묻는다.

"이따 전화할게." 스튜어트가 문을 열면서 말한다.

"오늘 집에 없을 것 같아요." 내가 재빠르게 말한다. "할 일이 무척 많아요. 사실 저녁식사에도 늦을지 모르겠어요."

"괜찮아. 그러라고." 남편은 알고 싶어한다. 서류가방을 한 손에서 다른 손으로 옮긴다. "오늘 저녁 밖에서 먹을까? 당신 생각은 어때?" 남편은 계속 나를 본다. 여자 일은 이미 잊어버렸다. "당신…… 괜찮아?"

나는 다가서서 남편의 타이를 똑바로 해주고 두 손을 아래로 떨어뜨린다. 남편은 내게 작별인사로 키스하려고 한다. 나는 한 걸음 물러난다. "그럼, 오늘 하루 잘 지내." 이윽고 남편이 말한다. 그러고는 뒤로 돌아 차로 걸어간다.

나는 조심스레 옷을 입는다. 몇 년간 쓰지 않던 모자를 쓰고 거울에 비춰본다. 그러고는 모자를 벗고, 가볍게 화장한 다음 딘에게 쪽지를 쓴다.

> 딘, 엄마가 오후에 볼일이 있어서 좀 늦을 거야. 엄마나 아빠 올 때까지는 집안에 있거나 뒤뜰에서만 놀아.
>
> 사랑해.

난 "사랑해"라는 단어를 보다가 밑줄을 긋는다. 쪽지를 쓰면서 나는 뒤뜰을 띄어 써야 하는지 붙여 써야 하는지 헷갈린다는 것을 알게 된다. 전에는 그런 생각을 한 번도 해본 적이 없다. 나는 생각해보고 두 단어로 만든다.

주유소에 들러 기름을 넣고 서밋으로 가는 길을 묻는다. 콧수염을 기른 마흔 살의 기계공 배리가 식당에서 나와 내 차의 앞 펜더에 기대서고, 또다른 남자 루이스가 호스를 기름 탱크에 넣고 천천히 유리창을 닦기 시작한다.

"서밋이라." 배리는 나를 바라보고 콧수염 양쪽을 손가락으로 쓸어내리며 말한다. "서밋에 가는 길은 다 비슷비슷해요, 케인 부인. 어디로 가든 두 시간에서 두 시간 반 거리죠. 산을 가로질러야 해요. 여자한테는 제법 장거리 운전인데. 서밋이라고 했죠? 서밋엔 왜요, 케인 부인?"

"일이 있어서요." 나는 다소 어색하게 말한다. 루이스는 다른 차를 봐주러 이동했다.

"아. 음, 제가 여기 일만 아니면"—배리가 엄지로 담당 구역을 가리킨다—"서밋까지 모시고 갔다가 모시고 올 텐데요. 길이 썩 좋지 않거든요. 아니, 그렇게 나쁜 건 아닌데, 커브길 같은 게 많아서요."

"괜찮을 거예요. 어쨌든 고맙네요." 배리가 펜더에 몸을 기댄다. 나는 지갑을 열며 그의 시선을 느낀다.

배리가 신용카드를 받는다. "밤에는 운전하지 마세요." 그가 말한다. "말씀드렸듯이 길이 썩 좋지 않고, 이 차가 말썽을 부리지 않을 거란 건 장담할 수 있지만, 펑크가 나거나 하는 건 아무도 알 수 없는 일이거든요. 만전을 기하기 위해서라도 타이어를 점검하는 게 좋겠습니다." 배리는 신발로 앞 타이어를 툭툭 건드린다. "승강기에 걸죠. 얼마 안 걸립니다."

"아뇨, 아뇨, 됐어요. 정말 더이상 지체할 수가 없어요. 타이어는 괜찮아 보이네요."

"일 분이면 됩니다." 그가 말한다. "만전을 기하기 위해서예요."

"됐다고 했잖아요. 됐다고요! 제 눈엔 멀쩡해 보여요. 지금 가봐야 해요, 배리……"

"케인 부인?"

"지금 가야 한다구요."

나는 무언가에 서명한다. 배리는 내게 영수증과 카드와 스탬프를 몇 개 준다. 나는 모조리 가방에 집어넣는다. "조심하세요." 그가 말한다. "또 뵙죠."

차량 속으로 끼어들려고 기다리면서, 나는 뒤쪽을 돌아보다 배리가 지켜보고 있는 걸 본다. 나는 눈을 감았다가 뜬다. 그가 손을 흔든다.

나는 처음 신호등에서 방향을 꺾고, 다시 방향을 꺾은 다음 고속도로까지 죽 달려서 표지판을 읽는다. '서밋 117마일.' 열시 반이고 날은 따뜻하다.

고속도로는 도시의 외곽을 둘러서 이어지다가 농가가 있는 시골을, 귀리밭과 사탕무밭과 사과 농장이 있고 소 몇 마리가 목초지에서 풀을 뜯는 모습이 여기저기 보이는 곳을 지나간다. 그런 뒤에는 모든 게 변해서 농가가 차츰 줄어들며, 집이라기보다는 판잣집 같은 건물들이 보이고 과수원 대신 숲이 나타난다. 돌연 산길이 나오더니, 오른편 저 아래로 나치스 강이 어렴풋이 보인다.

잠시 후 뒤쪽에 초록색 픽업트럭이 나타나더니 몇 마일 동안

내 뒤에 붙어 달린다. 나는 계속 그가 지나가기를 바라며 엉뚱한 곳에서 속도를 늦췄다가 다시 엉뚱한 곳에서 속도를 높인다. 손가락이 아플 정도로 핸들을 꽉 잡는다. 그러다가 긴 직선 도로에서 드디어 그가 나를 앞지르려다가 잠시 내 옆에서 달리는데, 삼십대 초반에 파란색 작업복을 입은 짧은 머리의 남자가 운전하고 있다. 우리는 서로 마주본다. 그런 뒤 남자가 손을 흔들고 경적을 두 차례 울리고는 내 앞으로 달려나간다.

나는 속도를 늦춰 갓길 옆에 나 있는 흙길을 발견하고서 거기에 차를 세우고 시동을 끈다. 나무들 아래 어딘가에서 강물 소리가 들린다. 내 앞에 있는 흙길은 숲으로 이어져 있다. 그때 픽업트럭이 돌아오는 소리가 들린다.

내가 시동을 거는 순간 트럭이 내 뒤에 선다. 난 문을 잠그고 창문을 위로 올린다. 얼굴과 팔에 땀이 맺히고, 기어를 넣어보지만 달릴 곳이 없다.

"괜찮으세요?" 남자가 차로 다가오면서 말한다. "저기요. 저기요." 그가 유리창을 두드린다. "괜찮으신가요?" 그는 팔을 차문에 기대고 얼굴을 창문에 가까이 댄다.

나는 그를 빤히 쳐다보지만 할말이 떠오르지 않는다.

"앞지른 뒤에 속도를 늦췄어요." 그가 말한다. "그런데 백미러에 안 보이시길래 차를 세우고 잠시 기다렸죠. 그런데도 안 오셔서 돌아가서 확인해보는 게 낫겠다고 생각했어요. 괜찮으신 건가요? 어쩌다가 거기 갇히신 거죠?"

나는 고개를 좌우로 흔든다.

"그러지 말고 창문을 내려보세요. 이봐요, 정말 괜찮으신 거예요? 예? 여자가 시골에서 혼자 돌아다니면 좋지 않다는 건 아시죠." 그는 고개를 저으며 고속도로를 보더니 다시 나를 본다. "이제 그만 창문 열어보시라구요, 네? 이런 식으로는 얘기가 안 되잖아요."

"제발요, 저 가야 해요."

"문 좀 열라고요, 네?" 그는 듣고 있지 않은 것처럼 말한다. "창문이라도 여세요. 그러다가 거기서 질식해요." 그는 내 가슴과 다리를 본다. 스커트가 무릎 위로 말려올라가 있다. 그의 눈길이 내 다리에 머무르지만 나는 무서워서 꼼짝 않고 그대로 앉아 있다.

"난 질식하고 싶어요." 내가 말한다. "질식하고 있다고요, 안 보여요?"

"도대체 뭐라는 거야?" 그는 그렇게 말하며 문에서 멀어진다. 뒤로 돌아 자기 트럭으로 돌아간다. 사이드미러로 그가 다시 돌아오는 게 보이자, 나는 눈을 감는다.

"서밋이나 어디까지 뒤에서 따라가드릴까요? 전 괜찮아요. 오늘 아침엔 시간이 좀 있거든요."

나는 다시 고개를 젓는다.

그는 주저하더니 어깨를 으쓱한다. "좋으실 대로 하세요." 그가 말한다.

나는 그가 고속도로에 진입할 때까지 기다렸다가 차를 뒤로 뺀다. 그는 기어를 바꾸고 천천히, 백미러로 나를 보면서 앞으로 달린다. 나는 갓길에 차를 세우고 핸들에 머리를 기댄다.

관은 닫혀 있고 꽃으로 장식되어 있다. 내가 예배당 뒤쪽에 자리를 잡자 곧 오르간 연주가 시작된다. 사람들이 줄지어 들어와 자리를 찾기 시작하는데, 일부는 중년이거나 그보다 나이가 많지만 대부분은 이십대 초반이거나 심지어 그보다 어리다. 정장에 타이, 스포츠 코트에 바지, 검정 드레스에 가죽장갑 차림이 불편해 보이는 이들이다. 한 청년이 나팔바지에 노란 반팔 셔츠 차림으로 내 옆에 앉아서 입술을 깨물기 시작한다. 예배당 한쪽 문이 열리자, 나는 고개를 들고 주차장을 보며 잠시 목초지를 떠올리지만, 그때 자동차 유리에 햇빛이 번쩍거린다. 그들 가족이 모여서 들어오더니 한쪽에 마련된 커튼 안으로 이동한다. 그들이 자리에 앉자 의자가 삐걱댄다. 몇 분 뒤 검정색 정장을 입은 금발의 통통한 남자가 나와서 우리에게 고개를 숙이라고 한다. 그는 우리, 살아 있는 이들을 위해 짧게 기도하더니 기도가 끝나자 우리에게 세상을 떠난 수전 밀러의 영혼을 위해 조용히 기도해달라고 한다. 나는 눈을 감고 신문과 TV에서 본 그녀의 사진을 떠올린다. 그녀가 극장에서 나와 초록색 쉐보레에 타는 모습이 보인다. 그리고 그녀가 강을 떠내려가는 모습, 벌거벗은 몸이 바위에 부딪히고 가지에 걸리고 물에 뜬 채 이리저리 뒤집히는 장면과 머리카락이 물결을 따라 움직이는 모양을 그려본다. 손과 머리가 길게 늘어진 가지에 걸려 떠내려가지 않고 그 자리에 있는데, 네 남자가 다가가 그 여자를 빤히 쳐다본다. 그중 취한 한 남자가(스튜어트일까?) 여자의 손목을 잡는 모습이 그려진다. 이곳에 앉아 있는 사람 중 그 일을 아는 사람이 있을까? 이 사람들이 그 일을 안다면? 나는 사람들 얼굴을 돌아본다. 이런 것들과, 이런 일들과, 이 사람들을 연결하는 뭔가가 있다. 내가 그걸 찾을 수 있다면. 찾으려고 애쓰다보니 머리가 아프다.

그가 수전 밀러의 장점을 이야기한다. 명랑함, 아름다움, 우아함, 열정. 커튼 뒤에서 누군가는 헛기침을 하고 누군가는 흐느낀다. 오르간 연주가 시작된다. 장례식이 끝난다.

나는 다른 사람들과 함께 일렬로 서서 천천히 관을 지나간다. 그러고는 계단으로, 눈부시고 뜨거운 오후 햇빛 속으로 나온다. 다리를 저는 한 중년 여자가 내 앞에서 계단을 내려가 보도에 서더니 주변을 둘러보다가 내게 시선을 준다. "어쨌든 경찰이 잡았다더군요." 그녀가 말한다. "그게 위로가 될지는 모르겠지만요. 오늘 아침에 체포했대요. 여기 오기 전에 라디오에서 들었어요. 이 동네 남자라더군요. 장발이래요, 예상하셨겠지만." 우리는 뜨거운 보도를 따라 몇 발자국 걷는다. 사람들이 자동차 시동을 건다. 나는 손을 내밀어 주차 미터기를 붙잡는다. 반짝반짝 닦인 후드와 펜더에 햇살이 비친다. 머리가 어질어질하다. "범인이 그날 밤 관계를 한 건 인정했다는데, 자기가 죽이지는 않았다고 했대요." 그녀가 콧방귀를 뀐다. "뻔한 소리죠. 그런데도 아마 보호관찰 처분을 하고 풀어주겠죠."

"혼자 하지 않았을 수도 있어요." 내가 말한다. "확인해봐야 할 거예요. 다른 누구를, 형제든 친구든 감춰주려고 그럴지도 몰라요."

"난 수전이 어릴 때부터 알고 지냈어요." 그 여자가 계속 말하는데, 입술이 떨린다. "수전은 종종 우리집에 놀러왔는데 난 그 애한테 쿠키를 구워주고 TV 보면서 먹으라고 했죠." 여자는 다른 곳을 보며 고개를 좌우로 흔든다. 여자의 뺨에 눈물이 흘러내린다.

3

스튜어트는 술을 앞에 두고 탁자에 앉아 있다. 그의 눈이 벌게서, 나는 잠시 그가 울었다고 생각한다. 남편은 나를 보지만 아무 말도 없다. 순간, 나는 딘에게 무슨 일이 벌어졌다고 생각하고 심장이 덜컥한다.

애 어디 있어요? 내가 말한다. 딘 어디 있냐고요?

바깥에, 남편이 말한다.

스튜어트, 나 너무 무서워요, 너무 무서워, 나는 문에 기대며 말한다.

뭐가 무서운 거야, 클레어? 말해봐, 여보, 내가 도움이 될지도 모르잖아. 돕고 싶어, 한번 말해봐. 남편 좋다는 게 뭐야.

설명을 못하겠어, 내가 말한다. 그냥 무서워요. 나 있지, 꼭, 꼭……

남편은 잔을 비우고 일어난다. 줄곧 내게서 눈을 떼지 않고서. 당신한테 뭐가 필요한지 알 것 같아, 여보. 병원놀이 하자, 응? 자, 긴장 풀어. 남편은 한 팔로 내 허리를 감고 다른 팔로 재킷 단추를 풀고는 블라우스 단추도 푼다. 급해도 순서는 지켜야지. 남편은 농담을 하려고 말한다.

지금은 싫어요, 제발. 내가 말한다.

지금은 싫어요, 제발. 남편이 놀리며 흉내낸다. 제발은 무슨. 그러더니 남편은 내 뒤로 돌아가서 한 팔로 내 허리를 꽉 안는다. 다른 손이 내 브래지어 안쪽으로 미끄러져들어온다.

그만, 그만, 그만해요. 내가 말한다. 나는 남편의 발가락을 밟는다.

그리고 그때 내 몸이 위로 들렸다가 아래로 떨어진다. 나는 바닥에 앉아 남편을 올려다본다. 목이 아프고 스커트가 무릎 위로 올라와 있다. 남편이 아래로 몸을 숙이며 말한다. 뒈져버려, 내 말 들려, 이년아? 네년 씹이 문드러지기 전에 내가 다시 손대나 봐라. 남편은 한차례 흐느낀다. 나는 남편도 어쩔 수 없다는 걸, 그도 자기 자신을 어찌할 수 없다는 걸 깨닫는다. 거실로 걸어가는 남편을 보니 연민이 솟구쳐오른다.

남편은 어젯밤에 집에서 자지 않았다.

오늘 아침에 꽃이, 빨강과 노랑 국화가 온다. 커피를 마시고 있는데 초인종이 울린다.

케인 부인이시죠? 젊은 남자가 꽃이 담긴 상자를 들고 말한다.

나는 고개를 끄덕이고 목욕가운의 목 부위를 더 단단히 여민다.

전화하신 남자분이 뭔지 아실 거라고 하더군요. 배달원은 목 부위가 벌어져 있는 내 가운을 쳐다보고는 자기 모자를 건드린다. 그는 두 다리를 벌리고 발을 계단 맨 위에 단단히 박은 듯, 마치 내게 아래쪽을 만져달라는 듯이 서 있다. 좋은 하루 보내세요. 그가 말한다.

잠시 후 전화벨이 울리고 스튜어트가 말한다. 자기, 잘 있어? 오늘 일찍 갈게, 사랑해. 내 말 듣고 있어? 사랑한다구, 미안해, 잘할게. 끊는다, 일해야 해서.

나는 꽃을 꽃병에 꽂아 식탁 가운데에 놓고서 내 물건들을 다른 침실로 옮긴다.

어젯밤 자정 즈음에 스튜어트가 잠긴 방 문을 연다. 아마 그냥, 자기가 그렇게 문을 열고 들어올 수 있다는 걸 보여주고 싶은 모양이다. 문을 홱 열고는 아무것도 하지 않은 채 그냥 속옷 차림으로, 분노가 식어가는 얼굴로 바보 같은 놀란 표정을 지으며 서 있을 뿐인 걸 보니. 남편은 천천히 문을 닫는다. 몇 분 후 부엌에서 남편이 얼음을 꺼내는 소리가 들린다.

오늘 남편은 내게 전화해서 자기 어머니더러 며칠 와서 있어달라고 부탁했다고 말한다. 나는 잠시 가만히 생각해보다가, 남편이 아직 말하고 있는데 전화를 끊는다. 하지만 잠시 후 남편 직장으로 전화를 건다. 그가 마침내 전화를 받자 나는 말한다. 상관없어요, 스튜어트. 진짜로, 어떻게 하든 정말 상관없어요.

사랑해. 남편이 말한다.

남편은 다른 말도 하고, 나는 그 말을 들으며 천천히 고개를 끄덕인다. 졸음이 온다. 그러다가 정신을 차리고 말한다. 맙소사, 스튜어트, 그앤 아직 어린애였다구요.

멍청이

우리 아버지는 멍청이가 죽은 후로 오랫동안 아주 예민하고 괴팍하게 굴었다. 나는 어쩐지 그 사건이 아버지 인생에서 평온한 시기가 끝났음을 알리는 신호라고 느꼈는데, 아버지 건강이 나빠지기 시작한 게 그 일이 있고 얼마 지나지 않아서였기 때문이다. 첫째는 멍청이 일, 다음은 진주만 사건, 그리고 다음은 웨나치 근방에 있는 할아버지 농장으로 이사한 일이었다. 그곳에서 아버지는 사과나무 여남은 그루와 소 다섯 마리를 보살피며 마지막 나날을 보냈다.

내게 멍청이의 죽음은 유달리 긴 어린 시절이 끝나고, 내가 준비되었든 그렇지 않든 어른의 세상으로 들어가야 한다는 뜻이었다—패배와 죽음이 좀더 자연의 질서에 따라가는 세상으로.

처음에 아버지는 그 일이 그 여자, 멍청이의 아내 탓이라고 했다. 그러더니 아니라고, 물고기 때문이라고 했다. 물고기만 아니었으면 그런 일은 일어나지 않았을 것이라고. 나는 아버지가 약간은 자기 탓을 한다는 걸 알았는데, 멍청이에게 〈필드 앤드 스트림〉 지의 광고 면에 실린 '살아 있는 블랙 배스 미국 전역으로 배달됨'이라는 광고를 보여준 사람이 아버지였기 때문이다. (이 광고는 지금도 있을지 모른다, 잘은 모르겠지만.) 어느 날 오후 일을 하다가, 아버지가 멍청이에게 배스를 좀 주문해서 그의 집 뒤에 있는 연못에 풀어놓으면 어떻겠느냐고 물었다. 아버지 말에 따르면 멍청이는 입술에 침을 바르고 광고를 한참 뜯어보더니 광고에 적힌 내용을 사탕 봉지 뒷면에 힘겹게 옮겨 적고서 봉지를 작업복 앞에 욱여넣었다. 그가 이상하게 굴기 시작한 것은 물고기를 받은 후였다. 아버지는 배스가 멍청이의 성격을 완전히 바꿔놓았다고 주장했다.

나는 멍청이의 본명을 몰랐다. 다른 누가 알았다 하더라도, 난 들은 바 없었다. 그때도 멍청이였고, 지금도 나는 그를 멍청이로 기억한다. 그는 오십대 후반의 다소 자글자글한 남자로, 머리가 벗어지고 키도 작았지만 팔다리는 상당히 근육질이었다. 그런 일은 드물었지만, 그가 씩 웃으면, 입술이 위로 말리며 누렇고 깨진 치아가 드러나 불쾌한, 심지어 교활한 인상을 주었다. 나는 이십오 년이 지난 지금도 그 인상을 아주 또렷이 기억한다. 작고 축축한 두 눈은 말하는 사람의 입술을 늘 주시했다. 가끔은 얼굴이나 몸을 스스럼없이 훑어보기도 했지만. 어째서인지는 모르겠으나 나는 그가 정말로 귀가 먹은 건 아니라는 느낌이 들었다. 적어도 그가 행세하는 만큼은 아니었을 것이다. 하지만 그건 중요하지 않다. 그는 말을 못했고, 그것은 분명했다. 그는 우리 아버지가 일하던 제재소, 워싱턴 주 야키마에 있는 캐스케이드 목재회사에서 일했는데 그에게 '멍청이'라는 별명을 붙여준 것은 그곳의 일꾼들이었다. 그는 1920년대 초부터 그곳에서 일했다. 내가 알던 때는 청소부로 일했는데, 제재소에 필요한 온갖 허드렛일을 한두 번씩은 다 해본 것 같았다. 그는 기름때가 낀 펠트 모자를 쓰고, 카키색 작업 셔츠를 입고, 큼지막한 작업복 위에 밝은 데님 재킷을 입었다. 위쪽 앞주머니에는 거의 언제나 두루마리 화장지를 두세 개 넣고 다녔는데, 그의 일 중 하나가 화장실을 청소하고 비품을 챙기는 일이었던 탓도 있고 야간 근무자들이 일 끝나면 도시락통에 화장지를 한두 개 넣어서 가져가는 일이 잦기 때문이기도 했다. 그는 주간에 일하면서도 손전등을 가지고 다녔고, 그 외에도 렌치, 펜치, 드라이버, 절연테이프, 기타 수리기사가 가지고 다니는 것은 모조리 지니고 다녔다. 새로 온 직원들 중에 몇몇, 이를테면 테드 슬레이드나 조니 웨이트 같은 사람은 구내식당에서 그에게 상당히 심한 장난을 치거나, 그가 저속한 농담을 좋아하지 않는다는 걸 안다는 이유만으로 그가 어떻게 나오는지 보려고 저속한 농담을 했고, 톱질 담당인 칼로는 멍청이가 작업대 아래로 걸어갈 때 손을 아래로 뻗어 그의 모자를 낚아채기도 했다. 하지만 멍청이는 딱히 신경쓰지 않는 눈치인 것이, 마치 놀림당하기를 기대하고 또 거기에 익숙해진 듯했다.

한번은 어느 날 정오에 내가 아버지에게 점심을 가져다주러 갔는데 남자들 네다섯 명이 멍청이를 구석 탁자에 몰아놓고 있었다. 그중 한 남자가 그림을 그리고 있었는데, 씩 웃는 얼굴로 멍청이에게 뭔가를 설명하려고 애쓰면서 연필로 종이 이곳저곳을 가리켰다. 멍청이는 인상을 쓰고 있었다. 내가 보고 있는데 멍청이는 목이 시뻘게지면서 획 뒤로 물러나더니 주먹으로 탁자를 내리쳤다. 잠시 아연한 듯 적막이 흐른 뒤 탁자에 있던 남자들 모두 폭소하기 시작했다.

아버지는 멍청이를 놀리는 일에 찬성하지 않았다. 내가 아는 한 아버지는 멍청이를 놀린 적이 없다. 아버지는 덩치가 크고 어깨가 두툼한 남자로, 짧게 깎은 머리, 이중턱, 똥배가 특징이었고, 기회만 있으면 똥배를 자랑스레 보여주었다. 아버지는 웃기기 쉬운 사람이었지만 방법만 좀 바꾸면 화를 돋우기도 그만큼

쉬웠다. 멍청이는 아버지가 일하는 작업실에 들러서 스툴에 앉아 아버지가 커다란 회전 숫돌로 톱을 가는 모습을 바라봤고, 아버지는 많이 바쁘지 않으면 멍청이와 이야기를 나눴다. 멍청이는 아버지를 좋아하는 것 같았고 아버지도 멍청이를 좋아했다는 건 확실하다. 자기만의 방식으로, 아버지는 멍청이에게 아마도 친구나 다름없었을 것이다.

멍청이는 타르지로 마감한 작은 집에서 살았는데, 그곳은 시내에서 5~6마일 떨어진 강가에 있었다. 집 뒤로 반 마일을 가면 목초지가 끝나는 곳에 커다란 자갈 채취장이 있었다. 주정부가 몇 년 전에 그 지역의 도로를 포장할 때 파낸 것이었다. 그 때문에 커다란 구멍이 세 개 생겼고 시간이 흐르면서 그곳에 물이 찼다. 각기 떨어져 있던 세 개의 연못은 결국 하나로 합해져 커다란 연못이 되었는데, 한쪽에는 돌무더기가 높이 쌓여 있고 다른 쪽에는 그보다 좀더 작은 돌무더기가 두 개 쌓여 있었다. 연못은 깊어서 거무스름한 녹색이 감돌았고, 표면은 제법 맑았지만 바닥으로 내려가면서 탁해졌다.

멍청이는 자기보다 열다섯 살인가 스무 살 어린 여자와 결혼했지만, 듣자 하니 이 여자는 멕시코 사람들과 어울려 나다닌다고 했다. 나중에 아버지는 막판에 멍청이에게 아내 이야기를 꺼내서 멍청이를 그렇게 흥분하게 만든 장본인이 제재소의 참견꾼들이라고 말했다. 그 여자는 반짝반짝하는 의심 많은 눈매에 키가 작고 통통했다. 나는 그 여자를 두 번밖에 보지 못했다. 한 번은 아버지와 내가 멍청이의 집에 낚시하러 갔을 때 창문가에 있는 걸 봤고, 한 번은 피트 젠슨과 내가 자전거를 타고 가다가 물을 한잔 얻으려고 그 집에 들렀을 때 봤다.

그 여자가 그렇게 무정하고 야박하게 느껴진 건 햇볕이 따가운데도 우리를 현관에 세워둔 채 안으로 들어오라고 하지 않았기 때문만은 아니었다. 문을 열자마자 우리가 뭐라고 말도 하기 전에 "원하는 게 뭐니?" 하고 묻던 모습도 한몫했다. 우리를 쏘아보던 모습도 그렇고, 그 집도 아마 한몫했을 텐데, 열린 문으로 새어나오던 메마르고 퀴퀴한 냄새는 메리 이모의 지하실을 연상시켰다.

그 여자는 내가 만난 다른 성인 여자들과 사뭇 달랐다. 나는 잠시 그냥 빤히 쳐다보다가 말했다.

"델 프레이저가 우리 아버진데요. 아줌마 남편이랑 가, 같이 일하세요. 저희는 자전거 타다가 그냥 물이나 한잔 얻어먹을까 해서……"

"잠깐만." 그녀가 말했다. "여기서 기다려."

피트와 나는 서로 쳐다보았다.

그 여자는 양손에 작은 철제 컵을 들고 나왔다. 나는 한입에 물을 다 마셔버리고는 시원한 컵 테두리를 혀로 핥았다. 그 여자는 더 마시겠느냐고 묻지 않았다.

"고맙습니다." 나는 말하고서 컵을 건네고 쩝쩝거렸다.

"고맙습니다." 피트가 말했다.

그 여자는 아무 말 없이 우리를 쳐다보았다. 그러더니 우리가 자전거로 돌아가기 시작하자, 현관 끝으로 걸어나왔다.

"너희들한테 지금 차가 있으면 나도 같이 타고 시내에 나갈 수 있을 텐데." 그 여자는 씩 웃었다. 내가 있는 곳에서 보면 치아가 하얗게 빛났고 입에 비해 너무 커 보였다. 차라리 쏘아보는 얼굴이 나았다. 나는 핸들을 움직이며 어색하게 그 여자를 응시했다.

"가자." 피트가 내게 말했다. "제리네 아빠 없으면 제리가 마실 거 좀 줄 거야."

피트는 자전거를 몰고 가다가 몇 초 후에 고개를 돌려, 현관에서서 아직도 자기가 던진 사소한 농담에 씩 웃고 있는 여자를 보았다.

"차가 있어도 시내에 데려다드리진 않을 거예요." 피트가 외쳤다.

나는 황급히 출발해서 뒤돌아보지 않고 피트를 따라갔다.

워싱턴에서도 우리가 사는 근방에는 배스를 잡을 만한 곳이 별로 없었다. 무지개송어가 대부분이고, 높은 산의 계곡에 민물

송어와 곤들매기가 좀 있고, 블루 호와 림록 호에 은빛 송어가 있는데, 그게 거의 전부고 늦은 가을이면 일부 강에서 이동하는 무지개송어와 연어가 발견되기도 한다. 하지만 낚시꾼에게는 그 정도면 충분했다. 내가 아는 사람 중 배스를 잡는 사람은 없었다. 내가 아는 사람 중 상당수는 배스를 직접 본 적도 없고, 그저 아웃도어 잡지에 실린 사진에서 때때로 보는 정도였다. 하지만 아버지는 아칸소와 조지아에서 자라던 어린 시절에 배스를 아주 많이 보았다. 아버지는 그 남쪽 지역을 늘 고향이라고 불렀다. 하지만 지금 아버지는 그저 낚시가 좋을 뿐 딱히 뭘 잡든 개의치 않았다. 아무것도 잡지 못하더라도 별로 신경쓰지 않았을 것 같다. 내 생각에 아버지는 그저 종일 바깥에 나가 배를 타고서 친구들과 샌드위치를 먹고 맥주를 마시거나, 아니면 마음이 동하는 날이면 홀로 강둑을 따라 걸으며 생각할 시간을 버는 것 자체를 좋아했다.

가을에는 컬럼비아 강에 송어, 온갖 종류의 송어와 연어와 무지개송어가, 겨울에는 송어의 일종인 흰물고기가 있었다. 아버지는 계절에 관계없이 어떤 물고기든 즐겁게 낚시했지만, 멍청이가 연못에 검정 배스를 채우기로 한 데 특별히 기뻐하는 듯했다. 당연히도, 멍청이와 친구였으니 배스가 충분히 자라면 언제라도 가서 낚시할 수 있으리라 여겼기 때문이었으리라. 어느 날 저녁 아버지는 멍청이가 검정 배스를 주문했다는 이야기를 내게 들려주면서 두 눈을 반짝였다.

"우리 연못이 생기는 거야!" 아버지가 말했다. "배스 낚을 날이 멀지 않았다, 잭! 송어 낚시하고는 영영 이별일 거다."

삼사 주가 지나고 배스가 도착했다. 나는 그날 오후에 시내 수영장에 수영하러 갔던지라 아버지가 나중에 그 소식을 전해주었다. 아버지가 막 퇴근해서 옷을 갈아입는데 멍청이가 우리집 진입로에 차를 댔다. 멍청이는 떨리는 손으로 자기집에 와 있던 소포 알림 전보를 아버지에게 보여주었고, 거기에는 루이지애나 배턴루지에서 온 살아 있는 배스 세 탱크가 수령 대기중이라고 쓰여 있었다. 아버지 역시 흥분하여 멍청이와 함께 멍청이의 픽업트럭을 타고 곧바로 그리로 향했다.

탱크들은—사실 배럴이었다—각각 희고 깨끗한 냄새가 나는 새 송판상자에 들어 있었고, 상자마다 옆면과 윗면에 커다란 네모 구멍이 뚫려 있었다. 상자들은 기차역 뒤쪽의 그늘진 곳에 놓여 있었는데, 아버지와 멍청이가 같이 들어야 트럭 뒤에 실을 수 있었다.

멍청이는 차를 아주 조심스럽게 몰아 시내를 벗어났고 그뒤로도 줄곧 시속 25마일로 달렸다. 집에 도착하자 그는 차를 멈추지 않고 뒤뜰을 그대로 가로지르더니, 연못에서 50피트도 떨어지지 않은 곳까지 갔다. 그때쯤 날이 거의 어두워져서 멍청이는 헤드라이트를 켜두었다. 멍청이는 차가 멈추자마자 좌석 아래에서 망치와 지렛대를 꺼내 들고 차에서 뛰어내렸다. 두 사람이 물가로 탱크 세 개를 힘겹게 모두 끌고 가자, 멍청이가 첫째 상자를 열기 시작했다. 그는 트럭의 헤드라이트를 받으며 작업하다가 망치의 집게 부분으로 엄지를 찍었다. 하얀 판자 위로 피가 걸쭉하게 흘렀지만 그는 알아채지 못하는 듯싶었다. 첫째 탱크에서 힘겹게 판자를 뜯어낸 뒤, 멍청이는 올이 굵은 삼베와 등나무 종류로 만든 망이 배럴을 감싸고 있는 걸 발견했다. 무거운 판자 뚜껑에는 오 센트 동전 크기의 구멍 여남은 개가 여기저기 뚫려 있었다. 두 사람은 뚜껑을 연 뒤 탱크 위로 올라갔고, 멍청이가 손전등을 꺼냈다. 안에는 시커멓고 작은 새끼 배스 수십 마리가 물속에서 헤엄치고 있었다. 그것들은 손전등의 불빛에도 아랑곳없이 그냥 헤엄치면서 목적지 없이 희미하게 원을 그리고 있었다. 멍청이는 불빛을 탱크 이곳저곳으로 몇 차례 움직이다가 손전등을 딸깍 끄고서 주머니에 집어넣었다. 그는 끙 소리를 내며 배럴을 들더니 물가로 이동하기 시작했다.

"잠깐, 멍청이, 나도 거들게." 아버지가 그에게 외쳤다.

멍청이는 탱크를 연못 끄트머리에 대고, 다시 뚜껑을 연 뒤 안에 든 것을 연못에 천천히 쏟았다. 그리고 손전등을 꺼내서 물에 비췄다. 아버지가 그리로 갔지만 아무것도 보이지 않았다. 물고기들이 이미 흩어져버린 것이다. 개구리들이 사방에서 쉰 소리로 개골개골 울었고, 어두운 하늘에서는 쏙독새들이 빙빙 돌며 곤충들을 향해 달려들었다.

"다른 상자는 내가 가져오지, 멍청이." 아버지가 말하며 멍청이의 작업복에서 망치를 꺼내려는 듯 손을 뻗었다.

멍청이는 뒤로 물러나더니 고개를 저었다. 그는 나머지 두 상자를 스스로 열다가 판자에 시커먼 핏방울을 묻혔는데, 탱크 하나하나에 전등을 오랫동안 비추며 맑은 물속에서 시커멓고 작은 배스들이 이쪽저쪽으로 느릿느릿 헤엄치는 모습을 보았다. 멍청이는 내내 입을 벌리고 거칠게 숨을 쉬었고, 일을 다 마치자 판자와 삼베망과 배럴을 다 모아다가 트럭 뒤에 소란스럽게 내던졌다.

아버지의 주장에 따르면 그날 밤부터 멍청이는 다른 사람이 되어버렸다. 물론 변화가 하루아침에 찾아오지는 않았지만 그날 밤 이후로 천천히, 아주 천천히 멍청이는 심연으로 가까이 다가갔다. 멍청이가 트럭을 몰고 목초지를 가로질러 아버지를 집까지 데려다주는 동안, 멍청이의 엄지는 부풀어올랐고 여전히 피가 좀 났으며 계기판 불빛에 비친 두 눈은 툭 불거지고 멀겠다.

그것이 내가 열두 살이던 해 여름의 일이었다.

멍청이는 더이상 그곳에 누구도 들이려 하지 않았다. 이 년 후 어느 날 오후 아버지와 내가 그곳에서 낚시를 하려고 한 후로는 말이다. 그 이 년 동안 멍청이는 집 뒤의 목초지에 죄 울타리를 치고, 연못 자체에도 울타리를 치더니 전기가 흐르는 가시철조망까지 설치했다. 재료를 사는 데만 오백 달러가 넘게 들었다고, 아버지는 어머니에게 넌더리를 내며 말했다.

아버지는 더이상 멍청이랑 엮이지 않으려 했다. 우리가 그곳에 갔던 7월 말 무렵 이후로는. 아버지는 이제 멍청이와 말도 섞지 않으려 했다. 원래 그렇게 사람을 쳐내는 성격이 아니었는데.

가을로 접어들기 직전의 어느 저녁, 아버지가 늦게까지 일해서 내가 저녁으로 알루미늄포일로 덮은 따뜻한 음식 한 접시와 보온병에 넣은 아이스티를 가져다주었는데, 아버지가 창문 앞에서서 시드 글러버라는 수리기사랑 이야기하는 모습이 보였다. 아버지는 내가 들어서는 순간 짧고 부자연스러운 웃음을 거칠게 내뱉더니 말했다. "그 바보 하는 짓 보면 꼭 물고기한테 장가간 것 같다니까. 정신병원에서 언제 녀석을 데려갈지 의문이야."

"가만 들어보니 그런 식이면 집에도 울타리를 쳐야겠는데요. 아니 정확히 말하면 침실이라고 해야 하려나." 시드가 말했다.

아버지는 주위를 둘러보다가 나를 발견하고는 눈썹을 살짝 추켜세웠다. 그러고는 다시 시드를 보았다. "근데 내가 잭이랑 그

녀석 집에 갔을 때 그 녀석이 어떻게 굴었는지는 얘기해줬지?"

시드는 고개를 끄덕였고, 아버지는 생각에 잠긴 듯 턱을 매만지다가 열린 창문 밖 톱밥으로 침을 탁 뱉더니 내게 몸을 돌려 인사했다.

한 달 전에 아버지는 마침내 멍청이를 꾀어 우리 둘이 연못에서 낚시해도 좋다는 허락을 받아냈다. 불도저처럼 밀어붙였다는 표현이 더 적합할 텐데, 아버지가 더이상 어떤 변명도 받아들이지 않겠다고 말한 것이다. 어느 날 아버지는 멍청이에게 계속 고집을 부렸고, 그 바람에 멍청이의 몸이 점점 뻣뻣해지는 걸 두 눈으로 보면서도 계속 빠르게 얘기하면서 제일 약한 배스를 솎아내면 나머지 녀석들에게 좋은 일이라는 둥 농담을 던졌다. 멍청이는 가만히 서서 한쪽 귀를 잡아당기며 바닥을 빤히 보았다. 아버지는 마침내 다음날 오후에 일 끝나고 나랑 같이 가겠다고 말했다. 멍청이는 몸을 돌려 사라졌다.

나는 들떴다. 아버지는 배스가 미친듯이 불어났기 때문에 부화장에 낚싯줄을 던지는 것이나 다름없을 거라고 했다. 그날 밤 우리는 어머니가 잠자리에 든 후에도 오랫동안 식탁에 앉아서 떠들고 간식을 먹으며 라디오를 들었다.

다음날 오후 아버지가 차를 몰고 진입로로 들어왔을 때 나는 앞뜰 잔디에서 기다리고 있었다. 나는 아버지의 오래된 배스 플러그* 대여섯 개를 상자에서 꺼내 세발바늘**이 얼마나 날카로운지 검지로 점검하고 있었다.

"준비됐냐?" 아버지는 내게 외치며 차에서 뛰어내렸다. "금방 화장실 좀 다녀올 테니 차에 물건 실어놔라. 하고 싶으면 네가 운전해도 된다."

"당연하죠!" 내가 말했다. 출발은 아주 좋았다. 내가 뒷좌석에 물건을 모조리 싣고 집으로 걸어가는데 아버지가 캔버스 천 낚시 모자를 쓰고 대문으로 나오며 양손으로 초콜릿 케이크 한 조각을 먹고 있었다.

"타라, 타." 아버지가 먹으면서 말했다. "준비됐냐?"

아버지가 빙 돌아서 차로 오는 동안 나는 운전석에 앉았다. 어머니가 우릴 내다보았다. 하얀 피부에 엄한 표정, 금발머리는 뒤로 틀어올려 아래쪽에서 라인석 핀으로 고정한 모습으로. 아버지가 어머니에게 손을 흔들었다.

나는 핸드브레이크를 풀고 천천히 후진했다. 어머니는 내가 기어를 바꿀 때까지 우리를 지켜보다가 손을 흔들었는데, 여전히 웃지 않고 있었다. 나는 손을 흔들었고 아버지도 다시 손을

* 물고기 모양을 흉내내어 만든 루어(가짜 미끼).

** 플러그에 달려 있는 바늘. 세 개씩 짝을 이루고 있다.

흔들었다. 아버지는 케이크를 먹어치우고 손을 바지에 닦았다. "간다!" 아버지가 말했다.

화창한 오후였다. 우리는 1940년형 포드 스테이션왜건의 창문을 모조리 열었고, 차가운 바람이 차 안으로 불어왔다. 길가에 늘어선 전화선이 웅웅거리는 잡음을 냈다. 목시 다리를 건너서 서쪽으로 휙 꺾어 슬레이터 로드로 접어들자, 커다란 수꿩 한 마리와 암탉 두 마리가 우리 앞에서 길을 가로지르며 낮게 날아가더니 알팔파밭으로 뛰어들었다.

"저것 좀 봐라!" 아버지가 말했다. "이번 가을에 여기 와봐야겠구나. 할랜드 윈터스가 여기다 땅을 사뒀다는데, 정확히 어딘지는 모르겠지만 시즌이 되면 우리더러 와서 사냥하라고 했거든."

양쪽에 초록으로 물결치는 알팔파밭이 펼쳐졌고, 간혹 집만 보이기도 하고 나무 울타리 안에 가축 몇 마리가 있고 헛간이 딸린 집이 보이기도 했다. 더 달리니 서쪽으로 커다란 황갈색 옥수수밭이 있고, 그 뒤로 흐르는 강 옆으로 흰 자작나무숲이 있었다. 흰 구름 몇 점이 하늘에 떠갔다.

"정말 멋지다, 그죠, 아빠? 그러니까, 뭐랄까, 전부 다 재미있는 거 같다구요, 안 그래요?"

아버지는 다리를 꼬고 앉아서 발가락으로 바닥을 두드렸다. 한 팔을 차창 밖으로 내놓고 바람에 맡겼다. "그럼, 재미있고말고. 전부 다." 그러더니 잠시 후에 말했다. "그럼, 당연히 재미있지! 좋구나, 이렇게 살아 있다는 게!"

잠시 후 우리가 멍청이의 집 앞에 차를 대자 멍청이가 모자를 쓰고 집에서 나왔다. 그의 아내가 창밖으로 내다보았다.

"프라이팬은 꺼내놨나, 멍청이?" 아버지가 현관 계단으로 내려오는 멍청이에게 외쳤다. "배스 살코기하고 감자튀김 해 먹어야지."

멍청이는 우리 차 옆으로, 우리가 서 있는 곳까지 다가왔다. "날 한번 제대로 잡았군!" 아버지가 계속 말했다. "자네 낚싯대는 어디 있나, 멍청이? 낚시 안 할 거야?"

멍청이는 고개를 홱홱 저었다, 안 한다고. 그는 한쪽 안짱다리에 무게를 실었다가 다른 쪽 다리로 옮기고는 땅바닥을 쳐다보더니 우리를 보았다. 혀가 아랫입술에 닿아 있었고, 오른쪽 발로 흙을 파기 시작했다. 내가 고리버들 바구니를 어깨에 메자마자 나를 지켜보는 멍청이의 시선이 느껴졌고, 나는 아버지에게 낚싯대를 건네주고 내 것을 집어들었다.

"준비됐나?" 아버지가 말했다. "멍청이?"

멍청이는 모자를 벗고, 모자를 벗은 손 팔목으로 벗어진 머리를 훔쳤다. 그는 뒤로 획 돌았고 우리는 그를 따라 집 뒤로 100피트 정도를 걸어 울타리로 갔다. 아버지가 내게 윙크했다.

우리는 폭신폭신한 목초지를 가로지르며 천천히 걸었다. 상큼하고 깨끗한 냄새가 풍겼다. 한 20피트마다 오래된 고랑 끄트머리에 있는 풀숲에서 도요새가 날아올랐다. 한번은 청둥오리 암컷 한 마리가 아주 작아서 거의 보이지도 않는 물웅덩이에서 뛰어오르더니 큰 소리로 꽥꽥대며 날아갔다.

"아마 저기에 둥지가 있을 거다." 아버지가 말했다. 아버지는 몇 피트 더 가서 휘파람을 불기 시작하더니 이내 그만두었다.

목초지가 끝나자 완만하게 경사진 땅이 나타났는데, 건조하고 바위투성이였고 쐐기풀 덤불과 스크러브 참나무 몇 그루가 여기저기 흩어져 있었다. 앞쪽으로는 키 큰 버드나무숲 뒤로 첫째 돌무더기가 50~75피트 높이로 솟아 있었다. 우리는 오른쪽으로 꺾어 오래된 자동차 바퀴자국을 따라가며 허리까지 올라오는 인주솜풀 사이를 가로질렀다. 우리가 지나갈 때, 인주솜풀 줄기 끝에 붙은 메마른 꼬투리들이 버스럭거렸다. 멍청이가 앞에서 걸었고, 내가 두세 걸음 뒤에서 따라갔고, 아버지가 내 뒤에서 걸었다. 갑자기 멍청이의 어깨 너머로 반지르르한 수면이 보이자 내 가슴은 쿵쾅댔다. "저기 있다!" 내가 불쑥 내뱉었다. "저기 있군!" 아버지도 보려고 목을 쭉 빼면서 말했다. 멍청이는 더 천천히 걷기 시작하더니 계속 초조하게 손을 들어 모자를 머리 앞뒤로 움직였다.

그는 멈춰 섰다. 아버지가 옆으로 다가서서 말했다. "어떻게 생각하나, 멍청이? 여기나 다른 곳이나 비슷비슷한가? 어디서 하면 좋을까?"

멍청이는 아랫입술에 침을 바르고 겁먹은 듯 우리를 돌아보았다.

"왜 그래, 멍청이?" 아버지가 날카롭게 말했다. "여긴 자네 연못이잖아, 안 그래? 꼭 우리가 남의 집에 침입이라도 한 것같이 구는군."

멍청이는 아래를 내려다보고는 작업복 앞에 붙은 개미 한 마리를 떼어냈다.

"이런, 젠장." 아버지가 말하며, 숨을 내쉬었다. 아버지는 시계를 꺼냈다. "자네 맘이 변하지 않았다면, 멍청이, 사십오 분이나 한 시간 정도 낚시할 수 있네. 어두워지기 전에 말이야. 응? 어떤가?"

멍청이는 아버지를 쳐다보더니 앞주머니에 양손을 넣은 다음 연못 쪽으로 몸을 돌렸다. 그는 다시 걷기 시작했다. 아버지는 나를 보고 어깨를 으쓱했다. 우리는 뒤를 따라갔다. 멍청이가 그렇게 군 탓에 흥분이 다소 식어버렸다. 아버지는 헛기침도 하지 않고 침을 두세 번 뱉었다.

이제 연못 전체가 보였는데, 위로 올라오는 물고기 때문에 수

면에 물결이 일었다. 거의 일 분마다 배스 한 마리가 물 밖으로 뛰어올라 물을 엄청나게 튀기며 떨어져, 파문이 점점 바깥쪽으로 퍼져나갔다. 가까이 다가가자 배스들이 물을 때리는 소리가 철썩철썩 들렸다. "세상에나." 아버지가 가만히 말했다.

연못으로 다가가니 물가에 탁 트인 곳이, 50피트 길이의 자갈길이 나왔다. 어깨 높이의 등심초가 왼쪽으로 조금 자라 있었지만 우리 앞쪽으로는 연못이 시원하게 트여 있었다. 우리 셋은 잠시 그곳에 나란히 서서 물고기가 연못 가운데를 향해 솟아올라오는 모습을 지켜보았다.

"숙여!" 아버지가 갑자기 어색하게 쭈그려 앉으며 말했다. 나도 몸을 숙여 앞에 펼쳐진 물속을, 아버지가 응시하고 있는 물속을 들여다보았다.

"하느님 맙소사." 아버지가 속삭였다.

배스떼가 천천히 돌아다녔는데, 이삼십 마리 정도 되는 무리 중에 2파운드가 안 되는 것은 하나도 없었다.

배스떼는 천천히 방향을 틀었다. 멍청이는 여전히 그대로 서서 물고기를 바라보고 있었다. 몇 분 후에 같은 물고기떼가 돌아와 어두운 물 아래에서 빽빽하게, 서로 거의 닿을 듯 헤엄쳤다. 크고 무거운 눈으로 우리를 쳐다보면서 물고기떼는 천천히 유영했고, 물고기의 빛나는 옆면이 물 아래에서 잔물결을 일으켰다.

물고기떼는 다시금, 세번째로 방향을 틀어 우리 쪽으로 왔다가 멀어졌고, 그 뒤로 두어 마리가 뒤처져 따라갔다. 우리가 앉든 서든 아무런 차이가 없었다. 물고기들이 우리를 전혀 겁내지 않았던 것이다. 나중에 아버지는 멍청이가 오후마다 거기 내려가서 먹이를 준 게 틀림없다고, 물고기들이란 사람을 무서워해서 피하는 법인데 녀석들은 거꾸로 둑으로 가까이 다가오지 않았느냐고 했다. "장관이었어." 나중에 아버지는 이야기했다.

십 분간 그대로 거기 앉아서, 아버지와 나는 배스들이 깊은 물에서 위로 헤엄쳐 올라와 우리 앞에서 한가로이 노니는 모습을 바라보았다. 멍청이는 그냥 서서 손가락을 잡아당기며 누군가를 기다리기라도 하듯 연못 주변을 두리번거렸다. 계란 모양으로 솟은 가장 큰 돌더미가 물과 맞닿은 자리, 아버지가 연못에서 가장 깊은 곳이라던 데가 그대로 들여다보였다. 나는 연못 가장자리를 훑어보았다—버드나무숲, 자작나무들, 저 끝에 있는 등심초 화단, 한 블록 떨어진 곳에서 검정새들이 날아오고 날아가며 여름처럼 높은 음조로 지저귀는 것을. 이제 해가 우리 등뒤에서 기분좋을 정도로 따스하게 목을 비추었다. 바람은 없었다. 연못 곳곳에서 배스들이 위로 올라와 수면을 건드리거나, 물위로 뛰어올랐다가 옆으로 떨어지거나, 아니면 수면으로 올라와 등지느러미만 검정 부채처럼 물 밖으로 내밀고 유영했다.

마침내 우리는 낚싯줄을 던지려고 자리에서 일어났고, 나는 흥분으로 떨렸다. 낚싯대의 코르크 손잡이에서 플러그 바늘을 겨우겨우 떼어냈다. 멍청이가 난데없이 커다란 손가락으로 내 어깨를 잡기에 돌아보니, 그의 파리한 얼굴이 내 얼굴에서 고작 몇 인치 떨어져 있었다. 멍청이는 아버지를 향해 턱을 두어 차례 까딱였다. 멍청이는 우리 중 한 사람만 낚싯줄을 던지기를 바랐고, 그게 아버지였던 것이다.

"씨, 젠장!" 아버지가 우리 둘을 보며 말했다. "젠장맞을!" 잠시 후 아버지는 자갈에 낚싯대를 세워놓았다. 모자를 벗더니, 도로 쓰고서 멍청이를 노려보다가 내가 서 있는 곳으로 다가왔다. "던져라, 잭." 아버지가 말했다. "괜찮아, 던지라고, 아들."

나는 던지기 직전에 멍청이를 쳐다보았다. 그는 얼굴이 뻣뻣하게 굳었고 턱에는 희미한 침 자국이 있었다.

"그 개자식이 입질하거든 세게 채라." 아버지가 말했다. "바늘 확실하게 박아주고. 녀석들 입이 문고리처럼 단단하니까."

나는 드래그 레버를 풀고 팔을 뒤로 젖혔다가 앞으로 내뻗으면서 노란 래틀 플러그*를 최대한 멀리 내던졌다. 플러그는 40피트 떨어진 곳에 첨벙하고 떨어졌다. 내가 느슨해진 낚싯줄을 감

* 속에 구슬을 넣어 소리가 나게 만든 루어.

기 시작하기도 전에 물이 출렁거렸다.

"얼른 채!" 아버지가 소리쳤다. "걸었다 걸었어! 채! 한번 더!"

나는 두 차례 세게 챘다. 녀석을 걸었다, 제대로. 쇠로 만든 낚싯대가 활처럼 휘며 앞뒤로 거칠게 튀었다. 아버지는 계속 고함쳤다. "풀어줘, 풀어주라고! 차고 나가라고 해! 줄 더 풀라고, 잭! 이제 감아! 감아! 아니다, 풀어줘. 우와! 저거 차고 나가는 거 좀 봐라!"

배스는 연못 여기저기서 풀쩍거리며 물 밖으로 나올 때마다 머리를 흔들었고, 플러그가 달그락거리는 소리가 들렸다. 그러더니 배스가 한차례 더 돌진하기 시작했다. 십 분 후에 나는 물고기를, 옆으로 누운 상태로, 물가에서 몇 피트 떨어진 곳까지 끌어왔다. 배스는 6~7파운드 정도 되는지 거대해 보였고, 옆으로 누워 뒤치며 열린 입과 아가미를 천천히 움직였다. 나는 무릎에 힘이 다 빠져서 서 있기도 힘들었지만 낚싯대를 붙잡고 줄을 팽팽하게 유지했다. 아버지가 신발을 다 적셔가며 물을 헤치고 나아갔다.

멍청이가 내 뒤에서 식식거렸지만 나는 물고기에서 눈을 뗄 수가 없었다. 아버지는 더 가까이 다가가더니 몸을 숙이면서 한 팔을 아래로 뻗어 배스의 아가미를 잡으려고 했다. 멍청이가 불쑥 내 앞으로 다가서더니 고개를 저으며 양손을 흔들었다. 아버지가 그를 흘끗 보았다.

"나 원, 도대체 왜 그래, 이 개새끼야? 지금 이 녀석이 내가 이제껏 본 배스 중에 최고로 큰 놈을 잡았다고. 도로 놔줄 것 같아? 너 대체 뭐가 문젠데?"

멍청이는 계속 고개를 저으며 연못 쪽을 가리켰다.

"난 애한테 배스 놔주라고 할 생각 없어. 내가 그럴 줄 알았다면 다시 생각해보는 게 좋을걸."

멍청이는 낚싯줄로 손을 뻗었다. 그동안 배스가 힘을 되찾아 몸을 뒤집더니 다시 헤엄쳐 나아가기 시작했다. 나는 고함쳤고 그때, 아마도 이성을 잃었던 것 같다. 릴 브레이크를 꽉 잠그고 줄을 감기 시작한 것이다. 배스가 마지막으로 맹렬하게 질주하자, 플러그가 우리 머리 위로 날아오르더니 나뭇가지에 떨어졌다.

"가자, 잭." 아버지가 말하며 낚싯대를 들었다. "우리까지 저 개새끼처럼 돌아버리기 전에 여기서 나가자. 가자, 망할 놈, 이러다 저 자식 때려눕힐라."

우리는 연못을 뒤로하고 걷기 시작했고, 아버지는 너무 화가 나서 턱을 앙다물었다. 우리는 빨리 걸었다. 나는 울고 싶었지만 서둘러 계속 침을 삼키면서 눈물을 참으려고 애썼다. 한번은 아버지가 돌에 발이 걸리는 바람에 넘어지지 않으려고 앞으로 몇 걸음 내달려야 했다. "망할 놈의 개새끼." 아버지가 중얼댔다.

해는 거의 졌고 바람이 강해졌다. 내가 어깨 너머로 뒤돌아보니, 멍청이는 아직도 연못가에 있었는데 이제는 버드나무숲으로 자리를 옮겨 한 팔로 나무를 감싸듯 붙잡은 채 몸을 기울이며 물을 내려다보고 있었다. 멍청이는 물 옆에서 아주 시커멓고 작아 보였다.

아버지는 내가 뒤돌아보는 걸 보고 멈춰 서서 몸을 돌렸다. "저 새끼 저것들한테 말하고 있어." 아버지가 말했다. "미안하다고 하고 있다고. 아주 돌아버렸다니까, 개새끼! 가자."

그해 2월에 강이 범람했다.

12월 초순 내내 우리가 살던 지역 전역에 눈이 심하게 내렸고, 그러다가 크리스마스가 가까워지자 날이 매우 추워지더니 땅도 얼어붙고 눈도 녹지 않은 채 그대로 남았다. 1월 말이 다가오자 치누크 바람이 불어왔다. 어느 날 아침에 깨어나보니 집이 바람에 뒤흔들리는 소리와 지붕에서 물이 졸졸 떨어지는 소리가 들렸다.

바람은 닷새간 계속 불었고 사흘째가 되자 강이 불어나기 시작했다.

"15피트까지 차올랐어." 어느 날 저녁 아버지가 신문을 보다가 말했다. "홍수위보다 3피트 높아진 거야. 멍청이 녀석 물고기 잃어버리게 생겼군."

나는 목시 다리로 가서 물이 얼마나 불어났는지 보고 싶었지만 아버지는 고개를 저었다.

"홍수가 볼 게 뭐 있어. 홍수는 더 보고 싶지 않다."

이틀 후 수위는 최고조에 달했고, 그후로 물이 천천히 빠져나갔다.

오린 마셜과 대니 오언스와 나는 일주일이 지난 토요일 아침에 자전거로 5~6마일을 달려 멍청이의 집으로 갔다. 우리는 도로 옆에 자전거를 세워두고 걸어서 멍청이의 집을 둘러싼 목초지를 가로질렀다.

습하고 바람이 거센 날이었고, 시커멓고 조각난 구름 덩어리들이 잿빛 하늘을 빠르게 오갔다. 땅은 흠뻑 젖어 있었고 우리는 빽빽한 풀숲에서 물웅덩이와 계속 마주쳤지만 피해갈 수가 없어서 그냥 헤치고 갔다. 대니는 그때 막 욕을 배우기 시작한 터라 신발이 물에 잠길 때마다 거칠게 욕설을 잔뜩 내뱉었다. 목초지가 끝나는 지점에서 우리는 물이 불어난 강을 볼 수 있었는데, 아직도 수위가 높았고 물이 물길을 벗어나 나무줄기들 주변에서 물결치며 땅을 가장자리에서부터 조금씩 침식하고 있었다. 강 가운데에서는 물이 세차고 빠르게 움직였고, 때때로 수면 위로 덤불이나 가지가 튀어나온 나무가 떠갔다.

우리는 멍청이네 울타리로 갔다가 암소 한 마리가 철조망에 몸이 끼인 것을 보았다. 녀석은 몸이 부풀어 있었고 피부가 번들번들하고 잿빛이었다. 작든 크든 어느 정도 크기가 있는 죽은 생명체를 보기는 우리 모두 처음이었다. 오린은 나무 막대기를 들어 암소의 젤리 같은 뜬 눈을 건드리고는 꼬리를 들어올리더니 막대기로 여기저기를 건드려보았다.

우리는 울타리를 따라서 강 쪽으로 이동했다. 아직 전기가 흐를지도 모른다는 생각에 철조망을 건드리기가 무서웠다. 하지만 깊은 운하처럼 보이는 물길의 끝에서 울타리가 갑자기 끊겼다. 그곳은 땅이 푹 꺼지며 물과 맞닿아 있었고, 울타리도 물에 빠져 있었다. 우리는 철조망을 통과해서 멍청이의 땅을 곧바로 가로지르며 연못 방향으로 빠르게 흐르는 물길을 따라갔다. 가까이 다가가자 물길이 세로로 연못을 가로지르며 연못의 반대편 끝에서 또다른 통로를 만들어낸 다음, 몇 차례 꺾이고 휘어 4분의 1마일 지난 지점에서 강과 다시 합류했다. 그리하여 이제 연못 자체가 넓고 사나운 강줄기의 일부처럼 보였다. 멍청이의 물고기가 대부분 쓸려갔고 남아 있는 녀석들도 물이 줄어들면 마음대로 오고갈 수 있으리라는 점은 의심할 여지가 없었다.

그때 나는 멍청이를 발견했다. 난 그를 보자 겁이 나서 다른 애들에게 손짓했고 우리는 모두 몸을 숙였다. 멍청이는 연못의 건너편, 물이 세차게 흘러나가는 곳 가까이에 서서 급류를 응시하고 있었다. 그는 잠시 후 고개를 들어 우리를 보았다. 우리는 벌떡 일어나 우리가 온 길로 겁먹은 토끼들처럼 달아났다.

"그래도 왠지 멍청이 녀석 참 안됐다는 생각이 들어." 몇 주 지난 어느 날, 저녁을 먹다가 아버지가 말했다. "보나마나 엉망진창일 거야, 뻔하지 뭐. 녀석이 자초한 일이긴 하지만 그래도 불쌍하단 마음이 드는 건 어쩔 수가 없네."

아버지는 이어서 조지 레이콕이 지난주 금요일 밤에 스포츠맨 클럽에서 멍청이의 아내가 웬 커다란 멕시코 남자랑 앉아 있는 걸 보았다는 이야기를 했다. "게다가 그게 다가 아니라니까……"

어머니가 아버지를 날카롭게 보았다가 나를 보았지만, 나는 아무 말도 못 들은 것처럼 그냥 계속 먹었다.

"젠장, 비, 이 녀석도 인생이 뭔지 알 만큼은 컸다고!" 아버지는 잠시 후 딱히 누구에게랄 것 없이 말했다. "여하간 뭔가 문제가 생길 것 같아."

참 많이 변했다, 멍청이 말이다. 멍청이는 이제 가능하다면 누구와도 결코 어울리지 않았다. 사람들과 같은 시간에 쉬지도 않았고 점심도 같이 먹지 않았다. 칼 로가 멍청이의 모자를 떨어뜨렸더니 멍청이가 2×4인치 크기의 볼트를 들고 그를 쫓아다닌 일이 있은 후로는 더이상 누구도 그에게 장난치려고 하지 않았다. 멍청이는 평균 일주일에 하루이틀은 자리를 비웠고, 그가 잘

릴 거라는 얘기가 돌았다.

"녀석 괴상하게 굴고 있어." 아버지가 말했다. "조심하지 않으면 분명 미칠 거야."

그러던 5월의 어느 일요일 오후, 내 생일을 목전에 두고 아버지와 내가 차고를 청소하고 있었다. 따뜻하고 고요한 날이었고 먼지가 차고 공중에 떠다녔다. 어머니가 뒷문으로 와서 말했다. "델, 당신 전화예요. 번인 것 같아요."

나는 아버지를 따라 씻으러 집안으로 들어갔다가 아버지가 전화에 대고 하는 말을 들었다. "번? 잘 지내? 뭐야? 그럴 리가, 번. 안 돼! 맙소사, 그럴 순 없다고, 번. 알았어. 그래. 끊어."

아버지는 전화기를 내려놓고 우리 쪽으로 돌아섰다. 얼굴이 창백해져서는 탁자에 손을 짚었다.

"안 좋은 소식이야…… 멍청이 일이야. 어젯밤 물에 뛰어들어 익사했대. 망치로 아내를 죽였다는군. 번이 지금 라디오에서 들었대."

우리는 한 시간 뒤에 그곳으로 차를 몰았다. 집 앞에, 집과 목초지 사이에 차들이 서 있었다. 보안관 차 두어 대, 고속도로 순찰차 한 대, 다른 차 몇 대가 있었다. 목초지로 가는 문이 열려 있었고, 연못으로 이어진 자동차 바퀴자국이 보였다.

집의 방충문이 닫히지 않도록 상자가 받쳐져 있었고, 웬 곰보

투성이에 마른 남자가 캐주얼 바지에 스포츠셔츠 차림으로 견대를 한 채 출입구에 서 있었다. 그는 우리가 스테이션왜건에서 내리는 모습을 지켜보았다.

“어떻게 된 거죠?” 아버지가 물었다.

남자는 고개를 저었다. “내일 밤 신문을 봐야 알아요.”

“그 녀석은…… 찾았대요?”

“아직. 강을 뒤지고 있어요.”

“내려가봐도 되나요? 내가 잘 알던 녀석이거든요.”

“난 상관없어요. 하지만 거기 있는 사람들이 쫓아낼지도 몰라요.”

“너 여기 있을래, 잭?” 아버지가 물었다.

“아뇨.” 내가 말했다. “나도 갈래요.”

우리는 바큇자국을 따라 목초지를 가로질러, 지난여름에 갔던 길과 거의 같은 길을 걸어갔다.

가까이 다가가자 모터보트 소리가 들렸고 배기가스가 연못 위로 지저분하게 날리는 게 보였다. 이제 작은 물줄기만이 연못으로 흘러들어가고 연못에서 흘러나왔지만, 지난번 홍수가 어느 부분을 치고 들어가 돌과 나무를 쓸어갔는지는 알 수 있었다. 제복 차림의 남자가 둘씩 타고 있는 작은 보트 두 대가 물위를 천천히 왔다갔다했다. 한 남자는 보트 앞쪽에서 운전했고, 다른 남자는 뒤쪽에 앉아 갈고리가 달린 밧줄을 다루었다.

그 오래전 저녁에 우리가 낚시하던 자갈밭에 구급차 한 대가 서 있었고, 흰색 옷을 입은 남자 두 명이 느긋하게 차에 등을 기대고 담배를 태웠다.

구급차 옆으로 몇 피트 떨어진 곳에 서 있는 보안관 자동차의 문이 열리자, 스피커에서 지지직거리는 커다란 목소리가 들렸다.

"무슨 일인가요?" 물가에 서서 양손을 엉덩이에 댄 채 보트를 지켜보고 있는 보안관보에게 아버지가 물었다. "내가 잘 아는 친구거든요. 같이 일했죠." 아버지가 덧붙였다.

"살인에 자살인 것 같군요." 보안관보는 불을 붙이지 않은 시가를 입에서 빼내며 말했다. 그는 우리를 살펴보더니 다시 보트를 보았다.

"어떻게 된 건가요?" 아버지가 고집스레 물었다.

보안관보는 벨트 아래로 손가락을 넣더니, 커다란 리볼버를 돌려 펑퍼짐한 엉덩이에 좀더 편안하게 걸쳤다. 그는 담배를 문 채로 말했다.

"어젯밤에 어떤 바에서 아내를 데리고 나와서는 트럭에서 망치로 때려죽였어요. 목격자가 있습니다. 그러고는…… 이름은 모르겠지만…… 그 남자는 여기 이 연못까지 아내를 트럭에 그대로 싣고 와서는 그냥 뛰어든 겁니다. 엄청나죠. 글쎄요, 아마 수영을 못했나본데, 잘 모르겠지만요…… 하지만 사람이 그냥 포기하고, 수영할 수 있는데 시도도 하지 않고 그냥 익사하기는 힘들다던데요. 가시인지 가르시아인지 하는 남자가 집까지 따라왔답니다. 우리가 조사하기로는 이 남자가 부인을 따라다닌 모양인데, 그 남자 말이 저 돌더미 위에서 남편이 뛰어내렸다는 겁니다. 그런 뒤에 트럭에서 부인을 발견했는데 죽어 있더래요." 그는 침을 뱉었다. "완전히 뒤죽박죽 아닙니까?"

모터 하나가 우뚝 멈췄다. 우리 모두 위를 쳐다보았다. 한 보트의 뒤쪽에 타고 있던 남자가 일어서서 밧줄을 힘겹게 당기기 시작했다.

"찾았으면 좋겠군요." 보안관보가 말했다. "집에 가고 싶네요."

일이 분 후 나는 팔 하나가 물에서 나오는 모습을 보았다. 그의 옆구리나 등에 갈고리가 걸린 게 틀림없었다. 팔은 잠시 후 물에 잠겼다가 다시 나타났는데, 형체 없는 웬 덩어리가 딸려 올라왔다. 순간 이런 생각이 스쳤다. 저건 멍청이가 아냐, 다른 뭔가가 몇 달 동안 연못에 잠겨 있다가 나온 거지.

보트 앞쪽에 있던 남자가 뒤로 이동하더니 물이 뚝뚝 떨어지는 덩어리를 둘이 함께 옆으로 끌어올렸다.

나는 아버지를 바라보았다. 아버지는 고개를 돌리고 있었고 입술이 떨렸다. 얼굴에 주름이 깊었다. 아버지는 갑자기 더 늙어

보였고 두려워하는 것 같았다. 나를 보더니 말했다. "여자들이란! 여자 잘못 만나면 저렇게 될 수도 있다, 잭."

하지만 아버지는 그 말을 하면서 더듬거린데다 불편한 듯 발을 움직였고, 나는 아버지가 진심으로 한 말이 아니라고 생각한다. 아버지는 그냥 그때 무슨 말을 해야 할지 몰랐던 것이다. 아버지의 진심이 뭐였는지는 잘 모르겠고, 다만 그 광경에 나처럼 겁먹었다는 사실만 알 뿐이다. 내가 보기에 그 일 이후로 아버지는 점점 삶을 힘겨워하는 것 같았고 더이상 행복하게 걱정 없이 지내지 못하는 듯했다. 어쨌거나 예전 같지는 않았다. 내 얘길 하자면, 나는 팔이 물 밖으로 나오는 장면을 잊지 못하리란 걸 알았다. 수수께끼 같고 끔찍한 어떤 신호처럼, 그것은 그후로 우리 가족을 따라다닌 불운을 예고하는 듯했다.

하지만 그건 아직 어려서 쉽게 외부의 영향을 받던 열두 살에서 스무 살 사이의 이야기다. 이제 나도 나이가 들어, 그 당시의 아버지 또래가 되어 살 만큼 살아보니—흔히 말하듯 세상 물정을 알게 되니—이제는 그것이, 그 팔이 무엇이었는지 알 것 같다. 그건 그저 익사한 사람의 팔이었다. 나는 다른 팔들도 보았다.

"집에 가자." 아버지가 말했다.

파이

그곳에 그녀의 차만 있고 다른 차는 없다는 것이 버트는 고마웠다. 버트는 진입로로 차를 몰아 어젯밤 떨어뜨린 파이 옆에 차를 세웠다. 파이는 아직 그대로, 알루미늄 팬은 뒤집히고 호박은 길바닥에 쏟아진 채 그곳에 있었다. 금요일 정오가 다 되어갔고 크리스마스 다음날이었다.

버트는 크리스마스에 아내와 아이들을 보러 들렀다. 베라는 자기 친구와 그의 아이들이 여섯시에 저녁 먹으러 올 테니까 버트에게 그전에 돌아가야 한다고 일러두었다. 그들은 거실에 앉아서 버트가 사 온 선물을 엄숙하게 풀어보았다. 크리스마스트리에 장식된 불빛이 반짝였다. 반짝이는 종이로 포장하고 리본과 끈으로 묶어둔 선물상자들이 트리 아래 놓인 채, 여섯시가 되기를 기다리고 있었다. 버트는 아이들, 테리와 잭이 선물을 푸는 모습을 지켜보았다. 그는 베라의 손가락이 조심스레 리본과 테이프를 뜯는 동안 기다렸다. 베라는 종이를 벗겼다. 상자를 열고 베이지색 캐시미어 스웨터를 꺼냈다.

"멋지네." 그녀가 말했다. "고마워, 버트."

"입어봐요." 테리가 엄마에게 말했다.

"그래요, 엄마." 잭이 말했다. "제대론데요, 아빠."

버트는 아들을 바라보며 아들이 자기를 지지해주는 것이 고마웠다. 잭에게 크리스마스 연휴중 언제 자전거를 타고 자기집에 오라고 해서 같이 아침을 먹으러 갈 수도 있을 터였다.

베라는 정말로 입어보았다. 침실로 들어가더니, 스웨터 앞을 위아래로 매만지며 나왔다. "좋은걸." 베라가 말했다.

"아주 잘 어울려." 버트가 말했다. 가슴에 뭔가가 차오르는 느낌이 들었다.

버트도 선물을 뜯어보았다. 베라는 이십 달러짜리 손드하임 남성복 상품권, 테리는 빗과 솔 세트, 잭은 손수건과 양말 세 켤레와 볼펜이었다. 버트와 베라는 럼주와 콜라를 섞어서 마셨다. 바깥이 어두워지며 다섯시 반이 되었다. 테리는 엄마를 보더니 일어나서 식탁에 식사 준비를 하기 시작했다. 잭은 자기 방으로 갔다. 버트는 그 상황이, 벽난로 앞에 잔을 쥐고 앉아 있고 칠면조 냄새가 솔솔 나는 그곳이 좋았다. 베라는 부엌으로 갔다. 버트는 소파에 몸을 기댔다. 크리스마스캐럴이 베라의 침실 라디오에서 흘러나왔다. 때때로 테리가 식탁에 놓을 물건을 들고 식사실로 들어갔다. 버트는 테리가 리넨 냅킨을 와인잔 안에 넣는 모습을 지켜보았다. 붉은 장미 한 송이가 꽂힌 날씬한 꽃병이 나왔다. 그런 뒤 베라와 테리가 부엌에서 낮은 목소리로 이야기하기 시작했다. 버트는 술잔을 비웠다. 밀랍과 톱밥으로 만든 통나무 하나가 벽난로에서 타오르며, 빨강, 파랑, 초록 불길을 내뿜었다. 버트는 소파에서 일어나 상자에 있는 통나무 여덟 개를 모조리 벽난로에 넣었다. 통나무에 불이 붙을 때까지 지켜보았다. 그러고는 테라스 문으로 다가가다가, 사이드보드*에 나란히 놓인 파이를 보았다. 버트는 파이를 쌓아서 들었다. 모두 다섯 판이었는데, 호박과 민스미트였다—베라는 축구팀이라도 먹일 셈이었나보다. 버트는 파이를 들고 집에서 나왔다. 하지만 어두운 진입로에서 자동차 문을 더듬거리다가 파이를 하나 떨어뜨렸다.

버트는 전날 떨어져 뭉개진 파이를 빙 돌아 테라스 문으로 향했다. 그의 열쇠가 자물쇠 안에서 부러져버린 그날 밤 이후로 대문은 줄곧 잠겨 있었다. 날은 흐렸고, 공기는 습하고 차가웠다.

---

* 식사실에 놓는 가구로, 음식을 올려두거나 식기류를 저장하는 용도로 쓰인다.

베라는 어젯밤 버트가 집을 태워버리려고 했다고 말했다. 그게 베라가 아이들에게 한 이야기였고, 그가 오늘 아침에 사과하려고 집에 전화했을 때 테리가 한 이야기였다. "엄마가 그러는데 아빠가 어젯밤에 집에 불내려고 했대요." 테리는 그렇게 말하며 웃었다. 버트는 오해를 바로잡고 싶었다. 그리고 전반적인 일들에 관해 이야기하고 싶었다.

테라스 문에 솔방울로 만든 화환이 걸려 있었다. 버트는 유리를 두드렸다. 베라가 그를 내다보고 인상을 찌푸렸다. 베라는 목욕가운 차림이었다. 베라가 문을 조금 열었다.

"베라, 어젯밤 일 사과하고 싶어." 그가 말했다. "어제는 미안해. 내가 멍청했어. 아이들한테도 사과하고 싶어."

"애들은 여기 없어." 베라가 말했다. "테리는 제 남자친구랑, 그 망할 놈의 자식이랑 오토바이 타고 나갔고 잭은 풋볼하러 갔어." 베라는 문에 서 있었고 버트는 테라스에 있는 필로덴드론* 옆에 서 있었다. 버트는 코트 소매에 붙은 보풀을 떼어냈다. "더 이상 말썽 일어나는 거 보고 싶지 않아." 베라가 말했다. "진저리가 난다구, 버트. 당신 어제 문자 그대로 집에 불내려고 했어."

"안 그랬어."

* 덩굴식물의 일종.

"그랬어. 여기 있는 사람 다 봤다구. 당신이 벽난로를 봤어야 하는데. 벽에 불붙을 뻔했단 말이야."

"잠깐 들어가서 얘기하면 안 돼?" 그가 말했다. "베라?"

베라는 그를 쳐다보았다. 목욕가운의 목 부분을 여미고는 뒤로 물러났다.

"들어와." 베라가 말했다. "하지만 나 한 시간 뒤에 나가야 돼. 그리고 조심 좀 해. 이것저것 건드리지 말고, 버트. 제발 또 집에 불내려고 하지 말란 말이야."

"거참, 베라."

"사실이잖아."

버트는 대답하지 않았다. 주변을 둘러보았다. 크리스마스트리 불빛이 깜빡거렸다. 소파 끄트머리에 빈 상자와 부드러운 포장용 종이가 쌓여 있었다. 식사실 식탁 가운데에는 칠면조 잔해가 남은 접시가 놓여 있었다. 뼈는 깨끗하게 발려 있었고 먹다 남아서 굳어버린 부분은 무슨 끔찍한 새둥지처럼 파슬리 무더기에 똑바로 놓여 있었다. 냅킨은 더럽혀져 식탁 여기저기에 떨어져 있었다. 그릇 몇 개가 쌓여 있고 컵과 와인잔 들이 식탁 한쪽 구석으로 치워져 있었는데, 꼭 누군가 정돈하다가 마음을 바꾼 것 같았다. 정말로, 벽난로에는 검게 그을린 자국이 벽돌을 타고 올라가 선반까지 이어져 있었다. 벽난로 안에는 잿더미가 그득했고, 그 옆에는 빈 섀스타 콜라 캔이 있었다.

"부엌으로 와." 베라가 말했다. "커피 줄게. 하지만 나 곧 나가야 해."

"친구는 어젯밤에 몇시에 갔어?"

"그런 소리 할 거면 지금 가고."

"알았어, 알았다구."

버트는 의자를 끌어다가 커다란 재떨이가 있는 쪽 식탁에 앉았다. 그는 눈을 감았다가 떴다. 커튼을 옆으로 걷고 뒤뜰을 내다보았다. 앞바퀴가 없는 자전거가 핸들과 안장이 바닥으로 가도록 뒤집혀 놓여 있었다. 잡초가 삼나무 울타리를 따라 자라 있었다.

"추수감사절 말이야." 베라가 말했다. 베라는 냄비에 물을 부었다. "추수감사절 기억나? 그때 내가 더는 당신이 명절 망치는 꼴 안 보겠다고 했지. 칠면조 대신 베이컨과 달걀을 먹다니, 그것도 밤 열시에. 사람이 그런 식으로 살 수는 없는 거라구, 버트."

"나도 알아. 미안하다고 했잖아, 베라. 진심이었다구."

"이제 미안하다는 말만으로는 안 돼. 안 된다고."

점화용 불씨가 다시 꺼졌다. 베라는 물이 든 냄비를 올려놓은 가스버너 앞에서 불을 붙이려고 하고 있었다. "데지 않게 조심해." 버트가 말했다. "그러다 불나겠어."

베라는 답이 없었다. 버너에 불이 붙었다.

버트는 베라의 목욕가운에 불이 붙어서 자기가 식탁에서 벌떡 일어나 베라를 바닥에 쓰러뜨리고는 그대로 계속 굴려 거실까지 간 뒤 자기 몸으로 베라를 감싸는 장면을 상상해보았다. 아니면 먼저 침실로 뛰어가서 담요를 가지고 나와 베라에게 덮어줘야 할까?

"베라?"

베라가 그를 보았다.

"집에 술 남은 거 좀 있어? 럼주 남은 거 없어? 오늘 아침엔 한 잔해도 좋을 것 같아. 몸 좀 훈훈해지게."

"냉장고에 보드카도 있고 여기 어디에 럼주도 있어. 애들이 먹어치우지 않았으면 말이지만."

"언제부터 보드카를 냉장고에 넣어뒀어?"

"묻지 마."

"알았어, 안 물어볼게."

버트는 냉장고에서 보드카를 꺼내고 잔을 찾아보더니 조리대에서 찾은 컵에 보드카를 조금 따랐다.

"그렇게 컵에다 그냥 마시려고? 세상에, 버트. 그나저나 무슨 얘기가 하고 싶은데? 나 어디 가야 한다고 했잖아. 한시에 플루트 레슨 있어. 하고 싶은 얘기가 뭐야, 버트?"

"아직도 플루트 배워?"

"방금 말했잖아. 무슨 얘기야? 할 얘기가 뭔지나 말해, 나 준비해야 돼."

"우선 그냥 어젯밤에 미안했다고 말하고 싶었어. 기분이 좀 안 좋았거든. 미안해."

"당신은 늘 기분이 나쁘잖아. 어젠 그냥 취해서 우리한테 퍼붓고 싶었던 거지."

"그렇지 않아."

"그럼 애초에 여긴 왜 왔어, 내가 약속 있다고 했는데? 그 전날 올 수도 있었잖아. 어제저녁에 약속 있다는 얘기 내가 했잖아."

"크리스마스였잖아. 선물 주고 싶었어. 당신은 아직도 내 가족이라고."

베라는 대답하지 않았다.

"이 보드카 당신 말이 맞는 것 같아." 그가 말했다. "뭐든 주스 있으면 좀 섞어야겠는데."

베라는 냉장고를 열고 물건을 이리저리 옮겼다. "크랜베리 사과 주스가 다야."

"괜찮아." 버트가 말했다. 그러고는 일어나서 크랜베리 사과 주스를 컵에 붓고, 보드카를 좀더 섞더니 새끼손가락으로 저었다.

"나 화장실 가야 돼." 베라가 말했다. "잠깐만."

버트는 크랜베리 사과 주스와 보드카를 섞은 것을 마시고 기분이 나아졌다. 그는 담배에 불을 붙이고 성냥을 커다란 재떨이에 던졌다. 재떨이에 담배꽁초와 담뱃재가 쌓여 있었다. 버트는 베라가 피우는 담배를 알아봤지만, 필터 없는 담배도 있었고 그 외에 또다른 브랜드도 있었다—라벤더색 꽁초에 립스틱이 잔뜩 묻어 있었다. 그는 일어나서 싱크대 아래에 있는 봉지에 재떨이를 비웠다. 파란색 사기로 된 재떨이는 가장자리가 위로 올라온 모양이었는데, 샌타크루즈의 쇼핑몰에 갔을 때 수염 난 도공에게 산 물건이었다. 접시만큼 큰 걸 보면 어쩌면 원래 그 용도로, 일종의 접시나 그릇으로 만들었는지도 모르지만 그들은 그걸 곧바로 재떨이로 쓰기 시작했다. 그는 재떨이를 도로 식탁에 놓고 자기 담배를 비벼 껐다.

버너의 물이 끓기 시작하는 순간 전화벨이 울렸다. 베라는 화장실 문을 열고 거실 너머로 그에게 소리쳤다. "좀 받아줄래? 나 지금 샤워하려고 해서."

부엌 전화는 조리대 구석에, 구이용 팬 옆에 있었다. 전화벨은 계속 울렸다. 버트는 조심스레 수화기를 들었다.

"찰리 있나요?" 생기 없고 단조로운 목소리가 물었다.

"아뇨." 그가 말했다. "잘못 거신 것 같습니다. 여기는 323-4464예요. 잘못 거셨어요."

"알겠습니다." 목소리가 대답했다.

하지만 버트가 커피를 만들려고 하는데 전화가 또 울렸다. 그는 전화를 받았다.

"찰리?"

"잘못 거셨어요. 저기요, 전화번호를 확인해보시는 게 좋겠어요. 코드 번호를 보세요." 이번에 그는 수화기를 그냥 옆에다 내려놓았다.

베라가 청바지와 흰색 스웨터를 입고 머리를 빗으며 부엌으로 돌아왔다. 버트는 뜨거운 물을 담은 컵 두 개에 인스턴트커피를 타고, 커피를 저은 뒤 자기 커피에 보드카를 넣었다. 그는 컵을 식탁으로 가져갔다.

베라가 수화기를 들어서 귀에 대보더니 말했다. "무슨 일이야? 누구 전화였어?"

"아무도 아니었어." 그가 대답했다. "잘못 걸려온 전화야. 라벤더색 담배 누가 피우는 거야?"

"테리. 아니면 누가 그런 걸 피우겠어?"

"테리가 담배 피우는 줄은 몰랐는데." 그가 말했다. "담배 피우는 거 못 봤는데."

"걔 담배 피워. 아직 당신 앞에서 피우고 싶지는 않은가보지." 베라가 말했다. "웃겨, 그런 거 보면." 베라는 머리빗을 내려놓았다. "하지만 테리가 만나고 다니는 그 개자식, 그 자식은 또 다른 문제야. 그놈은 골칫덩이라고. 고등학교 중퇴한 뒤로 걸핏하면 사고를 친다니까."

"말해봐."

"방금 말했잖아. 그놈은 개망나니라고. 걱정은 되는데 내가 뭘 할 수 있을지 모르겠어. 맙소사, 버트, 나 눈코 뜰 새도 없어. 가끔은 사는 게 뭔지 알 수가 없어진다니까."

베라는 그를 마주보고 식탁에 앉아 커피를 마셨다. 둘은 담배를 태우며 재떨이에 재를 떨었다. 버트는 하고 싶은 말이 있었다. 자신의 헌신과 후회를 보여주는 말을, 위로가 되는 말을 하고 싶었다.

"테리 녀석 내 약을 훔쳐다가 하기도 해." 베라가 말했다. "당신이 이 집에서 일어나는 일을 정말로 알고 싶다면 말이지만."

"하느님 맙소사. 테리가 약을 한다고?"

베라가 고개를 끄덕였다.

"여기서 그런 소리를 듣게 될 줄이야."

"그럼 뭘 바라고 온 거야? 어젯밤에 가져간 파이로 부족해?"

버트는 어젯밤 자동차 바닥에 파이를 쌓아둔 채 그대로 차를 몰고 집으로 돌아간 게 떠올랐다. 그러고는 그 일을 까맣게 잊고 있었다. 파이는 여전히 차에 있었다. 버트는 잠시, 베라에게 이야기해야 한다고 생각했다.

"베라." 그가 말했다. "크리스마스잖아, 그래서 온 거야."

"크리스마스는 끝났어, 고맙게도. 크리스마스는 이미 지나갔다고." 베라가 말했다. "난 더이상 명절이 기다려지지 않아. 내가 평생 명절 기다리나 봐라."

"난 어떨 것 같아?" 그가 말했다. "나도 명절이 기다려지지 않는 건 마찬가지야. 뭐, 이제 1월 1일만 지나가면 되겠네."

"당신은 취하면 되잖아." 그녀가 말했다.

"그렇잖아도 노력중이라고." 버트는 말하며 분노가 치미는 걸 느꼈다.

전화벨이 다시 울렸다.

"찰리 찾는 전화야." 버트가 말했다.

"누구?"

"찰리." 버트가 말했다.

베라는 전화를 받았다. 버트를 등지고 통화했다. 그러더니 몸을 돌리고서 말했다. "나 방에 가서 전화 받을 거야. 내가 방에서 전화 받으면 이 전화 좀 내려놔줄래? 내려놨는지 아닌지 알 수 있으니까 내려놓으라고 말하면 내려놔."

버트는 대답은 안 했지만 수화기를 받아들었다. 베라가 부엌에서 나갔다. 그는 수화기를 귀에 대고 귀를 기울였지만 처음엔 아무것도 들리지 않았다. 그러다가 누군가, 어떤 남자가 수화기 너머로 헛기침하는 소리가 들렸다. 버트는 베라가 다른 전화기를 들고 자신에게 말하는 걸 들었다. "이제 됐어, 수화기 내려놔도 돼, 버트. 나 받았어. 버트?"

버트는 수화기를 내려놓고 그대로 서서 쳐다보았다. 그러다가 은그릇이 들어 있는 서랍을 열고 안에 있는 물건을 이리저리 뒤적거렸다. 다른 서랍도 열어보았다. 싱크대도 보았고, 그러고 나서 식사실로 가서 접시에 놓인 고기 써는 칼을 발견했다. 그는 따뜻한 물에 칼을 대고 기름을 씻어냈다. 칼날을 소매로 닦았다. 그러고는 전화기로 다가가, 전화선을 반으로 접어 손에 쥐고서, 칼로 플라스틱 피막과 구리선을 아주 손쉽게 잘라냈다. 그는 전화선 끝부분을 살펴보았다. 그러고는 전화기를 깡통 옆, 원래 있던 자리에 아무렇게나 밀쳐놓았다.

베라가 나오더니 말했다. "통화중에 갑자기 전화가 끊겼어. 당신이 전화기 건드렸어, 버트?" 베라는 전화기를 보더니 조리대에서 집어들었다. 3피트 길이의 초록색 전화선이 전화기에 매달려 있었다.

"개자식." 베라가 말했다. "이제 더이상 못 참아. 나가, 나가, 나가서 당신 집으로 가버려." 베라는 버트에게 전화기를 흔들었다. "이제 끝났어, 버트. 나 법원에 금지 명령 신청할 거야, 알아들어? 지금 당장 나가, 경찰 부르기 전에." 베라가 조리대에 전화기를 세게 내려놓자 뎅 하는 소리가 났다. “당장 나가지 않으면 옆집에 가서 사람 부른다. 당신은 파괴적이야. 그게 당신이라고.”

버트는 이미 재떨이를 집어들고 식탁에서 뒷걸음질치고 있었다. 그는 재떨이 가장자리를 쥐고 있었고, 양 어깨가 움츠러들어 있었다. 마치 원반처럼 재떨이를 던질 태세였다.

“제발.” 베라가 말했다. “좀 가주라. 버트, 그 재떨이 우리 거잖아. 제발. 가라고.”

버트는 베라에게 인사하고 테라스 문으로 나왔다. 확실하지는 않았지만, 자기가 뭔가는 증명했다고 생각했다. 버트는 그로써 자기가 아직도 그녀를 사랑한다는 걸, 그리고 자기가 질투한다는 걸 확실히 보여줬기를 바랐다. 하지만 그녀와 이야기는 하지 못했다. 조만간 그녀와 진지하게 이야기해야 할 것이었다. 정리해야 할 일들이, 논의해야 할 중요한 일들이 아직 있었다. 둘은 다시 대화할 것이었다. 아마도 명절이 끝나고 일상으로 돌아가고 나면.

버트는 진입로에 떨어져 있는 파이를 빙 둘러서 차에 탔다. 시동을 걸고 후진 기어를 넣었다. 그는 거리로 나왔다. 그러고는 기어를 저단에 놓고 앞으로 나아갔다.

평온함

토요일 아침이었다. 해가 짧아졌고 한기가 감돌았다. 나는 머리를 깎고 있었다. 나는 의자에 앉아 있었고 내 맞은편 벽에는 세 남자가 나란히 앉아 기다리고 있었다. 두 남자는 전에 본 적이 없지만, 한 남자는 누구인지는 몰라도 얼굴은 알아볼 수 있었다. 나는 이발사가 내 머리를 만지는 동안 계속 그 남자를 쳐다보았다. 그는 입에 이쑤시개를 넣고 이리저리 움직이고 있었다. 몸집이 크고 쉰 살 정도 되어 보였으며 짧은 곱슬머리였다. 나는 그가 누구인지 생각하다가, 모자와 제복 차림으로 총을 들고 작은 눈으로 안경 너머를 감시하듯 쳐다보며 은행 로비에 서 있는 모습이 떠올랐다. 그는 경비였다. 나머지 두 남자 중 하나는 확연히 나이가 많았는데도 머리에 곱슬곱슬한 잿빛 머리카락이 빼곡했다. 그는 담배를 피우고 있었다. 다른 남자는 그렇게 나이들지는 않았지만 정수리 부위가 거의 벗어졌고 양옆으로 짙은 색의 곧은 머리카락이 귀를 덮고 있었다. 벌목용 부츠를 신었고 바지는 기계기름으로 번들거렸다.

이발사가 내 정수리에 한 손을 얹고 더 잘 보려고 내 머리를 옆으로 돌렸다. 그러고는 경비에게 말했다. "사슴은 잡았어요, 찰스?"

나는 이발사가 마음에 들었다. 우리는 서로 이름을 부를 만큼 가깝지는 않았지만, 내가 머리를 깎으러 오면 그가 나를 알아보고 내가 낚시한다는 것도 기억해서 같이 낚시 이야기를 했다. 나는 그가 사냥을 한다고는 생각하지 않지만 그는 어떤 주제로도 대화할 수 있었고 남의 이야기를 잘 들어주었다. 이런 면에서 그는 내가 아는 몇몇 바텐더와 비슷했다.

"빌, 그게 좀 웃기게 됐어요. 그 망할 것." 경비가 말했다. 경비는 이쑤시개를 빼내어 재떨이에 놓았다. 그리고 고개를 저었다. "잡기는 잡았는데 못 잡았어요. 그러니까 '그렇다'도 되고 '아니다'도 되죠."

난 그의 목소리가 마음에 안 들었다. 덩치와 어울리지 않았다. 내 아들이 자주 쓰던 "소심쟁이"라는 단어가 떠올랐다. 그것, 그 목소리는 어쩐지 여성스러웠고 우쭐거리는 듯했다. 뭐가 되었건 그건 흔히 예상하는 목소리나 온종일 듣고 싶은 목소리는 아니었다. 다른 두 남자가 그를 쳐다보았다. 나이든 쪽은 잡지를 넘기며 담배를 피우고 있었고, 다른 쪽은 신문을 들고 있었다. 그들은 보던 것을 내려놓고 잘 들으려고 몸을 돌렸다.

"말해봐요, 찰스." 이발사가 말했다. "들어보죠." 이발사는 다시 내 머리를 돌리고 잠시 가만히 가위를 들고 있더니, 다시 머리를 깎기 시작했다.

"우린 피클 산에 올라갔어요, 우리 아버지랑 나랑 아들이랑. 우린 거기 협곡에서 사냥을 했죠. 아버지는 한쪽 협곡 꼭대기에 진을 쳤고, 나랑 아들은 다른 쪽 협곡에 있었어요. 아들 녀석은 숙취가 있었어요, 망할 자식. 그때가 오후였는데 우린 동틀 녘부터 거기 있었지요. 아들 녀석은 아파 보였고 종일 물을 마셔댔어요, 내 것까지요. 여하튼 우린 아래쪽에 있는 사냥꾼들이 사슴을 한 마리쯤 우리 방향으로 몰아주지 않을까 기대하는 마음이었어요. 통나무 뒤에 앉아서 협곡을 지켜보고 있었지요. 그전에 계곡 아래쪽에서 총성이 들렸거든요."

"거기 과수원이 있죠." 신문을 든 남자가 말했다. 그는 엄청나게 꼼지락댔고 한쪽 다리를 꼬고 잠시 부츠를 흔들다가 다른 쪽 다리를 꼬았다. "사슴들이 거기 과수원에 잘 다녀요."

"맞아요." 경비가 말했다. "그 망할 것들, 밤이면 과수원에 들어가서 풋사과를 따먹는다니까요. 여하간 아까 말했듯이 우린 그전에 총성을 들었던 터라 그냥 가만히 앉아 있었는데, 그때 커다란 늙은 수사슴 한 마리가 100야드도 떨어지지 않은 나무 밑 덤불에서 나오지 않겠어요. 아들도 나랑 동시에 놈을 봤죠, 당연히. 그러더니 풀썩 엎드려서 탕탕 하고 총을 쏘기 시작하는 거예요, 팔푼이 자식이. 늙은 수사슴은 사실 위험할 게 없었지만 처음에는 총알이 어디서 날아오는지 알 수 없었나보더군요. 놈은 어디로 뛰어야 할지 몰랐어요. 그때 내가 한 발을 쐈는데, 소란통에 그냥 병신을 만들어놓기만 했어요."

"병신을 만들었다구요?" 이발사가 말했다.

"있잖아요, 그거. 배에 맞았거든요. 그냥 병신이 된 거죠, 그러니까. 놈은 머리를 푹 떨어뜨리더니 떨기 시작했어요. 온몸을 떨더군요. 아들은 아직도 쏘고 있었고요. 꼭 한국에 돌아간 느낌이었어요. 내가 다시 쏘았지만 불발이었죠. 그때 그 늙은 수사슴씨가 다시 한번 덤불 속으로 움직였는데, 이번엔 글쎄, 뭐라고 해야 하나, 전혀 탄력이 없는 거예요. 아들은 그때쯤 쓸데없이 총알만 다 날렸지만 난 맞췄어요. 한 발을 놈의 뱃속에 처박아줬고 그 때문에 놈이 맥이 풀려버린 거죠. 병신을 만들었단 건 그 뜻이었어요."

"그다음에는요?" 아까 그 남자가 신문을 말아서 무릎에 두드렸다. "어떻게 됐나요? 보나마나 추적했겠죠. 예외 없이, 놈들은 힘든 곳에 가서 죽죠."

나는 그 남자를 다시 쳐다보았다. 아직도 그 말이 기억난다. 나이든 남자는 경비가 이야기하는 동안 계속 들으면서 지켜보고 있었다. 경비는 그 이목을 만끽하고 있었다.

"그래서 추적했소?" 나이든 남자가 물었지만, 실은 질문이 아니었다.

"그랬죠. 나랑 아들 둘이서 추적했어요. 하지만 아들은 별 도움이 안 됐어요. 추적하는 도중에 속이 뒤집어졌거든요. 덕분에 늦어졌어요, 그 머저리 녀석." 경비는 그 상황을 생각하더니 웃음을 참지 못했다. "맥주 마시고 밤새 여자 쫓아다니다가 다음날 사냥할 수 있을 거라 생각하다니. 이제 녀석도 좀 깨달은 바가 있겠죠. 어쨌든 우린 놈을 추적했어요. 그것도 아주 잘했죠. 땅에도 나뭇잎에도 인동에도 혈흔이 있었거든요. 온통 피투성이였어요. 놈이 기대서 쉬던 소나무에도 피가 묻어 있더군요. 늙은 수사슴이 그렇게 피를 쏟는 건 처음 봤다니까요. 어떻게 계속 움직일 수 있었는지 모르겠어요. 하지만 주위가 어두워져서 우린 돌아와야 했죠. 아버지가 걱정되기도 했고요. 알고 보니 괜한 걱정이었지만요."

"어떤 때 사슴은 그 상태로 끝도 없이 가요. 하지만 예외 없이 놈들은 힘든 곳에 가서 죽죠." 신문을 든 남자가 못박듯 한번 더 말했다.

"난 아들 녀석한테 애초에 제대로 맞혔어야 했다고 호통을 쳤어요. 녀석이 말대답을 하려고 하기에 너무 화가 나서 후려갈겼죠. 여기를요." 경비는 머리 옆쪽을 가리키며 씩 웃었다. "귀싸대기를 갈겨줬죠, 망할 녀석. 아직 어려요. 좀 맞아야 해요."

"에, 지금쯤 코요테가 잡아먹겠네요." 남자가 말했다. "까마귀랑 대머리독수리도요." 남자는 접었던 신문을 펴서 평평하게 하고는 한쪽에 내려놓았다. 다시 다리를 꼬았다. 다른 사람들을 둘러보더니 고개를 흔들었다. 하지만 그는 이렇든 저렇든 별로 상관없는 듯 보였다.

나이든 남자가 의자에서 몸을 돌리더니 창밖으로 흐릿한 오전 햇살을 내다보았다. 그는 담배에 불을 붙였다.

"그렇겠죠." 경비가 말했다. "아쉽네요. 커다란 늙은 놈이었는데. 그놈 뿔을 차고에 걸어뒀으면 좋았을 텐데요. 하지만 그래서, 질문에 답하자면 빌, 난 사슴을 잡았지만 잡지 못한 거예요. 그래도 우린 결국 사슴고기를 먹었어요. 우리 노인네가 새끼 수사슴을 한 마리 잡았지 않겠어요. 벌써 캠프에 가져와서 매달아 놓고 능수능란하게 내장을 제거해두었더라구요. 간, 심장, 신장은 왁스지로 포장해서 아이스박스에 벌써 보관해뒀고요. 아버지는 우리가 내려오는 소리를 듣고 캠프 바로 앞에서 우리를 맞았어요. 마른 피로 뒤범벅된 손을 내밀더군요. 한마디도 없이 말이에요. 노인네, 사람 놀라게 하다니. 난 잠시 무슨 일이 벌어진 건지 알 수가 없었죠. 늙은 손에 꼭 페인트칠을 한 것 같더라구요. '보거라.' 아버지가 말했어요."—이때 경비는 포동포동한 자기 두 손을 내밀었다— "'내가 해놓은 것 좀 보라고.' 우리는 밝은 데로 가서 작은 사슴이 걸려 있는 걸 봤어요. 작은 수사슴이었죠. 아주 작은 놈이었지만, 노인네는 좋아 죽으려고 하더군요. 나랑 아들은 보여줄 게 아무것도 없었어요. 아들놈이 술도 덜 깨고 짜증도 나고 귀도 얼얼해서 볼만했다는 걸 빼면." 경비는 소리 내어 웃더니, 기억을 떠올리려는 듯 이발소를 둘러보았다. 그러더니 이쑤시개를 집어들고 도로 입안에 쑤셔넣었다.

나이든 남자가 담배를 입에서 빼내더니 찰스에게 고개를 돌렸다. 그는 숨을 들이쉬고서 말했다. "지금 여기서 머리나 깎을 게 아니라 거기 나가서 사슴을 찾아야지. 그거참 구역질나는 얘기군." 아무도 입을 열지 않았다. 경비의 얼굴에 아연한 표정이 스쳤다. 경비는 눈을 깜빡였다. "난 자네를 모르고 알고 싶지도 않지만, 자네든 자네 아들이든 아버지든 다른 사냥꾼들과 같이 숲에 나가도록 허가해주면 안 된다고 생각하네."

"그런 식으로 말하면 안 되지." 경비가 말했다. "이런 늙은 망나니가. 당신 어디선가 본 얼굴인데."

"뭐, 난 네 녀석 본 적 없어. 그 피둥피둥한 얼굴을 봤다면 기억했을 테니까."

"두 분, 그만하세요. 여긴 제 이발소입니다. 제 가게라고요. 여기서 이러시면 곤란해요."

"네 녀석 귀싸대기를 때려줘야 하는데." 나이든 남자가 말했다. 나는 잠시 그가 의자에서 일어서려는 줄 알았다. 하지만 어깨가 위아래로 들썩이는 게, 호흡이 눈에 띄게 힘겨워 보였다.

"한번 해보시지." 경비가 말했다.

"찰스, 앨버트는 내 친구예요." 이발사가 말했다. 이발사는 빗과 가위를 카운터에 놓고 양손을 내 어깨에 올려놓았는데, 꼭 내가 의자에서 튀어올라 뛰어들기라도 할까봐 그러는 것 같았다. "앨버트, 전 찰스도, 찰스 아들도 벌써 몇 년째 머리를 깎아주고 있어요. 이제 그만하시면 좋겠네요." 이발사는 내 어깨에 계속 손을 얹은 채 두 남자를 번갈아 쳐다보았다.

"한번 붙어봐요." '예외 없이' 남자가 얼굴을 붉히며 뭔가 기대하듯 말했다.

"그만하세요." 이발사가 말했다. "경찰을 부르고 싶진 않으니까. 찰스, 그 얘기는 더 듣고 싶지 않군요. 앨버트, 다음 차례니까 이분 끝날 때까지 조금만 기다리세요. 그리고"—이발사가 '예외 없이' 남자를 돌아보았다—"손님은 누군지 당최 모르겠지만, 그만 덥적대는 게 나을 것 같군요."

경비가 일어나서 말했다. "머리는 나중에 와서 깎아야겠네요, 빌. 이 사람들이랑 같이 깎고 싶지가 않아요." 경비는 아무도 쳐다보지 않고 나가며 문을 세게 닫았다.

나이든 남자는 그대로 앉아 담배를 피웠다. 그는 잠시 창밖을 내다보더니, 손등에 있는 뭔가를 들여다보았다. 그러더니 일어나서 모자를 썼다.

"미안하네, 빌. 아무래도 저 친구가 내 신경을 건드렸나보이. 머리는 며칠 있다가 깎아도 될 것 같아. 어차피 약속도 하나뿐이고. 다음주에 봄세."

"그럼 다음주에 들르세요, 앨버트. 좀 진정하시고요. 아시겠죠? 그래야죠, 앨버트."

나이든 남자가 나가자 이발사는 창문으로 다가가 그가 가는 모습을 지켜보았다. "앨버트는 폐기종 때문에 살날이 얼마 남지 않았어요." 이발사는 창문 앞에서 말했다. "전에는 같이 낚시도 했는데. 나한테 연어 낚시를 처음부터 끝까지 가르쳐줬거든요. 여자들. 한때는 저 노인네를 따라다니던 여자가 하나둘이 아니었죠. 근데 노인네 나이들면서 성미가 급해졌어요. 하지만 솔직히 짜증날 건더기가 없었다고는 못하겠군요." 우리는 창문으로 나이든 남자가 자기 트럭에 타 문을 닫는 걸 지켜보았다. 그는 시동을 걸고 멀어져갔다.

'예외 없이' 남자는 가만히 앉아 있질 못했다. 그는 일어서더니, 이제는 가게를 서성이며 온갖 것을 뜯어보기 시작했다. 오래된 목재 모자걸이, 빌과 친구들이 물고기가 매달린 스트링거*를 들고 있는 사진, 철물점에서 가져온, 풍경 사진이 있는 달력—그는 달력을 전부 넘겨보고는 도로 10월로 돌려놓았다—심지어 카운터와 맞닿은 벽에 걸린 이발사 자격증 앞에 서서 그걸 꼼꼼히 살펴보기까지 했다. 그는 먼저 한쪽 발에 체중을 싣고 서더니 다른 발로 체중을 옮기며 작은 글자를 읽어나갔다. 그러더니 이발사를 보며 말했다. "나도 나중에 다시 와야겠어요. 당신은 어떨지 모르지만 난 맥주가 필요해서요." 그는 재빠르게 나갔고, 우리는 그가 시동 거는 소리를 들었다.

"나 원, 손님은 머리 마저 깎아드릴까요, 말까요?" 이발사가 거친 태도로 내게 말했다. 마치 내가 이 일의 원인이라는 듯.

그때 다른 누군가가 들어왔다. 재킷과 타이 차림의 남자였다. "안녕하세요, 빌. 무슨 일이에요?"

"안녕하세요, 프랭크. 얘기하고 자시고 할 것도 없어요. 프랭

* 물고기를 잡기 위해 사용하는 끈이나 코드.

크는 별일 없죠?"

"없어요." 남자가 말했다. 남자는 재킷을 모자걸이에 걸고 타이를 느슨하게 했다. 그러더니 의자에 앉아 '예외 없이'가 보던 신문을 집었다.

이발사는 내 몸을 돌려 거울을 마주보게 했다. 그는 내 머리 양옆에 손을 대고 마지막으로 머리의 위치를 잡았다. 그는 나와 머리를 나란히 하고서 같이 거울을 쳐다보았는데, 아직도 양손으로 내 머리를 감싸고 있었다. 나도 나를 바라보았고, 그도 나를 바라보았다. 하지만 뭔가 봤다고 해도, 이발사는 아무런 질문도 논평도 하지 않았다. 그는 손가락으로 내 머리카락을 앞뒤로 천천히, 마치 잠시 뭔가 다른 걸 생각하듯 쓸기 시작했다. 연인의 손가락처럼 아주 친근하게, 아주 부드럽게 내 머리를 쓸었다.

그것은 오리건 주 부근, 캘리포니아 주 북쪽에 있는 크레센트 시에서 있었던 일이다. 나는 얼마 후 그곳을 떠났다. 하지만 오늘 난 그곳 크레센트 시를, 거기서 아내와 새 인생을 살아가려고 했던 것을, 그랬는데도 어쩌다가 그날 아침 이발소 의자에 앉아서 그곳을 떠나 뒤돌아보지 않기로 결심했는지를 생각했다. 나는 눈을 감고 손가락이 내 머리카락 사이로 움직일 때 느껴지던 평온함을, 손가락에 어려 있던 슬픔을, 벌써 다시 자라기 시작한 머리카락을 떠올렸다.

내 거야

낮이 되며 해가 나오자 눈이 녹아 구정물이 됐다. 뒤뜰이 내다보이는 어깨 높이의 작은 유리창을 타고 물줄기들이 흘러내렸다. 자동차들이 바깥에서 진창을 만들며 지나갔다. 바깥도, 안도 어두워지고 있었다.

남자가 침실에서 여행가방에 옷을 집어넣고 있는데 여자가 문으로 다가왔다.

당신이 떠난다니 다행이야, 당신 떠난다니 다행이라고! 내 말 안 들려? 여자가 말했다.

남자는 가방에 자기 물건을 계속 집어넣을 뿐 고개를 들어 보지 않았다.

개자식아! 네가 가서 너무 기쁘다고! 여자가 울기 시작했다.

내 얼굴도 똑바로 못 보는구나, 그렇지? 그러더니 여자는 침대에 놓인 아기 사진을 발견하고 집어들었다.

남자가 여자를 보자 여자는 눈가를 훔치고 남자를 노려보다가 뒤돌아 거실로 다시 나갔다.

그거 가져와.

당신 물건이나 챙겨서 나가. 여자가 말했다.

남자는 대답하지 않았다. 가방을 잠그고 코트를 걸치고 침실을 둘러보고는 불을 껐다. 그런 다음 거실로 나갔다. 여자는 좁은 부엌의 문가에 서서 아기를 안고 있었다.

애 이리 줘. 남자가 말했다.

미쳤어?

아니, 하지만 애는 내가 데려갈 거야. 아기 물건 가져갈 사람은 따로 부를 거야.

헛소리 마! 아기는 건드릴 생각도 하지 마.

아기가 울기 시작하자 여자가 아기의 머리에서 담요를 걷었다.

그래, 그래. 여자가 아기를 바라보며 말했다.

남자가 여자에게 다가갔다.

왜 이래! 여자가 말했다. 그리고 뒤로 물러나며 부엌으로 들어갔다.

애 이리 줘.

꺼져버려!

남자가 다가오자 여자가 뒤로 돌아 아기를 스토브 뒤쪽 구석에서 들어올렸다.

남자가 스토브 위로 손을 뻗어 아기를 꽉 잡았다.

애 놔줘. 남자가 말했다.

저리 가, 저리 가라고! 여자가 소리쳤다.

아기는 얼굴이 시뻘게져서 비명을 지르고 있었다. 둘은 옥신각신하다가 스토브 뒤에 걸려 있던 작은 화분을 떨어뜨렸다.

그때 남자가 여자를 벽에 몰아붙이고, 여자의 손을 풀려고 하면서 아기를 붙잡은 채 체중을 실어 여자의 팔을 밀어냈다.

애 놔주라고. 남자가 말했다.

하지 마. 애 아프잖아! 여자가 말했다.

남자는 더이상 말하지 않았다. 부엌 유리창으로 빛이 들어오지 않았다. 어두컴컴한 그곳에서 남자는 한 손으로는 여자의 주먹 쥔 손가락을 풀려고 애쓰면서 다른 손으로는 울고 있는 아기의 겨드랑이 밑을 받쳐들었다.

여자는 손가락이 강제로 펴지고 아기가 자기에게서 떨어지는 걸 느꼈다. 안 돼. 아기를 놓치는 순간 여자가 말했다. 여자는 아기를, 탁자에 놓인 사진 속에서 토실토실한 얼굴로 그들을 올려다보고 있는 아기를 자기가 데리고 있을 생각이었다. 여자는 아기의 다른 팔을 향해 손을 뻗었다. 아기의 손목을 잡고는 뒤로 기댔다.

남자는 놓아주려고 하지 않았다. 아기가 자기 손에서 빠져나가는 걸 느끼고 세게 잡아당겼다. 아주 세게 잡아당겼다.

이런 식으로 두 사람은 이 문제를 결정지었다.

거리

그녀는 크리스마스를 보내러 밀라노에 와 있다. 자기가 아이였을 때 어땠는지 알려달라고 한다. 어쩌다가 그와 만날 때면 늘 그런다.

말해줘요. 그녀가 말한다. 그때 어땠는지 얘기해주세요. 그녀는 스트레가*를 홀짝이고는 기다리며, 그를 빤히 본다.

그녀는 멋지고 날씬하고 매력적인 여자다. 아버지는 그녀를 자랑스러워하고, 그녀가 사춘기를 잘 넘겨서 젊은 여인이 되었다는 걸 기뻐하고 고마워한다.

오래전 일이야. 이십 년 전이니까. 그가 말한다. 두 사람은 카

* 이탈리아산 리큐어.

시나 가든 부근의 비아 파브로니*에 있는 그의 아파트에 있다.

기억하시잖아요. 그녀가 말한다. 얼른요, 말해주세요.

무슨 얘기가 듣고 싶으냐? 그가 묻는다. 내가 달리 무슨 얘길 해줄 수 있겠니? 네가 아기였을 때 일어난 일이야 얘기해줄 수 있겠지. 처음 진짜로 다툰 얘기를 듣고 싶으냐? 너도 나오는 얘기지. 그가 말하며 그녀에게 웃음 짓는다.

말해주세요. 그녀가 기대심에 박수를 친다. 하지만 먼저 한 잔 더 가져다주세요, 그래야 중간에 안 끊기죠.

그는 술을 가지고 부엌에서 돌아와, 자기 의자에 앉아 천천히 이야기를 시작한다.

두 사람은 아직 아이였어. 하지만 이 열여덟 살 난 남자애와 열일곱 살 난 그의 여자친구는 서로 미친듯이 사랑해서 결혼했고, 오래 지나지 않아 딸을 얻게 됐어.

아기는 11월 말에 한파가 닥칠 때 태어났는데, 우연히도 마침 그 지역에 물새 사냥이 한창일 때였어. 남자애는 사냥을 무척 좋아했고 그게 얘기의 한 부분을 차지하지.

소년과 소녀는, 이제 남편과 아내이자 아버지와 어머니가 됐지만, 어떤 치과 아래 있는 방 세 개짜리 아파트에 살았어. 임대

---

* 거리 이름.

료와 공공요금을 내는 대신 밤마다 위층을 청소했지. 여름이면 잔디밭과 꽃도 관리했고, 겨울이면 남자애가 인도에서 눈을 퍼내고 노면에 염화나트륨을 뿌렸어. 듣고 있니?

그럼요. 그녀가 말한다. 모두에게 만족스러운 방식이었네요, 치과의사한테도요.

그렇지. 그가 말한다. 두 사람이 개인적인 편지에 치과의사의 이름이 인쇄된 편지지를 썼다는 걸 의사가 발견한 적이 있기는 해. 하지만 그건 또 다른 이야기고.

두 아이는 아까 말했듯이 서로 아주 사랑했어. 그뿐 아니라 야심도 있었고 몽상가이기도 했지. 틈만 나면 앞으로 뭘 할지 어딜 갈지 그런 이야기를 했어.

그가 의자에서 일어나 잠시 창밖을, 희미한 오후 햇빛 속에서 슬레이트 지붕 위로 끊임없이 내리는 눈을 바라본다.

계속 얘기해주세요. 그녀가 부드럽게 재촉한다.

남자애와 여자애는 침실에서 잤고 아기는 거실에 있는 아기침대에서 잤어. 그때 아기는 태어난 지 삼 주쯤 됐고 이제 막 밤에 깨지 않고 자기 시작했지.

어느 토요일 밤에 남자애가 평소 위층에서 하던 일을 마치고 나서, 치과의사의 개인 사무실에 들어가더니 책상에 두 발을 올려놓고는 칼 서덜랜드라는, 자기 아버지가 옛날에 같이 사냥하고 낚시하던 친구에게 전화를 걸었어.

칼, 나 아버지 됐어요. 딸이에요. 상대가 전화를 받자 남자애가 말했어.

축하한다, 녀석. 아내는 어떠냐? 칼이 대답했지.

잘 지내요, 칼. 아기도 잘 지내구요. 이름은 캐서린이라고 지었어요. 다들 잘 지내요. 남자애가 말했어.

칼이 말했어. 잘됐구나. 반가운 얘기야. 네 아내한테 안부 좀 전해라. 사냥 가는 것 때문에 전화한 거라면, 내 하나 알려주마. 요즘 거기 기러기가 어마어마하게 날아온다. 그렇게 많이 본 적이 없는 것 같아. 한두 해 본 것도 아닌데 말이야. 오늘 다섯 마리를 쐈는데, 아침에 두 마리 오후에 세 마리였다. 내일 아침에 또 갈 거니까 오고 싶으면 와라.

가고 싶어요. 그래서 전화한 건데요. 남자애가 말했어.

그럼 다섯시 반까지 이리로 와서 같이 가자. 탄약 넉넉히 가져와라. 사냥은 괜찮게 될 거다, 걱정 마라. 내일 아침에 보자. 칼이 말했어.

남자애는 칼 서덜랜드를 좋아했어. 서덜랜드는 당시엔 세상을 떠나고 없는, 남자애 아버지의 친구였어. 남자애 아버지가 죽은 뒤에, 어쩌면 상실감을 떨쳐내려고 그랬는지도 모르지만, 남자애와 서덜랜드는 같이 사냥하기 시작했어. 서덜랜드는 무뚝뚝하고 몸집이 크고 머리가 좀 벗어진 독신이었는데, 수다를 그리 좋아하지 않았지. 가끔 둘이 같이 있을 때면 남자애는 마음이 편치 않아서, 자기가 뭘 잘못 말했나, 아니면 뭘 잘못했나 생각했어. 한참 동안 입을 열지 않는 사람이랑 어울려본 적이 없었던 거지. 하지만 서덜랜드는 막상 입을 열면 독선적이기 일쑤였고 남자애도 거기에 동의하지 않기 십상이었어. 그래도 서덜랜드는 어딘지 강인한 면이 있었고 숲에 관한 지식도 풍부했어. 남자애도 그런 면은 좋아하고 존경했지.

남자애는 전화기를 내려놓고 아래층으로 내려가서 여자애한테 다음날 아침에 사냥하러 가겠다고 말했어. 남자애는 사냥 가는 게 기뻤고, 얼마 후엔 짐을 싸려고 물건을 펼쳐놨지. 사냥용 코트, 탄약통 가방, 부츠, 털양말, 방한용 귀마개가 달린 갈색 캔버스 천 사냥 모자, 12구경 펌프 연사식 산탄총, 아랫도리 털내의.

언제 돌아와? 여자애가 물었어.

아마 정오쯤이면 올 거야. 좀 늦어도 대여섯시엔 올게. 너무 늦으려나? 남자애가 말했어.

괜찮아. 캐서린이랑 나랑 둘이서도 잘 있을 거야. 자긴 가서 좀 놀다 와, 그래도 돼. 내일 저녁에 캐서린 옷 예쁘게 입혀서 클레어네 갈까 하는데. 여자애가 말했어.

좋지, 그거 좋은 생각이네. 그렇게 하자. 남자애가 말했어.

클레어는 여자애의 언니였어, 열 살 많은. 아주 매력적인 여자였지. 네가 그 여자 사진을 본 적이 있는지 모르겠다. (네가 네 살쯤 됐을 때 시애틀에 있는 호텔에서 출혈로 죽었어.) 남자애는 그녀를 조금 사랑했어, 당시 열다섯 살밖에 되지 않은 처제 벳시도 마찬가지였고. 언젠가 농담삼아 남자애가 여자애한테, 둘이 결혼하지 않았으면 클레어를 선택할 수도 있다고 한 적도 있어.

벳시는? 인정하긴 싫지만 정말이지 벳시가 나나 언니보다 예쁜 것 같은데. 그애는 어때? 여자애가 말했지.

벳시도. 남자애는 이렇게 말해놓고는 웃어버렸어. 당연히 벳시도 좋아. 하지만 클레어랑은 또 달라. 클레어는 나이는 많지만, 뭔지 모르게 빠지게 만드는 구석이 있어. 그래, 선택해야 한다면 벳시보다는 클레어로 할 거 같아.

그렇지만 진짜 사랑하는 건 누구야? 세상에서 가장 사랑하는 건 누구야? 누가 자기 아내냐구? 여자애가 물었어.

그거야 너지. 남자애가 말했어.

그리고 우린 언제까지나 사랑할 거고? 여자애가 이 대화를 아주 즐거워하며 묻는다는 걸, 남자애는 알 수 있었어.

남자애가 대답했지. 언제까지나. 그리고 우린 언제까지나 함께할 거야. 꼭 캐나다 기러기처럼. 남자애가 처음으로 마음에 떠오르는 비유를 들면서 말했어, 당시에 캐나다 기러기를 종종 생각했거든. 녀석들은 평생 한 번만 결혼해. 일찌감치 짝을 고르고는 계속 둘이 같이 지내지. 한 녀석이 먼저 죽거나 하면, 남은 녀석은 다시 결혼하지 않아. 혼자 다른 데서 살거나, 아니면 무리랑 같이 살더라도 다른 기러기들 틈에서 홀로 지내는 거야.

슬픈 운명인데. 그렇게, 다른 기러기랑 같이 살면서 혼자 지내는 게 아예 혼자 떨어져 지내는 것보다 더 슬픈 거 같아. 여자애가 말했어.

그렇지. 하지만 그것도 다 자연의 일부니까. 남자애가 말했어.

자기 기러기들 결혼 끝장낸 적 있어? 무슨 말인지 알지? 여자애가 물었어.

남자애는 고개를 끄덕였어. 두세 번. 기러기를 쐈는데, 일이 분 있으니까 다른 녀석이 무리에서 떨어져서 돌아오더니 땅에 떨어진 녀석 위를 돌면서 녀석을 부르더라고.

그 녀석도 쐈어? 여자애가 걱정스레 물었어.

할 수 있을 때는. 놓친 적도 있고. 남자애가 대답했지.

마음이 불편한 적은 없어? 여자애가 물었어.

남자애가 말했어. 한 번도 없어. 사냥할 땐 그런 거 생각하면 안 돼. 난 말이야, 기러기 사냥의 모든 게 좋아. 사냥하지 않을 때는 그냥 지켜보는 것도 좋고. 하지만 삶이란 건 모순투성이잖아. 그런 모순을 다 생각할 수야 없지.

저녁을 먹은 뒤 남자애는 보일러를 켜고 여자애가 아기 씻기는 걸 거들었어. 아기가 절반은, 눈과 입은 자기를 닮고 절반은, 턱과 코는 여자애를 닮은 걸 보고 다시금 경탄했지. 남자애는 자그마한 아기 몸에 파우더를 바르고 손가락과 발가락 사이에도 발라줬어. 그러고는 여자애가 아기에게 기저귀를 채우고 파자마를 입히는 걸 지켜봤지.

남자애는 목욕물을 배수구에 비우고 위층으로 올라갔어. 바깥은 우중충하고 추웠어. 입에선 김이 나왔고. 얼마 되지 않는 잔디를 보니, 캔버스 천이 떠올랐지. 가로등 불빛 아래에서 뻣뻣하게, 회색으로 보였거든. 보도 옆에는 눈이 쌓여 있었어. 차가 한 대 지나갔고 남자애는 타이어 아래에서 모래가 갈리는 소리를 들었어. 다음날 어떨지 그려보며, 머리 위로 기러기가 떼로 몰려다니고 산탄총이 어깨에 반동하는 장면을 마음에 떠올렸어.

그러고는 문을 잠그고 아래층으로 내려갔지.

잠자리에서 부부는 뭔가 읽으려고 했지만 둘 다 잠이 들어버렸어. 먼저 여자애가 얼마 못 버티고 들고 있던 잡지를 누비이불에 떨어뜨렸지. 남자애는 눈이 감겼지만 정신을 차리고 알람을 확인한 뒤에 불을 껐어.

아기 울음소리에 남자애가 깼어. 밖에는 불이 켜져 있었고, 여자애가 아기침대 옆에 서서 아기를 팔에 안고 흔들고 있었지.

여자애는 잠시 후에 아기를 내려놓고 불을 끄고는 침대로 돌아왔어.

새벽 두시였고 남자애는 다시 잠이 들었어.

하지만 삼십 분 뒤에 또 아기 소리가 들렸어. 여자애는 이번엔 계속 잤어. 아기는 몇 분간 울다 말다 하다가 멈췄어. 남자애는 귀를 기울이다가, 졸기 시작했지.

또 아기 울음소리에 남자애가 깼어. 거실 불이 환했어. 남자애는 일어나 앉아서 불을 켰어.

여자애가 아기를 안고 왔다갔다하며 말했어. 뭐가 문제인지 모르겠어. 기저귀도 갈아주고 먹을 것도 줬는데 계속 우네. 멈추질 않아. 너무 피곤해서 애 떨어뜨리면 어쩌나 걱정이야.

좀 자러 가. 내가 안고 있을게. 남자애가 말했어.

남자애는 일어나서 아기를 받았고, 여자애는 다시 누우러 갔지.

그냥 잠깐 흔들어줘. 어쩌면 도로 잘지도 몰라. 여자애가 침실에서 말했어.

남자애는 소파에 앉아서 아기를 무릎에 앉히고, 아기 눈이 감길 때까지 무릎을 위아래로 흔들었어. 자기 눈도 거의 감길 지경이었지. 남자애는 조심스레 일어나서 아기를 침대에 뉘었어.

네시 십오 분 전이었고 아직 사십오 분은 더 잘 수 있었어. 남자애는 침대로 기어들어가서 곯아떨어졌어.

하지만 몇 분 뒤에 아기가 또 울기 시작했고, 이번에는 둘 다 깼는데 남자애가 욕을 했어.

맙소사, 왜 그러는 거야? 애가 아픈지도 모르잖아. 목욕시키지 말걸 그랬나. 여자애가 남자애에게 말했지.

남자애가 아기를 들어 안았어. 아기가 발길질을 하더니 웃었어. 봐, 무슨 문제가 있는 거 같진 않은데. 남자애가 말했지.

그걸 어떻게 알아? 이리 내, 내가 안을게. 뭔가 해줘야 한다는 건 알겠는데 뭔지 모르겠네. 여자애가 말했어.

여자애 목소리에서 예민한 기운을 느낀 남자애가 여자애를 빤히 봤어.

몇 분 뒤 아기가 울음을 그쳤고 여자애는 다시 아기를 뉘었어. 두 사람은 아기를 바라보다가, 아기가 다시 눈을 뜨고 울기 시작하자 서로 쳐다봤지.

여자애가 아기를 안았어. 아가, 아가. 여자애가 눈에 눈물이 고인 채 말했어.

먹은 게 뭔가 잘못됐나봐. 남자애가 말했어.

여자애는 대답이 없었지. 아기를 팔에 안고 계속 흔들면서, 이제 남자애한테는 관심을 주지 않았어.

남자애는 좀더 기다리다가 부엌으로 가서 커피 물을 올렸어. 반바지와 티셔츠 위에 털내의를 입고 단추를 채운 다음 겉옷을 입었어.

뭐 하는 거야? 여자애가 남자애에게 물었어.

사냥하러 가려구. 남자애가 대답했지.

안 가는 게 좋을 거 같은데. 애가 괜찮으면 이따가 갈 수도 있겠지만 아침엔 안 가는 게 좋을 거 같아. 애가 이런데 둘이서만 있고 싶진 않다구. 여자애가 말했어.

칼은 내가 올 거라고 생각하고 있는걸. 가기로 계획했다구. 남자애가 말했어.

여자애가 버럭 화를 냈어. 너랑 칼이 뭘 계획했건 내 알 바 아냐. 칼이 뭘 어쩌건 그것도 내 알 바 아니고. 난 그 사람 누군지도 모른다고. 난 그냥 네가 안 갔으면 좋겠다는 거야. 상황이 이러면 가겠다는 생각도 하지 말아야 하는 거 아냐.

너 칼 만난 적 있어, 너도 아는 사람이라고. 칼을 모른다니 무슨 소리야? 남자애가 말했어.

그게 중요한 게 아니지. 너도 알잖아. 중요한 건 내가 아픈 아기랑 단둘이 남고 싶지 않다는 거야. 이기적인 마음만 없으면 너도 그렇게 생각할걸. 여자애가 말했어.

잠깐만, 그건 아니지. 너 이해를 못하는구나. 남자애가 말했어.

아니, 이해 못하는 건 너야. 나는 네 아내야. 얘는 네 아이고. 애가 아프잖아, 보라고. 안 그럼 왜 우는데? 우릴 내버려두고 갈

순 없어. 여자애가 말했어.

히스테리 부리지 마. 남자애가 말했어.

내 말은 사냥은 나중에 언제든지 갈 수 있지 않느냐는 거야. 아기가 이상한데 넌 우릴 두고 사냥하러 가겠다고 하잖아. 여자애가 말했어.

그때 여자애가 울기 시작했어. 여자애가 아기를 아기침대에 다시 뉘었지만 아기는 또 울음을 터뜨렸지. 여자애는 나이트가운 소매로 급히 눈물을 닦고 아기를 다시 안았어.

남자애는 천천히 부츠 끈을 묶고 셔츠와 스웨터를 입고 코트를 걸쳤어. 부엌에서 주전자가 쉭쉭 소리를 냈어.

둘 중에 선택해. 칼이야 우리야. 나 농담하는 거 아니야. 선택해. 여자애가 말했어.

무슨 소리야? 남자애가 천천히 말했어.

내 말 들었잖아. 가정을 원한다면 선택하란 말이야. 저 문으로 나가면 다시는 돌아올 생각 하지 마, 진심이야. 여자애가 대답했어.

둘은 서로 노려봤지. 그러다가 남자애가 사냥 장비를 들고 위층으로 올라갔어. 남자애는 좀 애를 먹기는 했지만 차 시동을 걸었고, 차창에 붙은 서리를 요령껏 벗겨냈어.

밤사이 기온은 떨어졌지만 날이 개면서 별이 나왔고, 이제는 별들이 머리 위에서 반짝였어. 남자애는 운전하는 도중에 별들을 흘끗흘끗 보다가 빛이 달려온 거리를 생각하고 감동했지.

칼의 집 현관에 불이 켜져 있었고 그의 스테이션왜건은 시동이 켜진 상태로 진입로에 서 있었어. 남자애가 도로변에 차를 대자 칼이 밖으로 나왔어. 남자애는 결정을 한 거지.

남자애가 걸어오자 칼이 말했어. 아예 이 안쪽으로 차를 대지 그러냐. 난 다 준비됐다, 불만 좀 끄마. 기분이 엿 같아, 정말이야. 칼이 계속 말했어. 네가 늦잠 잤나 싶어서 방금 너희 집에 전화했는데, 네 아내가 받더니 너 나갔다더구나. 쓸데없이 전화했나 싶더라.

괜찮아요. 남자애가 조심스레 말했어. 남자애는 한쪽 다리에 체중을 싣고 옷깃을 세웠지. 코트 주머니에 양손을 넣었어. 아내는 벌써 깨어 있었어요, 칼. 우리 둘 다 깬 지 좀 됐죠. 애한테 뭔가 문제가 있는 것 같기도 하고, 잘 모르겠네요. 애가 계속 우는 거예요. 그래서 말인데요, 이번엔 못 갈 것 같아요. 남자애는 추워서 몸을 떨면서 눈길을 돌렸어.

그럼 나한테 전화를 했어야지, 이 친구야. 괜찮아. 거참, 그 말하러 여기까지 오지 않아도 된다는 거 알면서 그래. 사냥 가는 게 무슨 대수라고, 가도 좋고 안 가도 그만이지. 별로 중요한 것도 아니잖아. 커피 한잔 할래? 칼이 말했어.

아뇨, 됐어요. 가봐야겠어요. 남자애가 말했지.

뭐, 나야 이미 잠도 깼고 준비도 됐으니 그냥 가련다. 칼이 말했어. 그리고 남자애를 보며 담배에 불을 붙였지.

남자애는 현관에 서서 아무 말도 없었어.

날이 갠 모양새를 보아하니 오늘 아침엔 잘되기는 튼 것 같다. 그래도 공기는 차갑지만.

남자애는 고개를 끄덕였어. 또 봬요, 칼. 남자애가 말했어.

또 보자. 칼이 말했어. 이봐, 누가 뭐라고 하든 넌 행운아란 거 잊지 마라. 정말이다. 칼이 남자애 뒤에 대고 외쳤어.

남자애는 차에 시동을 걸고 기다리며, 칼이 집으로 들어가서 불을 다 끄는 걸 지켜봤어. 그러고는 기어를 넣고 출발했지.

거실 불이 켜져 있었지만 여자애는 침대에서, 아기는 그 옆에서 자고 있었어.

남자애는 부츠, 바지, 셔츠를 벗고 양말과 털내의 차림으로 소파에 앉아서 일요일자 신문을 읽었어.

곧 밖이 훤해지기 시작했지. 여자애와 아기는 계속 잤어. 얼마 후에 남자애는 부엌으로 가서 베이컨을 구웠어.

잠시 후 여자애가 목욕가운 차림으로 나오더니 아무 말 없이 남자애를 감싸안았어.

어어, 옷에 불붙을라. 남자애가 말했지. 여자애는 남자애한테 기대고 있었지만 스토브에도 닿았거든.

아까는 미안했어. 내가 왜 그랬나 몰라, 왜 그런 소릴 했는지 모르겠어. 여자애가 말했어.

괜찮아. 잠깐, 자기야, 나 이 베이컨 좀 굽자. 남자애가 말했어.

그런 식으로 쏘아붙이려던 게 아닌데. 좀 심했지. 여자애가 말했어.

내 잘못인걸. 캐서린은 어때? 남자애가 말했어.

지금은 괜찮아. 아깐 왜 그랬는지 모르겠다니까. 자기 나가고 나서 기저귀 갈아줬더니 괜찮아지더라구. 곧바로 괜찮아져서는 잠들어버렸어. 왜 그랬나 몰라. 그래도 우리한테 화내지 마.

남자애는 웃었어. 나 화 안 났어, 무슨 소리야. 자자, 나 이것 좀 하자. 남자애가 말했어.

자긴 좀 앉아. 아침은 내가 할게. 베이컨에 와플 어때? 여자애가 말했어.

그거 좋은데. 허기진다. 남자애가 말했어.

여자애는 팬에서 베이컨을 덜어내고 와플 반죽을 만들었어. 남자애는 식탁에 느긋하게 앉아서, 여자애가 부엌에서 움직이는 모습을 지켜봤고.

여자애는 침실 문을 닫으러 가더니, 오는 길에 거실에 멈춰서 두 사람이 좋아하는 음반을 틀었어.

또 깨우면 안 되지. 여자애가 말했어.

여자애는 남자애 앞에 베이컨, 달걀프라이, 와플이 담긴 접시를 내놓았어. 그리고 자기 접시도 놓았고. 다 됐다. 여자애가 말했어.

근사해 보이는걸. 남자애가 말했어. 남자애는 와플에 버터를 바르고 시럽을 부은 다음, 와플을 자르려다가 무릎에 접시를 엎어버렸어.

아 진짜. 남자애가 식탁에서 벌떡 일어나면서 말했어.

여자애는 남자애를 쳐다보다가, 얼굴 표정을 보고 웃기 시작했어.

자기 몰골을 거울로 좀 보여주고 싶네. 여자애가 말하고는 계속 웃었어.

남자애는 털내의 앞쪽을 뒤덮은 시럽을, 거기에 범벅이 된 와플 조각과 베이컨과 달걀을 내려다보았어. 남자애도 웃음을 터뜨렸지.

허기져서 그래. 고개를 흔들며 남자애가 말했어.

그렇고말고. 여자애가 여전히 웃으며 말했어.

남자애가 털내의를 벗어버리더니 화장실 문에다 던졌어. 남자애가 팔을 벌리자 여자애가 그 품으로 들어갔어. 두 사람은 음악에 맞춰 느릿느릿 움직였어. 여자애는 목욕가운 차림으로, 남자애는 반바지와 티셔츠 차림으로.

이제 우리 싸우지 않는 거지, 그치? 그럴 가치도 없어, 안 그래? 여자애가 말했어.

맞아, 싸우니까 마음만 안 좋잖아. 남자애가 말했어.

우리 이제 싸우지 않는 거다. 여자애가 말했어.

음악이 끝나자 남자애는 한참을 여자애에게 입맞췄어. 오전 여덟시쯤이었고, 12월의 추운 일요일이었어.

그는 의자에서 일어나 두 사람의 잔을 도로 채운다.

그게 다야. 끝이다. 별 얘기 아니라는 건 나도 인정하마. 그가 말한다.

재미있었어요. 그녀가 말한다. 사실 아주 재미있었는걸요. 근데 어떻게 됐어요? 그녀가 묻는다. 그후에 말이에요.

그는 어깨를 으쓱하고는 잔을 들고 창가로 간다. 이제 어두워졌지만 눈은 여전히 내리고 있다.

상황은 변하지. 아이들은 자라고. 어떻게 된 건지 나도 모르겠구나. 하지만 깨닫지 못해도, 원하지 않아도 상황은 변하게 마련이야. 그가 말한다.

그래요, 맞아요, 다만—하지만 그녀는 말을 마치지 않는다.

그러고는 이야기를 그만둔다. 그는 유리창에 비치는 그녀의 모습을, 그녀가 손톱을 살펴보는 모습을 본다. 그때 그녀가 고개를 들어 밝게 묻는다. 그래서 결국 밀라노 구경은 시켜줄 생각이냐고.

당연하지. 그가 말한다. 부츠 신어라, 나가자.

하지만 그는 계속 창가에 서서 지나간 삶을 떠올린다. 그날 아침 이후 힘겨운 시간들이 기다리고 있었다. 그에게 다른 여자들이 생기고, 그녀에게 다른 남자가 생기고. 하지만 그날 아침, 바로 그날 아침에, 그들은 춤을 췄다. 둘은 춤을 췄고, 언제까지나 그런 아침이 올 것처럼 서로를 품에 안았고, 나중에는 와플 이야기를 하며 웃었다. 바깥에서는 모든 것이 얼어붙고 있었지만, 그들은 서로 기대어 웃다가 눈물이 다 났다, 잠시 동안이었지만.

풋내기들

심장 전문의인 내 친구 허브 맥기니스가 이야기하고 있었다. 우리 넷은 그의 식탁에 둘러앉아 진을 마시고 있었다. 토요일 오후였다. 햇살이 싱크대 뒤쪽 커다란 창문으로 들어와 부엌을 가득 메웠다. 허브와 나, 허브의 두번째 아내 테리사—우리는 테리라고 불렀다—와 내 아내 로라, 그렇게 넷이었다. 우리는 앨버커키에 살았지만, 다들 다른 지역 출신이었다. 식탁에는 얼음통이 놓여 있었다. 진과 토닉워터가 식탁 위를 오갔고, 어쩌다보니 우리는 사랑 이야기를 하게 되었다. 허브는 진정한 사랑이 다름 아닌 영적인 사랑이라고 생각했다. 허브는 젊은 시절에 오 년간 신학대학에 다니다가 그만두고 의대를 갔다. 그와 동시에 교회도 떠났지만, 되돌아보면 아직도 신학대학에 있던 때가 자신에게 가장 중요한 시기였다고 말했다.

테리는 허브와 함께 살기 전에 같이 살던 남자가 자기를 너무나 사랑한 나머지 죽이려고 했다고 말했다. 테리가 말을 마치자 허브가 소리 내어 웃었다. 그는 인상을 썼다. 테리가 그를 쳐다보았다. 그러고는 말했다. "어느 밤, 우리가 같이 살던 마지막 밤에 그 사람은 나를 두드려 팼어요. 내 발목을 붙잡고 거실 여기저기로 나를 끌고 다니면서 줄곧 이렇게 말했죠. '사랑해, 모르겠어? 사랑한다고, 이년아.' 그 사람이 계속 거실 이곳저곳으로 나를 질질 끌고 다니는 바람에, 나는 여기저기에 머리를 찧었어요." 테리는 우리를 한번 둘러보고는 잔을 쥔 자기 손을 내려다보았다. "그런 사랑은 어떻게 하죠?" 테리가 말했다. 테리는 뼈만 앙상한 체격에 얼굴은 예쁘장하고 눈은 짙은 색이며 갈색 머리카락은 등까지 내려왔다. 테리는 터키석으로 만든 목걸이와 긴 펜던트 귀걸이를 좋아했다. 허브보다 열다섯 살 어렸고, 몇 번인가 거식증에 걸린 적이 있고, 간호학교에 들어가기 전인 60년대 말에는 낙오자, 자신의 표현을 빌리자면 "노숙자"였다. 허브는 이따금 테리를, 애정을 담아 '나의 히피'라고 불렀다.

"참 나, 바보 같은 소리 하지 마. 그건 사랑이 아니야, 당신도 알잖아." 허브가 말했다. "당신이 그걸 뭐라고 할지는 모르겠지만—나라면 정신이상이라고 하겠어—그건 분명 사랑이 아니라고."

"당신이 뭐라고 해도 그 사람은 날 사랑했어요." 테리가 말했다. "난 알아요. 당신한테는 미친 소리로 들릴 수도 있겠지만, 그래도 사실인걸요. 사람은 다 다르다구요, 허브. 물론 그 사람은 가끔 미치광이처럼 굴었을 거예요. 그래요. 하지만 날 사랑했어요. 어쩌면 자기만의 방식이었을지도 모르지만, 날 사랑했다구요. 분명 사랑이 있었다구요, 허브. 그건 부정하지 마요."

허브가 숨을 내쉬었다. 잔을 들더니 로라와 나를 보았다. "그 인간 나도 죽이겠다고 협박하더군." 그는 잔을 비우고 술병에 손을 뻗었다. "테리는 낭만주의자야. '날 걷어차주면 당신 사랑을 느낄 거예요' 학파라니까. 테리, 자기야, 그렇게 보지 마." 허브가 식탁 너머로 손을 뻗어 손가락으로 테리의 뺨을 만졌다. 그는 그녀를 향해 싱긋 웃었다.

"이젠 화해하려고 하네요." 테리가 말했다. "아까는 뭐라고 하더니." 테리는 웃지 않았다.

"화해는 무슨?" 허브가 말했다. "화해할 게 뭐 있다구? 사실대로 말한 것뿐인데."

"그럼 그걸 뭐라고 할 거예요?" 테리가 말했다. "그나저나 우리 어쩌다 이런 얘길 하게 됐죠?" 테리는 잔을 들어 술을 마셨다. "허브는 언제나 사랑 생각뿐이죠." 그녀가 말했다. "안 그래요,

여보?" 이제 테리도 웃었고, 나는 그것으로 끝이라고 생각했다.

"난 그냥 칼의 행동이 사랑은 아니라는 거야, 그냥 그거뿐이라구, 여보." 허브가 말했다. "두 사람은 어때?" 허브가 로라와 내게 말했다. "그게 사랑인 거 같아?"

나는 어깨를 으쓱했다. "물어볼 사람을 잘 골라야지. 난 그 남자 알지도 못하는걸. 언뜻 이름만 들었을 뿐이야. 칼이라고. 내가 알 턱이 있나. 자세한 건 두 사람이 알 거 아냐. 내 생각에는 사랑이 아니지만, 누가 알겠어? 애정을 표현하거나 보여주는 방식은 수도 없이 많잖아. 내 방식이 그게 아닐 뿐이고. 하지만 허브 자네 말은 그러니까 사랑이 절대적이라는 건가?"

"내가 말하는 사랑은 말이지, 내가 말하는 사랑은, 사람을 죽이려고 하진 않는 거야." 허브가 말했다.

로라, 나의 달콤한, 풍만한 로라가 차분하게 말했다. "난 칼도, 그때 상황도 전혀 몰라요. 누가 다른 사람의 상황을 판단할 수 있겠어요? 하지만 테리, 폭력 얘기는 몰랐네요."

나는 로라의 손등을 만졌다. 로라는 곧 내게 웃음 짓더니, 다시 테리를 응시했다. 나는 로라의 손을 잡았다. 손은 감촉이 따스했고 손톱은 잘 정돈해 매니큐어를 완벽하게 칠한 상태였다. 나는 손가락으로 로라의 두툼한 손목을 팔찌처럼 감싼 뒤 로라를 안았다.

"내가 떠난 뒤에 그 사람은 쥐약을 먹었어요." 테리가 말했다. 테리는 양손으로 자기 팔을 감쌌다. "사람들이 당시 우리가 살던 샌타페이의 병원으로 그를 데려가서 살려내기는 했는데, 잇몸이 무너졌어요. 잇몸이 들떠버렸다구요. 그러고 나니까 치아가 온통 송곳니처럼 불거져 나오더라구요. 세상에." 테리가 말했다. 그리고 잠시 가만히 있다가, 팔에서 손을 떼고 잔을 들었다.

"사람이 무슨 짓을 못하겠어요!" 로라가 말했다. "내가 그 사람을 좋아한다고는 생각하지 않지만 그래도 안됐네요. 지금은 어디 있어요?"

"아무것도 못하게 됐지." 허브가 말했다. "죽었거든." 허브가 내게 라임 접시를 건넸다. 나는 라임 한 조각을 집어서 내 잔에 짜 넣은 뒤 손가락으로 얼음을 휘저었다.

"그게 다가 아니에요." 테리가 말했다. "그 사람 자기 입에다 총을 쐈는데, 그마저도 그르치고 말았죠. 딱한 칼." 테리가 말했다. 그리고 고개를 저었다.

"딱하기는 얼어죽을." 허브가 말했다. "위험한 인간이었다고." 허브는 마흔다섯이었다. 키가 크고 팔다리가 길었으며 잿빛 머리카락은 곱슬머리였다. 테니스를 쳐서 얼굴과 팔은 갈색이었다. 취하지 않았을 때는 몸짓들, 행동 하나하나가 정확하고 세심했다.

"그래도 날 사랑하기는 했다구요, 허브, 그건 인정해줘요." 테리가 말했다. "내가 바라는 건 그것뿐이에요. 그 사람은 당신이 사랑하듯이 나를 사랑하지는 않았어요, 그런 뜻은 아니에요. 하지만 날 사랑했어요. 그건 인정할 수 있잖아요, 안 그래요? 그 정도는 해줄 수 있잖아요."

"무슨 뜻이에요, 그르쳤다니?" 내가 물었다. 로라가 잔을 들고 몸을 앞으로 기울였다. 로라는 식탁에 팔꿈치를 대고 양손으로 잔을 쥐었다. 그러고는 허브와 테리를 차례로 흘끗 보더니, 사심 없이 어리둥절한 얼굴로, 자기가 아는 사람에게 그런 일이 일어나다니 놀랍다는 듯한 얼굴로 기다렸다. 허브가 술잔을 비웠다. "자살했다면서 어떻게 그르쳤다는 거죠?" 내가 다시 물었다.

"어떻게 됐는지 말해주지." 허브가 말했다. "그 남자는 테리랑 날 협박하려고 22구경 권총을 샀어—아니, 농담이 아니야, 정말로 권총을 쓸 생각이었지. 그때 우리가 어떻게 지냈는지 두 사람이 봤어야 하는 건데. 도망자 같았어. 나도 총을 샀다니까, 난 내가 평화주의자인 줄 알았는데 말이야. 호신용으로 사서 자동차 앞좌석 글러브박스에 넣고 다녔지. 이따금 한밤중에 밖에 나갈 일이 있었어, 알지, 병원에 가야 했으니까. 그때 테리랑 나는 결혼하기 전이었는데, 집이며 아이들이며 개며 모든 게 내 전처한테 있어서 우린 어떤 아파트에 살고 있었어. 때때로, 그러니까 한

밤중에 호출을 받으면 난 새벽 두시고 세시고 병원에 가야 했어. 주차장은 깜깜하지, 이거 뭐 내 차까지 가기도 전에 진땀이 나더군. 그 인간이 덤불이나 차 뒤에서 튀어나와 총을 쏘아댈지 어떨지 알 수가 있어야지. 내 말은, 그 자식이 미쳤었다는 거야. 내 차에 폭탄을 설치할 수도 있고, 무슨 짓이든 저지를 수 있었다구. 시도 때도 없이 전화를 해서 자동응답 서비스에 의사 선생이랑 얘기 좀 하고 싶다고 남겨놓고, 내가 전화를 걸면 이러는 거야. '개새끼, 넌 이제 끝났어.' 그런 식이었어. 정말 겁나더라니까."

"그래도 난 그 사람이 안됐어요." 테리가 말했다. 테리는 술을 홀짝이고서 허브를 빤히 보았다. 허브도 테리를 보았다.

"악몽 같은 얘기네요." 로라가 말했다. "근데 입에 총을 쏜 다음에 정확히 어떻게 된 거예요?" 로라는 법률 담당 비서다. 우리는 업무 석상에서 여러 사람과 함께 만났지만 둘이 대화를 나누게 되었고, 내가 저녁이나 같이하자고 했다. 우리는 어느새 교제하는 사이가 되었다. 로라는 서른다섯으로 나보다 세 살 어리다. 서로 사랑한다는 점 외에도, 우리는 서로 좋아하고 같이 있는 게 즐겁다. 로라는 사람을 편하게 해준다. "어떻게 됐는데요?" 로라가 다시 물었다.

허브가 잠시 가만히 있더니 손에 든 잔을 돌렸다. 그러더니 말했다. "그 친구 자기 방에서 입에다 총을 쐈어. 누가 총성을 듣고 관리인에게 말했지. 그들은 여벌 열쇠로 방에 들어가서 상황을 보고는 구급차를 불렀어. 사람들이 그 친구를 응급실로 데려왔을 때 나도 마침 거기 있었지. 다른 환자를 보고 있었거든. 그 친구는 아직 살아 있기는 했지만 어떻게 해볼 수 있는 상태가 아니었어. 그런데도 사흘이나 살더군. 농담이 아니라, 머리가 보통 크기의 두 배로 부풀었다니까. 그런 건 나도 평생 처음 봤고 앞으로도 보고 싶지 않아. 테리는 그걸 알고는 병실에 들어가서 곁에 앉아 있고 싶어했어. 그 일로 나랑 싸우기도 했지. 난 테리가 그런 모습을 보고 싶진 않을 거라고 생각했거든. 난 테리가 그 모습을 보지 말아야 한다고 생각했고, 지금도 그래."

"싸움은 누가 이겼어요?" 로라가 말했다.

"그 사람이 죽을 때 난 병실에 있었어요." 테리가 말했다. "의식도 돌아오지 않고 아무 희망도 없었지만, 난 그 사람 곁에 앉아 있었어요. 그 사람한텐 아무도 없었거든요."

"위험한 인간이었다고." 허브가 말했다. "그걸 사랑이라고 부르겠다면 마음대로 해."

"사랑이었어요." 테리가 말했다. "대부분의 사람들 눈에는 물론 비정상으로 보였겠지만, 그 사람 그걸 위해 죽으려고까지 했다구요. 실제로도 그걸 위해 죽었구요."

"난 절대 그걸 사랑이라고 하지 않겠어." 허브가 말했다. "그 인간이 뭘 위해 죽었는지는 모르는 거야. 난 자살 사례를 수도 없이 봤고, 아무리 가까운 사람이라고 해도 그 사람이 무엇 때문에 죽었는지 확신할 수는 없다고 봐. 더구나 자기가 자살의 원인이었다고 말하는데야 글쎄, 모르겠는걸." 허브는 손을 목 뒤에 대고 의자를 뒤로 기울였다. "난 그런 사랑에 관심 없어. 그게 사랑이라면, 좋을 대로 해."

잠시 후 테리가 말했다. "우린 무서웠어요. 허브는 심지어 유서까지 쓰고 캘리포니아에 있는 동생에게 편지도 보냈어요. 동생이 한때 그린베레*였거든요. 허브는 자기한테 무슨 수수께끼 같은 일이 벌어지면 누구를 찾아야 하는지 동생에게 말했어요. 뭐 수수께끼 같지 않더라도요!" 테리는 고개를 흔들더니 이제 웃음을 터뜨렸다. 잔을 기울였다. 그러고는 말을 이었다. "하지만 우리가 도망자들처럼 지낸 건 맞아요. 정말로 무서웠죠, 그건 분명해요. 한번은 내가 경찰을 불렀는데, 그 사람들 아무 도움도 안 되더군요. 자기들은 아무것도 할 수 없다고, 그 사람이 실제로 허브한테 무슨 짓을 저지르기 전에는 체포하거나 뭔가를 할 수 없다나요. 웃기지 않아요?" 테리가 말했다. 테리는 남은 진을 잔에 따르고 술병을 흔들었다. 허브가 식탁에서 일어나 찬장으

* 미국 육군 특수부대. 녹색 베레모를 쓴 데서 이름이 유래했다.

로 갔다. 그는 찬장에서 진을 한 병 더 꺼냈다.

"음, 닉이랑 난 서로 사랑하고 있어요." 로라가 말했다. "그렇지, 닉?" 로라가 무릎으로 내 무릎을 쳤다. "이럴 땐 호응을 해줘야지." 로라가 말하며 내게 함박웃음을 지었다. "우린 아주 잘 지내는 것 같아요. 뭔가 같이 하는 것도 좋고, 아직 누가 누굴 두드려 팬 적도 없죠, 감사하게도. 계속 그래야 할 텐데요. 우린 제법 행복한 거 같아요. 좀더 감사할 줄 알아야겠어요."

그 답으로, 나는 로라의 손을 잡고 요란스럽게 입술에 갖다 댔다. 나는 법석을 떨며 로라의 손에 입을 맞췄다. 다들 재미있어했다. "우린 행운아예요." 내가 말했다.

"두 사람, 그만 좀 해요. 속 뒤집어지겠네 정말! 둘은 아직 신혼이라 그래요. 아직 홀딱 빠져 있는 거죠. 조금만 기다려봐요. 둘이 같이 지낸 지 이제 얼마나 됐죠? 얼마나 지났어요? 일 년? 일 년은 넘었는데." 테리가 말했다.

"곧 일 년 반이에요." 로라가 말했다. 아직도 뺨이 발그레해서는 웃고 있었다.

"아직 신혼 맞네." 테리가 말했다. "조금만 기다려보라니까요." 테리는 술잔을 들고 로라를 응시했다. "농담이에요." 테리가 말했다.

허브가 진을 따서 한 바퀴 돌며 술을 따라주었다. "당신도 참,

그런 식으로 말하면 안 되지, 아무리 농담이라도. 장난이라도 그럼 안 돼. 재수가 없다고. 자, 여러분. 건배합시다. 건배 한번 하자고. 사랑을 위해. 진정한 사랑을 위하여." 허브가 말했다. 우리는 잔을 부딪쳤다.

"사랑을 위하여." 우리가 말했다.

바깥에서 뒤뜰에 있는 개들 중 한 마리가 짖기 시작했다. 유리창으로 보이는 비스듬한 사시나무의 잎사귀가 산들바람에 하늘거렸다. 오후 햇살이 살아 있는 존재처럼 방에 들어와 있었다. 문득 식탁 사이로 편안함과 너그러움, 우정과 안락함 같은 느낌이 감돌았다. 어디에 있었어도 괜찮을 터였다. 우리는 다시 잔을 들고 마침내 뭔가에 뜻이 일치하게 된 아이들처럼 마주보며 싱긋 웃었다.

"내가 진짜 사랑이 뭔지 말해줄게." 이윽고 허브가 마법을 깨뜨리듯 말했다. "내가 좋은 예를 알려주면 각자들 결론을 낼 수 있을 거란 얘기야." 그는 잔에 진을 조금 더 따랐다. 얼음과 라임 한 조각도 넣었다. 우리는 기다리며 술을 홀짝였다. 로라와 나는 또 무릎을 건드렸다. 나는 로라의 따스한 허벅지에 한 손을 올려놓고서 그대로 두었다.

"우리가 사랑이 뭔지 얼마나 알겠어?" 허브가 말했다. "뭐 그건 내 이야기도 마찬가지야, 이런 얘기 괜찮을지 모르겠지만. 여하간 내가 보기에 우린 사랑에 순전히 풋내기들이야. 우린 서로 사랑한다고 말하고 실제로도 사랑하지, 그건 의심하지 않아. 난 테리를 사랑하고 테리도 날 사랑해, 또 두 사람도 서로 사랑하고. 내가 지금 말하는 사랑이 어떤 건지는 알 거야. 성적인 사랑, 파트너가 되는 상대를 향한 끌림 같은 거, 그리고 아주 평범한 일상적인 사랑, 상대라는 존재를 사랑하는 마음, 상대와 함께 있고 싶은 마음, 일상적인 사랑을 구성하는 사소한 것들도 있지. 말하자면 육체적인 사랑이랄까, 그런 거랑 음, 정서적인 사랑이랄까, 날마다 서로 아껴주는 사랑 말이지. 그런데 가끔은 내가 분명히 전처도 사랑했을 거라는 사실을 어떻게 설명해야 할지 모르겠거든. 사랑했어, 그건 확실해. 그러니까 여러분이 말하기 전에 내가 얘기하자면, 그런 면에서는 나도 테리랑 비슷한 거지. 테리와 칼 말이야." 그는 잠시 생각하더니 말을 이었다. "여하간 난 한때 전처를 목숨보다 더 사랑한다고 여겼고 아이도 낳았어. 근데 이젠 꼴도 보기 싫거든. 정말로. 어떻게 생각해? 그 사랑은 어떻게 된 걸까? 그냥 지워지기라도 한 걸까, 애초에 없었던 것처럼, 애초에 일어나지도 않은 일처럼? 그 사랑이 어떻게 된 건지 난 그게 궁금해. 누가 얘기 좀 해줬으면 좋겠다고. 그런가 하면 칼도 있지. 자, 다시 칼 얘기로군. 칼은 테리를 너무나 사랑해서 테리를 죽이려고 하다가, 결국 자살했지." 허브는 말을 멈추고 고개를 저었다. "자네랑 로라는 같이 지낸 지 일 년 반이고 서로 사랑해. 그냥 보기만 해도 느껴져, 사랑으로 빛이 난달까. 하지만 두 사람도 서로 만나기 전에는 다른 사람을 사랑했잖아. 두 사람도 우리처럼 다른 누군가와 결혼했었고. 그리고 아마 그전에도 다른 누군가를 사랑했겠지. 테리랑 나는 같이 지낸 지 오 년이고 결혼한 지는 사 년 됐어. 그런데 끔찍한 건, 끔찍하지만 또 좋은 일이기도 한데, 말하자면 그나마 끔찍함을 덜어주는 건 우리 중 누구에게 무슨 일이 일어난다면—이런 얘기 해서 미안—하지만 우리 중 누군가에게 내일 무슨 일이 벌어진다면, 상대는, 남은 배우자는 얼마 동안은 애도하겠지만 결국 다시 사랑하게 되고 조만간 다른 누군가를 만나게 될 테고, 그럼 이 사랑이라는 것도—맙소사, 이걸 어떻게 이해하겠어?—그것도 다 그저 추억으로 남는다는 거야. 추억조차 안 될지도 몰라. 어쩌면 애초에 그렇게 생겨먹은 건지도 모르지. 하지만 내 말이 틀려? 내가 아주 헛소리를 하는 건가? 분명 우리도, 나랑 테리도 그렇게 될 거야. 서로 사랑하기는 하지만 말이야. 사실 누구라도 그럴걸. 그 정도는 장담할 수 있을 것 같아. 다들 그렇다는 걸 이미 증명하기도 했고. 난 도무지 이해가 안 가. 내가 틀렸으면 좀 알려줘. 나도 알고 싶어. 난 도저히 모르겠어, 그건 누구보다 내가 잘 알지."

"허브, 당신도 정말." 테리가 말했다. "우울한 얘기잖아요. 이러다가 정말 우울해지겠어요. 당신이 그게 맞다고 생각하더라도, 어쨌든 우울한 얘기인 건 마찬가지라구요." 테리는 허브에게 손을 뻗어 손목 부근의 팔뚝을 잡았다. "취한 거예요, 허브? 여보, 취했어요?"

"자기야, 난 그냥 얘기하는 거라구." 허브가 말했다. "꼭 취해야 마음에 있는 얘길 할 수 있는 건 아니잖아, 응? 나 안 취했어. 우리 그냥 얘기하는 거잖아, 안 그래?" 허브가 말했다. 그러더니 목소리가 변했다. "하지만 취하고 싶으면 취할 거야, 제길. 오늘은 하고 싶은 대로 해도 된다구." 허브는 테리를 빤히 보았다.

"여보, 난 뭐라고 하는 게 아니에요." 테리가 말했다. 그녀는 잔을 들었다.

"오늘 나 비번이라고." 허브가 말했다. "오늘은 하고 싶은 대로 해도 돼. 난 그냥 피곤한 것뿐이야."

"허브, 우린 당신을 사랑해요." 로라가 말했다.

허브가 로라를 보았다. 꼭 잠깐 로라가 어디 있는지 찾지 못하는 듯했다. 로라는 계속 허브를 보며 웃음 짓고 있었다. 로라의 뺨이 상기되었다. 햇살이 눈을 비추자 로라는 눈을 가늘게 뜨고 허브를 보았다. 허브의 얼굴이 편안해졌다. "나도 사랑해, 로라. 그리고 자네도, 닉. 분명히 말하지만 두 사람은 우리 친구라고."

허브가 말했다. 그는 잔을 들었다. "근데 내가 무슨 얘길 하고 있었지? 맞아. 얼마 전에 있었던 일을 얘기해주려고 했지. 내가 뭔가를 증명하고 싶었던 것 같은데, 일어난 그대로 얘기하기만 한다면 가능할 거야. 몇 달 전에 일어난 일이지만 아직도 진행형이야. 그래, 그렇다고 할 수 있어. 하지만 이 얘기를 들으면, 우리가 사랑에 대해 말할 때 무슨 얘기를 하는 건지 아는 척하는 게 부끄러워질 거야."

"허브, 아이참." 테리가 말했다. "당신 너무 취했어요. 그런 식으로 말하지 마요. 취하지 않았으면 취한 것처럼 말하지 말라구요."

"잠깐 입 좀 다물어줄래?" 허브가 말했다. "이 얘긴 좀 하자. 줄곧 마음에서 떠나질 않던 얘기거든. 잠깐만 조용히 좀 해줘. 처음 그 일이 일어났을 때 내가 당신한테 잠깐 얘기했는데. 고속도로에서 사고당했다는 그 늙은 부부 기억해? 웬 녀석이 두 노인네 차를 들이받아서 둘 다 만신창이가 되어가지고는 회복될 가능성도 별로 없다고 했잖아. 그 얘기 좀 하자구, 테리. 이제 잠깐만 입 좀 다물고 있어. 알겠지?"

테리가 우리를 쳐다보더니 다시 허브를 보았다. 그녀는 불안해 보였다. 그밖에 달리 표현할 말이 없다. 허브가 우리 술잔을 채워주었다.

"날 놀래줘요." 테리가 말했다. "상상도 못할 얘기를 들려줘요."

"어쩌면 그럴지도 몰라." 허브가 말했다. "어쩌면 그럴 거야. 나도 계속 놀라거든. 사는 게 놀라움의 연속이야." 허브는 잠시 테리를 빤히 바라보았다. 그러고는 이야기를 시작했다.

"그날 밤 난 당직이었어. 5월인가 6월이었지. 테리랑 내가 저녁을 먹으려고 막 식탁에 앉았는데 병원에서 호출이 오더군. 고속도로에서 사고가 났다는 거야. 술 취한 애가, 십대 녀석이 제 아버지 픽업트럭을 몰다가 노부부가 타고 있던 캠핑카를 들이받은 거야. 두 사람은 칠십대 중반이었어. 녀석은 열여덟인가 열아홉이었는데, 병원에 왔을 땐 DOA*더군. 흉골이 핸들에 뭉개져서 즉사했을 거야. 그런데 그 노부부는 겨우 숨만 붙어 있긴 했지만, 아직 살아 있었지. 두 사람은 복합골절에 타박상, 열상까지 없는 게 없었고 둘 다 뇌진탕도 있었어. 그야말로 말도 아니었다니까. 그리고 당연히 두 사람 나이도 골치였어. 부인 쪽이 남편 쪽보다 좀더 안 좋았어. 비장이 파열됐고, 다른 것도 그렇지만 양쪽 슬개골이 다 나가버렸거든. 하지만 두 사람은 안전벨트를 하고 있었고, 누가 알겠느냐마는, 그게 아니면 죽었을 거야."

"지금 여러분은 국립안전위원회의 광고를 보고 계십니다." 테

* Dead on Arrival. 도착시 사망을 가리키는 의학 용어.

리가 말했다. "이쪽은 대변인 허브 맥기니스 박사입니다. 잘 들어보세요." 테리가 말하며 웃더니 목소리를 낮췄다. "허브, 당신은 가끔 너무 나간다니까요. 사랑해요, 여보."

우리는 다 같이 웃었다. 허브도 웃었다. "자기, 사랑해. 내가 사랑하는 거 알지, 응?" 그가 식탁 반대편으로 몸을 내밀자 테리도 몸을 기울였고, 둘은 입을 맞췄다. "테리 말이 맞아요, 여러분." 허브가 다시 자리에 앉으며 말했다. "안전을 위해 벨트를 맵시다. 허브 박사가 하는 얘기를 잘 들으세요. 하지만 정말이지 엉망이었다니까, 그 노인네들. 내가 도착하니까 이미 인턴과 간호사들이 두 사람을 보고 있더군. 아까도 말했듯이 애는 죽었고. 구석에, 환자 이송용 들것에 눕혀져 있었어. 누가 벌써 친족한테 연락도 했고 장례식장에서도 사람들이 오고 있었지. 난 노부부를 살펴보고서 응급실 간호사에게 신경과랑 정형외과 선생을 당장 불러오라고 말했어. 가급적 짧게 이야기할게. 두 선생이 왔고, 우린 노부부를 수술실로 데려가서 거의 밤새도록 수술했어. 기력이 엄청났던 모양이더라고, 그 노인네들. 간혹 그런 경우가 있지. 우린 할 수 있는 일은 다 했고, 아침 무렵에는 한 오십 대 오십 정도, 아니 그보다 좀 안 되려나, 부인 쪽은 한 삼십 대 칠십 정도로 예상했어. 부인 이름이 애나 게이츠라고 했는데, 대단한 양반이었지. 여하간 둘 다 다음날 아침까지 살아남았고 우린 두 사람을 중환자실로 데려갔어. 스물네 시간 내내 한시도 쉬지 않고 살펴보기 위해서였지. 두 사람은 거의 이 주 동안 집중 치료를 받았는데, 부인 쪽이 좀더 오래 중환자실에 있다가 상태가 나아져서 각각 다른 병실로 옮겼어."

허브는 잠시 말을 끊었다. "자, 이 진을 마십시다. 다 마셔버리자고. 그러고 나서 저녁 먹으러 가자, 응? 테리랑 내가 괜찮은 곳을 알아냈어. 새로운 곳이야. 우리가 알아낸 새로운 데로 가는 거야. 이거 다 비우면 가지."

"가게 이름이 '라이브러리'예요." 테리가 말했다. "거기 아직 안 가봤죠, 그렇죠?" 테리가 말하자, 로라와 나는 고개를 저었다. "근사한 곳이에요. 새로운 체인이라는데 체인점 같지 않다니까요, 무슨 말인지 알죠. 책꽂이도 있고 실제로 책도 꽂아놨어요. 저녁 먹고 둘러보고 한 권 가져갔다가 다음에 가져다줘도 돼요. 음식은 또 어떻구요. 게다가 허브가 『아이반호』를 읽는다니까요! 지난주에 갔을 때 가져온 거예요. 도서 카드에 서명만 했어요. 진짜 도서관처럼요."

"나 『아이반호』 좋아해." 허브가 말했다. "『아이반호』는 걸작이야. 다시 시작해야 한다면 나는 문학을 공부할 거야. 나 요즘 정체성 위기라니까. 그렇지, 테리?" 허브가 말했다. 그는 웃었다. 잔에 담긴 얼음을 휘저었다. "벌써 오랫동안 정체성 위기를 겪고 있지. 테리는 알아. 테리가 두 사람한테 얘기해줄 수도 있을 거야. 하지만 이건 얘기하고 넘어가고 싶군. 내가 다시 태어날 수 있다면, 다른 시대나 뭐 그렇게 다시 태어날 수 있다면, 난 그럴 거야. 기사가 되고 싶어. 기사는 어마어마한 갑옷 덕분에 제법 안전했거든. 화약과 머스킷총과 22구경 권총 따위가 등장하기 전까지는 기사도 괜찮았다고."

"허브는 흰말을 타고 창을 들고 다니고 싶대요." 테리가 말하고서 웃었다.

"어딜 가든 여성용 가터도 지니고 다니구요." 로라가 말했다.

"아니면 아예 여자를 데리고 다니든지." 내가 말했다.

"맞아. 그거야." 허브가 말했다. "자네 뭘 좀 아는군, 안 그래닉? 그리고 어딜 가든 향수 묻힌 손수건도 가지고 다니는 거야. 그 당시에 향수 묻힌 손수건이 있었나? 아무러면 어때. 나를 잊지 말라는 작은 물건. 일종의 징표 같은 거 말이야. 당시엔 그런 징표를 지니고 다녀야 했어. 어쨌든, 여하튼 간에 그때는 농노보다 기사가 나았지." 허브가 말했다.

"그야 늘 그렇죠." 로라가 말했다.

"농노는 그때 그리 좋은 형편이 아니었다구요." 테리가 말했다.

"농노야 좋았던 적이 없지." 허브가 말했다. "하지만 기사들도 누군가의 봉선이었던 것 같아. 그때는 그런 식이지 않았나? 하지만 따지고 보면 다들 다른 누군가의 봉선이지. 그렇지 않아? 테리? 하지만 내가 기사를 좋아하는 건, 기사의 부인들 때문만이 아니라, 그 갑옷이 있어서 쉽게 다치지 않았다는 점 때문이기도 해. 그때는 자동차도 없었으니까. 와서 들이받을 술 취한 십대도 없고."

"봉신이야." 내가 말했다.

"뭐라고?" 허브가 말했다.

"봉신이라고." 내가 말했다. "그 사람들, 봉선이 아니라 봉신이라고, 선생."

"봉신." 허브가 말했다. "봉신, 봉선, 심실, 수정관. 뭐, 여하간 내 말은 알아들었잖아. 이런 건 내가 제일 무식하지." 허브가 말했다. "난 교양이 없어. 내 분야야 배웠지. 물론 난 심장외과의가 맞지만, 사실은 그냥 기술자일 뿐이거든. 그냥 열어보고, 몸에서 제대로 작동하지 않는 걸 고치는 거야. 난 그냥 기계공이라구."

"겸손은 어쩐지 당신이랑 어울리지 않는걸요, 허브." 로라가 말하자, 허브가 그녀에게 씩 웃었다.

"허브는 그저 미천한 의사일 뿐이랍니다, 여러분." 내가 말했다. "하지만 기사들은 때로 그 무거운 갑옷 때문에 질식하기도 했다고, 허브. 날은 무더운데 너무 피로하거나 지치면 심장마비가 오기도 했지. 어딘가에서 읽었는데 말에서 떨어지면 일어나지도 못했다던데. 너무 지쳐서 그런 갑옷을 입은 채로 일어날 수가 없었던 거지. 가끔은 자기 말에 짓밟히기도 했대."

"끔찍하군." 허브가 말했다. "끔찍한 얘기야, 니키. 그럼 그냥 거기 누워서 누군가, 적이 와서 시시케밥*을 만들어줄 때까지 기다렸겠군."

"또다른 봉신이 말이죠." 테리가 말했다.

"맞아, 또다른 봉신이 말이야." 허브가 말했다. "그렇지. 다른 봉신이 와서 사랑의 이름으로 동료 기사를 찌르는 거야. 그때는 사랑이 아니라 다른 구실로 싸웠는지도 모르겠지만. 요즘에도 싸우는 구실은 똑같은 것 같아." 허브가 말했다.

"정치란, 바뀐 게 없어요." 로라가 말했다. 그녀는 여전히 뺨이 발그레했다. 눈은 반짝였다. 로라는 입술에 잔을 가져갔다.

허브는 술을 한 잔 더 따랐다. 자그마한 런던탑 경비병 그림을 뜯어보기라도 하듯 라벨을 쳐다보았다. 그러고는 천천히 술병을 식탁에 내려놓고 토닉워터에 손을 뻗었다.

"그 노부부는 어떻게 됐어요, 허브?" 로라가 물었다. "얘기 아직 안 끝났잖아요." 로라는 담배에 불을 붙이려고 애쓰고 있었다. 성냥이 자꾸만 꺼져버렸다. 방안의 햇살은 좀 전과는 달라

* 얇게 썬 고기를 꼬치에 꿰어 구운 요리.

져, 점점 약해지고 있었다. 창밖의 잎사귀는 여전히 아른거렸고, 나는 잎사귀들이 유리창과 그 아래의 포마이카 조리대에 만들어내는 어렴풋한 무늬를 응시했다. 로라가 성냥을 긋는 소리 외에는 아무것도 들리지 않았다.

"그 노부부는 어떻게 됐지?" 내가 잠시 후에 물었다. "두 사람이 집중 치료를 마쳤다는 얘기까지 들었어."

"늙었지만 현명해졌죠." 테리가 말했다.

허브가 테리를 빤히 보았다.

"허브, 그런 눈으로 보지 마요." 테리가 말했다. "얘기나 마저 해요. 장난이었다구요. 그래서 어떻게 됐어요? 다들 알고 싶어하잖아요."

"테리, 가끔 말이야." 허브가 말했다.

"제발, 허브." 테리가 말했다. "여보, 너무 늘 진지하게 그러지 마요. 제발 얘기 계속해요. 농담이었다구요, 참 나. 농담도 못해요?"

"이건 농담할 거리가 아니라고." 허브가 말했다. 그는 잔을 들고 계속 테리를 응시했다.

"그래서 어떻게 됐어요, 허브?" 로라가 물었다. "정말 알고 싶어요."

허브가 로라를 가만히 바라보았다. 그러더니 싱긋 웃었다. "로라, 나한테 테리가 없고 내가 테리를 이렇게 사랑하지 않았다면, 또 닉이 내 친구가 아니었다면, 난 당신하고 사랑에 빠졌을 거예요. 데리고 가버렸을 거라구."

"허브, 이 망할." 테리가 말했다. "얘기나 하라니까요. 내가 당신을 사랑하지 않았으면, 장담하는데 애초에 여기 있지도 않았을 거라구요. 자기, 그건 어떻게 생각해요? 이야기나 끝내요. 그런 뒤에 '라이브러리'에 가는 거예요. 알았죠?"

"좋아." 허브가 말했다. "아까 어디까지 했더라? 이제 어디 이야기해야 하지? 이 질문이 더 낫군. 이렇게 물어보는 게 낫겠어." 그는 잠시 가만히 있더니 다시 이야기를 시작했다.

"두 사람이 마침내 위기에서 벗어났을 때 우린 두 사람을 중환자실에서 내보냈어. 살아날 수 있다고 여긴 거지. 난 매일 그 사람들 병실에 들렀고, 다른 일이 있어서 근처에 가게 되면 하루에 두 번 들르기도 했어. 두 사람 다 머리부터 발끝까지 깁스와 붕대를 감고 있었지. 실제로는 못 봤더라도 영화에선 봤을 거야. 두 사람은 머리부터 발끝까지, 그야말로 머리부터 발끝까지 붕대를 감고 있었어. 영화 보면 배우들이 큰 사고를 당한 뒤에 하고 있는 것 같은, 딱 그런 모습이었다니까. 하지만 이건 실제였지. 둘 다 머리에 붕대를 감았는데, 눈구멍하고 입과 코에만 구멍이 뚫려 있었어. 애나 게이츠는 양다리도 위에 걸치고 있어야 했고. 남편보다 상태가 안 좋았다고 얘기했잖아. 둘 다 얼마 동안 정맥주사랑 포도당주사를 맞았어. 근데 헨리 게이츠가 끝도 없이 우울해하는 거야. 아내가 다 이겨내고 회복하리란 걸 알고 나서도 여전히 잔뜩 우울해하더군. 사고 자체만 문제가 아니었던 거야. 뭐 그런 일들이 으레 그렇듯이 그 사고도 영향을 미치긴 했지만. 왜 있잖아, 모든 일이 아주 잘 굴러가고 있는데, 쾅, 하고 나면 눈앞에 심연이 펼쳐지는 거야. 그러고 나서 다시 돌아와. 꼭 기적 같지. 하지만 돌아오긴 해도 흔적이 남는 거야. 그런 거지. 하루는 내가 노인네 침대 옆에 앉아 있을 때 노인네가 나한테 천천히 말하면서 설명해주는데, 입에 뚫린 구멍 틈새로 말하는 바람에 잘 안 들려서 가끔씩 일어나 얼굴을 바짝 들이대며 들어보니까, 그 녀석 차가 중앙선을 가로질러 자기 쪽 차선으로 넘어와서 계속 달려올 때 어떻게 보였는지, 어떤 느낌이 들었는지 이야기해주더군. 차가 자기들을 향해 돌진하고 있다는 걸, 그게 세상에서 보게 될 마지막 장면이라는 걸 알겠더래. 그게 다였대. 마음에 뭔가 스치고 지나가거나 지난 인생이 눈앞에 펼쳐지거나, 그러지도 않더래. 다만 애나를 다시 볼 수 없을 거라는 점이 유감이었다나. 그때까지 같이 잘 살아왔으니까. 그게 애석할 뿐이었다더군. 그는 앞을 똑바로 보며, 운전대를 붙잡고 차가 달려드는 모습을 지켜봤어. 할 수 있는 일이라고는 '애나, 꽉 잡아,

애나!' 하고 외치는 것뿐이었지."

"떨리네요." 로라가 말했다. "으으으." 그렇게 말하며 고개를 흔들었다.

허브가 고개를 끄덕였다. 그는 이제 이야기에 빠져서 말을 이었다. "난 날마다 그 노인네 침대 옆에 가서 앉아 있었어. 헨리는 붕대를 감고 누워서 발치에 있는 창문을 내다보곤 했지. 창문이 너무 높아서 나무의 우듬지밖에 보이지 않았어. 몇 시간씩 그것만 쳐다보고 있었던 거야. 헨리는 도움을 받지 않으면 고개를 돌릴 수 없었는데, 그나마도 하루에 두 번만 허용됐거든. 매일 아침 저녁으로 몇 분간만 고개를 돌릴 수 있었던 거지. 내가 찾아갔을 때는 창문을 쳐다보면서 이야기해야 했어. 난 얘기도 좀 하고 종종 질문도 했지만 대체로 듣기만 했어. 노인네 아주 우울해하더군. 그 노인네를 가장 우울하게 한 건, 아내가 괜찮아질 거고 회복도 아주 만족스럽게 되고 있다는 걸 알고 나서도 그를 가장 우울하게 한 건, 둘이 같이 있을 수 없다는 사실이었어. 날마다 아내를 보고 아내와 함께 있을 수 없다는 사실이었다 이거지. 헨리는 자기들이 결혼한 해가 1927년인데 그후로 떨어져 지낸 적이 딱 두 번 있었다고 하더군. 아이들도 자기들 목장에서 낳아서 헨리와 부인은 여전히 매일같이 얼굴을 보고 얘기하면서 같이 지냈던 거야. 하지만 두 번은 정말로 떨어져 지냈는데, 한 번은 1940년에 애나의 어머니가 돌아가셔서 애나가 기차를 타고 세인트루이스에 가서 일을 정리해야 했을 때였어. 또 한번은 1952년에 애나의 언니가 로스앤젤레스에서 죽어서 애나가 시신을 거두러 갔을 때였고. 두 사람은 오리건 주 벤드 시에서 75마일쯤 떨어진 곳에 작은 목장을 소유하고 있었는데, 거의 평생을 거기서 보낸 셈이지. 그러다 불과 몇 년 전에 목장을 팔고 벤드 시로 이사했어. 사고가 일어났을 때 두 사람은 덴버에서 헨리의 여동생을 만나고 남쪽으로 이동하는 중이었대. 엘패소에 있는 아들과 손주들을 보러 가던 길이었지. 여하간 두 사람이 결혼해서 살면서 얼마 동안이든 떨어져 지낸 건 그 두 번뿐이었어. 상상해봐. 그런데도 세상에, 이 노인네는 아내가 그리웠던 거야. 그야말로 애를 태우더라니까. 난 그때까지 애가 탄다는 말이 정확히 무슨 뜻인지 몰랐어. 근데 그 노인네를 보니까 알겠더군. 아내가 그리워서 어쩔 줄 모르는 거야. 너무 같이 있고 싶어하더라고, 정말이지. 물론 내가 날마다 애나의 회복 상황을 알려주면 기분이 나아지고 얼굴이 밝아지기는 했지. 회복되고 있다, 괜찮아질 거다, 그저 시간이 좀더 필요할 뿐이다, 그런 얘기 말이야. 노인네는 이제 깁스도 붕대도 풀었지만 여전히 너무 외로워하더군. 난 최대한 빨리, 한 일주일쯤 지나서 헨리가 휠체어를 탈 수 있게 되면 거기 태워서 부인이 있는 병실에 데려다주겠다고 말했어. 그동안에도 계속 병실에 들러서 헨리와 얘기를 나눴고. 노인네는 1920년대 후반과 30년대 초반에 두 사람이 목장에서 살 때 얘기를 좀 들려줬어." 허브는 우리를 빙 둘러본 뒤 자기가 하려는 말을 생각하고는, 아니면 그 모든 게 어떻게 가능할 수 있는지 생각하고는 고개를 저었다. "노인네 말이, 겨울이면 눈이 쉴새없이 내려서 길이 차단되는 바람에 몇 달간 목장에서만 머물러야 했다더군. 게다가 그 추운 겨울날 매일 소들에게 여물을 먹여야 했지. 그저 그렇게 둘만, 노인네와 부인 두 사람뿐이었대. 그때는 아직 아이도 없었어. 좀더 나중에 태어났거든. 여하간 둘은 날이면 날마다 같이 지내면서, 같은 일상, 같은 생활 속에서 달리 얘기할 사람도 방문하는 사람도 없이 그 겨울을 났어. 하지만 그들에겐 서로가 있었지. 있는 거라곤 그것뿐, 상대방뿐이었어. '뭘로 시간을 때우셨어요?' 내가 물었어. 난 진지했어. 알고 싶었지. 사람이 어떻게 그렇게 살 수 있는지 이해가 안 갔거든. 요즘 같으면 아무도 그렇게 살지 못할 거야. 할 수 있다고 생각해? 난 불가능하게 느껴져. 그런데 그 노인네 뭐라고 했는지 알아? 뭐라고 답했는지 알고 싶어? 그 노인네, 침대에 누워서 내 질문을 생각하더군. 잠시 뜸을 들이더니 말했어. '매일 밤 무도회에 갔다오.' '뭐라구요?' 내가 말했지. '뭐라고 하셨죠, 헨리?' 나는 제대로 듣지 못한 줄 알고 몸을 더 가까이 숙였어. '매일 밤 무도회에 갔다고 했소.' 노인네가 다시 말하더군. 난 무슨 소리인가 싶었어. 무슨 소리를 하는지 알 수가 없었지만 그가 계속 말하기를 기다렸지. 노인네는 그 당시를 회상하더니, 잠시 후 말했어. '우리는 빅터 축음기하고 레코드판 몇 장이 있었다오, 선생. 밤마다 축음기를 틀어놓고 음악을 들으면서 거실에서 춤을 추었소. 매일 밤 그랬지. 가끔은 바깥에 눈이 내리고 기온이 영하로 내려갔다오. 1~2월이면 기온이 많이 내려갔지. 하지만 우린 레코드판을 들으면서 양말을 신고 거실에서 춤을 췄다오. 레코드판을 다 들을 때까지 췄지. 그러고 나면 불을 지피고, 등은 하나만 남겨두고 다 끈 다음 잠자리에 들었어. 어떤 날은 밤에 눈이 내렸는데 밖이 어찌나 고요한지 눈 내리는 소리가 들렸다오. 정말이오, 선생.' 그가 말했어. '정말 들을 수 있소. 가끔은 눈 내리는 소리를 들을 수 있지. 조용히 하면, 그리고 마음이 맑고 나와 주변 세상이 조화를 이루면, 어둠 속에 누워서 눈 내리는 소리를 들을 수 있지. 언제 한번 해보구려.' 그가 말했어. '여기도 이따금 눈이 내리지 않소? 한번 해보시구려. 여하간 우린 매일 밤 무도회에 갔다오. 그러고 나서 잔뜩 쌓아올린 누비이불 안으로 들어가서 아침까지 포근하게 잤지. 아침에 일어나면 입김이 보였소.' 그가 말했어.

헨리가 휠체어에 탈 만큼 회복되었을 때, 간호사 한 명이랑 내가 그를 휠체어에 태워서 부인이 있는 곳으로 데려갔어. 붕대를 푼 지 이미 한참 지났을 때였지. 노인네는 그날 아침에 면도도 하고 로션도 발랐어. 목욕가운 위에 병원가운을 입고 있었는데, 알다시피 아직 회복중이었는데도 휠체어에 앉아서 몸을 꼿꼿이 세우더라고. 근데 꼭 고양이처럼 긴장한 게 눈에 보였어. 아내의 병실이 가까워지니까 얼굴이 달아오르면서 기대심으로 가득한 표정, 뭐라고 도저히 형용할 수 없는 표정이 되더라고. 나는 휠체어를 밀었고 간호사는 내 옆에서 걸었어. 간호사는 얘기를 주워들었는지 둘의 상황을 좀 알고 있었지. 간호사들이란 왜 온갖 것들을 보다보니 조금 지나면 무슨 일을 당해도 시큰둥해지는데, 그날 오전엔 이 간호사도 꽤 긴장했더군. 병실 문이 열리고, 내가 헨리를 병실로 밀고 들어갔어. 게이츠 부인, 그러니까 애나는 아직 몸은 움직일 수 없었지만 머리와 왼쪽 팔은 움직일 수 있었어. 애나는 눈을 감고 있다가, 우리가 병실로 들어가니까 눈을 번쩍 뜨더군. 아직 붕대를 감고 있기는 했지만 골반 아래쪽만 하고 있었어. 난 헨리를 침대 왼쪽으로 밀고 가서 말했어. '손님이 오셨네요, 애나. 손님이 왔다구요.' 더는 말이 나오지 않더라고. 애나는 살짝 웃더니 얼굴이 환해졌어. 시트 아래에서 애나의 손이 나오더군. 푸르뎅뎅하게 멍들어 있었어. 헨리는 양손으로 그 손을 잡았어. 손을 들더니 입을 맞췄지. 그러고는 말했어. '안녕, 애나. 내 사랑, 좀 어때? 나 기억하겠어?' 애나 뺨에 눈물이 흐르기 시작했어. 애나가 끄덕였지. '보고 싶었어.' 헨리가 말했어. 애나는 계속 끄덕였지. 간호사랑 나는 잽싸게 밖으로 나갔어. 병실 밖으로 나오니까 간호사가 엉엉 울기 시작하더라, 억센 축에 드는 간호사였는데도. 정말이지 대단한 경험이었어. 여하간 그후로 헨리는 매일 오전, 오후에 휠체어를 타고 거기 갔어. 우리는 두 사람이 점심과 저녁을 부인 병실에서 같이 먹을 수 있게 했지. 나머지 시간에 두 사람은 그냥 앉아서 손을 잡고 이야기를 하더군. 이야깃거리가 끝이 없더라구."

"이런 얘기는 전에 안 했잖아요, 허브." 테리가 말했다. "그냥 처음에 사고 났을 때만 좀 얘기했잖아요. 하나도 얘기 안 해줬으면서, 너무해요. 그래놓고 이제 와서 날 울리려고 얘기하는 거죠. 허브, 슬픈 결말이면 안 돼요. 그렇진 않죠, 응? 우리 울리려고 이러는 거 아니죠, 응? 그런 거라면 이제 한마디도 듣지 않을래요. 더이상 말하지 않아도 돼요, 이제 그만해도 된다구요. 허브?"

"두 사람은 어떻게 됐죠, 허브?" 로라가 말했다. "마무리를 지어줘요, 좀. 이야기가 더 남았어요? 하지만 테리처럼 나도 두 사람한테 무슨 일이 벌어지는 건 싫은데. 정말 대단한 얘기네요."

"그 사람들 지금은 괜찮아?" 내가 물었다. 나도 이야기에 빠져 있기는 했지만 취기가 올라오기 시작했다. 집중하기가 어려웠다. 빛이 방 바깥으로 빠져나가는 듯, 애초에 들어온 창문으로 다시 나가는 듯싶었다. 하지만 누구도 식탁에서 일어나거나 전등을 켜려고 하지 않았다.

"그럼, 잘 지내지." 허브가 말했다. "두 사람 얼마 후에 퇴원했어. 사실 고작 몇 주 전 일이야. 얼마 후 헨리는 목발을 짚고 다닐 수 있게 되었고 다음에는 지팡이를 짚고 걷더니 그다음엔 여기저기 돌아다닐 수 있게 됐어. 부인을 다시 보게 된 뒤로는 기분이 나아지고 좋아져서는 나날이 회복되더라고. 부인이 이동할 수 있게 되자, 엘패소에서 아들 내외가 스테이션왜건을 타고 와서 두 사람을 데리고 갔어. 부인은 아직 요양이 필요했지만 상당히 좋아지고 있었지. 며칠 전에는 헨리한테 카드도 왔어. 아마 그래서 지금 이렇게 생각이 나는지도 모르지. 우리가 아까 사랑 이야기를 한 것도 이유일 테고."

허브가 말을 이었다. "자자, 우리 이 술 비워버리자구. 다들 한 잔씩 하면 끝이겠네. 그런 다음 저녁 먹으러 가는 거야. '라이브러리'로. 어때? 글쎄, 처음부터 끝까지 정말 볼만했어. 하루가 다르게 바뀌더군. 헨리랑 한 얘기 중 어떤 건…… 그 순간들을 잊지 못할 거야. 근데 얘기를 하고 나니 우울해지네. 젠장, 왜 이리 갑자기 우울해지냐."

"우울해하지 마요, 허브." 테리가 말했다. "허브, 약 먹지 그래요, 여보?" 테리가 로라와 나를 보고 말했다. "허브는 가끔 기분 전환제를 먹거든요. 비밀도 아닌데요, 그죠, 허브?"

허브가 고개를 저었다. "약이란 약은 안 먹어본 게 없는걸. 비밀은 무슨."

"내 전처도 그거 먹었어." 내가 말했다.

"도움이 됐대요?" 로라가 말했다.

"아니, 그래도 계속 우울해했지. 엄청 울어댔어."

"어떤 사람은 천성적으로 우울한 것 같아요." 테리가 말했다. "어떤 사람은 천성적으로 불행하죠. 운도 없고. 내가 아는 어떤 사람들은 뭘 해도 한마디로 운이 없었어요. 어떤 사람들은—당신 말구요, 여보, 당연히 당신 얘기가 아니에요—어떤 사람들은 자기를 불행하게 만들려고 작정을 하고, 줄곧 불행하게 살죠." 테리는 식탁에 있는 뭔가를 손가락으로 문질렀다. 그러더니 그만두었다.

"먹으러 가기 전에 애들한테 전화 좀 해야겠어." 허브가 말했다. "그래도 다들 괜찮겠지? 오래 걸리진 않을게. 잽싸게 샤워 좀 하고 애들한테 전화할게. 그런 뒤에 먹으러 갑시다."

"마저리가 받으면 마저리랑 통화하게 될지도 몰라요, 허브. 허브의 전처 이름이에요. 두 사람, 우리가 마저리 얘기하는 거 들은 적 있죠. 지금은 마저리랑 통화하지 않는 게 좋겠어요, 허브.

기분만 더 안 좋아질 거예요."

"그래, 마저리랑 통화하고 싶진 않아." 허브가 말했다. "하지만 애들이랑 얘기하고 싶은걸. 너무 보고 싶단 말이야, 여보. 스티브가 보고 싶어. 나 어젯밤에 그 녀석 어릴 때 일들을 생각하느라 깨 있었어. 스티브랑 얘기하고 싶어. 캐시랑도 얘기하고 싶고. 둘 다 보고 싶어. 그러니까 애들 엄마가 전화 받더라도 한번 해볼 거야. 그 망할 계집."

"허브는 하루가 멀다 하고, 전처가 재혼하거나 아니면 죽어버렸으면 좋겠다고 해요. 무엇보다, 그 여자 우릴 파산시킬 심산이라고요. 게다가 두 아이의 양육권을 쥐고 있죠. 우린 여름에 고작 한 달만 애들이랑 같이 지낼 수 있어요. 허브는 그 여자가 재혼하지 않는 게 자기를 괴롭히려고 그러는 거래요. 동거하는 남자친구도 있는데, 허브가 그 남자까지 먹여 살린다니까요." 테리가 말했다.

"그 여자 벌 알레르기 있는데." 허브가 말했다. "재혼 안 할 거면 시골에 갔다가 벌떼에 쏘여 죽어버리면 속이 시원하겠어."

"허브, 그건 끔찍하잖아요." 로라가 말하고는 눈물이 그렁그렁하도록 웃었다.

"끔찍하게 웃기죠." 테리가 말했다. 우리는 모두 웃었다. 우리는 웃고 또 웃었다.

“부우우우우웅.” 허브가 말하며, 손가락을 벌처럼 만들어 테리의 목과 목걸이 주위에서 웅웅거렸다. 그러고는 손을 내리고 몸을 뒤로 기대더니, 갑자기 다시 진지해졌다.

“망할 년이라니까. 진짜로.” 허브가 말했다. “사악하다고. 가끔 지금처럼 술에 취하면, 그거 있잖아, 양봉업자 복장—얼굴을 뒤덮는 헬멧 같은 모자랑 두껍고 큰 장갑이랑 패딩코트 차림으로 찾아가고 싶다니까. 문을 두드린 다음 집에 벌떼를 풀어놓는 거지. 당연히 아이들이 집에 없는지부터 확인해야겠지만.” 허브는 다소 힘겹게 한쪽 다리를 다른 쪽 다리 위로 꼬았다. 그러고는 양발을 바닥에 닿게 하고, 몸을 앞으로 기울여 팔꿈치를 식탁에 놓고서, 두 손으로 턱을 감쌌다. “그냥 지금은 애들한테 전화하지 말까봐. 자기 말이 맞을지도 모르겠어, 테리. 썩 좋은 생각은 아닐지도 몰라. 그냥 잽싸게 샤워하고 옷이나 갈아입고, 저녁 먹으러 나가는 게 낫겠어. 어때요, 여러분?”

“난 좋아.” 내가 말했다. “먹든 안 먹든. 계속 마셔도 좋고. 노을까지 계속 갈 수도 있을 것 같아.”

“그게 무슨 뜻이에요, 여보?” 로라가 나를 보며 물었다.

“그냥 말한 그대로야, 여보. 다른 뜻은 없어. 그냥 계속 이대로 할 수 있겠다는 얘기야. 그게 다야. 어쩌면 저 노을 때문인지도 모르지.” 해가 지면서 창문에 불그스름한 기운이 어렸다.

"나도 먹을 수 있을 것 같아요." 로라가 말했다. "문득 배가 고프네. 간단히 먹을 것 좀 없어요?"

"치즈랑 크래커 좀 가지고 올게요." 테리가 말만 하고는 그냥 앉아 있었다.

허브가 잔을 비웠다. 그러더니 천천히 자리에서 일어나 말했다. "실례. 샤워하고 올게." 그는 부엌에서 나가 천천히 통로를 지나 욕실로 갔다. 욕실로 들어가 문을 닫았다.

"허브가 걱정스러워요." 테리가 말했다. 그녀는 고개를 저었다. "가끔 유난히 걱정스러울 때가 있는데, 최근에는 정말 걱정이라니까요." 그녀는 잔을 응시했다. 치즈랑 크래커를 가지러 갈 것 같지가 않았다. 나는 일어나서 냉장고를 열어보기로 했다. 로라가 배고프다고 할 때는 뭔가 먹어야 한다는 뜻이다. "뭐든 보이는 대로 드세요, 닉. 맘에 드는 걸로 가져오세요. 거기 치즈도 있고 살라미스틱도 있을 거예요. 크래커는 스토브 위 선반에 있어요. 내가 잊어버렸네요. 우리 간단히 먹어요. 난 배 안 고프지만 두 사람은 많이 고프겠어요. 난 별로 식욕이 없네요. 근데 내가 무슨 얘기 하고 있었죠?" 테리는 눈을 감았다가 떴다. "두 사람한테 얘기하지 않은 거 같은데, 어쩌면 했을 수도 있고, 기억 안 나지만, 허브는 이혼하고 나서 전처가 애들 데리고 덴버로 이사한 뒤로 정말로 죽고 싶어했어요. 꽤 오래, 몇 달간 정신과에도 다녔죠. 가끔은 아직도 다녀야 하는 게 아닌지 모르겠다고 해요." 테리는 빈 술병을 들고 자기 잔 위에 거꾸로 뒤집었다. 난 조리대에서 최대한 조심스레 살라미를 썰었다. "빈병이네." 테리가 말했다. 그러고는 다시 말했다. "요즘 또 자살 얘기를 꺼내네요. 특히 술 마시면 그래요. 가끔 그이가 너무 나약하지 않나 싶어요. 그이는 방어막이 없어요. 그 무엇에도 방어막이 없다니까요. 음, 진이 떨어졌네요. 물러날 시간이군요. 우리 아버지 말마따나 손을 뗄 때네요. 먹으러 갈 시간인 것 같아요, 나야 별로 생각 없지만. 두 분은 정말 배고프겠어요. 그래도 두 사람 먹는 걸 보니 기뻐요. 그거면 음식점 갈 때까지는 버틸 수 있을 거예요. 내키면 식당에서 술 한잔 할 수도 있고요. 기대하세요, 색다른 곳이니까. 나올 때 남은 음식 싸 오면서 책도 가져올 수 있어요. 나도 준비해야겠다. 세수하고 립스틱만 바를까봐요. 그냥 맨얼굴로 갈까봐요. 누가 맘에 안 든다면, 맘대로 하라지. 그냥 이 얘기는 하고 싶네요. 그래도 부정적으로 들리진 않았으면 좋겠어요. 난 두 사람이 지금부터 오 년, 아니 삼 년이 지나서도 지금처럼 사랑하기를 바라고 기도해요. 아니, 지금부터 사 년 후에도. 그게 진실의 시간이거든요, 사 년이요. 사랑에 관해 내가 할 말은 그것뿐이에요." 테리는 메마른 팔을 감싸안고서 손을 위아래로 문질렀다. 그녀는 눈을 감았다.

나는 식탁에서 일어나 로라의 의자 뒤로 갔다. 그녀 쪽으로 몸을 숙이고 그녀 가슴 아래에 팔을 두르고 그녀를 안았다. 내 얼굴을 그녀의 얼굴 옆으로 가져갔다. 로라는 내 팔을 눌렀다. 손에 더 힘을 주며 내 팔을 놓지 않았다.

테리가 눈을 떴다. 우리를 바라보았다. 그러더니 잔을 들었다. "두 사람을 위하여." 테리가 말했다. "우리 모두를 위하여." 테리는 잔을 비웠고, 얼음이 그녀의 치아에 부딪혀 달그락거렸다. "칼을 위해서도." 테리는 말하고서 잔을 식탁에 다시 내려놓았다. "불쌍한 칼. 허브는 칼이 얼간이라고 생각하긴 했지만, 칼을 정말로 무서워했어요. 칼은 얼간이가 아니었어요. 나를 사랑했고 나도 그를 사랑했죠. 그게 다예요. 난 지금도 가끔 그 사람을 생각해요. 그건 사실이고 부끄러워할 일도 아니라고 생각해요. 난 가끔 칼을 생각해요. 시도 때도 없이 떠오르죠. 내가 이야기 하나 해줄게요. 정말 싫다니까요, 인생이 얼마나 드라마 같아질 수 있는지, 그래서 더는 내 인생이 아닌 것처럼 느껴지기까지 하는지 생각하면. 여하튼 얘기는 이렇게 된 거였어요. 난 그때 칼의 아이를 임신하고 있었어요. 칼이 처음으로 자살하려던 때, 쥐약을 먹었을 때였죠. 그 사람은 내가 임신한 걸 몰랐어요. 그게 끝이 아니에요. 난 낙태를 결심했어요. 당연히 그것도 칼에게 말하지 않았죠. 지금 하는 얘기는 허브도 아는 얘기예요. 허브는 다 알아요. 마지막 편까지 모두요. 허브가 내 낙태 시술을 했거든요. 세상 참 좁죠, 안 그래요? 하지만 난 그때 칼이 미쳤다고 생각했어요. 칼의 아이를 원치 않았죠. 그랬더니 칼이 자살해 버리더라구요. 하지만 그후에, 칼이 떠난 지 조금 지나서 더이상 칼에게 얘기를 할 수도 없고 칼의 얘기를 들을 수도 없고 칼이 겁낼 때 도와줄 수도 없게 되니까, 마음이 너무 안 좋은 거예요. 아기에게도, 낳지 못해서 미안했고요. 난 칼을 사랑하고 그건 내 마음속에서 조금의 의심도 없어요. 난 지금도 칼을 사랑해요. 하지만 하느님, 난 허브도 사랑해요. 그건 두 사람도 알 거예요, 그렇죠? 말하지 않아도 알겠죠. 아아, 정말 너무하지 않아요? 이런 모든 일들이?" 테리는 양손에 얼굴을 묻고 울기 시작했다. 그녀는 몸을 천천히 앞으로 숙이더니 식탁에 머리를 얹었다.

로라는 곧바로 음식을 내려놓았다. 그녀는 일어나서 "테리, 우리 테리" 하고 말하더니 테리의 목과 어깨를 문지르기 시작했다. "테리." 로라가 속삭였다.

나는 살라미 조각을 먹고 있었다. 이제 부엌이 사뭇 어두워졌다. 나는 입에 있는 것을 씹어서 삼킨 다음 창문으로 다가갔다. 뒤뜰을 내다보았다. 사시나무 너머, 야외용 의자들 사이에서 잠자는 검은 개 두 마리 너머를 보았다. 수영장을 가로질러, 문이 열린 작은 가축우리와 텅 빈 낡은 외양간을, 그 너머를 보았다.

들풀이 난 벌판이 펼쳐져 있고 그 뒤로 울타리가, 그 뒤로 또다른 벌판이 있고, 다시 그 뒤로 앨버커키와 엘패소를 이어주는 고속도로가 있었다. 차들이 고속도로를 오갔다. 해가 산맥 너머로 지고 있었고, 산들은 어두워져 어디에나 그림자가 드리워졌다. 하지만 아직 빛이 남아 있었고 그 빛은 내 눈길이 닿는 것들을 부드럽게 만들어주는 것 같았다. 산봉우리 부근의 하늘은 어두운 겨울날의 하늘처럼 잿빛이었다. 하지만 그 잿빛 바로 위에는 푸른 띠가, 열대지방 사진을 담은 엽서에 있는 푸른빛이, 지중해의 푸른빛이 있었다. 수영장의 수면이 일렁였고, 사시나무 잎사귀도 바람에 흔들렸다. 개 한 마리가 신호라도 받은 듯 고개를 들고 귀를 쫑긋대며 잠시 귀기울이더니 다시 두 앞발 사이에 머리를 파묻었다.

뭔가가 일어날 거라는 느낌, 느리게 움직이는 그림자들과 빛속에서 그런 느낌이, 그게 무엇이건 날 데리고 가버릴 거라는 느낌이 들었다. 그 일이 일어나지 않았으면 싶었다. 바람이 들풀을 가로지르며 물결처럼 움직이는 모습을 지켜보았다. 풀이 바람에 몸을 숙였다가 도로 펴는 것을 볼 수 있었다. 더 멀리 보이는 벌판은 위쪽으로 기울어지며 고속도로로 이어졌고, 바람이 그곳을 가르며 물결치듯 위로 위로 올라갔다. 나는 그대로 서서 기다리며 풀이 바람에 몸을 숙이는 모습을 지켜보았다. 심장이 고동

치는 것이 느껴졌다. 집 안쪽 어딘가에서 샤워기 소리가 들렸다. 테리는 여전히 울고 있었다. 천천히 애를 써서, 나는 그쪽으로 몸을 돌려 그녀를 보았다. 테리는 식탁에 머리를 기대고 있었고 얼굴은 스토브를 향하고 있었다. 눈은 뜨고 있었지만 때때로 깜빡거려 눈물을 떨어뜨렸다. 로라는 의자를 끌어다 테리의 어깨에 팔을 두른 채 앉아 있었다. 아직도 테리의 머리카락에 입술을 대고 속삭이고 있었다.

"맞아요, 맞아." 테리가 말했다. "두말하면 잔소리죠."

"테리, 우리 테리." 로라가 부드럽게 말했다. "괜찮을 거예요. 두고보라니까요. 괜찮을 거예요."

그때 로라가 눈을 들어 내 눈을 보았다. 꿰뚫는 듯한 그녀의 시선에 내 심장이 느려졌다. 꽤 길게 느껴진 시간 동안 로라는 내 눈을 응시했고, 그러고는 고개를 끄덕였다. 그게 다였지만, 로라가 보낸 몸짓은 그게 전부였지만, 그걸로 충분했다. 로라가 내게, 걱정하지 마요, 이것도 지나갈 거고, 우린 다 잘될 거예요, 두고봐요, 하고 말하는 듯했다. 마음 편히 먹어요. 여하간 나는 그 표정을 그렇게 해석하기로 했다. 틀릴 수도 있겠지만.

샤워기 소리가 멎었다. 잠시 후 허브가 욕실 문을 열며 휘파람 부는 소리가 들렸다. 나는 식탁에 있는 두 여자를 계속 바라보았다. 테리는 여전히 울고 있었고 로라는 테리의 머리카락을 쓰다듬었다. 나는 창문 쪽으로 몸을 돌렸다. 이제 하늘에서 파란 층이 물러나며 전체적으로 어두워지고 있었다. 하지만 별들이 나타났다. 금성이 보였고 그 옆으로 저멀리, 그만큼 환하지는 않지만 지평선 위에 분명하게 걸려 있는 화성이 보였다. 바람이 거세어졌다. 나는 바람이 빈 벌판에 무엇을 하고 있는지 보았다. 맥기니스 부부가 더이상 말을 기르지 않아서 참으로 안되었다는, 엉뚱한 생각이 들었다. 말들이 거의 어두워진 들판을 가로지르며 질주하는 모습을, 아니면 그저 울타리 근처에서 서로 반대편을 향해 가만히 서 있는 모습을 상상하고 싶었다. 나는 창가에 서서 기다렸다. 아직은 그대로 있어야 한다는 걸, 바깥으로 눈길을 향하고 밖을 내다봐야 한다는 걸 알았다. 볼 것이 남아 있는 동안은.

한마디만 더

L.D.의 아내 맥신은 어느 날 밤 일을 마치고 집에 돌아왔을 때 L.D.가 또 취해서 열다섯 살 난 딸 비에게 난폭하게 구는 걸 보고는 그에게 나가라고 말했다. L.D.와 딸은 식탁에서 다투고 있었다. 맥신은 가방을 치우거나 코트를 벗을 겨를도 없었다.

비가 말했다. "말해줘, 엄마. 우리가 얘기한 거 아빠한테 말해요. 다 아빠 머릿속에 있는 거잖아요, 그죠? 아빠가 술 끊고 싶으면 그냥 자기한테 술 끊으라고 하면 되는 거잖아. 다 머릿속에 있는 거잖아. 모든 게 머리에서 나온다구요."

"넌 그게 그렇게 쉬울 것 같아, 응?" L.D.가 말했다. 그는 손에 든 잔을 휘휘 돌렸지만 잔에 든 술을 마시지는 않았다. 맥신이 사람을 불안하게 만드는 험악한 눈으로 그를 응시했다. "그건 헛소리야." 그가 말했다. "아무것도 모르면서 나서지 좀 마라. 넌 지금 네가 무슨 소릴 하는지도 몰라. 온종일 점성술 잡지나 읽으며 빈둥거리는 애 말을 누가 진지하게 받아들이겠냐."

"이건 점성술하고 아무 상관도 없다구요, 아빠." 비가 말했다. "인신공격까지 할 필요는 없잖아요." 비는 지난 육 주 동안 고등학교에 출석하지 않았다. 누구도 자기를 학교로 돌려보낼 수 없다고 말했다. 맥신은 그것이 줄줄이 늘어선 비극들 가운데 하나라고 말했다.

"둘 다 그만하지 못해?" 맥신이 말했다. "세상에, 벌써 머리가 아프다. 이건 좀 너무하잖아. L.D.?"

"아빠한테 말해요, 엄마." 비가 말했다. "엄마도 그렇게 생각한다고 했어요. 자기 자신한테 그만두라고 하면 그만둘 수 있다구요. 뇌는 뭐든 할 수 있어요. 머리카락이 다 빠져서 대머리가 될까봐 걱정하면—이건 아빠 얘기는 아니지만요—머리카락이 빠질 거예요. 다 머릿속에 있는 거라구요. 이걸 조금이라도 아는 사람이라면 다 그렇게 말할걸요."

"당뇨병은 어쩌고?" 그가 말했다. "간질은? 뇌가 그것도 조절할 수 있냐?" 그는 맥신의 눈 바로 아래로 잔을 들어올리더니 잔을 비웠다.

"당뇨병두요." 비가 말했다. "간질도요! 뭐든지 돼요! 뇌는 몸에서 가장 강력한 장기라구요. 요청하기만 하면 뭐든지 할 수 있어요." 비는 그의 담배를 식탁에서 들어 불을 붙였다.

"암은. 암은 어떻지?" L.D.가 말했다. "그럼 뇌가 암에 걸리지 않게 해줄 수도 있냐? 비?" 그는 그걸로 끝이라고 생각했다. 그는 맥신을 보았다. "어쩌다가 이걸 시작했는지 모르겠군." 그가 말했다.

비는 아빠의 단순함에 고개를 가로저으며 말했다. "암이요, 암도요. 암에 걸릴까봐 걱정하지 않는다면 암에 걸리지 않을 거예요. 암도 뇌에서 시작되는 거예요, 아빠."

"미친 소리!" L.D.가 손바닥으로 식탁을 내리치며 말했다. 재떨이가 튀어올랐다. 그의 술잔이 옆으로 넘어져 비 쪽으로 굴러갔다. "너 미쳤구나, 비, 그거 알고 있어? 어디서 그런 헛소리를 주워들은 거야? 그래, 바로 그거야. 헛소리라고, 비."

"좀 그만해, L.D.." 맥신이 말했다. 맥신은 코트 단추를 풀고 가방을 조리대에 내려놓았다. 그리고 그를 보며 말했다. "L.D., 나 이제 질렸어. 비도 질렸고. 당신을 아는 다른 사람들도 다들 그래. 나 생각해봤는데. 당신이 나가주면 좋겠어. 오늘밤에. 지금 당장. 그리고 이건 당신을 위한 거야, L.D. 당신이 관에 실려 나가는 꼴은 보고 싶지 않으니까 이 집에서 나가줘. 여기서 나가줘, L.D.. 당장." 그녀가 말했다. "언젠가는 이날을 되돌아보게 될 거야. 언젠가는 되돌아보고 내게 고마워할 거야."

L.D.가 말했다. "내가 그런다고, 내가 그럴까? 언젠가 내가 되돌아볼 거라고." 그가 말했다. "그렇게 생각해, 정말?" 그는 관에 들어가든 그 어디에 들어가든 아무데도 갈 생각이 없었다. 그는 맥신에게서 눈길을 돌려 점심때 이후로 식탁에 놓여 있던 피클 단지를 보았다. 그는 단지를 집어들더니 냉장고 뒤에 있는 부엌 창문으로 내던졌다. 유리가 바닥과 창틀에 산산조각 나서 흩어졌고, 피클은 차가운 밤공기 속으로 날아갔다. 그는 식탁 끝을 꽉 쥐었다.

비가 의자에서 펄떡 일어나 물러났다. "세상에, 아빠! 아빠야말로 미쳤잖아요." 비는 엄마 옆에 서서 입으로 숨을 짧게 들이쉬었다.

"경찰 불러." 맥신이 말했다. "네 아빤 난폭해. 아빠가 해코지하기 전에 부엌에서 나가. 경찰 부르고." 맥신이 말했다.

둘은 부엌에서 뒷걸음질치기 시작했다. 잠시 L.D.는 정신이 나간 것처럼, 두 노파가 물러나는 장면이 떠올랐다. 한 명은 나이트가운과 목욕가운을 걸치고, 한 명은 무릎까지 오는 검정 코트를 입고 가는 모습이었다.

그가 말했다. "갈게, 맥신, 간다고, 지금 당장. 나도 바라는 바야. 어차피 이 집 인간들 제정신도 아니고. 여긴 정신병원이야. 저 바깥에 나가면 다른 삶이 펼쳐져 있어. 장담하는데 이렇게 사는 방법만 있는 게 아니라고." 그는 창문으로 들어온 바깥바람이 얼굴에 닿는 게 느껴졌다. 그는 눈을 감았다가 떴다. 아직도 양손으로 식탁 끝을 잡고, 말하면서 식탁을 위아래로 흔들고 있었다.

"그러면 좋겠네." 맥신이 말했다. 맥신은 부엌문에 멈춰 서 있었다. 비는 엄마를 피해서 천천히 움직여 다른 방으로 들어갔다. "내가 다르게 살 수 있기를 날마다 기도한다는 건 하느님도 아실걸."

"간다고." 그가 말했다. 그는 의자를 박차고 식탁에서 일어났다. "다시는 나 못 볼 줄 알아, 둘 다."

"어차피 당신을 기억할 건더기는 한가득 남겨줬잖아, L.D.." 맥신이 말했다. 맥신은 이제 거실에 있었다. 비는 엄마 옆에 서 있었다. 비는 믿기지 않는 듯, 겁먹은 듯 보였다. 비는 엄마의 코트 소매를 한 손으로 잡고 다른 손으로 담배를 들고 있었다.

"맙소사, 아빠, 그냥 얘기 좀 한 거잖아요." 비가 말했다.

"이제 가, 나가라고, L.D., 집세 내는 사람은 나야, 내가 나가라잖아. 가." 맥신이 말했다.

"간다니까, 떠밀지 마, 갈 거니까." 그가 말했다.

"더이상 거친 짓 하지마, L.D., 당신 뭐 망가뜨릴 때는 강해지잖아." 맥신이 말했다.

"여기서 멀리 떠나서, 이 정신병원에서 나가겠어." L.D.가 말했다.

그는 침실로 들어가더니 옷장에서 맥신의 여행가방을 하나 꺼냈다. 오래된 갈색 노가하이드* 가방으로, 걸쇠가 하나 부서져 있었다. 맥신은 거기에 잰츤 스웨터를 하나 가득 채우고 대학에 가지고 가곤 했다. 그도 대학에 다녔다. 오래전, 다른 곳에서 있었던 일이다. 그는 가방을 침대에 던져놓고 속옷, 바지, 긴소매 셔츠, 스웨터, 놋쇠 버클이 달린 낡은 가죽 벨트, 양말과 손수건 전부를 집어넣기 시작했다. 침대 옆 탁자에서 읽을거리로 잡지도 챙겼다. 재떨이도 넣었다. 넣을 수 있는 건 모조리, 가방에 들어가는 건 모조리 집어넣었다. 그는 멀쩡한 쪽의 걸쇠를 잠그고 끈을 묶은 다음 욕실용품을 생각해냈다. 옷장 선반에서, 맥신의 모자들 안쪽에 있는 비닐로 된 면도용품 가방을 발견했다. 그 면도용품 가방은 일 년인가 전에 비가 생일선물로 준 것이었다. 거기에는 면도기와 면도용 크림과 탤컴파우더**와 막대형 디오도런트, 칫솔을 넣었다. 그는 치약도 챙겼다. 맥신과 비가 거실에서 낮은 목소리로 이야기하는 게 들렸다. 그는 세수하고 수건으

* 모조 가죽 상표. 주로 실내장식이나 여행용 가방 등에 사용된다.

** 땀띠에 바르는 분.

로 얼굴을 닦은 다음 비누를 면도용품 가방에 넣었다. 그러고는 세면대 위에 있는 비누 받침과 거울을 챙겼다. 그러다 식사에 쓸 도구와 양철 접시가 있으면 오랫동안 버틸 수 있겠다는 생각이 들었다. 면도용품 가방이 잠기지 않았지만, 그는 준비를 마쳤다. 그는 코트를 걸치고 여행가방을 들었다. 거실로 나갔다. 맥신과 비가 이야기를 중단했다. 맥신이 비의 어깨에 손을 얹었다.

"이걸로 작별이겠지." L.D.는 이렇게 말하고는 잠시 가만히 있었다. "다시 보지 않을 거란 말 외에 달리 무슨 말을 해야 할지 모르겠네." 그가 맥신에게 말했다. "어쨌든 그럴 계획이야." 이번에는 비에게 말했다. "너도, 너랑 네 정신 나간 생각이랑도 작별이다."

"아빠." 비가 말했다.

"뭐하러 애는 그렇게 계속 괴롭히고 야단이야?" 맥신이 말했다. 맥신은 비의 손을 잡았다. "아직도 이 집에서 말썽 부릴 게 남은 거야? 가, L.D.. 우리 좀 내버려두고 가라고."

"다 아빠 머릿속에 있는 거예요, 아빠. 잊지 마세요." 비가 말했다. "근데 어디로 가는 거예요? 편지 써도 돼요?" 비가 물었다.

"간다는 거 외엔 모르겠다." L.D.가 말했다. "어디든. 이 정신병원에서 떨어진 곳이면 돼. 그게 중요하니까." 그는 거실을 마지막으로 둘러보더니 가방을 한 손에서 다른 손으로 옮겨 들고는 면도용품 가방을 겨드랑이에 끼웠다. "연락할게, 비. 우리 딸, 성질내서 미안하다. 용서해주렴, 응? 용서해주겠니?"

"당신이 이 집을 정신병원으로 만든 거야." 맥신이 말했다. "여기가 정신병원이라면, L.D., 당신이 그렇게 만든 거라고. 당신이라고. 잊지 마, L.D., 당신이 어딜 가든지."

그는 여행가방을 내려놓고 면도용품 가방을 여행가방 위에 놓았다. 그는 가까이 다가서서 두 여자를 마주보았다. 맥신과 비가 뒤로 물러났다.

"이제 그만 얘기해, 엄마." 비가 말했다. 그때 비가 면도용품 가방에서 삐져나온 치약을 보았다. "저거 봐, 아빠가 치약 가지고 가. 아빠, 그러지 마요, 치약 가져가지 마요."

"가져가라고 해." 맥신이 말했다. "뭐든지 원하는 대로 가져가라고 해, 여기서 나가주기만 하면 돼."

L.D.는 면도용품 가방을 다시 겨드랑이에 끼우고 여행가방을 집어들었다. "한마디만 더 할게, 맥신. 잘 들어. 잊어버리지 말고." 그가 말했다. "나 당신 사랑해. 무슨 일이 있더라도 당신을 사랑해. 너도 사랑한다, 비. 둘 다 사랑해." 그는 문가에 서서, 그가 생각하기에 아마도 마지막으로, 그들을 바라보면서 입술이 따끔거리기 시작하는 걸 느꼈다. "잘 있어." 그가 말했다.

"이런 게 사랑이라고, L.D.?" 맥신이 말했다. 맥신은 비의 손을 놓았다. 주먹을 쥐었다. 그러고는 고개를 젓고 양손을 코트 주머니에 쑤셔넣었다. 맥신은 그를 노려보다가 눈길을 돌려 그의 발치에 있는 뭔가를 바라보았다.

충격적이게도 그는 이날 밤을, 이런 모습의 맥신을 기억하게 되리라는 생각이 들었다. 그는 앞으로 다가올 날에 맥신이, 그가 더이상 떠올릴 수 없는 어떤 여자를 닮아갈지 모른다는 생각에, 긴 코트를 입고 불 켜진 방 한가운데에 서서 눈을 아래로 깔고 있는 흐릿한 형상이 될지 모른다는 생각에 두려웠다.

"맥신!" 그가 외쳤다. "맥신!"

"이런 게 사랑이라고, L.D.?" 맥신이 말하며 그에게 시선을 고정했다. 그녀의 두 눈은 끔찍하고 깊었다. 그는 되도록 오랫동안 그 눈을 마주보았다.

약자

원천 텍스트 고든 리시 원고: 레이먼드 카버 *What We Talk About When We Talk About Love* 사랑을 말할 때 우리가 이야기하는 것의 원고 초본. 인디애나 대학 릴리 도서관 소재(인디애나 주 블루밍턴). '원천 텍스트의 몇 퍼센트'와 같은 방식으로, 각 단편에서 순수하게 편집 때문에 줄어든 단어 수를 표시했다.

C *Cathedral* 대성당 초판(New York: Alfred A. Knopf, 1983)

F_1 *Fires: Essays, Poems, Stories* 정열: 에세이, 시, 단편 초판(Santa Barbara: Capra Press, 1983)

F_2	*Fires: Essays, Poems, Stories* 정열: 에세이, 시, 단편 2판(확장판)(New York: Vintage Books, 1989)
FS	*Furious Seasons and Other Stories* 분노의 계절(Santa Barbara: Capra Press, 1977). 저자가 서명한 하드커버 판으로 처음이자 유일하게 100부 한정판으로 제작. 1,200부는 서명도 없고 번호도 없이 페이퍼백 판으로 제작됨. 캐프라 프레스 원고는 릴리 도서관에 보관되어 있음.
GL	Gordon Lish(고든 리시 1934~)
ms(s).	Manuscript(s)(원고)
RC	Raymond Carver(레이먼드 카버 1938~1988)
TG	Tess Gallagher(테스 갤러거 1943~)
ts(s).	Typescript(s)(타자 친 원고)

WICF *Where I'm Calling From: New and Selected Stories* 내가 전화를 거는 곳 초판(New York : Atlantic Monthly Press, 1988)

WICFv *Where I'm Calling From: New and Selected Stories* 내가 전화를 거는 곳(New York : Vintage Books, 1989). 첫번째 페이퍼백 판으로, *WICF* 와는 페이지 번호를 다르게 매긴 유작.

WWTA *What We Talk About When We Talk About Love* 사랑을 말할 때 우리가 이야기하는 것 초판(New York : Alfred A. Knopf, 1981)

WHY DON'T YOU DANCE?(춤추지 않을래?)

*WWTA*에 실린 제목: "Why Don't You Dance?" *WWTA* 3~10쪽. 『풋내기들』에 쓰인 원천 텍스트: RC의 ts. 8쪽(GL이 *WWTA*에 싣기 위해 9% 삭제)을 온전히 되살렸다. 이전 출판 기록: "Why Don't You Dance?"는 *Quarterly West*[University of Utah, Salt Lake City, Utah] 7(1978년 가을) 26~30쪽에 게재되었다. 또다른 버전으

로 나중에 *Paris Review* 23:79(1981년 봄) 177~182쪽에 게재되었다. *Paris Review*에 실린 텍스트는 GL이 원천 텍스트를 일차 편집한 것이다. 1977년에 RC가 이 작품의 한 버전을 GL에게 보내 *Esquire*에 실어줄 수 있느냐고 했다. GL은 텍스트를 편집하고 제목을 "I Am Going to Sit Down"으로 바꿨지만 *Esquire*에서 받아들이지 않았다. *Quarterly West*에 실린 버전에는 GL이 제안한 수정 사항이 여럿 반영돼 있지만 모두 반영되지는 않았다. *Quarterly West*에 실린 원고는 원천 텍스트와 거의 동일하다. *WWTA*에 실린 노트: GL은 첫 편집본에서 "Max"를 "the man"으로, "Carla"를 "the girl"로, "Jack"을 (한 군데만 빼고) "the boy"로 고쳤다. 이후 출판 기록: *WICF* 116~121쪽(*WICFv* 155~161쪽)에 *WWTA*에 실린 판으로 실렸다.

VIEWFINDER(뷰파인더)

*WWTA*에 실린 제목: "Viewfinder" *WWTA* 11~15쪽. 『풋내기들』에 쓰인 원천 텍스트: RC의 ts. 6쪽(GL이 *WWTA*에 싣기 전에 30% 삭제)을 온전히 되살렸다. 이전 출판 기록: *Iowa Review*〔University of Iowa, Iowa City, Iowa〕 9:1(1978년 겨울) 50~52쪽에 "View Finder"라는 제목으로 게재되었다. 거의 동일한 버전으로 *Quarterly West*〔University of Utah, Salt Lake City, Utah〕 6(1978년 봄/여름) 69~72쪽에 게재되었다. 잡지 버전에는 미출간 ts.로만 존재하는 더 초기의 긴 버전인 "The Mill"을 GL이 수정한 내용이 상당 부분 반영되어 있다. 이 제목은 손 없는 남자의 대사에서 취한 것이다: "You're going through the mill now." GL은 RC가 원본 ts.에서 두 번 사용한 단어 "View-Finder"라는 단어를 제목으로 바꾸었다. GL이 1977년에 *Esquire*의 편집자를 그만두면서 이 작품을 그곳에 게재하려는 시도도 중단되었다. *Quarterly West*에 실린 버전은 원천 텍스트와 동일하다. *WWTA*에 실린 노트: GL은 편집 과정 말미에 제목의 철자를 "Viewfinder"로 고쳤다. 이후 출판 기록: 없음.

WHERE IS EVERYONE?(다들 어디 있지?)

*WWTA*에 실린 제목: "Mr. Coffee and Mr. Fixit"(미스터 커피와 수리공 양반) *WWTA* 17~20쪽. 『풋내기들』에 쓰인 원천 텍스트: RC의 ts. 15쪽(GL이 *WWTA*에 싣기 전에 78% 삭제)을 온전히 되살렸다. 이전 출판 기록: "Where Is Everyone?"은 *TriQuarterly*[Northwestern University, Evanston, Ill.] 48(1980년 봄) 203~213쪽에 게재되었다. 이 버전은 원천 텍스트와 거의 동일하고, 다만 구두점만 조금 다르다. *WWTA*에 실린 노트: 원천 텍스트에는 RC가 손으로 가볍게 수정한 내용이 들어 있다. GL은 첫 편집에서 딸의 이름을 "Kate"에서 "Melody"로 바꾸고, 아내 이름을 "Cynthia"에서 "Myrna"로 바꾸고, 아들 "Mike"에 관한 언급을 모두 삭제했다. GL은 제목을 "Mr. Fixit"로 고쳤으나 이후에 다시 "Mr. Coffee and Mr. Fixit"로 바꾸었다. 이후 출판 기록: RC는 "Where Is Everyone?"을 F_1 155~165쪽(F_2 155~165쪽)에 다시 실었다. *Fires*에 실린 버전은 *TriQuarterly*의 텍스트를 되살리고, RC가 가볍게 수정한 부분을 반영했다. RC

는 제목이 들어 있는 문장 "I don't know where everyone is at home"도 삭제했다. 그 결과 제목이 들어 있는 문장은 *TriQuarterly*와 원천 텍스트에만 남아 있다. *WWTA*에 실으면서 GL이 수정한 부분은 *Fires*에는 반영되지 않았다.

GAZEBO(정자)

*WWTA*에 실린 제목: "Gazebo" *WWTA* 21~29쪽. 『풋내기들』에 쓰인 원천 텍스트: RC의 ts. 13쪽(GL이 *WWTA*에 싣기 전에 44% 삭제)을 온전히 되살렸다. 이전 출판 기록: 어떤 버전이 *Missouri Review*〔University of Missouri, Columbia, Mo.〕 4:1(1980년 가을) 33~38쪽에 게재되었다. 여기에 쓴 텍스트는 GL이 원천 텍스트를 일차 편집한 것이다. 이후 출판 기록: *WWTA*에 게재된 형태로 *WICF* 104~109쪽(*WICFv* 139~146쪽)에 실렸다.

WANT TO SEE SOMETHING?(뭐 좀 볼래?)

*WWTA*에 실린 제목: "I Could See the Smallest Things"(나는 아주 사소한 것까지도 볼 수 있었다) *WWTA* 31~36쪽. 『풋내기들』에 쓰인 원천 텍스트: RC의 ts. 11쪽(GL이 *WWTA*에 싣기 전에 56% 삭제)을 온전히 되살렸다. 이전 출판 기록: *Missouri Review*〔University of Missouri, Columbia, Mo.〕 4:1(1980년 가을) 29~32쪽에 게재되었다. 이 버전은 GL이 원천 텍스트를 일차 편집한 것이다. *WWTA*에 실린 노트: GL은 첫 편집에서 원래의 결말을 거의 다 삭제했다. 두번째

편집할 때는 제목을 "I Could See the Smallest Things"로 바꿨다. 이후 출판 기록: 없음.

THE FLING(외도)

*WWTA*에 실린 제목: "Sacks"(봉지) *WWTA* 37~45쪽. 『풋내기들』에 쓰인 원천 텍스트: RC의 ts. 21쪽(GL이 *WWTA*에 싣기 전에 61% 삭제)을 온전히 되살렸다. 이전 출판 기록: "The Fling"은 *Perspective: A Quarterly of Modern Literature*〔Washington University, St. Louis, Mo.〕 17:3(1974년 겨울) 139~152쪽에 게재되었다. 이 단편은 *FS*의 62~78쪽에 수록되었다. *FS*에 수록된 원고의 출처는 *Perspective*에 실린 글을 복사한 것이다. *Perspective*와 *FS*에 수록된 버전은 원천 텍스트와 거의 동일하다. *WWTA*에 실린 노트: GL은 첫 편집에서 제목을 "Sacks"로 바꾸었다. 이후 출판 기록: 없음.

A SMALL, GOOD THING(별것 아닌 것 같지만, 도움이 되는)

*WWTA*에 실린 제목: "The Bath"(목욕) *WWTA* 47~56쪽. 『풋내기들』에 쓰인 원천 텍스트: RC의 ts. 37쪽(GL이 *WWTA*에 싣기 전에 78% 삭제)을 온전히 되살렸다. 이전 출판 기록: 특정 버전이 "Bath"라는 제목으로 *Columbia: A Magazine of Poetry and Prose*〔Columbia University, New York, N.Y.〕 6(1981년 봄/여름) 32~41쪽에 실렸다. *Columbia*에 실린 텍스트는 GL이 원천 텍스트를 일차 편집한 것이다. *WWTA*에 실린 노트: GL은 첫 편집에서 마지

막 18쪽을 제거하고 제목을 "The Bath"로 바꾸었다. 이후 출판 기록: RC는 작품을 거의 원래의 길이로 되돌리고 제목을 "A Small, Good Thing"으로 바꾸어 *Ploughshares*[Cambridge, Mass.] 8:2/3(1982년) 213~240쪽에 실었다. 이 작품은 원천 텍스트를 그대로 따르면서 단어와 표현만 조금 바꾸었는데, 원천 텍스트에만 있는 4쪽짜리 과거 회상 장면은 빠져 있다. GL이 수정한 내용은 여기에 반영되지 않았고, 처음 몇 단락에서 표현을 조금 바꾼 부분만 남아 있다. RC는 C 59~89쪽에 "A Small, Good Thing"을 다시 실었다. 이 버전에서 RC는 *Ploughshares* 판에 실린 텍스트를 가볍게 손보고 TG가 제안한 몇몇 수정 사항을 반영했다. RC의 주장에 따라, GL은 *C*를 편집하면서 최소한으로만 손을 대어, 거의 철자와 구두점만 수정했다. "A Small, Good Thing"은 *WICF* 280~301쪽(*WICFv* 377~405쪽)에 *C*와 같은 버전으로 다시 게재됐다.

TELL THE WOMEN WE'RE GOING(여자들한테 우리가 나간다고 해)

*WWTA*에 실린 제목: "Tell the Women We're Going" *WWTA* 57~66쪽. 『풋내기들』에 쓰인 원천 텍스트: RC의 ts. 19쪽(GL이 *WWTA*에 싣기 전에 55% 삭제)을 온전히 되살렸다. 이전 출판 기록: "Friendship"이라는 제목으로 *Sou'wester Literary Quarterly* [Southern Illinois University, Edwardsville, Ill.](1971년 여름) 61~74쪽에 게재되었다. RC는 1969년에 GL에게 편지를 써서

"Friendship"을 세심하게 검토해줘서 고맙다고 말했다. RC는 이 작품을 *Esquire*에 싣고 싶어했지만(GL이 그곳에서 소설 편집자로 일했다) 싣지 못했다. RC는 나중에 *FS*에 "Friendship"을 수록하자고 제의했지만, 출판사 대표 Noel Young은 이 이야기가 "자신의 섬세한 감각으로 보기에 지나치게 소름 끼친다"고 생각했다(Capra Press mss., 1977년 4월 24일 편지). *Sou'wester Literary Quarterly*에 실린 버전은 원천 텍스트와 거의 동일하고, 제목, 몇몇 단어, 결말이 원천 텍스트와 다르다. 이후 출판 기록: 없음.

IF IT PLEASE YOU(당신 뜻에 부합한다면)

*WWTA*에 실린 제목: "After the Denim"(청바지 다음에) *WWTA* 67~78쪽. 『풋내기들』에 쓰인 원천 텍스트: RC의 ts. 26쪽(GL이 *WWTA*에 싣기 전에 63% 삭제)을 온전히 되살렸다. 이전 출판 기록: "If It Please You"는 *New England Review*〔Kenyon Hill Publications: Hanover, N.H.〕 3:3(1981년 봄) 314~332쪽에 게재되었다. *New England Review*에 실린 버전은 원천 텍스트와 거의 동일하다. *WWTA*에 실린 노트: 원천 텍스트에는 RC가 손으로 적어둔 몇몇 수정 사항이 있다. GL은 첫 편집에서 제목을 "Community Center"로 바꾸고 마지막 6쪽을 삭제했다. GL은 나중에 제목을 다시 "After the Denim"으로 바꿨다. 이후 출판 기록: RC는 "If It Please You"를 226부 한정판 *If It Please You*(Lord John Press: Northridge, Calif., 1984)로 재출간했다. 여기에 실린 텍스트는 *New*

*England Review*에 실린 텍스트와 동일하고, 몇몇 사소한 편집만 덧붙였다. RC는 마지막 문장을 반복해서 개정했다.

"If it please you," he said in the new prayers for all of them, the living and the dead. ~~Then he slept~~.(원천 텍스트, RC 본인이 손으로 마지막 문장 지움)

"If it please you," he said in the new prayers for all of them, the living and the dead. (*New England Review*)

"If it please you," he said in the new prayers for all of them. (Lord John Press 한정판)

SO MUCH WATER SO CLOSE TO HOME(집에서 이렇게 가까운 곳에 물이 이렇게 많은데)

*WWTA*에 실린 제목: "So Much Water So Close to Home" *WWTA* 79~88쪽. 『풋내기들』에 쓰인 원천 텍스트: RC의 ts. 27쪽(GL이 *WWTA*에 싣기 전에 70% 삭제)을 온전히 되살렸다. 이전 출판 기록: "So Much Water So Close to Home"은 *Spectrum*[University of California, Santa Barbara, Calif.] 17:1(1975년) 21~38쪽에 게재되었다. 이 단편은 *FS* 41~61쪽에도 수록됨. *FS*에 쓴 텍스트의 출처는 *Spectrum*에 실린 원고를 뜯어낸 것이었다. 편집 요약된 버전이 *Playgirl*[Santa Monica, Calif.] 3:9(1976년 2월) 54~55, 80~81, 110~111쪽에 개제되기도 했다. *Playgirl* 편집자는 삭제도 상당히 많이 했고 마지막에 다음의 두 줄을 첨가하기도 했다(이것은 이 버전

에만 있다). "I begin to scream. It doesn't matter any longer"(111쪽). *FS*에 실린 텍스트는 원천 텍스트와 거의 동일하고, 구두점만 조금 달라졌다. 이후 출판 기록: RC는 "So Much Water So Close to Home"을 F_1 167~186(F_2 167~186)쪽에 실었다. *Fires*에 실린 버전은 *FS*에 실린 텍스트를 그대로 썼고, TG가 제안한 몇몇 수정 사항이 반영되었다. 이 버전 그대로 *WICF* 160~177쪽(*WICFv* 213~237쪽)에 수록되었다. GL이 *WWTA*에 수정한 내용은 *Fires*에는 반영되지 않았다.

DUMMY(멍청이)

*WWTA*에 실린 제목: "The Third Thing That Killed My Father Off"(우리 아버지를 죽인 세번째 이유) *WWTA* 89~103쪽. 『풋내기들』에 쓰인 원천 텍스트: RC의 ts. 24쪽(GL이 *WWTA*에 싣기 전에 40% 삭제)을 온전히 되살렸다. 이전 출판 기록: "Dummy"는 *Discourse: A Review of the Liberal Arts*[Concordia College, Moorhead, Minn.] 10:3(1967년 여름) 241~256쪽에 게재됨. 이 단편은 *FS* 9~26쪽에도 수록되었다. *FS*에 실린 텍스트 출처는 *Discourse*에 실린 원고의 발췌 인쇄본에 RC가 몇 군데 수정한 것이다. *FS*에 실린 버전은 원천 텍스트와 거의 동일하다. *WWTA*에 실린 노트: GL은 두번째 편집에서 "Friendship"이라는 제목을 붙였다가 지우고서 제목을 "The First Thing That Killed My Father Off"로 바꿨다. GL은 나중에 제목을 다시 "The Third Thing That Killed

My Father Off"로 바꿨다. 이후 출판 기록: "The Third Thing That Killed My Father Off"는 *WICF* 149~159쪽(*WICFv* 198~212쪽)에 수록되었다. *WICF*에 실린 버전은 몇몇 단어 선택을 제외하면 *WWTA*에 수록된 것과 동일하다.

PIE(파이)

*WWTA*에 실린 제목: "A Serious Talk"(심각한 이야기) *WWTA* 105~113쪽. 『풋내기들』에 쓰인 원천 텍스트: RC의 ts. 11쪽(GL이 *WWTA*에 싣기 전에 29% 삭제)을 온전히 되살렸다. 이전 출판 기록: 이 단편의 특정 버전이 "A Serious Talk"라는 제목으로 *Missouri Review*[University of Missouri, Columbia, Mo.] 4:1(1980년 가을) 23~28쪽에 게재되었다. 여기에 쓴 텍스트는 GL이 원천 텍스트를 일차 편집하고 일부를 이차 편집한 것. 몇 달 뒤에 "Pie"가 *Playgirl*[Santa Monica, Calif.] 8:7(1980년 12월) 72~73, 83, 92, 94~95쪽에 게재되었다. "Pie"는 "A Serious Tallk"보다 초기 버전이지만 *Playgirl* 편집자가 크리스마스 연휴 때까지 출간을 미뤄서 늦게 실렸다. *Playgirl*에 실린 버전은 원천 텍스트와 거의 동일하다. *WWTA*에 실린 노트: GL은 두번째 편집에서 제목을 "A Serious Talk"로 바꿨다. 이후 출판 기록: "A Serious Talk"는 *WWTA*에 수록된 것과 같은 형태로 *WICF* 122~127쪽(*WICFv* 162~169쪽)에 수록되었다.

THE CALM(평온함)

WWTA에 실린 제목: "The Calm" *WWTA* 115~121쪽. 『풋내기들』에 쓰인 원천 텍스트: RC의 ts. 9쪽(GL이 *WWTA*에 싣기 전에 25% 삭제)을 온전히 되살렸다. 이전 출판 기록: "The Calm"은 *Iowa Review*[University of Iowa, Iowa City, Iowa] 10:3(1979년 여름) 33~37쪽에 게재되었다. 여기에 쓴 텍스트는 원천 텍스트와 동일하다. *WWTA*에 실린 노트: GL은 마지막 문장을 편집하면서 RC가 이발사의 손길을 "sadness"라고 쓴 것을 "tenderness"라고 바꿨다가 결국 "sweetness"로 수정했다. 이후 출판 기록: "The Calm"은 *WWTA*에 수록된 것과 같은 형태로 *WICF* 178~182쪽(*WICFv* 238~244쪽)에 수록되었다.

MINE(내 거야)

*WWTA*에 실린 제목: "Popular Mechanics"(대중 역학) *WWTA* 123~125쪽. 『풋내기들』에 쓰인 원천 텍스트: *WWTA*의 일차 ms.에 ts.가 존재하지 않는 유일한 작품이다. 원천 텍스트는 GL의 두번째 편집본에 해당하는 *WWTA*의 두번째 수정 ms.에서 발견되었다. RC의 ts. 3쪽(GL이 *WWTA*에 싣기 전에 1% 삭제)을 온전히 되살렸다. 이전 출판 기록: "Mine"은 *FS* 92~93쪽에 수록되었다. 동일한 버전이지만 "Little Things"라는 제목으로 *Fiction*[City College of New York] 5, nos. 2&3(1978년) 241~242쪽에 게재되기도 했다. "Mine"은 *Playgirl*[Santa Monica, Calif.] 6:1(1978년 6월) 100쪽에, *FS*에 실

린 것과 같은 버전으로 재수록되었다. 1977년 4월에 RC는 "A Separate Debate"라는 제목의 "3쪽짜리 미니스토리"를 *FS*의 계약서와 함께 Capra Press의 Noel Young에게 보냈다. RC는 이를 GL에게도 동시에 보냈고, GL은 이것을 *Esquire*에 실을 수 있도록 편집했다. GL은 "A Separate Debate"를 7% 삭제하고 RC에게 다른 제목을 지어보라고 제안했다. RC는 제목을 "Little Things"로 바꾸고 결국 "Mine"으로 바꿨지만, 작품은 끝내 *Esquire*에 실리지 못했다. *FS*에 실린 버전은 GL의 편집 제안을 전부는 아니지만 거의 수용했고 원천 텍스트와 거의 동일하다. *WWTA*에 실린 노트: GL은 두번째 편집에서 제목을 "Popular Mechanics"로 바꿨다. 이후 출판 기록: "Little Things"는 *WWTA*에 수록된 것과 같은 형태로 *WICF* 114~115쪽(*WICFv* 152~154쪽)에 수록되었다.

DISTANCE(거리)

*WWTA*에 실린 제목: "Everything Stuck to Him"(그에게 달라붙어 있는 모든 것) *WWTA* 127~135쪽. 『풋내기들』에 쓰인 원천 텍스트: RC의 ts. 13쪽(GL이 *WWTA*에 싣기 전에 45% 삭제)을 온전히 되살렸다. 이전 출판 기록: "Distance"는 *Chariton Review*〔Northeast Missouri State University, Kirksville, Mo.〕 1:2(1975년 가을) 14~23쪽에 게재되었다. *FS* 27~36쪽에도 수록되었다. *FS*에 실린 텍스트 출처는 *Chariton Review*의 원고를 복사하여 부수적인 수정 사항을 반영한 것이었다. "Distance"는 *Playgirl*〔Santa Monica,

Calif.] 5:10(1978년 3월) 101~104쪽에, *FS*에 수록된 것과 거의 동일한 형태로 출간되었다. *FS*에 수록된 버전은 원천 텍스트와 동일하다. *WWTA*에 실린 노트: GL은 두번째 편집에서 제목을 "Everything Stuck to Him"으로 바꿨다. 이후 출판 기록: RC는 "Distance"를 F_1 113~121쪽(F_2 113~121쪽)에 다시 수록했다. *Fires* 버전은 *FS*의 텍스트를 거의 복원했지만 GL이 *WWTA*에 수정한 몇몇 내용을 차용했고, TG가 제안한 몇 가지 내용도 반영했다. "Distance"는 *WICF* 140~148쪽(*WICFv* 186~197쪽)에 수록되었다. 단어 선택이 조금 바뀐 것을 제외하면 *WICF* 버전은 *Fires*에 실린 것과 동일하다.

BEGINNERS(풋내기들)

*WWTA*에 실린 제목: "What We Talk About When We Talk About Love"(사랑을 말할 때 우리가 이야기하는 것) *WWTA* 137~154쪽. 『풋내기들』에 쓰인 원천 텍스트: RC의 ts. 33쪽(GL이 *WWTA*에 싣기 전에 50% 삭제)을 온전히 되살렸다. 이전 출판 기록: 이 단편의 특정 버전이 "What We Talk About When We Talk About Love"라는 제목으로 *Antaeus*[Ecco Press, New York, N.Y.] 40/41(1981년 겨울/봄) 57~68쪽에 게재되었다. *Antaeus*에 쓴 텍스트는 GL이 원천 텍스트를 두번째 편집한 버전으로 이후에 인쇄업자의 ms.를 수정한 것이다. *WWTA*에 실린 노트: 원천 텍스트에는 RC가 손으로 가볍게 편집한 내용이 기록되어 있는데, 그중에는 마지막 두 문장을 지운 기록도 있다. ~~Then it would get better. I knew if I closed my eyes, I~~

could get lost. GL은 처음 편집에서 마지막 5쪽을 삭제했다. 두번째 편집에서는 제목을 "What We Talk About When We Talk About Love"로 바꾸고, 나이든 노부부 "Anna"와 "Henry〔Gates〕"의 이름을 제거했다. 이후 출판 기록: "What We Talk About When We Talk About Love"는 *WWTA*에 수록된 버전 그대로 *WICF* 128~139쪽(*WICFv* 170~185쪽)에 수록되었다. "Beginners"는 *New Yorker* 2007년 12월 24~31일 100~109쪽에 원천 텍스트와 동일한 형태로 게재됐다.

ONE MORE THING(한마디만 더)

*WWTA*에 실린 제목: "One More Thing" *WWTA* 155~159쪽. 『풋내기들』에 쓰인 원천 텍스트: RC의 ts. 7쪽(GL이 *WWTA*에 싣기 전에 37% 삭제)을 온전히 되살렸음. 이전 출판 기록: "One More Thing"은 *North American Review*〔University of Northern Iowa, Cedar Falls, Iowa〕 266:1(1981년 3월) 28~29쪽에 게재되었다. *North American Review*에 쓴 텍스트는 원천 텍스트와 거의 동일하다. *WWTA*에 실린 노트: GL은 처음 편집에서 원래의 결말을 삭제했다. 나중에 소설 속 딸의 이름을 "Bea"에서 "Rayette"로 바꿨고 결국 RC의 제안에 따라 "Rae"로 수정했다. 이후 출판 기록: "One More Thing"은 *WWTA*에 수록된 버전 그대로 *WICF* 110~113쪽(*WICFv* 147~151쪽)에 수록되었다.

레이먼드 카버 연보

1938년 5월 25일 오리건 주 클래츠커니에서 클레비 레이먼드 카버와 엘라 카버의 장남으로 태어남.

1956년 야키마 고등학교를 졸업하고 아버지와 함께 캘리포니아 주 체스터의 제재소에서 일함.

1957년 야키마에서 16세의 메리앤 버크와 결혼. 약국 배달원으로 일하면서 밤에는 야키마 커뮤니티 칼리지의 야간 강좌 수강. 12월 2일 첫딸 크리스틴 라레이 출생. 이해는 카버에게 개인적으로 매우 중요한 해였는데, 그는 이때의 경험을 에세이 「정열*Fires*」과 「내 아버지의 삶*My Father's Life*」에 기록.

1958년 캘리포니아 주 파라다이스로 이사. 치코 주립대학에서 강의를 들음. 10월 19일 둘째 아이 밴스 린지 출생.

1959년 치코 주립대학에서 존 가드너에게 문예창작 수업을 들음.

1960년 문예창작 수업이 끝나자 캘리포니아 주 유리카로 이사하여 제재소에서 일함. 『문예지』 2호(1960년 겨울호)에 첫 단편소설 「분노의 계절*Furious Seasons*」이 실림.

1962년 험볼트 대학에서 극작 수업을 들음. 첫 희곡 「카네이션

Car-nations」이 험볼트 대학에서 상연됨.

1963년 문학사 학위를 받고 험볼트 대학 졸업. 아이오와 주로 이사하여 아이오와 작가 워크숍 수강.

1964년 캘리포니아 새크라멘토 머시 병원에서 수위로 일함.

1967년 봄에 파산 신청을 함. 6월 17일 아버지 사망. 과학 리서치 협회(SRA)에 교과서 편집자로 취직. 캘리포니아 팰로앨토로 이사하여 작가이자 편집자인 고든 리시를 만남. 단편 「제발 조용히 좀 해요*Will You Please Be Quiet, Please?*」가 1967년도 『전미 최우수 단편소설』에 수록됨.

1970년 아트 디스커버리 어워드 시詩 부문의 국립기금을 받음. 단편 「60에이커*Sixty Acres*」가 1970년 '최우수 잡지 단편소설' 리스트에 오름. 카약 북스에서 시집 『겨울 불면*Winter Insomnia*』 출간.

1971년 〈에스콰이어〉 6월호에 「이웃 사람들*Neighbors*」 게재. UC 샌타크루즈의 문예창작반 강사로 초빙됨. 〈하퍼스 바자〉 9월호에 「뚱보*Fat*」 게재.

1972년 UC 버클리에 강사로 초빙됨.

1973년 아이오와 작가 워크숍의 강사가 됨. 단편 「무슨 일이오? *What Is It?*」가 오헨리상 수상작에 포함됨. 다섯 편의 시가 『미국 시의 새로운 목소리』에 실림.

1974년 UC 샌타바버라의 강사가 되지만 알코올중독과 가정불화로 12월에 강사직을 사임. 아내와도 별거. 두번째 파산 신청.

1976년 캐프라 프레스에서 시집 『밤에 연어가 움직인다*At Night The Salmon Move*』 출간. 메이저 출판사인 맥그로힐 출판사에서 『제발 조용히 좀 해요』 출간. 1976년 10월부터 1977년 1월까지 알코올중독 치료를 위하여 네 번 입원.

1977년 『제발 조용히 좀 해요』로 전미도서상 후보에 오름. 캘리포니아 맥킨리빌로 이사. 6월 2일 금주를 결심. 이날은 그의 인생의 전환점이 된 날로, 그는 이날부터 평생 술을 입에 대지 않음. 11월에 캐프라 프레스에서 소설집 『분노의 계절』 출간. 같은 달, 텍사스 주 댈러스에서 열린 작가회의에서 여성 시인 테스 갤러거를 만남.

1978년 구겐하임 기금 수상. 텍사스 대학으로 이사하여 아내와 살 작정이었으나 결혼생활이 파경을 맞음.

1979년 1월부터 엘패소에서 테스 갤러거와 함께 살기 시작. 시러큐스 대학 영문과 교수직을 제의받지만 창작에 전념해야 한다는 구겐하임 기금의 조건 때문에 이를 수락하지 않음.

1980년 아트 펠로십 소설 부문 국립기금 수상.

1981년 4월에 랜덤하우스 계열사인 크노프 사에서 소설집 『사랑을 말할 때 우리가 이야기하는 것*What We Talk About When We Talk About Love*』 출간.

1982년 9월 14일 스승인 존 가드너가 오토바이 사고로 사망. 10월 18일 아내와 정식으로 이혼.

1983년 4월에 캐프라 프레스에서 에세이, 단편, 시를 모은 『정열』 출간. 미국 예술문학아카데미에서 주는 '밀드러드 앤드 해럴드 스트로스 리빙 어워드'의 수혜자가 되어 오 년간 매년 삼만 오천 달러를 받음. 9월에 크노프 사에서 소설집 『대성당*Cathedral*』 출간. 이 소설집으로 전미도서상 후보에 오름.

1984년 『대성당』이 퓰리처상 후보에 오름.

1985년 랜덤하우스에서 시집 『물이 다른 물과 합쳐지는 곳*Where Water Comes Together With Other Water*』 출간.

1986년 랜덤하우스에서 시집 『울트라마린*Ultramarine*』 출간.

1987년 단편 「심부름*Errand*」이 〈뉴요커〉에 실림. 테스와 유럽 여행을 떠남. 9월에 폐출혈이 있었고, 10월에 폐절제수술을 받음. 뉴욕 공립도서관으로부터 '문학의 사자Literary Lion' 칭호를 받음.

1988년 암이 다른 쪽 폐로 전이된 것이 발견되어 방사선치료를 받음. 테스와 네바다 주 리노에서 결혼. 마지막 시집 『폭포로 가는 새 길*A New Path To The Waterfall*』을 완성. 애틀랜틱 먼슬리 프레스에서 『내가 전화를 거는 곳*Where I'm Calling From*』 출간. 미국 예술문학아카데미 정식 회원이 됨. 8월 2일 아내 테스의 곁에서 수면중 사망.

레이먼드 카버, 그는 어떤 작가였을까?

카버를 말할 때 우리는 흔히 미니멀리스트라는 명칭을 떠올린다. 그렇다면 미니멀리즘은 어떤 스타일을 가리키는가? 몇 가지 특징을 들어보자. 문장이 짧다. 단어가 쉽다. 인물의 생각이나 느낌이 잘 드러나지 않는다. 행동과 말 위주로 보여준다. 치렁치렁한 표현과 과장을 피한다. 결말에서 갈등을 해소하기보다는 그저 암시하거나 뭔가를 드러내는 데서 그친다. 일상적인 소재(주제)를 다룬다. 이런 특징만 보자면 카버는 미니멀리스트인 것 같다. 그러나 카버 자신은 그런 호칭을 달갑게 여기지 않은 듯 보인다. 한 인터뷰에서도 미니멀리즘이라는 말이 뭔가 협소함을 떠올리게 한다며 마음에 들지 않는다고 말했다. 그렇다면 그는 진정 어느 쪽이었을까? 아니, 그런 호칭을 떠나 그는 과연 어떤 작가였을까?

나는 이 작품집 『풋내기들』이 레이먼드 카버라는 작가를 이해하는 데 중요한 역할을 할 수 있으리라 기대한다. 무엇보다도, 카버 인생의 전환점이 된 작품집이 다름 아니라 『사랑을 말할 때 우리가 이야기하는 것What We Talk About When We Talk About Love』(이후 『사랑을 말할 때』)이었다. 카버는 이 작품을 계기로 유명해졌고, 경제적으로도 여유가 생기기 시작했다. 알다시피 이 작품집은 당시 카버의 편집인이던 고든 리시가 카버의 원작을 과감하게 고치고 쳐내어 만들어낸 것이다. 이 책의 노트에도 나와 있듯이 심지어 절반 이상을 잘라낸 작품도 여럿이다(「다들 어디 있지?」「뭐 좀 볼래?」「외도」「별것 아닌 것 같지만, 도움이 되는」「여자들한테 우리가 나간다고 해」「당신 뜻에 부합한다면」「집에서 이렇게 가까운 곳에 물이 이렇게 많은데」「풋내기들」). 고든 리시는 이렇게 내용을 들어내면서 문체뿐 아니라 결말, 더불어 작품의 주제도 바꾸었다. 이쯤 되면 그간 우리가 알던 카버를 진짜 카버라고 할 수 있나 하는 의문이 든다. 그리고 『풋내기들』을 『사랑을 말할 때』와 나란히 놓고 읽어보면 고든 리시가 얼마나 손을 많이 댔는지 알 수 있다.

두 작품집을 비교할 때 두드러지게 눈에 띄는 점을 몇 가지만 꼽자면 다음과 같다. 첫째, 문체다. 『사랑을 말할 때』는 미니멀리즘의 특징인 짧고 극단적으로 절제된 문장들이 두드러지는 데 반해 『풋내기들』에서는 긴 문장도 종종 눈에 띈다. 둘째, 『풋내기들』에서도 결말에 뭔가 해소되는 느낌은 없지만, 『사랑을 말할 때』에서 흔히 나타나는 '뚝 끊기는' 느낌도 많이 약하다. 『사랑을 말할 때』에서는 이야기가 중간도 채 못 가서 끝나버리는 느낌을 자주 받는 반면, 『풋내기들』에서는 그런 느낌이 별로 들지 않는다. 셋째, 『풋내기들』이 『사랑을 말할 때』에 비해 인간적인 느낌을 준다. 전자에서는 인물들이 울고 느끼고 표현한다. 그리고 이런 경향은 다음 작품집인 『대성당』과도 맞닿는 듯싶다.

여러 면에서 어느 쪽이 원래의 카버 스타일에 더 가까운지는 판단하기 어렵지 않은 것 같다. 그렇다면 어느 쪽이 더 나은 작품일까? 아마도 그것은 적절하지 않은 물음이 될 것이다. 그보다는 어느 쪽이 더 마음에 와 닿느냐는 물음이 더 적절하겠다. 미니멀리즘 스타일을 좋아하는 사람이라면 『풋내기들』보다 『사랑을 말할 때』를 더 좋게 느낄 테고, 좀더 풍성한 서사를 좋아하는 사람이라면 『풋내기들』을 더 좋게 느낄 듯하다. 어쨌거나 이것은 독자들이 각자 느껴야 할 몫이다.

작가 레이먼드 카버와 편집인 고든 리시의 관계에도 흥미진진한 이야깃거리가 많지만, 그것들은 여기에 모두 풀어놓기에는 너무 길고 복잡하다. 다만 하나만 언급하고 넘어가자. 카버는 『사랑을 말할 때』가 출간되기 전에 리시에게 보낸 서신에서, 밤새 생각했는데 도저히 리시의 편집을 받아들이기가 어렵다며 책이 이대로 출간되면 다시는 글을 못 쓸지도 모르겠다고 이야기했다. 그가 어느 정도로 충격을 받고 고심했는지 짐작이 가는 대목이다. 그러나 이것만으로 리시를 나쁘다고 말하기는 어려울 것이다. 실제로 미국에서는 원작을 과감하게 고친 편집자들이 적지 않았다. 좀더 상세한 이야기는 인터넷으로 관련 기사를 찾아보고, 『레이먼드 카버: 어느 작가의 생』을 읽어보는 편이 낫겠다. 옮긴이 블로그에도 기사 일부를 번역해 올려두었다.

카버의 작품은 해설이 필요할 정도로 어렵거나 복잡하지는 않지만, 카버 작품을 많이 접하지 않은 독자들을 위해 몇 가지 특징을 말해보자. 기본적으로 카버는 독자가 의미 해석에 능동적으로 참여하게 유도한다. 이제는 독자들도 이런 단편을 많이 접하는 듯하지만 여전히 전통적인 서사 방식을 기대하는 이도 적지 않을 것 같다. 카버의 단편을 읽을 때는 결말이 뭔가를 명확히 정리해줄 것이라고 기대하지 않는 편이 좋다. 그저 변화를 암시하는 데서 끝나는 경우도 많고, 뭔가 정리가 된다 하더라도 여전히 해석의 여지가 많다. 몇몇 작품은 다 읽고 나서 '이게 끝이야?' 하는 생각이 들 수도 있다.

그렇다면 무엇에 기대어 해석해야 할까? 먼저 일상적인 물건에 주의를 기울이면서 읽는다. 그러면서 그것들이 이야기 전체를 해석하는 데 어떻게 영향을 미치는지 살펴보자. 첫 작품 「춤추지 않을래?」 앞부분에 보면 앞마당에 내놓은 가재도구들이 나열되어 있다. 굳이 이렇게 하나하나 열거할 필요가 있었을까? 카버는 이런 물건들로 무엇을 느끼게 하고 싶었던 것일까? 중간에 여자애가 신발을 벗는 장면이 나오고, 더 뒤로 가면 아직도 신을 벗고 있다고 다시 언급된다. 이 이미지도 뭔가를 이야기하는 게 아닐까? 다음 작품 「뷰파인더」에는 양손이 없는 남자가 등장해 화자가 집안에 있는 사진을 찍는다. 손이 없다는 것은 무엇을 연상시킬까? 마지막에 화자가 집밖으로 나가 사진을 찍다가 지붕 위로 올라가 돌을 던지는 장면은 어떤가?

둘째, '보는 것'과 '보이는 것'에 주의한다. 카버는 이 '보는' 문제에 각별히 관심이 있었던 듯싶다. 다른 작품집도 비슷비슷하지만 이 작품집에도 TV, 거울, 유리창, 사진, 빛(햇빛, 형광등, 등불 등등)이 자주 언급된다. 거울을 바라보는 것, 창밖을 내다보는 것, 밖에서 안을 들여다보는 것, 등이 켜지고 꺼지는 것, 빛이 비추는 것 등에서 어떤 느낌을 받는가?

셋째, 카버의 작품들에는 반복되어 나오는 주제나 소재가 있다. 이를테면 집이 그렇다. 「춤추지 않을래?」를 보자. 이야기 속의 남자는 끝난 관계를 정리하려는 듯 앞마당에 온갖 물건을 내놓았다. 마치 집안을 집밖에 내놓은 듯한 장면이다. 다음 단편 「뷰파인더」의 집은 어떤가? 아내와 아이들이 모두 떠나고 혼자가 된 남자가 사는 곳이다. 그는 자기집이 찍힌 사진을 보며 "비극이 담긴 사진"이라고 한다. 그리고 손 없는 남자와 사진을 찍으려고 집밖에 나가자, 나가는 것만으로도 도움이 되었다고 말한다. 이때의 '집'은 어떤 의미일까? 또 다음 단편 「다들 어디 있지?」를 보면, 제목 그대로 다들 집에 없다. 아무도 없는 집. 결국 화자도 그 집에 가지 않고 어머니 집에 간다.

다른 예로, '소통'과 '말하기'가 있다. 「춤추지 않을래?」에서 여자애는 맥스와 춤을 추다가 침대를 바라보는데, 침대가 왜 마당에 나와 있는지 알 수가 없다. 이제 막 새생활을 시작하려는 희망에 들뜬 그녀로서는, 끝난 생활(관계)의 흔적인 침대를 이해할 수가 없는 것이다. 여자애는 그 일을 한동안 주변 사람들에게 이야기하고 다닌다. 그러나 정작 전달하고자 하는 바는 전할 수가 없다는 걸 깨닫고는 더이상 이야기하지 않게 된다. 「외도」라는 작품에서는 화자인 아들에게, 아버지가 이야기를 들려준다. 아버지는 아들을 이해시키고 싶고, 아들에게만은 얘기하고 싶다. 그래서 아무에게도 말하지 않은 일들을 다 털어놓는데, 막상 아들은 아버지가 원하는 걸 주지 못하고 그저 얄팍한 위로의 말만 던질 뿐이다. 「거리」에서도 이야기 속의 인물이 다른 이야기를 들려준다. 남자는 딸에게 자기의 중요한 이야기를 다 들려주지만, 딸은 이해를 못한 사람처럼 '그후엔 어떻게 됐느냐'고 묻는다. 그러더니 자기도 뭔가 이야기를 하려다가 관둔다.

물론 알코올도 빼놓을 수 없다. 거의 모든 작품에서 인물들이 알코올에 중독되어 있거나, 중독에서 벗어나고 있거나, 알코올을 입에 댄다.

사소하다면 사소하지만 젊은이를 굳이 '여자애'나 '남자애'로 부르는 점도 눈여겨볼 만하다. 세대 간의 간극을 나타내기 위해 일부러 더 그런 표현을 쓴 것은 아니었을까?

또하나. 작품 중에 '검둥이'라는 표현이 나오는데, 원문에 negro로 되어 있는 말을 옮긴 것이다. 카버는 이 말을 딱히 비하하는 표현으로 썼다기보다, 당시 평범한 백인들이 썼을 법한 표현으로서 쓴 것으로 보인다.

이번에는 『풋내기들』과 『사랑을 말할 때』에 실린 단편들 제목을 정리해보자. 원제가 다른 작품도 있고, 원제는 같은데 다르게 번역한 작품도 있다. 원제는 노트에 실려 있으니 굳이 다시 언급하지 않아도 되겠고, 원제가 같은데 번역이 다른 작품만 정리한다. 두 번역본의 제목이 달라진 일차적인 까닭은, 원제 자체가 작품 안에서 따온 문구로 되어 있기 때문이다. 『사랑을 말할 때』가 나온 지도 십 년이 지났고 두 작품집을 같은 번역자가 작업한 것도 아니어서, 아무래도 같은 문장이라도 다르게 번역되기가 쉽다. 그러다보니 제목도 서로 달라졌다고 생각하면 되겠다.

『사랑을 말할 때』에서 「춤 좀 추지그래?」로 되어 있던 작품이 『풋내기들』에서는 「춤추지 않을래?」로 바뀌었다.

『사랑을 말할 때』에서 「여자들에게 우리가 간다고 말해줘」로 되어 있던 작품이 『풋내기들』에서는 「여자들한테 우리가 나간다고 해」로 바뀌었다. 한국어에서는 '간다'는 말이 듣는 이에게 다가간다는 표현으로 들리는데, 실제로 작품에서 인물들이 말하는 내용은 듣는 이(그러니까 여자들)에게 다가간다는 말이 아니라 거꾸로 떠난다(바깥으로 나간다)는 의미다.

『사랑을 말할 때』에서 「너무나 많은 물이 집 가까이에」 「고요」 「한마디 더」로 되어 있던 작품이 『풋내기들』에서는 각각 「집에서 이렇게 가까운 곳에 물이 이렇게 많은데」 「평온함」 「한마디만 더」로 바뀌었다.

마지막으로 작품 번역에 크게 도움을 준 Philip Greaney 박사와, 내 친구이자 작가인 Sang Pak에게 특히 감사한 마음이다. 박사는 그의 논문과 여러 차례의 서신 교환으로, 친구는 서신 교환으로 번역 작업을 도와주었다. 그리고 꼼꼼한 원고 교열로 덤벙거리는 옮긴이의 실수를 바로잡아준, 문학동네 편집자들께도 감사의 마음을 전하고 싶다.

최종 옮긴이 교열을 위해 작품집을 죽 읽으면서, 카버가 작은 이미지들을 쌓아올려 특정한 느낌을 만들어나가는 대목을 곳곳에서 발견할 수 있었다. 아마도 이것이 카버를 읽는 즐거움 중 하나가 아닐까 하는 생각이 들었다. 『사랑을 말할 때』와 비교하면 『풋내기들』은 작품들이 전반적으로 따뜻하고 서정적이라는, 심지어 감상적이라는 느낌마저 든다. 전체적인 분위기뿐 아니라 서사 방식, 문장, 인물, 모든 면이 다르다. 이 작품들이 독자들에게 어떻게 다가갈지, 옮긴이로서 자못 궁금하다. 나 자신은 굳이 고르라면 『풋내기들』 편에 서겠다. 어느 편에 서든, 독자가 이 작품집을 읽고 카버라는 작가에게 한 걸음 다가설 수 있다면 기쁘겠다.

횡성 서원면에서

김우열

지은이 **레이먼드 카버**

1976년 첫 소설집 『제발 조용히 좀 해요』를 발표했다. 1983년 그의 대표작이라 평가받는 『대성당』을 출간했으며, 이 작품으로 전미도서비평가협회상과 퓰리처상 후보에 오른다. 소설집 『사랑을 말할 때 우리가 이야기하는 것』, 시집 『물이 다른 물과 합쳐지는 곳』 등을 펴냈다. 레이먼드 카버는 1988년 암으로 사망했다.

옮긴이 **김우열**

전자공학을 전공하고 손전화를 설계하다가, 직장을 그만두고 번역과 글쓰기에 입문했다. 2003년부터 번역가 지망생과 교류했고, 번역가 지망생 스터디 카페 '주간번역가' 카페지기로 활동하고 있다. 『노마와 훈이』 『나도 번역 한번 해볼까?』 『힘 있는 글쓰기』 『콰이어트』 『몰입의 재발견』 『죽음의 신비』 등을 쓰고 옮겼다.

문학동네 세계문학
풋내기들

1판 1쇄 2015년 3월 5일 | 1판 7쇄 2022년 9월 2일

지은이 레이먼드 카버 | 옮긴이 김우열
책임편집 홍유진 | 편집 이현자 윤정민
디자인 김이정 이원경 | 저작권 박지영 형소진 이영은 김하림
마케팅 정민호 이숙재 박치우 한민아 이민경 박지영 안남영 김수현 정경주
브랜딩 함유지 함근아 김희숙 박민재 박진희 정승민
제작 강신은 김동욱 임현식 | 제작처 한영문화사(인쇄) 경일제책사(제본)

펴낸곳 (주)문학동네 | 펴낸이 김소영
출판등록 1993년 10월 22일 제2003-000045호
주소 10881 경기도 파주시 회동길 210
전자우편 editor@munhak.com | 대표전화 031) 955-8888 | 팩스 031) 955-8855
문의전화 031) 955-3578(마케팅) 031) 955-2634(편집)
문학동네카페 http://cafe.naver.com/mhdn
인스타그램 @munhakdongne | 트위터 @munhakdongne
북클럽문학동네 http://bookclubmunhak.com

ISBN 978-89-546-3508-0 03840

잘못된 책은 구입하신 서점에서 교환해드립니다.
기타 교환 문의 031) 955-2661, 3580

www.munhak.com